《淞隐漫录》注译

田葵 注译

齊魯書社
·济南·

图书在版编目（CIP）数据

《淞隐漫录》注译 / 田葵注译. -- 济南 : 齐鲁书社, 2024. 6. -- ISBN 978-7-5333-4910-3

Ⅰ. I242.1

中国国家版本馆CIP数据核字第2024RZ7538号

责任编辑　李军宏　周　磊

封面设计　刘羽珂

《淞隐漫录》注译

SONGYINMANLU ZHUYI

田　葵　注译

主管单位	山东出版传媒股份有限公司
出版发行	齊魯書社
社　　址	济南市市中区舜耕路517号
邮　　编	250003
网　　址	www.qlss.com.cn
电子邮箱	qilupress@126.com
营销中心	（0531）82098521　82098519　82098517
印　　刷	日照日报印务中心
开　　本	720mm×1020mm　1/16
印　　张	21.25
插　　页	2
字　　数	400千
版　　次	2024年6月第1版
印　　次	2024年6月第1次印刷
标准书号	ISBN 978-7-5333-4910-3
定　　价	128.00元

序 言

在中国文学史尤其是中国小说史上，蒲松龄的《聊斋志异》无疑是翘楚泰斗之作。她不但以其近五百篇的长篇巨制、丰富的思想内容、光怪陆离的故事情节，灿烂夺目光辉照人的艺术形象享誉海内外，且在后世的中国文学史上形成了仿《聊斋志异》一派，世称“聊斋体”。比如解鉴的《益智录》、宣鼎的《夜雨秋灯录》、李庆辰的《醉茶志怪》、王韬的《淞隐漫录》等均为此类。

在诸多的“聊斋体”志怪传奇小说中，王韬的《淞隐漫录》虽不能与《聊斋志异》齐肩，但就其社会影响、思想内容和艺术成就看，仍堪称上乘之作。王韬（1828—1897），籍贯苏州府长洲县甫里村（今江苏苏州关中区甪直镇）人。原名王利宾，字兰瀛，后改名王瀚，字懒今。去香港后又改名王韬，字仲弢、紫诠、兰卿、子潜。与近代大多数作家一样，他平生亦笔名、别号甚多，如天南遁叟、甫里逸民、淞北逸民、弢园老民、欧西富公、蘅华馆主、尊闻阁王、忏痴庵主、淞滨逋客、瀛洲钓徒、玉鲍生等。外号“长毛状元”。近代著名思想家、教育家、文言小说家、学者、诗人、报人、报刊政论家，中国近代早期维新派的代表人物。道光二十五年（1845），王韬以县学第一名考中秀才，以后却屡屡乡试不第，遂放弃科举功名，于道光二十九年（1849）到上海谋生，入英国教会创办的墨海书馆从事编辑工作，长达十余年之久。太平天国定都南京，王韬曾多次上书当道，为清廷出谋划策，进“平贼”方略，以图一官半职，但未获成功。同治元年（1862），王韬又化名黄畹上书太平天国，谋划进攻上海。事发，被朝廷以“通贼”之罪通缉，被迫于同治六年(1867)逃往香港，入英华书院，帮助翻译“四书五经”。这期间，他又曾两次出国旅游考察，对英、法、俄、日等国的政治、文化、经济、科技有所了解，产生了“变法自强”的改良主义思想。同治十三年(1874)，王韬在香港创办《循环日报》，自任主编，发表文章，鼓吹变法自强。光绪十年(1884)，得李鸿章默许，王韬回到上海，主持格致书院，并于城西筑弢园定居，以著述自娱。光绪二十三年(1897)，王韬病逝，享年70岁。

王韬学识渊博，著述丰富。凡经史子集、政治经济、自然科学、诗文小说等，无不涉猎。据他自己编写的《弢园著述总目》统计，共有著述三十六种。而据魏绍昌等主编的《中国近代文学辞典》统计，实有四十余种。其中以志怪传奇为主要内容的文言短篇小说就有《遁窟谰言》(又名《遁叟奇谈》)、《淞隐漫录》《淞滨琐话》三种，而《淞隐漫录》无疑是他志怪传奇小说的代表作。

《淞隐漫录》十二卷，又名《后聊斋志异图说》或《绘图后聊斋志异》，是王韬晚年定居上海时完成的。他于光绪十年(1884)在《淞隐漫录·自序》中说“将陆续成书十有二卷”，但实际上并非以单行本出版，最初是以单篇在《申报》发行的《画报》上发表的。这个刊物每月出版三期，每逢夏历的初六、十六、二十六出版。王韬的《淞隐漫录》从是年下半年开始刊载，每期一篇，配画一幅，这也是其别名《后聊斋志异图说》《绘图后聊斋志异》的缘由。光绪十三年(1887)底，刊载完毕，为了与盗版书商抢时间，遂即由点石斋结集成书，并由当时著名画家吴友如和田英配以新的插图，石印单行本出版发行。因本书从一开始即采用了具有现代意味的报刊连载这一全新的传媒形式，而且与广告宣传紧密结合，所以作品的传播极为成功。单行本一出版发行，书商逐利翻刻便一拥而上。确如作者自己在同年出版的《淞滨琐话·自序》中所说：“重刻行世，至再至三。”

王韬在《淞隐漫录·自序》中说过，是书为他“追忆三十年来所见所闻可惊可愕之事”；在《弢园著述总目》中又说自己是“聊作一时之消遣，而藉以抒平日之牢骚郁结”；再加上报刊登载发表这一现代传媒形式所限，所以全书并没有一以贯之的中心思想，内容庞杂也就在所难免。

《淞隐漫录》模仿《聊斋志异》的所谓“聊斋体”文言志怪传奇小说，虽然在思想内容和艺术成就诸方面远不能与《聊斋志异》相比，但作为近代社会尤其是灯红酒绿的大上海的一面镜子，无论在思想内容还是艺术风格方面，还是颇有特点的。鲁迅先生在其《中国小说史略》中便一针见血地指出：“迨长洲王韬作《遁窟谰言》（同治元年成）《淞隐漫录》（光绪初成）《淞滨琐话》（光绪十三年序）各十二卷，天长宣鼎作《夜雨秋灯录》十六卷（光绪二十一年序），其笔致又纯为《聊斋》者流，一时传布颇广远，然所记载，则已狐鬼渐稀，而烟花粉黛之事盛矣。”王思宇先生在《淞隐漫录》的《校点后记》中也写道：“王韬身世坎坷，一生颠沛流离，饱经忧患，因而家国之悲，乡关之思，对科举八股的抨击，对仕宦生活的鄙弃，对贵官豪商的憎恶，以及对名士风流、对风月诗酒生涯的赞美和向往，种种‘哀痛憔悴婉笃芬芳悱恻’（本书《自序》）的感情，渗透到《淞隐漫录》中，使此书表现出来的思想情绪，既有某些进步的因素，又有落后庸俗的一面，呈现出极其复杂的情况。”纵观《淞隐漫录》，的确如此。而由蒲松龄纪念馆田葵女士所编选注译的《〈淞隐漫录〉注译》，虽然受篇幅所限，未能面面俱到，但也基本上呈现了《淞隐漫录》“狐鬼渐稀，而烟花粉黛之事盛矣”的内容特点。

《〈淞隐漫录〉注译》在选目方面的第一个特点是选录了王韬的《淞隐漫录·自序》。这在一般的小说选本中是非常少见的。这可以让读者了解作者写作《淞隐漫录》的心际，便于知人论事；更好地理解作品的思想内容和艺术特色，更好地通过这面镜子，了解中国近代社会的时代背景，尤其是作为半封建半殖民地社会的代表——灯红酒绿的大上海的社会状况。

细心的读者还应该会发现，《〈淞隐漫录〉注译》在选目方面的另一个特点是所选篇目几乎均以作品女主人公的名字命篇，如《华璘姑》《吴琼仙》《白秋英》等；其他不用女主人公名字作为篇名的作品，如《小云轶事》《玉箫再世》《眉绣二校书合传》《凌波女史》等，一看也便知内容与当时的女性生活有关，明显地体现了原著“狐鬼渐稀，而烟花粉黛之事盛矣”的内容特色。尤其是直接反映大上海妓院生活的《眉绣二校书合传》《龚绣鸾》《心侬词史》等篇，既可见上海北里的具体情况，又可见当时妓女的悲情境遇，很有现实意义。

王韬本身是诗人，曾有诗集《蘅华馆诗录》，因此《淞隐漫录》在艺术方面除仿《聊斋志异》故事情节委婉曲折、描写比较细腻之外，浓郁的抒情笔调也是其艺术特色之一。《〈淞隐漫录〉注译》所选篇目也明显地注意到了这一方面。抒情笔调的一个重要待征，即散文叙述中穿插大量诗词。比如《纪日本女子阿传事》中有一首七言长诗《阿传曲》，竟多达五十六句；而《眉绣二校书合传》一篇，竟穿插花影词人七言本事诗八首。

纵观《〈淞隐漫录〉注译》，每一篇主要包括原文、注释、译文三部分。在注释方面，除疏通文字外，很突出的一点即特别注意那些貌似无典的典故。比如《吴琼仙》篇中的“但得郭外有二顷之田，架上有万卷之书”一句，其中“郭外有二顷之田”的注释，就没有停留在文字疏通方面，而是注出典出《史记·苏秦列传》中“且使我有雒阳负郭田二顷，吾岂能佩六国相印乎”一句，可见整理者之文史功力。其他如《贞烈女子》中的“阮囊中不名一钱”，《何蕙仙》中的“当是紫绡红线流亚”等，均属此类。至于译文部分的通顺流畅，颇合“信达雅”之誉，读者自会于阅读过程中体味。

王恒展

2024年7月6日于历下师大新村

前 言

王韬(1828—1897),初名利宾,字兰卿。后易名瀚,字懒今。去香港后改名韬,字紫诠,号仲弢,又号天南遁叟、弢园老民、甫里逸民、淞北逸民、欧西富公、蘅华馆主。江苏长洲(今江苏苏州)甫里人。近代著名的学者、政治家、文学家、思想家、教育家、新闻出版家。既有传统国学根底,又深受西方文化影响。满腹经纶、才情富艳、著述鸿富,其著作有编、译、撰、著等40余种。主张经世致用,在社会政治、文化教育、新闻出版、军事外交、科技经济、东西文化交流等诸方面都有独到的见解,对近代中国产生了广泛而深远的影响。

1828年11月10日,王韬出生于苏州府长洲县甫里村。关于王氏家族,王韬自述云:"老民世系本出昆山王氏,有明时巨族也,族中多有位于朝。明末兵事起,吾家阖门殉国难,始祖必宪甫垂髫,逸出存一线,自此至晋侯、诒孙、载飏,居昆凡四世,并读书习儒业,有声庠序间。载飏讳鹏翀,品端学博,尤为士林所推重。以早逝,子尚幼,戚串中有觊觎者,乃迁甫里。大父讳科进,字敬斋,习端木术,笃厚慎默,见义勇赴,乡里称善人。父讳昌桂,字肯堂,一字云亭,著籍学官,邃于经学,九岁尽十三经,背诵如流,有神童之誉。家贫,刻苦自励,教授生徒,足迹不入城市。老民上有三兄,十日间,俱以痘殇,祷于武林,遂生老民。"(王韬《弢园老民自传》)王氏祖上属名门望族,诗书传家,鼎革罹难,家道衰微。

父亲王昌桂,工诗善文,娶朱氏为妻,即王韬母。王氏至王韬父辈,已愈加衰落，开馆教徒，以为生计。王韬五岁时，由母亲教读启蒙。“老民母固知书识大体，四五岁时，字义都由母氏口授，夏夜纳凉，率为述古人节烈事，老民听至艰苦处，辄哭失声，因是八九岁即通说部。”（王韬《弢园老民自传》）

王韬“少时好学，资赋颖敏，迥异凡儿，读书数行俱下，一展卷即终生不忘”。（王韬《遁窟谰言·天南遁叟》）王昌桂亲自课子读书，由是学业渐成。“少承庭训，自九岁迄成童，毕读群经，旁涉诸史，维说无不该贯一生学业悉基于此。”（王韬《弢园老民自传》）

1842年，王韬入长洲县青萝山馆，就学于明经顾惺。顾惺，字日瞿，号涤庵，精于岐黄术，嗜于诗，著有《涤庵诗钞》。顾惺性格狂放，在生活、学问、性格诸方面对王韬有很大的影响。王韬甚为推崇，曾云：“吾与夫子谊切友生，情深师弟。”（王韬《弢园尺犊·寄顾涤庵明经师》）二人名为师生，实为朋友。

1845年，十八岁的王韬昆山应试，督学使者张芾称赞他“文有奇气”，而以第一名入县学。

1846年，金陵应试，不第，自此渐息功名之念。“十七试京兆，一击不中，遂薄功名而弗事，于是杜门息影，屏弃帖括，肆力于经史，思欲上抉圣贤之精微，下悉古今之繁变，期以读书十年，然后出而世用。”（王韬《弢园尺牍·与英国理雅各学士》）“吾人立天地间，纵不能造绝学，经纬当世，使天下钦为有用之才，亦当陶冶性灵，扬榷古今，传其名以永世，若不问其心之所安，博取功名富贵，以为父母光宠者，乌足道也。”（王韬《弢园尺牍·与杨醒逋》）

1847年，其父王昌桂到沪上设馆谋生。1848年春，王韬去上海探亲，并参观了墨海书馆，结识了印书局的开办者传教士麦都思。初到上海，就给他留下了极深的印象：“一入黄歇浦中，气象顿异，从舟中遥望之，烟水苍茫，帆樯历乱。浦滨一带，率皆西人舍宇，楼阁峥嵘，缥缈云外，飞甍

画栋，碧槛珠帘。此中有人，呼之欲出；然几如海外三神山，可望而不可即也。”（王韬《漫游随录•黄浦樯帆》）

1849年6月，王昌桂去世，年仅20岁出头的王韬挑起了养家的重担。“既孤，家益落，以衣食计，不得已橐笔沪上。”（王韬《弢园尺犊·与英国理雅各学士》）自此，这也改变了王韬的人生之路。1849年9月，王韬受麦都思邀请，到墨海书馆，替西人佣书。墨海书馆是西方传教士在近代中国创办的第一所印书馆，主要印刷宗教书籍。王韬负责对传教士所译之书进行润色、疏通，并兼及协助翻译《圣经》与介绍西方科学技术的书籍。他先后参与翻译的科技书籍有《格致新学提纲》《光学图说》《重学浅说》《华英通商事略》《西国天学源流》五种。这份长达13年的工作，让他开始初步接触西方文化，虽表现出对西方科技的倾慕赞美，但他仍然带有浓重的传统文化观的烙印。

1862年，王韬因上书太平天国一事被清政府缉捕，是年10月11日避逃香港。由此他改名韬，号仲弢，自号“天南遁叟”，寓所称“天南遁窟”，又称“弢园”，表示潜心晦迹，隐耀韬光，不复出而问世。

避居香港后，王韬被介绍到香港英华书院，协助英国传教士理雅各（1814—1897）佐译中国经典。王韬被任命为整个翻译组的中文总顾问，对翻译质量和进度都起到了极大的推动作用。王韬佐译的《中国经典》第三卷(《尚书》《竹书纪年》)，于1865年刊行。

1867年，英华书院院长理雅各回国省亲。是年12月，理雅各来信邀王韬到他的家乡英国苏格兰继续译《中国经典》。1867年12月15日，王韬遂乘轮船只身前往，道经新加坡、锡兰、亚丁，由苏伊士运河抵开罗、巴黎、伦敦，最终达理雅各故乡苏格兰的杜拉村。王韬客居此地两年多，助理雅各译《中国经典》，亦在英国、苏格兰各地游览参观，并先后到牛津大学、爱丁堡大学、苏格兰大学演讲。1870年春，王韬自英国返回香港。

王韬漫游英、法等西方国家，成为中国近代史上第一位走向世界的文学家。他历行数十国，每至一地，“览其山川之诡异，察其民俗之醇漓，识其国势之盛衰，观其兵力之强弱”，并辑录成《漫游随录》。西方的先进文明给王韬留下了深深的震撼，也为其倡导的变革提供了现实的参照与方向。

上海佣书与南遁香港的经历，使王韬逐渐接受了部分的科学知识及科学精神，而欧洲之行，西方文明对其旧思想形成了强烈的冲击和震荡，促使他的思想实现了由传统到现代的彻底转变，走在了同时代知识分子的前面。

王韬回到香港后，于是展开了世界史地的研究。在两三年间，王韬完成的历史著作就有一百多卷，分别为《法国志略》24卷、《普法战纪》14卷、《法兰西志》18卷、《美利坚志》8卷、《西事凡》16卷、《四溟补乘》36卷、《俄罗斯志》8卷、《台事窃愤录》3卷等。其中影响最大的是《法国志略》和《普法战纪》。

1874年1月5日，王韬创办《循环日报》，自任主编及撰稿。1874年至1884年，这十年间，王韬在该报上发表了数百篇政论文章，全面系统地阐述变法思想，积极鼓吹变法自强。

王韬创办《循环日报》，宣扬变法维新，声誉日隆，渐至蜚声海外，尤其是在日本引起了较大的反响。1879年4月23日，王韬应日本有识之士的邀请，前往日本。旅日期间，王韬受到热烈欢迎，文酒谈宴，殆无虚日，山游水嬉，追从如云，争与相交，极一时之盛。王韬遍交日本各方人士80余人，并与中国驻日公使何如璋、黄遵宪等结下情谊。1879年9月，王韬自日本回到香港。

在港期间，王韬著述颇丰。1875年，刊行小说集《遁窟谰言》12卷。1876年整理旧稿《海陬冶游录》3卷（附录3卷，余录1卷），撰《花国剧谈》2卷，汇刻《艳史丛钞》。1877年，撰成《扶桑游记》。1880年，《弢园老民自传》《蘅华馆诗录》付印。1883年，《弢园文录外编》出版。《中国经典》第四卷（《诗经》，1871年）、《中国经典》第五卷（《春秋左氏传》，1872年）、《中国经典》第六卷（《易经》，1880年）、《中国经典》第七卷（《礼记》，1882年），相继出版。

1884年，经黄遵宪等朝中友人的翰旋，得到清政府默许，57岁的王韬于3月携家自香港返沪，居淞北寄庐，结束了23年的流亡生活，更号“淞北逸民”。是年开始在《申报》主办的《画报》上发表小说，后结集出版名为《淞隐漫录》。

1886年秋，应上海格致书院中西董事唐廷枢、傅兰雅的邀请，出任格致书院山长，直到去世。1897年秋，王韬卒于上海寓所“城西草堂”，享年70岁，归葬于甫里村父母坟边。

《淞隐漫录》的创作始于王韬回沪之后。从1884年下半年，开始以单篇发表在《点石斋画报》。画报每月三期，每期一篇，配图一幅，至1887年底刊登完毕。点石斋石印局汇集成书，由当时著名画家吴友如和田英配上新的插图，石印单行本出版问世，共12卷。

书有《自序》，自谓是“追忆三十年来所见所闻可惊可愕之事”。与《聊斋志异》不同，蒲松龄笔下多是花妖狐魅，王韬笔下则多为现实生活中的人物。如鲁迅先生所言：“其笔致又纯为《聊斋》者流，一时传布颇广远，然所记载，则已狐鬼渐稀，而烟花粉黛之事盛矣。”（鲁迅《中国小说史略》）在艺术上虽然无法与《聊斋志异》相比，但在题材、语言风格和传播方式上，赋予了文言小说鲜明的时代内涵、全球意识，堪称是文言小说的最后一个大家，其在中国文言小说发展史上的地位是不可取代的。

《淞隐漫录》以描写恋爱婚姻为主题的作品数量最多，占百分之八十之数。故于此中择其20篇，并王韬《自序》，以为此选本。

本选本依据王思宇校点《淞隐漫录》（人民文学出版社1983年版）为底本。作为普及读物，一般字词只作简单释义，生僻字词作汉语拼音注音；涉及使事用典者，详释其本源语义。译文基本为直译，不多作修饰。

目 录

序 言…… 001
前 言…… 001

自 序…… 001
华璘姑…… 011
纪日本女子阿传事…… 025
小云轶事…… 037
吴琼仙…… 052
贞烈女子…… 070
玉箫再世…… 087
莲贞仙子…… 103
何蕙仙…… 119
白秋英…… 135
郑芷仙…… 150
周贞女…… 166
杨素雯…… 181
冯香妍…… 196
眉绣二校书合传…… 211
徐双芙…… 227
萧补烟…… 242
陆碧珊…… 258

龚绣鸾……………………………………………………………………… 274
心侬词史……………………………………………………………………… 291
凌波女史……………………………………………………………………… 308

后　记……………………………………………………………………… 325

自 序

六合之大[1]，存而弗论；九州之外，置而不稽[2]。以耳目之所及为见闻，以形色之可征为纪载，宇宙斯隘，而学问穷矣！昔者神禹铸鼎以象奸[3]，惜其文不传于今。或谓伯益之所录[4]，夷坚之所志[5]，所受之于禹者，即今《山海》一经是也[6]。然今西人足迹，遍及穷荒，凡属圆颅方足、戴天而履地者[7]，无所谓奇形怪状如彼所云也。斯其说不足信也。麟凤龟龙，中国谓之四灵。而自西人言之[8]，毛族中无所谓麟[9]，羽族中无所谓凤[10]，鳞族中无所谓龙[11]。近日中国，此三物亦不经见。岂古有而今无耶？古者宝龟为守国之器[12]，今则蠢然一介族尔[13]，灵于何有？然则今之龟亦非古之龟也，甚明矣。好谈神仙鬼怪者，以为南有五通[14]，犹北地之有狐。夫天下岂有神仙哉？汉武一言[15]，可以破的。圣人以神道设教，不过为下愚人说法：明则有王法，幽则有鬼神，盖惕之以善恶赏罚之权，以寄其惩劝而已。况乎淫昏蛊惑如五通，听之令人发指，乃敢肆其技俩于光天化日之下哉？斯真寰宇内一咄咄怪事。狐乃兽类，岂能幻作人形？自妄者造作怪异，狐狸窟中，几若别有一世界。斯皆西人所悍然不信者，诚以虚言不如实践也。西国无之，而中国必以为有，人心风俗，以此可知矣，斯真如韩昌黎所云“今人惟怪之欲闻”为可慨也[16]！西人穷其技巧，造器致用，测天之高，度地之远，辨山冈，区水土，舟车之行，蹑电追风，水火之力，缒幽凿险，信音之速，瞬息千里，化学之精，顷刻万变，几于神工鬼斧，不可思议。坐而言者，可以起而行，利民生，裨国是，乃其荦荦大者[17]。不此之务，而反索之于支离虚诞、杳渺不可究诘之境，岂独好奇之过哉，其志亦荒矣！

不佞少抱用世之志[18]，素不喜浮夸蹈迂谬[19]，一惟实事求是。愤帖括之无用[20]，年未弱冠[21]，即弃而弗为。见世之所称为儒者，非虚憍狂放，即拘墟固陋[22]，自帖括之外，一无所知，而反嚣然自以为足[23]；及出而涉世，则忮刻险狠[24]，阴贼乖戾[25]，心胸深阻[26]，有如城府，求所谓旷朗坦白者[27]，千百中不得一二。呜呼！不佞于是乎穷矣[28]！又见夫世之拥高牙，建大纛[29]，意气发扬，位置自高，几若斯世无足与之颉颃者[30]，及一旦临利害，遇事变，茫然无所措其手足，甚至身败名裂，贻笑后世。盖今之时为势利龌龊谄谀便辟之世界也[31]，固已久矣。毋怪乎余以直遂径行穷[32]，以坦率处世穷，以肝胆交友穷，以激越论事穷。困极则思通，郁极则思奋，终于不遇，则惟有入山必深，入林必密而已，诚壹哀痛憔悴婉笃芬芳悱恻之怀[33]，一寓之于书而已。求之于中国不得，则求之于遐陬绝峤，异域荒裔；求之于并世之人而不得，则上溯之亘古以前，下极之千载以后；求之于同类同体之人而不得，则求之于鬼狐仙佛、草木鸟兽。昔者屈原穷于左徒，则寄其哀思于美人香草[34]；庄周穷于漆园吏，则以荒唐之词鸣[35]；东方曼倩穷于滑稽，则《十洲》《洞冥》诸记出焉[36]。余向有《遁窟谰言》[37]，则以穷而遁于天南而作也[38]。今也倦游知返，小住春申浦上[39]，小筑三椽[40]，聊庋图籍[41]，燕巢鷦寄[42]，借蔽雨风。穷而将死，岂复有心于游戏之言哉？尊闻阁主人屡请示所作[43]，将以付之剞劂氏[44]。于是酒阑茗罢，炉畔灯唇，辄复伸纸命笔[45]，追忆三十年来所见所闻可谅可愕之事，聊记十一[46]，或触前尘，或发旧恨，则墨瀋淋漓[47]，时与泪痕狼藉相间。每脱稿，即令小胥缮写别纸[48]。尊闻阁主见之，辄拍案叫绝，延善于丹青者[49]，即书中意绘成图幅，出以问世，将陆续成书十有二卷，而名之曰《淞隐漫录》。呜呼！余自此去天南之遁窟，住淞北之寄庐[50]，将或访冈西之故园，而寻墙东之旧隐[51]，伏而不出，肆志林泉[52]，请以斯书之命名为息壤矣[53]。世之见余此书者，即作信陵君醇酒妇人观可也[54]。

光绪十年岁次甲申五月中浣淞北逸民王韬自序[55]

【注 释】

⑴ 六合：上下和四方，泛指天地或宇宙。

⑵ 稽：考察，查核。

⑶ 神禹铸鼎以象奸：传说禹铸造九鼎，象征九州，把各种妖魔神怪形象铸在上面，使百姓认识并加以防备。神禹：夏禹的尊称。禹，姓姒，名文命，也称大禹、夏禹、戎禹，原始社会末期部族联盟首领。《汉书·郊祀志》："禹收九牧之金，铸九鼎。"《左传·宣公三年》："昔夏之方有德也，远方图物，贡金九牧，铸鼎象物，百物而为之备，使民知神奸。故民入川泽山林，不逢不若，螭魅罔两，莫能逢之。用能协于上下，以承天休。"

⑷ 伯益：也作伯翳、大费，舜时东夷部落的首领，嬴姓，曾被舜任命为管理山泽中草木鸟兽的虞。《尚书·舜典》："帝曰：'畴若予上下草木鸟兽？'佥曰：'益哉！'帝曰：'俞，咨益，汝作朕虞。'"

⑸ 夷坚：传说是上古博物贤者，以记载奇异著称。《列子·汤问》载，溟海有鲲鹏，"禹行而见之，伯益知而名之，夷坚闻而志之"。宋代洪迈遂将其志怪小说集称为《夷坚志》，金代元好问有《续夷坚志》，故后以之指称志怪。

⑹《山海》：书名，即《山海经》，古代的地理神话笔记，十八卷，作者不详，约成书于战国，秦、汉续有增补。记录古代山川、道里、民族、物产、药物、祭祀、巫医等情况，保存有不少远古神话传说。

⑺ 圆颅方足、戴天履地者：指人。古人以足方颅圆为人类的特征，因用以指人类。《淮南子·精神训》："故头之圆也象天，足之方也象地。"

⑻ 西人：西洋人，指欧美各国的人。

⑼ 毛族：指兽类。

⑽ 羽族：指鸟类。

⑾ 鳞族：鱼类和爬行类等有鳞动物的总名。

〔12〕宝龟：用以占卜的龟。古代用龟甲占卜吉凶，故以龟为宝物。

〔13〕介族：泛指甲壳类动物。介，动物的甲壳。

〔14〕五通：邪神名。又称五圣、五显。为中国南方乡村供奉的神道。

〔15〕汉武：汉武帝刘彻，景帝的儿子。

〔16〕韩昌黎：即韩愈（768—824），唐代著名文学家、思想家，字退之。河南河阳（今河南孟州）人。官至吏部侍郎，世称韩吏部，谥韩文公。昌黎为其郡望，故称其为“韩昌黎”，著有《昌黎先生集》。

〔17〕荦荦（luò luò）大者：指明显的重大的方面。荦荦，明显。《史记·天官书》：“此其荦荦大者，若至委曲小变，不可胜道。”

〔18〕不佞：谦称。犹言“不才”，用作自谦之词。《称谓录》卷三二《谦称·不佞》：“佞……音宁，才也，故自称不才曰不佞。”

〔19〕迂谬：迂腐荒谬。

〔20〕帖（tiě）括：泛指科举时代的应试文章。唐代科考，明经科以“帖经”取士，因帖经难记，应试者为应付考试，将经文中偏僻的章句编成歌诀，便于记诵，叫帖括。《新唐书·选举志下》：“明经者但记帖括。”明清时也指科举考试的八股文。

〔21〕弱冠：古时代指男子二十岁。古时男子年二十行成人礼，结发戴冠，体弱未壮，故称。语出《礼记·曲礼上》：“二十曰弱，冠。”唐孔颖达疏：“二十成人，初加冠，体犹未壮，故曰弱也。”后遂称男子二十岁为“弱冠”。

〔22〕拘墟固陋：见识狭隘浅陋。

〔23〕嚣然：傲慢轻狂的样子。

〔24〕忮（zhì）刻：褊狭刻薄。

〔25〕阴贼：阴险狠毒。

〔26〕深阻：指性情深沉而不外露。

〔27〕旷朗：开朗。

〔28〕穷：处境恶劣。

〔29〕“拥高”两句：泛指身居高位者出行仪仗，形容声势显赫。高牙，大而高扬的牙旗。牙，牙旗，即旗竿上装饰有象牙的大旗。纛（dào），军中的旗帜。

〔30〕颉颃（xié háng）：本义为鸟飞上飞下的样子。泛指互相抗衡，难分高下。

〔31〕便辟：逢迎谄媚。

〔32〕直遂径行：指随心愿行事，顺利获得成功。

〔33〕诚壹：心志专一。司马迁《史记·货殖列传》：“卖浆，小业也，而张氏千万；洒削，薄技也，而郅氏鼎食……此皆诚壹之所致。”婉笃：委婉真挚。

〔34〕“昔者屈原”两句：意谓屈原为左徒时被放逐，创作《离骚》以寄托哀思。屈原，人名。名平，字原。战国时楚国诗人。年轻时做过楚怀王左徒，后遭谗言被放逐，楚国危亡，无法挽救，投汨罗江而死。作有《离骚》《九章》《天问》《九歌》等篇。左徒，战国时楚国设置。参议国事，发布号令，接待宾客。司马迁《史记·屈原贾生列传》：“屈原者，名平，楚之同姓也。为楚怀王左徒……入则与王图议国事，以出号令；出则接遇宾客，应对诸侯。”美人香草，屈原作《离骚》，以美人比君主，以香草比贤臣，后称《离骚》为美人香草之辞。

〔35〕“庄周”两句：意谓庄子为漆园吏时，政见不被接受，就写了《庄子》。庄周，人名。即庄子，名周，生卒年不详，宋国蒙（今河南商丘附近）人。战国时期哲学家、文学家，道家代表之一。曾为漆园吏。著有《庄子》。司马迁《史记·老子韩非列传》：“庄子者，蒙人也，名周。周尝为蒙漆园吏。”

〔36〕“东方曼倩”两句：意谓东方朔不被重用，创作了《十洲记》《洞冥记》。东方曼倩，即东方朔，字曼倩，西汉辞赋家，平原厌次（今山东惠民）人。汉武帝时，他上书自荐，入朝为常侍郎，后任太中大夫、给事中。其人滑稽多智，善辞赋，然始终被视为俳优，不得重用。著有《答

客难》《非有先生论》等。《十洲》，志怪小说集。即《十洲记》，又名《海内十洲记》《十洲三岛记》。旧题汉东方朔作，学者以为乃六朝人伪托之作，记述汉武帝闻西王母说八方巨海之中有十洲，问东方朔十洲所在及方物之名。《洞冥》，志怪小说集。即《洞冥记》，又名《汉武洞冥记》《别国洞冥记》，记述汉武帝与东方朔事，兼述异国进贡珍品异物。旧本题后汉郭宪撰，王韬所写有误。学者也以为乃六朝人伪托之作。

〔37〕遁窟谰言：又名《遁叟奇谈》，初版于光绪元年（1875），王韬的第一部文言短篇小说集。

〔38〕天南：泛指南方。此指香港。

〔39〕春申浦上：指上海。春申浦，即今上海黄浦江。

〔40〕三椽：三间房屋。椽，古代房屋间数的代称。

〔41〕庋（guǐ）：置放，收藏。

〔42〕燕巢鹪（jiāo）寄：意谓安于陋室，不贪求过多。燕巢，燕子在帷幕上面筑巢。典出《左传·襄公二十九年》："夫子获罪于君以在此，惧犹不足，而又何乐？夫子之在此也，犹燕之巢于幕上。"故后常用"燕巢幕上""燕巢于幕"等，比喻处境危险。鹪寄，典《庄子·逍遥游》："尧让天下于许由。……许由曰：'……鹪鹩巢于深林，不过一枝；偃鼠饮河，不过满腹。归休乎君，予无所用天下为！'"比喻栖身所需极其简单。鹪，鹪鹩，一种体长约十厘米的小鸟。

〔43〕尊闻阁主人：安纳斯托·美查（Ernest Major，1830—1908）的笔名，英国商人，19世纪60年代初到中国上海，与其兄从事进出口贸易，初经营茶叶，后来开设江苏药水厂。清同治十一年三月二十三日（1872年4月30日），与3名英国人合股创办《申报》，主持报务；后设立点石斋印书局，创办《点石斋画报》。

〔44〕剞劂（jī jué）氏：指刻板印书的经营人。此意谓印刷出版。剞劂，刻印。

〔45〕命笔：执笔，下笔。

〔46〕十一：十分之一，表示很小的一部分。

〔47〕墨渖：墨汁。

〔48〕小胥：钞胥。旧时称被雇用的抄写者。

〔49〕延：请。丹青：绘画，作画。

〔50〕淞北：地名。主要指以吴淞江以北地区。王韬是江苏长洲人，故自称淞北。

〔51〕墙东之旧隐：指“墙东”“隐墙东”“墙东隐”，比喻隐居市井。典出《后汉书》卷八三《逸民传·逢萌传》：“初，（逢）萌与同郡徐房、平原李子云、王君公相友善，并晓阴阳，怀德秽行。房与子云养徒各千人，君公遭乱独不去，侩牛自隐。时人谓之论曰：‘避世墙东王君公。’”故后世指人避世隐身，保全自己。

〔52〕肆志：快意，纵情。

〔53〕息壤：秦邑名。此指誓约。战国时，秦武王和甘茂在此地订了誓约。典出《战国策·秦策二》：“王曰：‘寡人不听也，请与子盟。’于是与之盟于息壤。果攻宜阳，五月而不能拔也。樗里疾、公孙衍二人在，争之王，王将听之，召甘茂而告之。甘茂对曰：‘息壤在彼。’王曰：‘有之。’因悉起兵，复使甘茂攻之，遂拔宜阳。”故后以之代称信誓盟约。

〔54〕信陵君醇酒妇人：意谓信陵君沉湎于美酒和女色。典出《史记·魏公子列传》：信陵君遭魏王猜忌，“公子自知再以毁废，乃谢病不朝，与宾客为长夜饮，饮醇酒，多近妇女。日夜为乐饮者四岁，竟病酒而卒。”故后以“醇酒妇人”代指沉溺酒色。信陵君，即魏无忌，战国时魏国贵族，战国四公子之一，魏昭王之子，魏安釐王的异母弟。封于信陵（今河南宁陵），故称信陵君。曾窃符救赵，被魏王猜忌，消沉于醇酒美人而死。

〔55〕岁次：意谓岁星运行到。古时用岁星（木星）纪年，每年岁星所值的星次和它的干支叫“岁次”。中浣：农历每月中旬。唐制，官员每月上、中、下旬各给假一日，以便洗沐，故称三个假日为上浣、中浣、下浣。逸民：指避世隐居的人。

【译 文】

天地之大，存在而不去理论；中国之外，搁置而不去考察。见识局限于耳闻目睹，记载局限于形色可证，宇宙就狭小，而学问到尽头了！从前夏禹把鬼神怪异之物的图像铸在鼎上，可惜其文字没有流传至今。有人说伯益所记录的东西，夷坚所记载的内容，都传自夏禹，即今天的《山海经》一书。然而西洋人足迹遍及边荒之地，凡属于圆头方足、生于天地间的人，没有像《山海经》上说的那些奇形怪状的物象。《山海经》的说法不值得相信。麟、凤、龟、龙，中国称之为“四灵”。而按照西洋人的说法，兽类中没有所说的麟，鸟类中没有所说的凤，鳞类中没有所说的龙。今天的中国，这三种动物也没见过。难道是古时有而现在没有了吗？古代用以占卜吉凶的龟是掌管国政的重器，现在不过是一种蠢笨的甲壳类动物而已，有什么灵异？那么，现在的龟也不是古代的龟，很明显了。喜好谈论神仙鬼怪的人，认为南方有五通，如同北方有狐狸。难道天下有神仙吗？汉武帝一句话，就可揭穿它。圣人利用鬼神之道进行教化，不过是愚弄人的说法：阳间有王法，阴间有鬼神，用善恶赏罚之权使人心怀戒惧，以寄托惩恶劝善罢了。何况像五通这种淫邪、昏聩、蛊惑的东西，听了令人发指，怎敢在光天化日之下放纵伎俩呢？这真是天下间的一桩怪异之事。狐狸是兽类，怎么能变幻成人形？自是虚妄的人伪造怪异，狐狸洞中，几乎像别有一个世界。这些西洋人都是断然不信的，实在是空话不如实践。西方国家没有，而中国必定认为有，这样的人心风俗，由此可知了，这真像韩愈所说“今人只想听鬼怪之事”令人感慨！西洋人深入钻研技艺，造器致用，测量天有多高，计算地有多远，考察山冈，区划水土；车船行驶，快如风驰电掣；利用水火之力，穿山凿洞；传递音信，瞬息千里；化学精妙，顷刻万变，仿佛鬼斧神工，不可思议。那些坐着说空话的人，可以起来干点实事了，有利民生，裨益国事，这才是重要的大业。不务此业，却去追求离奇虚妄、缥缈不可查考的事情，难道只是好奇之过，其志向也荒唐了。

我从小就抱有用世之志，向来不喜欢浮夸荒谬，一向实事求是。怨恨八股文无用，未成年，就抛弃而不做了。见世上那些读书人，不是虚浮狂放，就是因循守旧，除八股文之外，一无所知，反而傲慢轻狂，自以为是；等出去经历世事，则褊狭阴狠，性情乖张，心胸狭窄，有如城府；想寻找那些开朗率直的人，千百人中不得一二。呜呼，我于是处境险恶了！又见那些达官显贵，高擎牙旗，摆列仪仗，得意扬扬，自高其位，仿佛这世上没人能比得上他们，然而一旦涉及利害，遇到事变，就茫然不知所措，甚至身败名裂，贻笑后世。现在这个势利龌龊、阿谀逢迎的世界，本已由来已久了。难怪我以自己意愿行事碰壁，以坦率处世碰壁，以诚挚交友碰壁，以激昂论事碰壁。窘困到极点就想变通，郁积到极点就想奋起，最终不得志，就只有遁入山林了，专心把哀痛、憔悴、真挚、理想、忧思的情怀，全部寄托在书里。在中国求之不得，就到边荒绝顶、异域他乡；在当代的人中求之不得，就上推到远古以前，下到千年以后；在人类中求之不得，就到鬼狐仙佛、草木鸟兽处求。从前屈原做左徒时，遭受困厄，就用美人香草寄托哀思；庄子做漆园吏时，遭受困厄，就用荒唐无稽的言辞鸣不平；东方朔因能言善辩遭困厄，就写了《十洲记》《洞冥记》。我过去写的《遁窟谰言》，就是遭受困厄而隐居天南时所作。现在我倦游知返，暂住上海，有三小房子，权且放置图书，也作为栖身之所，遮风避雨。困厄欲死，哪里还有心作游戏之言呢？尊闻阁主人屡次请我拿出作品，要交给出版者刻印。于是我就在酒后茶余，炉旁灯下，每每铺纸下笔，追忆三十年来见闻中那些可信、可惊的事，姑且记录一小部分，或触及往事，或引发旧恨，笔墨淋漓，与泪痕混杂一起。每次文稿写完，就让小胥抄录到另外的纸上。尊闻阁主见了，总是拍案叫绝，并请善于绘画的人按文章的意思绘成图，付印问世，将陆续成书，有十二卷，命名《淞隐漫录》。呜呼！我从此离开香港的隐居处，住在淞北的临时寓所，或许去寻访冈西的故园，找到一处隐居之地，避世不出，快意山水，以这本书的取名作为誓约。世上见到我这本书的人，就当作信陵君寄情醇酒妇人来看好了。

光绪十年岁次甲申五月中浣淞北逸民王韬自序

华璘姑

璘姑华氏，吴门大家女[1]。幼聪慧。入塾与诸兄竞读，辄出其上。父母尤钟爱之，每谓人曰："此吾家不栉进士也[2]。"长工刺绣，并娴诗词。诸兄旋附读邻塾。邻生陆眉史，有俊才，丰度超逸，有如玉树临风[3]。与女伯兄交尤莫逆[4]。伯兄字子瑜，每试文，辄冠其曹[5]。偶然窗下课文[6]，终不逮眉史[7]。

一日，分题角艺，帖括外兼及诗赋[8]。眉史固自负诗坛领袖，子瑜素不工韵语，而是日之诗，竟拔帜先登，独探骊珠，压倒元白[9]。眉史心窃疑之[10]，度必倩人捉刀[11]，然弗敢直询也。偶翻阅其课程，见中夹一纸，簪花书格[12]，异常秀媚，末附前诗，字句皆同。因挟之以问曰："此谁氏子手笔？当出自闺阁中。不直告，必出呈之师长！"子瑜赧然曰[13]："余女弟璘姑[14]，夙娴翰墨，此其拟作也。愿秘之勿宣。"于是眉史之意，阴有所属[15]。眉史固未议聘，而闻璘姑亦未字人[16]，特终惮于启齿，未敢径白高堂[17]；又虑女有才未必兼貌，将徐瞯之而后定[18]。

生家与女室仅一墙隔，其园之西偏，即女卧楼也。时当长夏[19]，生登亭纳凉[20]，徘徊眺望。忽楼窗呀然四辟[21]，女斜倚阑干[22]，支颐若有所思[23]。生骤睹之，惊为天人[24]。生貌固韶秀[25]，女亦爱之，相视目成[26]，久之，始掩窗而下。生归书室，情不自禁，因作咏所见一律，书之纨扇[27]，以赠子瑜，下并志其时日。诗云：

桃花门巷锁葳蕤，解识春风见一枝。

隔岸好山先露面，照人新月宛成眉。

惊鸿影断迷来路，覆鹿疑深系去思。

不待重寻已惆怅，等闲吹白鬓边丝。

旋扇上诗为女所见，知生之属意于己也，密成四绝[28]，书之金笺[29]，伺兄他出[30]，授婢投于生案。生得诗，审为女作，喜甚，因以金资重赂婢[31]，遂得达女室。是夕澹月侵帘[32]，明星当户[33]，女方背灯兀坐[34]，顾影长吁。生自后凭其肩，曰："卿何徒自苦也？"女不虞生之骤至[35]，惊起，询所自来。生曰："特来践卿诗中之约，岂欲效双文[36]悔其前言欤？"女俯首无词，拈带不语。生遂与订啮臂之盟[37]。由此往来无虚夕，而女之家人固莫之觉也。

时邻省有狄生者，女父所取士也，弱冠登贤书[38]，文名噪甚，特遣冰人求女[39]。女父许之，行聘有日矣[40]。女闻急甚，因与生谋，宛转筹思，计无所出。女哭失声，谓生曰："君堂堂丈夫[41]，竟不能庇一女子耶！"生窘，逸去[42]。夜半，女取双罗帕结同心带，自缢于梨花树下。及晓，女父母始知，解救不及，顾莫明其死之由，但厚殓之而已[43]。因欲择地，暂寄女棺于僧寺。

生骤闻噩耗，惊怛欲绝[44]，哀痛几不欲生，蒙被而卧，呻吟床蓐，恍惚间，魂已离躯壳。遥见一女子在前，娉婷蹇步[45]，状若璘姑。疾趋就之，则又远不能及。爰呼女名而大号。女若有所闻，驻步少待。及觌面[46]，果女也。女见生，惊曰："君何为亦至此？此非人间，乃离恨天第一所也[47]。妾以薄命，不得偶才子，暂堕红尘[48]，以完夙孽[49]。君前程方远，且堂上属望方殷[50]，何不速归？"生泣曰："苟不能偕卿同返，愿长居地下耳！"女曰："然则君姑待此，俟妾闻之主者[51]，当有佳音。"女去，须臾即返[52]，喜曰："事谐矣[53]！主者以君情重，令同回阳世成伉俪[54]。君归但启妾棺，妾自可活。"言讫，以手拍生肩，生遽惊觉。因托避人养疴[55]，读书寺中。以贿嘱其僮仆，夜半潜启女棺。女颜色如生时[56]。负置之床，灌以参苓。天将明，女微有声息，星眸乍启而旋闭，朱唇欲语而终止，状似甚惫者。三日始能起立如常。生若获异宝，谋徙居他所。生之舅氏，素居金陵[57]，以乡试[58]伊迩[59]，寄书招生，下榻其家。生遂禀白父母而往[60]，其实一舸西施[61]，将图远避也。

既抵金陵，僦屋莫愁湖畔[62]，临湖三椽[63]，极为幽敞。绿波红槛，碧瓦珠帘。女著茜纱衫[64]，凭阑望远，见者疑为神仙中人。生舅氏遣人屡次往招，生辞以与同试友偕寓，弗可离也。顾舅氏微闻寓中有女子，疑为平康挟瑟者流[65]，隐告生母。生母遣媪往瞯，入寓睹女，骇而却走，狂呼白日见鬼。由是女之踪迹渐露。

生度弗可居，渡江至维扬[66]，爰书颠末[67]，求其密友郑生为之斡旋。女父母自女死后，惋惜弗置，每道及女，辄为流涕。郑生固与女兄子瑜善，自言有异人授以仙术，能起死人而肉白骨[68]，“君父思女伤心，久恐成疾，曷弗有以解之？吾能为致其魂，如汉之李少卿不足多也[69]。”子瑜白之父，初不信。女母急于一见其女，曰：“盍少试之[70]？即其术不售[71]，亦无所损。”及以女生平衾褥[72]、帷帐、衣裳、服玩，悉畀郑生[73]，刻期在其家相见[74]。

郑生已隐招生与女至，夜半，郑生燃烛于堂，焚香于鼎，室中位置床榻，如女平时。檀旃氤氲[75]，缭绕一室。乃禹步焚符箓[76]。女父母驻足室外，屏息静俟[77]。须臾[78]，隐隐闻女哭声，自远而近，于香篆中珊珊微步以前[79]。女父母谛视之[80]，果女也。郑生戒勿得相逼，但可隔牖与语[81]。女缅述死后之苦[82]，并言阴司以其寿数未终[83]，可仍还阳间。月老稽诸婚牒[84]，与邻右陆眉史有夙缘未了[85]，如父母一言许之，可留不去。郑生怂恿招眉史来，愿系赤绳[86]，且力任币聘事[87]。眉史至，请如约。女父母恐骇物听[88]，不敢携归，乃伪为郑生妹也者嫁于陆。嫁之夕，香灯彩仗，驺从颇盛[89]，宾客贺者盈堂。红巾既揭[90]，见者愕眙[91]。由是女往来于华郑两家，有如戚串[92]。逾年，女白[93]父母，卜地葬棺，以掩其迹。舁者举其榇[94]，空若无物，疑为尸解去[95]。因呼女坟为仙冢。

呜呼！始则兰摧玉折[96]，终则璧合珠圆，一死一生，其情愈深。郑生为地下之媒妁[97]，完人间之夫妇，其术则幻，其计则神。彼璘姑者，其将终身铸金绣丝[98]，以报郑生也哉[99]！

【注释】

〔1〕吴门：古吴县的别称。明清属苏州府治。今江苏省苏州市吴中区与相城区。大家：世家望族，泛指豪富之家。

〔2〕不栉（zhì）进士：不绾髻插簪的进士。旧时称有才学的女子。不栉，不束发。栉，梳头发。古代男子把头发梳成髻，用簪簪住。唐代刘讷言《谐噱录·不栉进士》："关图有妹，能文，每语人曰：'有一进士，所恨不栉耳。'"故后以"不栉进士"称才女。

〔3〕玉树临风：形容人英姿秀美，风度潇洒。玉树，比喻优秀的少年人。晋时人用玉树比喻人品貌的秀美，故后世以之称美人的仪容、风度。典出《世说新语·言语》："谢太傅问诸子侄：'子弟亦何预人事，而正欲使其佳？'诸人莫有言者，车骑答曰：'譬如芝兰玉树，欲使其生于阶庭耳。'"后世用作称美子弟。

〔4〕伯兄：长兄。莫逆：彼此志同道合，交谊深厚。

〔5〕曹：辈。此处指同试的人。

〔6〕课文：窗课，习作文字。

〔7〕不逮：比不上，不及。

〔8〕帖（tiě）括：泛指科举时代的应试文章。明清时也指科举考试的八股文。详见《自序》注。

〔9〕"独探"两句：意谓文章优异，超过他人。骊（lí）珠，古代传说中骊龙颔下的宝珠。此处意为文章优异。典出《古今诗话·探骊获珠》："元稹、刘禹锡、韦楚客同会乐天舍，各赋《金陵怀古》。刘诗先成，白曰：'四人探骊，子先获珠，所余鳞角何用！'三公乃遂罢作。"故后以"骊珠"比喻作诗文能抓住精髓。元白，唐代诗人元稹、白居易

的并称。二人为诗友，以诗名享誉诗坛，时人称之为“元白”。《旧唐书·元稹传》：“稹聪警绝人，年少有才名，与太原白居易友善。工为诗，善状咏风态物色，当时言诗者称元、白焉。”

〔10〕窃：私下，暗中。

〔11〕度：猜度，猜想。倩（qìng）人捉刀：意谓请人作文章。倩人，请人做某事。语出《三国志·魏书·陈思王植传》：“（植）善属文。太祖尝视其文，谓植曰：‘汝倩人邪？’植跪曰：‘言出为论，下笔成章，顾当面试，奈何倩人？’”捉刀，指替人作文章。语出南朝宋刘义庆《世说新语·容止》：曹操将会见匈奴使者，自以形陋，让崔季珪代替自己，自己捉刀站立床头。事毕，使间谍问之。匈奴使曰：“魏王雅望非常；然床头捉刀人，此乃英雄也。”曹操闻之，追杀此使。后世遂以“捉刀”代指替代者。

〔12〕簪花书格：即簪花格，古代书体的一种。唐代张彦远《法书要录》卷二载南朝梁袁昂《古今书评》：“卫恒书如插花美女，舞笑镜台。”后称书法娟秀者为簪花格。

〔13〕赧（nǎn）然：惭愧脸红的样子。

〔14〕女弟：妹妹。《说文》：“妹，女弟也。”

〔15〕阴：暗中。

〔16〕字人：即女子许配人。字，旧时指女子许嫁或出嫁。李渔《巧团圆·剖私》：“年方十六，尚未字人。”

〔17〕径白高堂：直接告诉父母。径，直接。白，告诉。高堂，指父母。

〔18〕瞷（jiàn）：窥视，偷看。

〔19〕长夏：指阴历六月。因其白昼较长，故称。亦泛指夏天。

〔20〕亭：亭子，有顶无墙供人游憩用的建筑物。

〔21〕辟：打开

〔22〕阑干：栏杆。

〔23〕支颐：支撑着下巴。

〔24〕天人：犹言天仙。对美丽的女子的美称。

〔25〕韶秀：俊美。

〔26〕目成：用眼神传达心意，表示心许之辞。语出屈原《九歌·少司命》："满堂兮美人，忽独与余兮目成。"

〔27〕纨扇：用细绢制成的团扇。

〔28〕绝：绝句。诗体名。又称"截句""断句""绝诗"。一种近体诗。每首四句，每句五字或七字，平仄、用韵格律甚严。常见的有五言（每句五个字）和七言（每句七个字）两种。五言简称为五绝，七言简称为七绝。

〔29〕金笺：纸名。供写信题辞等用的精美的洒金纸张。

〔30〕他出：外出。

〔31〕金资：钱财。

〔32〕澹（dàn）月：清淡的月光。亦指月亮。

〔33〕当户：正对着门户。

〔34〕兀坐：独自端坐。

〔35〕不虞：不料，没有料到。虞，意料。

〔36〕双文：指元稹传奇小说《莺莺传》中的女主人公崔莺莺。唐代元稹有《赠双文》诗："艳极翻含怨，怜多转自娇。……何因肯垂手，不敢望回腰。"宋代赵令畤《侯鲭录》卷五《辨传奇莺莺事》："其诗中多言双文，意谓二莺字为双文也。"

〔37〕啮臂之盟：咬臂出血为誓，表示诚信和坚决。指男女相爱订立的婚约。盟，婚约。典出《史记·孙子吴起列传》："（吴起）东出卫郭门，与其母诀，啮臂而盟曰：'起不为卿相，不复入卫。'"后称男女私下订下婚约为"啮臂盟"。

〔38〕弱冠：古时代指男子二十岁。详见《自序》注。登贤书：指乡试考中举人。贤书，考试中式的名榜，此指乡试榜录。贤书，语出《周礼·地官·乡大夫》："乡老及乡大夫、群吏献贤能之书于王。"贤能之书即举

荐贤能的名籍，后因之称乡试中式的名榜为贤书。

〔39〕冰人：媒人。语出《晋书·艺术传·索纨》："孝廉令狐策梦立冰上，与冰下人语。纨曰：'冰上为阳，冰下为阴，阴阳事也。士如归妻，迨冰未泮，婚姻事也。君在冰上与冰下人语，为阳语阴，媒介事也。君当为人作媒，冰泮而婚成。'"后因之称媒人为冰人。

〔40〕有日：不久。

〔41〕丈夫：有作为有志气的男子。犹言男子汉。

〔42〕逸：逃。

〔43〕殓（liàn）：尸体入棺，盖上棺盖。

〔44〕惊怛（dá达）：惊讶，悲痛。

〔45〕蹇步：步履艰难。此处意谓行动迟缓的样子。

〔46〕觌（dí）面：见面，当面。

〔47〕离恨天：传说天有三十三重，离恨天最高，取离情别恨之意。

〔48〕红尘：佛教、道教等称人世为"红尘"。

〔49〕夙孽：佛教语。指前世的孽缘。

〔50〕堂上：指父母。

〔51〕主者：指专掌某事的人。

〔52〕须臾（yú）：片刻，一会儿。

〔53〕谐：论定，谈妥。

〔54〕伉俪（kàng lì）：夫妻。

〔55〕养疴：养病。

〔56〕颜色：面容，面色。

〔57〕金陵：古邑名。在今江苏省南京市。为三国吴，南朝宋、齐、梁、陈，五代南唐六朝故都，其地相当于现在的南京市。

〔58〕乡试：科举考试名。明清两代每三年一次在各省省城举行乡试，考中者称"举人"。因在秋季举行，亦称秋试。

〔59〕伊迩：将近，不远。

〔60〕白：告诉。

〔61〕一舸（gě）西施：指范蠡助越王勾践复国后，急流勇退，携西施泛舟五湖，隐居而去。此借用西施随范蠡事比喻远离隐居。舸，大船，也泛指船。西施，人名。春秋末年越国苎萝（今浙江诸暨南）人，以美貌著称。后常用作美女的代称。《越绝书》："西施亡吴国后，复归范蠡，同泛五湖而去。"

〔62〕僦（jiù）屋：租赁房屋。僦，租赁。莫愁湖：湖名。在今江苏南京市水西门外。

〔63〕三椽（chuán）：三间房屋。椽，量词。此处为古代房屋间数的代称。

〔64〕茜（qiàn）纱衫：红色的薄纱上衣。茜，红色。

〔65〕平康挟瑟者流：意谓歌伎这类人。平康，即平康坊，也称平康里、平康巷。后世以之称青楼。详见《纪日本女子阿传事》注。挟瑟者，指歌伎。

〔66〕维扬：扬州的别称。《尚书·禹贡》："淮海惟扬州。""惟"通"维"。后截取二字以为名。

〔67〕爰：于是。颠末：原委，始末。

〔68〕起死人而肉白骨：让死人复生，使白骨长肉。比喻给人再造之恩。语出《国语·吴语》："君王之于越也，繄起死人而肉白骨也。"

〔69〕李少卿：即李陵，字少卿。陇西成纪（今甘肃静宁）人。李广孙，善骑射。武帝时拜骑都尉，出征匈奴，兵败投降，居匈奴二十余年而亡。

〔70〕盍（hé）：何不。

〔71〕不售：志愿未遂，指没成功。售，达到，实现。

〔72〕衾褥：被子和褥子。

〔73〕畀（bì）：给予。

〔74〕刻期：限期，定期。刻，计时单位。一昼夜共一百刻。

〔75〕檀旃氤氲（tán zhān yīn yūn）：檀香弥漫。檀旃，檀香。氤氲，烟气弥漫的样子。

〔76〕禹步：道士作法时走路的步法。因其步法依北斗七星排列的位置而行步转折，宛如踏在罡星斗宿之上，又称步罡踏斗。传说源于大禹。《洞神八帝元变经·禹步致灵》第四：“禹步者，盖是夏禹所为术，召役神灵之行步；以为万术之根源，玄机之要旨。”符箓：道教秘密使用的文书，为一种笔画屈曲、似字非字的图形，用以“驱鬼”“镇邪”“治病”等。此处指用来招魂。

〔77〕俟（sì）：等候。

〔78〕须臾：片刻。

〔79〕香篆（zhuàn）：指焚香时所起的烟缕。因其曲折似篆文，故称。宋代范成大《社日独坐》：“香篆结云深院静，去年今日燕来时。”

〔80〕谛视：仔细看。

〔81〕牖（yǒu）：窗户。

〔82〕缅述：追述，备述。

〔83〕阴司：阴间，阴曹地府。

〔84〕月老稽诸婚牒：意谓月老核查了婚姻簿。月老，即月下老人。相传他掌管天下婚牒。后世用作媒人的代称。稽，查核。婚牒，婚姻簿。

〔85〕夙（sù）缘：前世的因缘。

〔86〕系赤绳：缔结婚姻。传说月下老人以此系男女之足，使成夫妇。此意谓担任媒人。典出唐代李复言志怪小说《续幽怪录·定婚店》：韦固经宋城，遇一老人倚囊而坐，向月检书。固问何书，答曰：“天下之婚牍。”又问囊中何物，答曰：“赤绳子耳。以系夫妻之足。及其生则潜用相系，虽仇敌之家，贵贱悬隔，天涯从宦，吴楚异乡，此绳一系，终不可逭。”

〔87〕币聘：聘礼。

〔88〕物听：舆论，世人的听闻。物，公众。

〔89〕驺（zōu）从：古代显贵出行时在车前车后的骑马侍从。驺，骑士，侍从。从，随从。

〔90〕红巾：红色巾帕，此指蒙于新娘头上的红色织物。俗称盖头。

〔91〕愕眙（è chì）：惊视的样子。

〔92〕戚串：亲戚。

〔93〕白：告诉。

〔94〕舁（yú）：抬。槥（huì）：棺材。

〔95〕尸解：道教语。指修炼得道的人遗弃他的身体，成仙而去。

〔96〕兰摧玉折：指守身贞洁而死，亦喻人不幸早夭。语出南朝宋刘义庆《世说新语·言语》："毛伯成既负其才气，常：'称宁为兰摧玉折，不作萧敷艾荣。'"

〔97〕媒妁：媒人。

〔98〕铸金绣丝：指受人恩惠，永志不忘，终身报答。铸金，也作"范蠡金铸""铸金思范蠡"。典出《吴越春秋·勾践伐吴外传》。春秋时范蠡佐越雪耻后，隐遁五湖，越王勾践铸金为范蠡像。"于是越王乃使良工铸金象范蠡之形，置之座侧，朝夕论政。"绣丝，以丝刺绣像，对人表示崇敬。典出唐代李贺《浩歌》："买丝绣作平原君，有酒惟浇赵州土。"形容功业显赫，受人尊崇。

〔99〕也哉：语气词连用，表示肯定或感叹语气。

【译 文】

华璘姑

华璘姑，吴门豪富人家的女儿。她自幼聪慧，入私塾与几位哥哥读书竞争，总是高出一筹。父母尤其钟爱，常对人道："这是我家的女进士。"璘姑长大后长于刺绣，并且娴熟诗词。不久，几位哥哥跟邻家的私塾读书。邻生陆眉史，卓有才华，丰采脱俗，有如玉树临风。他与璘姑的长兄相交莫逆。璘姑的长兄字子瑜，每次考试文章，总是同辈第一。偶然当堂作文，总是比不上眉史。

一天，分题较量制艺，除八股文外兼及诗赋。眉史自许诗坛领袖，子瑜一向不擅长诗词，但是他的诗，竟是夺得头筹，压过眉史。眉史心里暗自怀疑，猜想他一定是请别人代写，但是不敢当面询问。一次偶然翻阅子瑜的课本，见其中夹着一张纸，上面簪花小楷，异常秀媚，末尾附着前次考试所写的诗，字句都相同。于是他拿着这张纸问子瑜道："这首诗是谁写的？应出自女子之手。如果不直言相告，我一定把它交给老师！"子瑜红着脸道："我妹妹璘姑，一向娴熟诗词，这是她的拟作。希望你保守秘密，不要宣扬。"于是眉史的情意，暗中心有所属。眉史本来没有议婚，而听说璘姑也没有许配人，但是始终不敢开口，也不敢直接告诉父母；又考虑到璘姑有才未必有貌，打算慢慢偷看到她之后再做决定。

眉史家与璘姑的居室仅一墙之隔，在她家园子的西边，就是璘姑的绣楼。时值盛夏，一次眉史登亭纳凉，徘徊眺望。忽然看到楼窗四面打开，璘姑斜倚栏杆，以手托腮，若有所思。眉史突然看到璘姑，非常惊讶，以为见到了仙女。眉史容貌本来俊秀，璘姑也喜爱他，两人四目相对，一见钟情。相视许久，璘姑才关了窗户。眉史回到书房，情不自禁，便把所见写了一首律诗，书写在团扇赠给子瑜，诗下并注明时日。诗写道：

桃花门巷锁葳蕤，解识春风见一枝。
隔岸好山先露面，照人新月宛成眉。
惊鸿影断迷来路，覆鹿疑深系去思。
不待重寻已惆怅，等闲吹白鬓边丝。

不久，扇上的诗被璘姑看到，知道眉史倾心于她，秘密作了四首绝句，书写在金笺上，探听到长兄外出，让婢女把诗放到眉史桌上。眉史得诗，知道是璘姑的诗作，非常欢喜，便用重金贿赂婢女，于是得以到达璘姑的居室。这天晚上，清淡的月光洒进窗帘，明亮的星星照着门户，璘姑背灯独坐，顾影长叹。眉史自后把手放在她肩上，道："你何必独自苦恼呢？”璘姑料想不到他突然到来，惊得站起身，询问他为何而来。眉史道：“我特意履行你诗中的约会，难道想效仿崔莺莺反悔前面说过的话吗？”璘姑低头无语，拈着衣带不说话。眉史于是与璘姑订下生死不渝的婚约。从此眉史每晚都来，而璘姑的家人始终没有发觉。

当时，邻省有个姓狄的读书人，是璘姑父亲做考官时所取的秀才，二十岁考中举人，名噪一时。狄家特意派媒人向华家求亲。璘姑的父亲答应了，离下聘礼的日子不远了。璘姑听说后很着急，便与眉史商量，思来想去，无计可施。璘姑痛哭失声，对眉史道：“你堂堂男子汉，竟然做不到保护一个女子吗！”眉史十分窘迫，逃离而去。半夜时，璘姑取出双罗帕，结成同心带，自缢在梨花树下。等天明时，璘姑的父母才知道，解救不及，但是不明白女儿自杀的原因，只有厚葬罢了。因为要选择坟地，暂时把璘姑的棺材放在寺庙里。

眉史突然听到噩耗，惊恐欲绝，痛不欲生，蒙被在床上呻吟不止，恍惚间，魂魄已离开躯体。遥见一个女子在前，步履艰难，样子像璘姑。眉史急忙往前赶，却又远远得追不上。于是呼唤璘姑的名字，并大声哭喊。女子像是听见了呼唤，停下脚步稍等。等到见了面，果然是璘姑。璘姑看见眉史，惊讶地道：“你为何也到了这里？这里不是人间，而是离恨天第一所。我因为命薄，不得与才子婚配，暂时堕入人间，以了结前世的夙愿。你前程远大，而且父母殷切期盼，为何不速归？”眉史哭道：“如果不能与你同返，我愿长居地下！”璘姑道：“那么你暂且待在这里，等我禀报主者，当有佳音。”璘姑离去，不一会儿就返回了，欢喜地道：“事办妥了！主者认为你情深义重，让我们同回阳间结为夫妻。你回去后，只要开启我的棺材，我自会活过来。”说完，璘姑以手拍眉史的肩膀，眉史突然惊醒。于是眉史假托避人养病，到寺中读书。眉史贿赂僮仆，嘱托半夜同去启开璘姑的棺材。璘姑的面色如活着时一样，眉史背着她放在床上，灌了参苓汤。天将明时，璘姑微微有了声息，眼睛刚打开但又马上闭合，嘴唇想说话但又止住，样子好像很疲惫。过了三天，璘姑才能起立如常。眉史如获异宝，并谋划迁居到其他地方。眉史的舅舅一直住在金陵，因为乡试将近，写信招眉史，住在他家。于是眉史便禀明父母前往，其实是他带着璘姑，计划远走高飞。

到了金陵，他们在莫愁湖畔租赁了房屋，临湖的三间房子，极为幽静宽敞，绿波红栏，碧瓦珠帘。璘姑穿着红纱衫，凭栏远望，见者疑为神仙中人。眉史的舅舅派人屡次前往招请，他都以与同试友人在一起居住而不可离开为借口推辞了。但是眉史的舅舅隐约听闻他的寓所有女子，怀疑是妓女，偷偷告诉了眉史的母亲。眉史的母亲派了个老妇人前去，进入眉史的寓所看见了璘姑，惊惧地退走，大声呼喊白日见鬼。由此，璘姑的踪迹渐渐暴露。

眉史考虑到这里不能再住，就渡江到了扬州，写信说明事情的始末，请求他的密友郑生为他斡旋。璘姑的父母自女儿死后，惋惜地放不下，每当说到女儿，就为之流泪。郑生原本就与璘姑的长兄子瑜友善，自言有异人传授仙术，能使人起死回生，“你的父亲思女伤心，久恐成疾，怎么不想办法解决？我能招引她的魂魄，胜过汉代的李少卿。”子瑜告诉了父亲，他的父亲开始不相信。璘姑的母亲急于见女儿一面，道：“为什么不试一试？即使他的法术不成功，也没什么损害。”等到把璘姑生平的被褥、帷帐、衣裳和玩赏之物，都交给郑生后，定下时间在他家相见。

郑生已经暗中招眉史和璘姑回来，到了半夜，他在堂上点燃了蜡烛，在鼎中焚了香，室中布置了床榻，如璘姑平时一样。檀香烟气弥漫，缭绕室中。于是，郑生禹步焚烧符箓。璘姑父母驻足室外，屏息静候。不一会儿，隐隐听到女子的哭声，自远而近，从缭绕的香烟中缓步向前。璘姑的父母仔细看了看，果真是女儿。郑生告诫璘姑的父母不要靠近，但是可以隔着窗户与女儿说话。璘姑回述了死后的苦楚，并说阴司因为她的寿命尚未终结，仍可返还阳间。月老查看婚牒，说她与邻居陆眉史有夙缘未了，如果父母许可，她就可以留下不再回去。郑生鼓动璘姑的父母招眉史来，愿意做媒人，并且一力负担聘礼之事。眉史到来，请璘姑的父母答应婚事。璘姑的父母畏惧非议，不敢带女儿回家，于是将其伪装成郑生的妹妹嫁给陆眉史。出嫁的那天晚上，香灯彩仗，侍从众多，宾客满堂。揭下盖头后，看见新娘的人都惊视不已。从此，璘姑往来于华、郑两家，有如亲戚。第二年，璘姑禀明父母，选择墓地葬埋了棺材，以掩盖踪迹。抬棺的人将棺抬起，空若无物，怀疑飞升登仙了。因此称呼璘姑的坟为仙墓。

呜呼！开始是不幸早夭，最终是珠联璧合，一死一生，感情愈深。郑生作阴间的媒人，成全了人间的夫妇，他的法术奇幻，他的计谋神妙。那个璘姑，她将会终身为郑生铸金身、绣丝像，以报答郑生吧！

纪日本女子阿传事

阿传，日本农家女也。生于上野州和根郡下坂村。父业农，小筑三椽，颇有幽趣，依山种树，临水启门，自具篱落间风景。室东偏紫藤花满架，花时绛雪霏几榻[1]，阿传卧房在焉。阿传貌美而性荡，长眉入鬓，秀靥承颧[2]，肌肤尤白，胜于艳雪[3]，时人因有"玉观音"之称。及笄[4]，风流靡曼[5]，妖丽罕俦[6]。邻人浪之助者，佻达子也[7]，善自修饰以媚阿传[8]，时以玩物馈贻[9]。由是目挑眉语，遂成野合鸳鸯。往来既稔[10]，父不能禁，竟偷嫁之成伉俪，倡随极相得[11]。

无何[12]，浪之助忽撄恶疾[13]，盖癞也[14]。阿传耻之，偕夫遁去。闻草津有温泉，浴之能治癞，僦屋彼处[15]，晨夕往焉。乡人某甲，素爱阿传，闻而怜之，来劝之归。弗从。绢商某挈眷就浴温泉，适与阿传同寓，见阿传事夫甚谨，异之。绢商妾亦小家女[16]，绰约多姿，时就阿传语，始知为同族姊妹行。因劝夫邀阿传共往横滨，延美国良医平文治之[17]。

有吉藏者，横滨船匠员弁也[18]。涎阿传美，思通之[19]，愿任医药费，延阿传夫妇居其家，伺间求欢，狐绥鸨合[20]，极尽缱绻[21]。鱼贾清五郎，侠客也。怜阿传贫，时有所赠。阿传意其私己，欲以身事之。五郎拒不纳。浪之助疾久不瘳[22]，仍偕往温泉，中途遇盗，尽褫其橐中金[23]，哭诉于逆旅主人[24]。绢商适寓其家，时方宴客。婢以事闻，特畀朱提数笏[25]，济其穷。及来谢，及知即阿传。绢商方独宿寓中，遂荐枕席[26]。旋绢商归，阿传从之至其家。绢商妻唾之曰："此祸水也！"劝绢商绝之，赠以资斧遣去[27]。

未几，浪之助死。或疑为吉藏所毒，然事终不明。夫死一周，阿传颇不安于室[28]。一日，归省父[29]，缕诉往事艰辛状。阿传父虑女前行，令妹贻书规之[30]。阿传置弗省。偶徘徊门外，市太郎道经其室，一见惊为天仙。借事通词，遂招之入，竟作文君之奔焉[31]。以后凡有所属意者，辄相燕好[32]，秽声藉藉闾里[33]。

阿传以东京多浪游弟子，冀遂其私[34]，乃寓浅草天王桥畔旅舍，曰丸竹亭，室宇精洁，花木萧疏。阿传竟作倚门倡[35]，留髡送客[36]，习以为常。吉藏以事至东京，素识阿传，因呼侑觞[37]，醉甚留宿。阿传索金，不即予。吉藏自阿传夫死后，薄其所为，与之有隙，至是刺刺道其隐事[38]。阿传憾甚，乘其醉寐，手刃之，托为报姊仇，被逮至法廷，犹争辨不屈，几成疑案，经三年而后决，正法市曹[39]，以垂炯戒[40]。此己卯正月中事也[41]。东京好事者，将其前后情节，编入曲谱，演于新富剧场。天南遁叟时旅日东[42]，亦往观焉，特作《阿传曲》以纪之。诗录如左[43]：

野鸳鸯死红血迸，花月容颜虺蜴性。
短缘究竟是孽缘，同命今翻为并命。
阴房鬼火照独眠，霜锋三尺试寒泉。
令严终见爰书丽，闾里至今说阿传。
阿传本是农家女，绝代容华心自许。
争描眉黛斗遥山，梨花闭户春无主。
笄年偷嫁到汝南，羡杀檀奴风月谙。
花魂入牖良宵短，日影侵帘香梦酣。
欢乐无端生哭泣，温柔乡里风流劫，
一病缠绵不下床，避人非是甘岑寂。
温泉试浴冀回春，旅途姊妹情相亲。
一帆又指横滨道，愿奉黄金助玉人。
世少卢扁真妙手，到底空床难独守，
狐绥鸨合只寻常，鲽誓鹣盟无不有。

伯劳飞燕不成群，伉俪原知中道分。
手调鸩汤作灵药，姑存疑案付传闻。
一载孤栖归省父，骨肉情深尽倾吐。
阿妹贻书佯弗省，真成跋扈胭脂虎。
市太郎经邂逅初，目成已见载同车。
貌艳芙蓉娇卓女，才输芍药渴相如。
自此倚门弹别调，每博千金买一笑。
东京自古号繁华，五陵裘马多年少。
旅馆凄凉遇旧欢，焰摇银烛夜初残。
讵知恩极反生怨，帐底瞥掷刀光寒。
含冤地下不能雪，假手云鬟凭寸铁。
世间孽报岂无因，我观此事三击节！
阿传始末何足论，用寓惩劝箴闺门。
我为吟成《阿传曲》，付与鞠部红牙翻。

遁叟诗成，传钞日东，一时为之纸贵[44]。

按阿传虽出自农家，然颇能知书识字。所作和歌[45]，抑扬宛转，音节殊谐。其适温泉时，有艺妓小菊者，与之同旅邸。小菊正当绮龄[46]，貌尤靓丽，推为平康中翘楚[47]，艳名噪于新桥柳桥间，一时枇杷巷底[48]，宾从如云[49]。小菊亦高自位置[50]，苟非素心人，莫能数晨夕也[51]。自负其容，不肯下人，而一遇阿传，不觉为之心折[52]，叹曰："是妖娆儿[53]，我见犹怜[54]，毋怪轻薄子魂思而梦绕之也[55]。"阿传虽能操乐器，而未底于精[56]，至是小菊授以琵琶，三日而成调，谱自度曲居然入拍[57]。小菊之相知曰墨川散人，东京贵官之介弟也[58]。一见阿传，叹为绝色，伺小菊不在侧，遂与阿传订啮臂盟[59]，拟迎之归，贮之金屋[60]，终以碍于小菊，不果。由是菊、传两人，遂如尹邢之避面焉[61]。人谓阿传容虽娟好，而翻云覆雨[62]，爱憎无常，是其所短；小菊容貌亦堪伯仲[63]，惟美则可及，而媚终不逮也[64]。

阿传既正典刑，闺阁女子多以花妖目之，援以为戒。清五郎闻之，往收其尸，葬之丛冢[65]，并树石碣焉[66]，曰："彼爱我于生前，我酬之于死后。因爱而越礼[67]，我不为也。"呜呼！如清五郎者，其殆侠而有情者哉！曷可以弗书。

【注释】

〔1〕绛雪霏几榻：红色的花朵飘落在几榻上。绛雪，比喻红色的花朵。霏，飘洒，飘扬。

〔2〕秀靥（yè）承颧（quán）：女子笑时口旁现出两个酒窝。形容女子微微含笑。

〔3〕艳雪：明艳的雪。形容女子肌肤美艳晶莹。

〔4〕及笄（jī）：指女子十五岁。古代女子一般十五岁结发插簪，表示成年，可以议婚。《礼记·内则》："（女子）十有五年而笄。"汉郑玄注："谓应年许嫁者。女子许嫁，笄而字之，其未许嫁，二十则笄。"笄，簪子。

〔5〕靡曼：谓容色柔美。

〔6〕罕俦（chóu）：很少可与相比。俦，同辈，类，群。

〔7〕佻（tiāo）达子：轻浮无行的人。

〔8〕修饰：梳妆打扮，修整装饰使仪容漂亮、衣着美观。

〔9〕馈贻（kuì yí）：赠给，赠送。

〔10〕稔（rěn）：熟惯，熟悉。

〔11〕倡随：夫唱妇随。

〔12〕无何：不久。

〔13〕撄（yīng）：触犯。此指患上。

〔14〕癞（lài）：癞病，即麻风病。

〔15〕僦（jiù）屋：租赁房屋。僦，租赁。

〔16〕小家：平民小户人家。

〔17〕延：请，聘请。

〔18〕员弁（biàn）：低级文武官员，此指小头目，小管事。

〔19〕通：私通。

〔20〕狐绥（suí）鸨（bǎo）合：也作“鸨合狐绥”。比喻男女间不正当的性关系。绥，独行求偶的样子。鸨，一种鸟，似雁而大，性喜淫。合，交配。

〔21〕缱绻（qiān quán）：缠绵，亲密。

〔22〕瘳（chōu）：病愈。

〔23〕褫（chǐ）：剥夺，夺走。橐（tuó）：盛物的袋子。此指钱袋。

〔24〕逆旅：旅馆，客舍。

〔25〕畀（bì）：赠与。朱提数笏（hù）：几枚银子。朱提，银子的代称。产于朱提山（在今云南昭通），成色很好，故后以之称银为朱提。笏，金银的计算单位。铸金银成笏形，一枚为一笏。

〔26〕荐枕席：指侍寝。宋玉《高唐赋》：“昔者先王尝游高唐，怠而昼寝，梦见一妇人，曰：‘妾，巫山之女也，为高唐之客。闻君游高唐，愿荐枕席。’王因幸之。”

〔27〕资斧：旅费，盘缠。

〔28〕不安于室：也作“不安其室”。不能安心待在家里。指已婚妇女不安心于现有的婚姻状况。《诗经·凯风序》：“卫之淫风流行，虽有七子之母，犹不能安其室。”故后以之指已婚妇女思涉外遇。

〔29〕归省（xǐng）：回家探亲。一般指看望父母。

〔30〕贻书：来信。贻，赠送。

〔31〕文君之奔：意谓男女私奔。此指男女苟合。文君，指卓文君，蜀郡临邛人，富豪卓王孙之女，夫亡守寡。典出司马迁《史记·司马相如列传》：司马相如到临邛官商卓王孙家做客，王孙之女文君慕司马相如才情，夜奔相如，相如乃与驰归成都，成为夫妇。奔，古代女子不经媒妁而

私下与男子结合谓之奔。

〔32〕燕好：指男女欢好。燕，亲昵和睦。

〔33〕闾（lǘ）里：泛指乡里。闾，里巷的大门。

〔34〕冀：希望。

〔35〕倚门倡：借指妓女。倚门，妓女靠在门边招揽顾客。倡，古同“娼”，妓女。典出《史记·货殖列传》：“夫用贫求富，农不如工，工不如商，刺绣文不如倚市门。”故后用“倚门”指妓女生涯。

〔36〕留髡（kūn）送客：此指妓女留客和送客。髡，指淳于髡。典出《史记·滑稽列传》：“日暮酒阑……主人留髡而送客。罗襦襟解，微闻芗泽，当此之时，髡心最欢，能饮一石。”后称留客为“留髡”。清代余怀《板桥杂记·雅游》：“每开筵宴，则传呼乐籍，罗绮芬芳，行酒纠觞，留髡送客。”

〔37〕侑（yòu）觞：助酒，陪同饮宴。

〔38〕剌剌：多言的样子。

〔39〕市曹：市口通衢。常为古代行刑之处。

〔40〕炯（jiǒng）戒：亦作“炯诫”。明显的鉴戒或警戒。

〔41〕己卯：指光绪五年（1879）。

〔42〕天南遁叟时旅日东：指光绪五年（1879），王韬东渡日本，游历百余天。天南遁叟，即本书作者王韬，天南遁叟是他的号。

〔43〕如左：在左边或如同左边。中国古代书写的顺序是从右至左。因此，把下文要叙述或列举的内容用“如左”二字表示。

〔44〕纸贵：即“纸贵洛阳”“洛阳纸贵”。形容著作风行一时，流传很广。典出《晋书·左思传》：西晋文学家左思历时十年写成《三都赋》，“司空张华见而叹曰：‘班张之流也。使读之者尽而有余，久而更新。’于是豪贵之家竞相传写，洛阳为之纸贵”。故后世用“洛阳纸贵”称赞风行一时的优秀作品。

〔45〕和歌：日本的一种诗歌，包括长歌、短歌、片歌、连歌等。

〔46〕绮龄：妙龄。绮，美丽。

〔47〕平康：指青楼。唐长安丹凤街有平康坊，亦称平康里，为妓女聚居之地。五代王仁裕《开元天宝遗事·风流薮泽》："长安有平康坊，妓女所居之地，京都侠少萃集于此；兼每年新进士，以红笺名纸游谒其中，时人谓此坊为'风流薮泽'。"故后以之代指青楼。翘楚：高出众薪的荆木。比喻杰出的人才。此比拟诸女中之出众者。语出《诗经·周南·汉广》："翘翘错薪，言刈其楚。"东汉郑玄笺："楚，杂薪之中尤翘翘者，我欲刈取之。以喻众女皆贞洁，我又欲取其尤高洁者。"后以"翘楚"比喻杰出的人物。

〔48〕枇杷（pí pá）巷底：即枇杷门巷。指歌伎居住的地方。

〔49〕宾从如云：形容人很多。宾，宾客。从，仆从。即身后跟随的宾客和仆从很多。

〔50〕高自位置：同"高自标置"。意谓自视甚高。语出《晋书·刘惔传》："桓温尝问惔：'会稽王谈更进邪？'惔曰：'极进，然故第二流耳。'温曰：'第一复谁？'惔曰：'故在我辈。'其高自标置如此。"

〔51〕苟非素心人，莫能数（shuò）晨夕：如果不是相知的人，不能朝夕相处。素心人，心性素朴的人。数晨夕，每天朝夕相对。数，屡次。这里指每天。典出晋代陶渊明《移居（二首）》其一："闻多素心人，乐与数晨夕。"

〔52〕心折：从心里佩服。

〔53〕妖娆儿：指娇艳的女子。

〔54〕我见犹怜：形容女子姿色秀美动人，惹人喜爱。语出南朝宋虞通之《妒记》："（桓）温平蜀，以李势女为妾。郡主凶妒，不即知之，后知，乃拔刃往李所，因欲斫之。见李在窗梳头，姿貌端丽，徐徐结发，敛手向主，神色闲正，辞甚凄惋。主于是掷刀，前抱之曰：'阿子，我见汝亦怜，何况老奴。'遂善之。"故后以之形容女子姿态美丽、楚楚动人。

〔55〕轻薄子：轻佻浮薄的人。

〔56〕底：古同“抵”。达到。

〔57〕自度曲：也称自制曲、自度腔。指不依照旧有的曲调，自己创制新的曲调。度曲，制曲、作曲。居然：竟然。

〔58〕介弟：对他人之弟的敬称。

〔59〕伺：等待。啮（niè）臂盟：男女相爱订立的婚约。详见《华璘姑》注。

〔60〕贮之金屋：也作“金屋贮娇”“金屋藏娇”。表示对女子的宠爱。典出旧题汉代班固撰《汉武故事》。汉武帝为太子时，长公主欲以女阿娇配帝，问曰：“阿娇好否？”帝曰：“好！若得阿娇作妇，当作金屋贮之。”

〔61〕尹邢之避面：比喻彼此避不见面。尹邢，指汉武帝的宠妃尹夫人和邢夫人。汉武帝宠妃尹夫人与邢夫人同被宠幸，相互嫉妒，武帝诏令二人不得相见之事。《史记·外戚世家》：“尹夫人与邢夫人同时并幸，有诏不得相见。”故后以“尹邢避面”指彼此不相谋面。

〔62〕翻云覆雨：翻手作云，覆手作雨。比喻反复无常或玩弄手段。

〔63〕堪（kān）：可以。伯仲：相差不多。古时兄弟间，兄称伯，弟称仲。

〔64〕不逮：比不上，不及。

〔65〕丛冢：乱葬在一片地方的很多坟墓。

〔66〕石碣：圆顶的石碑。

〔67〕越礼：不合礼节，超出礼法规定。

【译文】

纪日本女子阿传事

阿传是一位日本农家女，生于上野州和根郡下坂村。父亲务农，有三间小房子，环境颇为优雅，依山种树，临水启门，自有一番乡村间的风景。房东是紫藤花满架，每逢花开时节，红花如雪飘落几榻，阿传的卧房就在这个位置。阿传相貌美丽，而性情放荡，长眉入鬓，酒窝承颧，肌肤尤白，胜于艳雪，时人因之称她“玉观音”。她十五岁时，愈加风流美丽，艳丽无双。阿传的邻居浪之助，是个性情轻薄的人，善于梳妆打扮来讨好阿传，拿玩物送给她。于是两人眉目传情，就成了野合鸳鸯。两人往来熟悉，阿传的父亲禁止不了，也无法管住她了，最终偷偷嫁给了浪之助，结成夫妻，夫唱妇随，极为相得。

不久，浪之助忽然患上了恶疾，即麻风病。阿传对此感到羞耻，就带他离开了。听说草津有温泉，洗浴能治疗麻风病，阿传就在那里租屋住下来，每天去温泉。乡人某甲，一向爱慕阿传，听说了这件事，很同情她，来劝她回去，但阿传没有听从。一个绢商携家眷来温泉沐浴，正好与阿传同住在一个客寓，看到她侍奉丈夫很恭谨，感到诧异。绢商的妾也是平民家的女子，长得柔美多姿，时常过去与阿传说话，才知道二人是同族姐妹。于是她便劝丈夫邀请阿传共往横滨，请美国医生平文为浪之助治病。

有个叫吉藏的人，是横滨的船工管事。他垂涎阿传的美貌，想要与她私通，表示愿意承担医药费，并请阿传夫妇住在他家，总是找机会向阿传求欢，奸夫淫妇，极尽缠绵。鱼商清五郎，是一位侠客。他怜悯阿传贫困，时常救济她一些东西。阿传以为他是勾引自己，就想以身相报，但清五郎不接纳。浪之助的病久治不愈，阿传只好带他回温泉，途中遭遇强盗，钱财都被抢去，阿传向旅店主人哭诉。绢商恰好住在这家旅店，当时正在宴客。婢女把这件事告诉了他，他特意给了一些银子，救济这个穷困女子。等到这个女子来感谢时，绢商才知道这个女人是阿传。绢商正独宿寓中，阿传便来侍寝。不久绢商归家，阿传跟着到了他家。绢商的妻子唾骂道：“这是祸水啊！”规劝绢商与她断绝来往，给了阿传一些钱打发她走了。

不久，浪之助死了。有人怀疑是吉藏毒死的，但是事最终没有弄清。丈夫死了一周，阿传就很不安分了。一天，阿传回家探望父亲，一一向父亲诉说往事艰辛。阿传的父亲考虑到女儿以前的品行，便让阿传的妹妹写信规劝她，但是阿传置之不理。一天，阿传偶然徘徊门外，市太郎路过其家，一见惊为天仙。他借事通词，阿传便请他进屋，二人竟然苟合。以后她凡是相中的人，就与其欢好，声名狼藉乡里。

阿传认为东京浪荡子弟多，期望那里能满足自己的私欲，于是住到了东京浅草天王桥畔的旅舍。旅舍名叫丸竹亭，房舍整洁，花木萧疏。阿传竟然做了妓女，迎来送往，习以为常。吉藏因事到东京，因原先就认识阿传，便让她陪酒，酒醉留宿。阿传向他要酬金，不给。吉藏自阿传丈夫死后，鄙薄她的所为，与她有了嫌隙，自是不停说阿传的隐秘事。阿传非常怨恨，乘其酒醉睡着，亲手杀了他，借口是为姐姐报仇。被逮捕到法庭审讯，她仍然争辩不屈，几乎成了疑案。历经三年才判决，执行死刑，以示警戒。这是己卯正月中的事。东京有好事的人，将其前后情节编入曲谱，在新富剧场上演。天南遁叟当时正旅居日东，也前往观看了，并特地作了《阿传曲》来记载这件事。诗录如下：

野鸳鸯死红血迸，花月容颜虺蜴性。
短缘究竟是孽缘，同命今翻为并命。
阴房鬼火照独眠，霜锋三尺试寒泉。
令严终见爰书丽，闾里至今说阿传。
阿传本是农家女，绝代容华心自许。
争描眉黛斗遥山，梨花闭户春无主。
笄年偷嫁到汝南，羡杀檀奴风月语。
花魂入牖良宵短，日影侵帘香梦酣。
欢乐无端生哭泣，温柔乡里风流劫，
一病缠绵不下床，避人非是甘岑寂。
温泉试浴冀回春，旅途姊妹情相亲。

一帆又指横滨道，愿奉黄金助玉人。
世少卢扁真妙手，到底空床难独守，
狐绥鸨合只寻常，鲽誓鹣盟无不有。
伯劳飞燕不成群，伉俪原知中道分。
手调鸩汤作灵药，姑存疑案付传闻。
一载孤栖归省父，骨肉情深尽倾吐。
阿妹贻书佯弗省，真成跛扈胭脂虎。
市太郎经邂逅初，目成已见载同车。
貌艳芙蓉娇卓女，才输芍药渴相如。
自此倚门弹别调，每博千金买一笑。
东京自古号繁华，五陵裘马多年少。
旅馆凄凉遇旧欢，焰摇银烛夜初残。
讵知恩极反生怨，帐底瞥掷刀光寒。
含冤地下不能雪，假手云鬟凭寸铁。
世间孽报岂无因，我观此事三击节！
阿传始末何足论，用寓惩劝箴闺门。
我为吟成《阿传曲》，付与鞠部红牙翻。

遁叟这首诗写成后，在日本传抄，风行一时。

阿传虽然出身农家，但很能知书识字。她所作的和歌，宛转悠扬，音节和谐。她刚巧在草津温泉时，有个叫小菊的艺妓，与她住同一家旅店。小菊正当妙龄，容貌尤为靓丽，被推为最出众者，在新桥、柳桥一带艳名大噪，一时其住处，宾客如云。小菊也自视很高，如果不是相知的人，她就不与来往。她自负美貌，不肯在人之下，但一遇见阿传，不觉为之佩服，赞叹道："妖娆儿，我见犹怜，不怪轻薄子魂牵梦绕啊。"阿传虽然能弹奏乐器，但未达到精通，自小菊教授她弹琵琶，三日成调，自己编写的曲谱竟符合节奏。小菊的知己叫墨川散人，是一个东京贵官的弟弟。他一见阿传，叹为绝色，等小菊不在身边，就与阿传订下誓约，打算接走她，金屋藏娇，但是最终碍于小菊，没有结果。从此小菊和阿传两人，就如尹夫人和邢夫人那样避而不见了。人们说阿传虽然容貌美丽，但反复无常，爱憎无常，是她的短处；小菊容貌与阿传不相上下，只有美貌比得上，但是妩媚终究不及。

阿传被处死后，那些闺中女子多把她看作花妖，引以为戒。清五郎听闻了她的死讯，前往为其收尸，把她葬在了乱坟地，并立了块石碑，道："她爱我于生前，我报之于死后。因爱而越礼，我不做啊。"呜呼！如清五郎这样的人，大概就是侠而有情的人吧！怎么可以不写下来。

小云轶事

小云沈姓，居扬州之虹桥横街[1]。虽出自小家女子[2]，而容比月妍，肌逾雪洁。年仅十二三龄，而一时罕与之俦[3]。乃教以歌曲，性绝警慧，一二度即已抑扬入拍，声尤宛转动人，曲师自叹弗如也。父母皆爱若掌珠，将鬻为巨家妾媵[4]，以奇货居之[5]。

一日，有游方僧过其门[6]，见女诧曰："此祸水也。倘肯削发皈依净土[7]，则可证无上乘[8]，入离垢天[9]。"女父母以其言不伦[10]，叱之去。左邻有禅月寺，相传为齐梁时所建[11]，挂搭者皆女尼[12]。内有妙香者，年最少，而持戒律独严。数往来女家，与女尤善。偶于闲中授女经典，女时有参悟，尼辄合掌赞叹。

无何[13]，女父母遇疫亡，女孤孑无所依[14]。有陈媪者[15]，为女中表戚[16]，素作蜂媒蝶使[17]，往来于秦楼楚馆间[18]，招女往居，盖蓄意弗良，将以钱树子视女也[19]。因赁精舍三椽于曲巷中，令女居之，香炉、茗碗[20]、棐几[21]、湘帘[22]，备极闲雅。隐招富家子至，装女出见[23]，或啜一茗[24]，或度一曲，见者惊为神仙中人，多掷缠头[25]，无有吝色[26]。逾岁，女年益长，娉婷玉立，艳冶无匹，枇杷巷里[27]，宾从如云[28]。有贵介公子某甲[29]，愿出千金为之梳拢[30]，以商于媪。媪已可而女弗许，泫然谓媪曰[31]："曩以孤贫[32]，故尔相依。堕落风尘，窃非所愿。惟是接席徵歌[33]，侑觞侍饮[34]，尚可曲从[35]。若荐枕抱衾[36]，此何等事，可相迫哉！"媪曰："虽然[37]，亦当择人而事[38]。汝岂遂以丫角老耶[39]？"女曰："无已[40]，俟余意所属[41]，乃可。彼纨袴子[42]，自踵至顶，无一雅骨[43]，奴岂能屈意事之哉！"

女于弦管之外，兼娴绘事，耽嗜名人书画[44]，弗惜重价购置[45]。遇富贵人，貌为缱绻[46]，必破其悭囊而后已[47]，箱箧中金玉锦绣[48]，物玩珍奇，不可胜数。颇爱才，见寒士[49]，延接殷勤，久而弗懈。以急难告，倾囊济之。或应试乏费，则倒橐畀之[50]，率以为常。人因呼为“女侠客”，名噪一时。吴让之以书法擅长，自诩为扬州独步[51]。与女结翰墨因缘，女亦以心交许之[52]。曾集成语书楹帖以赠女云[53]：“小于幺凤轻于燕，云想衣裳花想容。”咸谓此联女当之无愧色[54]。

赭寇陷城[55]，女先期徙去，人因服女之先见。沈旭庭与女为文字交，花晨月夕[56]，时与流连。沈气宇轩爽，为女所心慕。扬州既复，沈往访之，则女犹未归，吴之赠联，尚悬斋壁。越旬[57]，女忽乘鱼轩抵沈寓[58]，谓沈曰：“知君枉过敝舍[59]，殊感盛情。此地不可久留，行将逝矣。”沈固诘其由[60]，微笑不答。自此遂与沈别。

先是，女出城居附郭村落中，虽幸远贼锋，然噩警讹传，一日三至。女于日暮无聊，偶尔徙倚柴扉[61]，忽一肩舆[62]，匆匆至前，兵卒百余，前后拥护。及门舆停，一妇搴帘而出[63]，靓妆炫服[64]，盛鬋丰容[65]，见女裣衽[66]曰：“别来无恙耶？”女殊不相识，瑟缩无以应[67]。妇曰：“相隔未久，岂并音声[68]而忘之耶？我即禅月寺尼妙香也。别后陷身贼中，以尼故，幸不受污，但令蓄发改妆，幽闭一室中。贼败为官军所得，郭参戎逼令荐寝[69]。余厉声曰：‘身虽陷贼，犹处子也。余以万死一生，保全贞璞，今幸得睹天日，岂汝辈官军，乃不如贼耶！必欲见凌，愿以颈血溅于将军之前！’参戎为之肃然改容，徐曰：‘汝已有夫，当送汝归；苟未适人[70]，则余亦未娶，愿以伉俪请[71]。’余曰：‘奴固无归，诚如将军言，亦所愿也。特恐甘言以诳我耳。不然，表表[72]如将军，岂有年已及壮，而中馈犹虚者[73]？况夫妇敌体[74]，讵可咄嗟从事[75]？遣媒妁[76]，陈礼币[77]，择日亲迎，乃可惟命。’参戎一一如礼，相从已两载有余。昨闻扬城已陷，特念吾子[78]，故来相援耳。”女闻，含涕相谢。妙香曰：“此间亦不可居。能从我行乎？当自有汝安身立命处。参戎固家江北，购有田园，可以自给。”女遂徙居郭舍。

参戎有弟，年仅弱冠[79]，颇工帖括[80]，已入邑庠[81]，固翩翩顾影少年也[82]。妙香因劝令纳女。商之参戎，亦以为可。女遂归于郭弟[83]。

时贼颇披猖[84]，参戎转战于江皖之间[85]，骤与贼遇，贼骑绕之三匝[86]，昼夜相持，弗得突围而出，势濒危矣，已矢一死[87]。妙香在家，忽谓女曰："余将他适，十日乃归。余所奉大士前[88]，汝朝夕必炷香[89]，勿忘；佛前琉璃灯，夜必注油，勿令灭。若少疏虞[90]，将不能与汝相见。"逾十日，妙香忽偕参戎归，夜半排闼直入[91]，两人皆浴血满身，襟袖间悉弹丸焦灼痕。喘息既定，乃为缅述颠末[92]。盖参戎之被围也，度不能出[93]，将自刎。忽空中一巨鸟翩然飞下，羽衣既脱，则妙香也。参戎惊问何能来。妙香曰："自将军行，余日夜祷于佛前。昨梦大士告余曰：'将军危在旦夕，汝不可不往。'余泣而白佛[94]：'一弱女子身，间关跋涉千万军中[95]，何由得达？'大士掷袱囊于地[96]，曰：'聊以授汝。'解视之，羽衣两袭也[97]。及醒，衣宛在床头，服之身即轻举，两腋习习风生，顷刻已至。"因袖中出衣一袭，曰："将军何不服之脱重围而往乐土也？"参戎曰："余虽一身幸免，其如众军何？且当轴知之[98]，余必获戾[99]。"乃属众军而告之曰："今实逼处此，进退皆死。与其束手坐毙，曷若[100]擐甲执兵[101]，以决一战？"是夜月黑风狂，命各营枪炮皆满贮药弹，环击迭放，甲马而驰。贼于睡梦中惊醒，疑为援军骤至，群向西北御之。参戎乃率众军由间道[102]逸去，得脱于险。既抵大营，统帅奖其能，许为录功保奏。参戎因请假归省[103]。谓妙香曰："此衣于是可一试矣。"夫妇着之，御风而行，片刻抵家。因感大士灵验，有出世想，长斋诵经[104]，梵呗声竟日不辍[105]。女亦效之。郭弟固淡于荣利[106]，弗事进取[107]，乃于舍旁建家庵[108]，持戒清修，有若苦行头陀，邻里咸笑其愚。

一日早起，各入中堂，捻珠宣佛号。女忽谓郭弟曰："余昨梦大士相招，命司贝叶经藏[109]，殆将离此软红尘界矣[110]。"郭弟曰："汝先，我请继之。"女竟跏趺气绝[111]，须臾，鼻中玉柱双垂[112]。妙香合掌称善。视郭弟，亦已化去。乃置之龛[113]，葬于室中。扬州人但知为名妓小云是女郭解一流[114]，而不知有此一段公案也[115]。即有访小云踪迹者，但传其乱后他适，不知所终，而不知其修慧业[116]、成正觉[117]也。赞小云者，但言其齐贫富，一贵贱，不以势利动心，作佛法平等观，而不知其能觉一切有情禅[118]，诞登彼岸也[119]。闻有鹿门朱秀才者[120]，绮年玉貌[121]，最与小云昵。晓镜画眉[122]，寒衾拥背，或擘笺联句，或刻烛题诗[123]，花间月下，形影弗离，如是同卧起者十有八月，而实一无所染，此真所谓情芽也[124]，非佛地位人，曷克臻此[125]？呜呼！如小云者，安得不以一瓣心香奉之哉[126]！

【注释】

〔1〕扬州：州郡名。明清为扬州府。今江苏省扬州市。虹桥：桥名。在江苏扬州市西园曲水以北，横跨于扬州瘦西湖上。原名红桥，乾隆初改建为拱形石桥，其形似长虹卧波，改称“虹桥”。

〔2〕小家：平民小户人家。

〔3〕罕与之俦(chóu)：很少可与相比。俦，同辈，类，群。

〔4〕鬻(yù)为巨家妾媵(yìng)：意谓卖给大家族作妾。鬻，卖。巨家，富贵人家。妾媵，泛指妾。

〔5〕奇货居之：即奇货可居。囤积珍奇货物以待高价出售。奇货，稀有而珍奇的货物。此犹言将小云看作珍贵的奇货，等待高价出售。典出《史记·吕不韦列传》：“子楚，秦诸庶孽孙，质于诸侯，车乘进用不饶，居处困，不得意。吕不韦贾邯郸，见而怜之，曰：‘此奇货可居。’”故后以之比喻某种获取名利的资本。

〔6〕游方僧：佛教称谓。亦称“云水僧”“行脚僧”。指僧人为修行问道或化缘而云游四方。

〔7〕净土：佛教语。大乘佛教所谓佛所居住的无尘世污染的清净世界，与世俗世界中众生居住的所谓“秽土”相对。

〔8〕证无上乘：佛教语。参悟大乘佛法。证，参悟，修行得道，意谓以智慧契合于真理。无上乘，“大乘”的别名，即至极之佛法。佛教有“大

乘”“小乘”之分。

〔9〕离垢：佛教语，谓远离尘世烦恼。

〔10〕不伦：不合情理，不像话。伦，常理。

〔11〕齐梁：南北朝时期建立的齐与梁两个朝代。

〔12〕挂搭：佛教语。亦称“挂褡”“挂单”。指游方僧尼在所到的寺院歇住居留。

〔13〕无何：不久。

〔14〕孤孑：孤单，孤独。

〔15〕媪：年老的妇人的通称。

〔16〕中表戚：即姑舅姨表亲。

〔17〕蜂媒蝶使：指为男女居中撮合或传递书信的人。宋代周邦彦《六丑·蔷薇谢后作》：“多情为谁追惜，但蜂媒蝶使，时叩窗隔。”

〔18〕秦楼楚馆：亦作“楚馆秦楼”。代指青楼。春秋时，秦穆公女弄玉善吹箫，穆公为筑重楼以居之，名曰凤楼，后世称秦楼；楚灵王筑章华宫，选美人细腰者居之，人称楚馆。后用以称寻欢作乐的场所。

〔19〕钱树子：犹言“摇钱树”。旧时用以比喻赚钱的歌伎。唐代段安节《乐府杂录》载，开元时乐伎许和子，善歌，能变新声。及卒，谓其母曰：“阿母，钱树子倒矣！”

〔20〕茗（míng）碗：茶碗。茗，泛指茶。

〔21〕棐（fěi）几：棐木做的几桌。棐，木名，即香榧。

〔22〕湘帘：湘妃竹做的帘子。

〔23〕装：装饰，打扮。

〔24〕啜（chuò）：饮。

〔25〕缠头：代指给歌伎的钱财。唐时，歌舞艺人表演时以锦缠头，表演完毕后，赏者以罗锦等织品为赠，称缠头。典出《太平御览》卷八一五：“旧俗赏歌舞人，以锦彩置之头上，谓之‘缠头’。宴飨加惠，借以为词。”后泛指赠送歌伎的财物。

〔26〕吝色：舍不得的神情。

〔27〕枇杷（pí pá）巷里：即枇杷门巷。指歌伎居住的地方。

〔28〕宾从如云：形容人很多。宾，宾客。从，仆从。即身后跟随的宾客和仆从很多。

〔29〕贵介：高贵，尊贵。

〔30〕梳拢：也作“梳笼”“梳栊”。旧时指歌伎首次接客伴宿。接客后要把发鬟梳成髻，故称。

〔31〕泫（xuàn）然：流泪的样子。

〔32〕曩（nǎng）：以往，从前。

〔33〕接席：座位相挨。形容关系亲密。席，座位。语出三国魏曹丕《与吴质书》：“昔日游处，行则连舆，止则接席，何曾须臾相失。”征歌：征招歌伎。此指为客人献唱。

〔34〕侑（yòu）觞：劝酒。

〔35〕曲从：委曲依从。

〔36〕荐枕抱衾：借指侍寝。

〔37〕虽然：即使如此。

〔38〕择人而事：选择合适的人去侍奉。古时多指歌伎选择所嫁对象。

〔39〕以丫角老：指终身不嫁做姑娘。丫角，未出嫁少女头上梳作两髻，像分叉的两只角，因称。

〔40〕无已：不得已。

〔41〕俟（sì）：等待。

〔42〕纨袴子：旧指富贵人家的浪荡子弟。

〔43〕雅骨：指文雅的气质。

〔44〕耽嗜：极其喜爱。

〔45〕重价：高价。

〔46〕缱绻（qiǎn quǎn），缠绵，亲密。

〔47〕破其悭（qiān）囊：意谓让其花费钱财。悭囊，放钱的袋子。比喻吝啬

者的钱袋。《辞源》：“悭囊，扑满。储钱器，口小，钱易入不易出，故称悭囊。后来讽刺吝啬的人被迫出钱为破悭囊。”

〔48〕箱箧（qiè）：泛指箱子。箧，小箱子。

〔49〕寒士：指贫穷的读书人。

〔50〕倒橐（tuó）畀（bì）之：指倾尽所有送给他。倒橐，倾尽所有。橐，指钱袋。畀，赠与。

〔51〕自诩：自夸。独步：独一无二，无与其匹。

〔52〕心交：知心的朋友。

〔53〕成语：泛指古书和诗词上的现成语句。楹帖：楹联，联句。

〔54〕咸：都。

〔55〕赭（zhě）寇：清政府对太平天国军的称呼。

〔56〕花晨月夕：也作花朝月夕、花晨月夜。比喻良辰美景。

〔57〕旬：十天为一旬。

〔58〕鱼轩：古时贵夫人所乘的车子。泛指车子。语出《左传·闵公二年》：“立戴公以庐于曹。许穆夫人赋《载驰》。齐侯……归夫人鱼轩。”晋代杜预注：“鱼轩，夫人车，以鱼皮为饰。”

〔59〕枉过：屈尊光临。称人来访的敬辞。枉，谦词，指使对方受屈。

〔60〕诘：询问。

〔61〕徙倚：流连徘徊。

〔62〕肩舆（yú）：轿子。

〔63〕搴（qiān）帘：掀开轿帘。搴，掀开，揭开。

〔64〕靓妆炫服：形容服饰打扮十分艳丽。

〔65〕盛鬋（jiǎn）丰容：指女子容貌丰润，鬓发浓密。形容女子姿容端庄华贵。鬋，下垂的鬓发。

〔66〕裣衽（liǎn rèn）：也作“敛衽”。整饬衣襟，旧时女子行礼的动作。

〔67〕瑟缩：迟缓，迟疑。

〔68〕音声：声音。

〔69〕参戎：清武官参将的别称。

〔70〕适人：嫁人。《孔子家语·本命解》："女子十五许嫁，有适人之道。"

〔71〕伉俪（kàng lì）：夫妻。

〔72〕表表：卓异。

〔73〕中馈（kuì）犹虚：指男子没有妻子。中馈，古时指妇女在家主持饮食洒扫等家务事。后引申为妻子。

〔74〕敌体：指彼此处于对等地位。

〔75〕咄嗟：犹呼吸之间。谓时间仓促。

〔76〕媒妁：媒人。

〔77〕礼币：此指下聘的礼物。

〔78〕吾子：代词。对人相亲昵的称呼。

〔79〕弱冠：古时代指男子二十岁。详见《自序》注。

〔80〕帖（tiě）括：泛指科举时代的应试文章。明清时也指科举考试的八股文。详见《自序》注。

〔81〕入邑庠（xiáng）：指考中秀才。邑庠，县学。

〔82〕顾影：自顾其影。指自我欣赏。

〔83〕归：旧时称女子出嫁。

〔84〕披猖：猖獗，猖狂。

〔85〕江皖：江苏与安徽。

〔86〕匝：环绕一周。

〔87〕矢一死：即誓死。矢，通"誓"，发誓。

〔88〕大士：指观世音菩萨。

〔89〕炷香：焚香。炷，点燃。

〔90〕疏虞（yú）：疏忽。

〔91〕排闼（tà）：推门。排，推。闼，门。

〔92〕缅述颠末：意谓追述事情的始末。缅述，追述，备述。颠末，始末，原委。

〔93〕度：猜度，猜想。

〔94〕白：告诉。

〔95〕间（jiàn）关：指道路险阻。

〔96〕袱囊：包袱。

〔97〕羽衣两袭：两件羽衣。羽衣，用鸟羽制成的衣服。指神仙或道士所穿之衣。典出《汉书·郊祀志》："天子又刻玉印曰'天道将军'，使使衣羽衣，夜立白茅上，五利将军亦衣羽衣，立白茅上受印，以视不臣也。"唐代颜师古注曰："羽衣，以鸟羽为衣，取其神仙飞翔之意也。"袭，量词。计算成套衣服的单位。

〔98〕当轴：当权者，要员。此指参戎的上司。

〔99〕获戾（lì）：得罪，获罪。

〔100〕曷若：何如，何不。

〔101〕擐（guān）甲执兵：穿上铠甲，手执武器。形容全副武装的样子。擐，穿。兵，武器。

〔102〕间道：偏僻的小路。

〔103〕归省（xǐng）：回乡探亲

〔104〕长斋：指信佛的人长年吃素。

〔105〕梵呗（fàn bài）声竟日不辍：意谓整日诵经。梵呗声，指诵经的声音。竟日，整天，终日。不辍，不中止，不停止。

〔106〕荣利：功名利禄。

〔107〕进取：意指仕进。

〔108〕家庵：指士绅大户修佛的地方，地点多设在宅院的一角或家祠中。

〔109〕贝叶经：又作"贝叶书""贝叶偈""贝叶文""贝叶篇"。指佛经。印度贝多树的叶子抄写的佛经，故称。

〔110〕软红尘界：指人间界。软红尘，指追名逐利的场所。

〔111〕跏趺（jiā fū）：佛教语。结跏趺坐的省称。也叫趺坐，俗称打坐。是佛教修持中盘足的一种坐法，将两足背交叠在大腿上，即盘腿而坐。

〔112〕玉柱：亦称“玉箸”。佛道两教称人坐化后下垂的鼻液。据说这是成道的征象。明代陶宗仪《南村辍耕录·嗓》：“王（和卿）忽坐逝，而鼻垂双涕尺余，人皆叹骇。关（汉卿）来吊唁，询其由，或对云：‘此释家所谓坐化也。’复问鼻悬何物，又对云：‘此玉箸也。’”

〔113〕龛（kān）：塔下室。用以贮存僧人遗体。

〔114〕郭解（xiè）：西汉游侠。字翁伯，西汉河内轵县（今河南济源）人，以“任侠”闻名。事迹见司马迁《史记·游侠列传》。后世用以泛指豪侠之士。一流：一类，同类。

〔115〕公案：佛教语。相当于现在的“档案”“案例”。指禅宗将历代高僧之言行记录下来，成为坐禅者的指示，并作为后代依凭的法式，故称公案。

〔116〕慧业：佛教语。智慧的功业。指研习佛教义理。

〔117〕成正觉：佛教语。“成就正觉”的意思，即成佛。正觉是指对佛的真正觉悟。

〔118〕一切有情禅：佛教语。指关于具有生命的一切众生的禅理。有情，众生，指佛教对人和一切有情识生物的统称。

〔119〕诞登彼岸：佛教指修成正果，登上彼岸，超脱生死，达到涅槃的境界。

〔120〕鹿门：鹿门山之省称。在湖北襄阳。

〔121〕绮年玉貌：形容年轻貌美。绮年，年少之时。

〔122〕晓镜：明镜。

〔123〕“或擘笺”两句：指两种限时作诗的方式。擘（bò）笺联句，擘笺，又作襞笺、劈笺、分笺。典出《南史·陈后主本纪》：“（后主）荒于酒色，不恤政事……常使张贵妃、孔贵人等八人夹坐，江总、孔范等十人预宴，号曰‘狎客’。先令八妇人襞采笺，制五言诗，十客一时继和，迟则罚酒。”联句，两人以上共作一诗，各写一句或各写几句，合而成一诗的叫联句。刻烛题诗，典出《南史·王僧孺传》：“竟陵王子良尝夜集学士，刻烛为诗。四韵者则刻一寸，以此为率。”故后以

“刻烛题诗”“刻烛”“刻烛成诗”等称限时赋诗。

〔124〕情芽：情的嫩芽。比喻纯真无邪的真情至性的情感。

〔125〕曷（hé）克臻此：怎么能做到这样。曷，怎么。表示疑问。克，能够。臻，达到。

〔126〕一瓣心香：佛教语。世俗中对于心中所崇拜的人，多借用此语来表达崇拜之意。一瓣，一炷。心香，指心中之香。学佛者心中精诚，自能感于佛，与焚香供佛相同，故称心香。

【译文】

小云轶事

小云姓沈，居住在扬州的虹桥横街。她虽是出身小户人家的女子，但是容比月美，肤胜雪白。年仅十二三岁，一时少有能与她相比的女子。于是教授她唱曲，她天性机敏聪慧，只教一两次就抑扬合拍，声音尤为宛转动人，曲师自叹不如。父母都爱她如掌上明珠，打算卖给名门大族做妾，以为奇货可居。

一天，有个游方僧人路过她家门口，见了小云诧异地道：“这是祸水啊。如果肯削发为尼，皈依佛门，就可参悟大乘佛法，远离尘世烦恼。”小云的父母认为僧人的话不合情理，就把他呵斥走了。小云家邻近禅月寺，相传为齐梁时所建，暂住的僧人都是女尼。寺内有个叫妙香的尼姑，年纪最小，但是固守戒律特别严。她多次往来于小云家，与小云尤为友善。她偶尔在闲暇中教授小云佛家典籍，小云时常有所领悟，妙香总是合掌赞叹。

不久，小云的父母染上疫病而亡，小云孤单一人，无依无靠。有个陈媪，是小云的中表亲戚，一向惯做牵线搭桥的事情，往来于妓院间，招小云去住，居心不良，打算把小云当作摇钱树。因而在小巷中租了三间精致的房屋，让小云居住，摆上香炉、茶碗、桌几、竹帘，布置得极为闲雅。

她偷偷招富家子弟到这里，让小云打扮好出来相见，或喝茶，或唱曲，见者惊为神仙中人，都多给她钱财，无有吝色。过了一年，小云年龄增长，亭亭玉立，艳丽无双，小云居处，宾客如云。有位贵官公子某甲，愿出千两银子让小云伴宿，与陈媪商议。陈媪已许可而小云不应允，哭着向陈媪道："从前因为孤苦贫寒，所以来依靠。堕落风尘，不是我的意愿。只是接席唱歌，劝酒陪饮，还可委曲依从。如果让我侍寝，这是何等事，能够相逼迫吗！"陈媪道："即使如此，也应当选个人嫁了。你难道就终身不嫁吗？"小云道："如果不得已的话，等有我属意的人，才可以。那个纨绔子弟，从脚到头，没有一点文雅气，我怎么能违背心意服侍他呢！"

小云除弦管外，还熟习绘画，极其喜爱名人书画，不惜高价购置。遇到富贵人时，表面上表现得情意缠绵，一定花光他们的钱才罢手，她的箱中装满了金玉锦绣，玩物奇珍，不计其数。小云很爱才，遇到贫苦的读书人，接待殷勤，一直不懈怠。有困难告诉她，她就会倾囊救助。有的人应试缺乏费用，她倾尽所有给予，成为经常的事。人们因此称呼她为"女侠客"，名噪一时。吴让之以书法擅长，因为擅长书法，自夸扬州第一。与小云结下笔墨缘分，小云也把他作为知心朋友。他曾集成语写了一副联句赠给小云："小于幺凤轻于燕，云想衣裳花想容。"人们都说这副联句小云当之无愧。

后来，太平天国军攻陷扬州，小云已经先行离开了，人们因此都很佩服小云的先见之明。沈旭庭与小云是文字之交，花晨月夜，时常与小云流连不舍。沈旭庭器宇轩昂，为小云倾心仰慕。扬州收复以后，沈旭庭前去拜访，但小云仍然没有返回，吴让之赠送的联句，还悬挂在书房的墙壁上。十天后，小云忽然乘车来到沈旭庭的寓所，对他道："知道你屈尊光临寒舍，很感激你的盛情。此地不可久留，我将要离开了。"沈旭庭一再追问缘由，小云只是微笑不答。自此小云就与沈旭庭分别了。

在此之前，小云出城居住在近城的村落中，虽然幸运地远离了贼人的兵锋，但是噩耗讹传，一天接二连三。一天傍晚，小云无可奈何中，偶尔徘徊在柴门旁，忽然看见一顶轿子，急匆匆往前赶，有一百多个士兵，前呼后拥。轿子到门前停下，一位妇人掀帘而出，穿戴华丽，鬓发美盛，容貌丰润，见了小云施礼道："分别以来一切都好吧？"小云根本不认识她，迟疑着不知道怎么回答。妇人道："相隔未久，难道连声音也忘记了吗？我就是禅月寺的女尼妙香啊。你我分别后，就陷落贼人手中，因为是女尼的缘故，幸免没有受到玷污，但是让我留发改装，把我囚禁在一间屋内。贼人败退后，我被官军得到，郭参戎逼我侍寝。我厉声道：'我虽然陷落在贼人手中，仍是处女之身。我九死一生地拼命，保全了贞洁，如今有幸重见天日，难道你们这些官军，还不如贼人吗！你一定要凌辱我，愿以颈血溅于将军之前！'参戎肃然改色，缓缓道：'你如果已有夫君，我必定送你回去；你如果还没有嫁人，而我也未娶妻，希望与你结为夫妻。'我道：'我虽没有嫁人，确实如同将军所说，我也愿意。只是怕你用甜言蜜语来哄骗我。如果不是这样，像将军这样卓异的人，难道有到了壮年而仍未娶妻的吗？何况夫妻平等，怎么可以仓促行事？你应该差遣媒人，下聘礼，选择吉日迎亲，才可答应你。'参戎一一按照礼节做了，成亲已经两年多了。昨天听说扬州城已被攻陷，我很挂念你，所以前来救援。"小云听了，含泪相谢。妙香道："这里也不可久居。你能跟我一起走吗？自然有你安身立命的地方。参戎本来家在江北，购买了田园，可以自给自足。"小云于是迁居到郭家。郭参戎有个弟弟，年仅二十岁，很擅长八股文，已考中秀才，本是一位仪态风雅的少年。妙香就劝郭参戎的弟弟娶了小云。她与参戎商议，参戎也表示应允。于是小云嫁给了郭参戎的弟弟。

当时贼人很猖獗，郭参戎转战于江苏与安徽一带，一次突然与贼人相遇，贼骑把他的兵马围了三层，日夜交战，没有突围出去，形势濒临灭亡了，他已发誓一死。妙香在家里，忽然对小云道："我将去其他地方，十天才回来。在我所信奉的观音大士前，你早晚一定要烧香，不要忘记；佛前的琉璃灯，夜里一定要添油，不要让它灭了。如果稍有疏忽，我将不能与你相见了。”过了十天，妙香忽然与郭参戎一同回归，半夜时推门直入，两人都浴血满身，衣服上都是弹丸焦灼的痕迹。喘息平定后，才追述事情的始末。原来郭参戎被围困，估计不能突围而出，将要自杀。忽然一只大鸟翩然飞下，脱去羽衣，却是妙香。郭参戎惊问是怎么来的。妙香道：“自从将军走后，我日夜在佛前祈祷。昨天梦到观音大士告诉我道：‘将军危在旦夕，你不能不前往解救。’我哭着告诉菩萨：‘我一个弱女子，道路险阻，爬山蹚水，千万军中，用什么方法到达呢？’观音大士把一个包袱扔在地上，道：‘暂且把这个给你。’解开包袱一看，有两件羽衣。等我醒来，羽衣果真在床头，穿在身上上升飞起，两腋习习生风，顷刻已至。”于是从袖中拿出一件，道：“将军何不穿上脱出重围而前往平安的地方呢？”参戎道：“我虽然一人能幸免于难，众军怎么办？而且上司知道了这事，我必会获罪。”于是集合军队对他们道：“如今被逼迫到这个境地，进退皆死。与其束手待毙，不如披甲执兵，决一死战？”当夜月黑风狂，参戎命各营枪炮都装满药弹，向四周轮番射击，战马奔驰。贼人在睡梦中惊醒，怀疑是对方的援军突然到了，成群结队向西北御敌。参戎于是率众军从偏僻的小路逃走，得以脱险。到达大营后，统帅褒奖他的能力，答应为他录功并向朝廷保举推荐。郭参戎于是请假回乡探亲。他对妙香道：“这两件羽衣在这里可以试一试了。”夫妇二人穿上羽衣，乘风飞行，不一会儿就到家了。因为有感于观世大士的灵验，他们有了出世的想法，便吃斋诵经，念经声终日不停。小云也效仿他们。郭参戎的弟弟本就淡薄名利，无意追求功名，于是在居室旁建了家庵，持戒清修，有若苦行头陀，邻里都嘲笑他们愚蠢。

一天早起，他们各自走入中堂，手捻佛珠，口宣佛号。小云忽然对郭参戎的弟弟道：“我昨夜梦到观音大士相招，指派我主管贝叶经藏，大概我将要离开人间界了。”郭参戎的弟弟道：“你先去，请允许我随后去。”小云竟打坐着停止了呼吸，不一会儿，鼻中垂下两道玉柱。妙香双掌合十称善。看郭参戎的弟弟，也已坐化了。妙香于是把他们移到龛中，葬在室中。扬州人只知名妓小云是女郭解一类的人，而不知有此一段事迹。即使有探访小云踪迹的人，也只是传言小云在战乱后去其他地方了，不知所终，却不知小云修慧业、成佛了。称赞小云的人，只说她不分贫富，不论贵贱，不因势利动心，作佛法平等观，而不知她能觉知众生禅理，到达彼岸了。听说鹿门有个朱秀才，年少貌美，与小云关系最为亲近。他们明镜画眉，寒被相拥，有时联句成篇，有时限时成诗，花间月下，形影不离，像这样共同生活了十八个月，却事实上一无所染，这是真正所说的纯真无邪的真情至性，不是成了佛的人，怎么能做到这种地步？呜呼！像小云这样的女子，怎能不用虔诚的心来信奉她呢！

吴琼仙

琼仙吴姓，小字玉奴[1]，宦家女子[2]，家住杭郡[3]。父为江苏候补县丞[4]，旋授光福司[5]，尝刻印章云："钱塘江上三间屋，邓尉山中九品官[6]"，盖亦风雅自喜者也。琼仙年十四五，丰姿窈窕[7]，态度端妍[8]。性尤颖悟[9]，诗词而外，兼通经史。远近闻其艳名者，争求纳聘[10]。而女父选择殊苛[11]，每谓人曰："当得快婿[12]，庶慰老怀。况我家不栉进士[13]，岂庸碌者流所能匹配哉？"

槜李有孙月洲者[14]，名下士也[15]。年未弱冠[16]，已贡成均[17]。为人风流蕴藉[18]，群呼为"玉界尺[19]"。素稔女美[20]，遣冰人致词[21]。女父将许之。杭郡巨族周姓[22]，亦令媒来。周氏子曰玉仲，仪容秀整，年与琼仙相若；父为当时显宦[23]，势位烜赫[24]，权倾朝右[25]。时方随其叔至苏谒中丞[26]，闻邓尉、莫厘山水名胜[27]，拿舟往游[28]，因及姻事。女之从伯曰宣衡[29]，具知人鉴[30]，时在任所。因谓女父曰："闻某宦怙势擅权[31]，朝野侧目，作事每不近人情，此冰山不可恃也[32]。若缔丝萝[33]，后必有祸，不如辞之。"女父以为今来求者，两家皆清门望族[34]，未卜可否[35]，不如同召二子来，一观其优劣。爰设盛筵[36]，招致里中缙绅[37]，咸集于庭[38]，肴馔之佳，宾客之美，一时未有。孙郎冠履朴素，揖让雍容[39]；周子衣服华侈，意态骄慢。时庭中芍药盛开，红紫绚烂。女父以金带围命题[40]，令二子赋诗以宠之。孙郎援笔立就[41]，词旨俱美。周子吟哦良久，竟不能成只字，红涨于颊。宾客中有调停之者，曰："月洲此诗，先探骊珠，所剩鳞爪尔[42]，周公子虽不作可也。"遂辍咏[43]。于是女父属意于孙，婚议遂定，刻期纳币行聘[44]，成亲迎礼[45]。却扇之夕[46]，仪态万方，见者惊为天人。玉树琼枝[47]，天然佳耦，伉俪之笃[48]，虽翡翠之戏兰茗，鸾皇之翔云路[49]，不啻也[50]。

逾年，孙举于乡[51]，闱中文艺[52]，传诵一时。周父以孙之攘其姻事也[53]，憾之[54]，辄举其文示人曰："此钞录旧文，幸获隽尔[55]。何主司之失察也[56]。"密召剞劂者刻其文数千篇[57]，纳诸前哲程文中[58]，遍投坊肆，阴讽言官以失察劾主司[59]。磨勘者搜诸书肆[60]，果信，孙竟被褫[61]。女极意慰藉之。孙固倜傥者[62]，初不以功名介意。旋周父又摭拾他故[63]，撤女父任。吴孙两家咸知周父修旧怨，顾无如之何[64]。而周之报复犹未已也。孙有同族昆弟[65]，无赖子也，在京充钞胥者[66]，与周之阍人相识[67]，知周衔怨月洲[68]，隐讽以若有驱使，当能为力[69]。阍人以告周。召之至，问以"能仿孙笔迹乎？"曰："能。"遂嗾其冒孙名张揭帖于通衢[70]，中多指斥。巡城御史以闻[71]。以语多怨望[72]，迹涉讪谤[73]，坐不敬[74]，充辽阳军[75]。女以荏弱[76]，不能从行，临歧作别[77]，悲啼宛转，几不欲生，行路者亦为之伤心酸鼻。

孙戍辽阳。有某将军者，颇解翰墨。见孙文秀，怜之。试以诗文，笔不加点[78]，因爱之，遂令在幕中司笔札。偶于案牍余闲，询孙遣戍颠末[79]，方悉孙冤，叹惋久之，思乘机会为孙雪诬。

方孙之行也，女归依父。月夕花晨，虫声灯影，无日不以泪痕洗面。女父自罢官后，宦橐萧然，多所逋负[80]。山右人李甲以豪富称[81]，设银肆于阛阓间[82]，权子母以牟利[83]，人无得少其锱铢者[84]，固虎而冠者也[85]。女父向与之贷七百金，积数年，几四倍之。日来索，无以应，出恶声焉，扬言将控诸公庭。女父计无所出，括室中所有，质诸典阁[86]，仅偿十之一，愁与急并，疾以弗起。女奉侍汤药，昼夜不解带，吁天刲臂肉以进[87]，迄不瘳[88]。父死，母亦相继。丧殓诸费，皆戚邻集助焉。女孤孑无依[89]，乃就食于邻媪。日盼辽阳音信，雁杳鱼沉[90]。山右人登门索债，势犹汹汹；窥女之艳，将以为篷室[91]，强使邻媪为之媒。邻媪曰："是亦司官女，孝廉妇[92]，出自名门，岂肯作汝妾媵哉[93]？况孙孝廉不久辽阳戍返，汝娶有夫妇，以良作贱，恐一涉讼庭，不能保汝囊橐也[94]。"山右人忿然曰："负吾巨债，何悍不还？讵肯一旦付之流水[95]？”邻媪曰：“贷汝钱者，周姓，非孙家也。此女已适孙家，谁不知之？”山右人语塞，悻悻而去[96]，曰：“我必有以报汝[97]！”

一夜，女方哭父未眠，忽闻室外人声鼎沸，咸曰救火。邻媪亦仓皇入曰：“火已及门，何不速走[98]？”女甫走出[99]，一人挽其髻曰：“在是矣！”旁一人负之于背，疾趋出门[100]，置之舆中[101]。女昏瞀不知人[102]，但觉颠簸莫定。须臾开目，则在船中，巨烛如椽[103]，光辉四射，箕踞高坐者[104]，则山右人也。谓女曰：“汝身今已属吾。汝若顺从，不患无金玉锦绣[105]，膏粱刍豢[106]也；否则将货汝于勾栏[107]，以偿旧债。”女知其人犷悍[108]，不能以理谕情感，因曰：“余固孙氏妻也。即欲奉君巾栉[109]，亦当祭告吾父，方得成礼，且亦以重百年谐好；若不获听，有死而已！”山右人曰：“此何难。”即命具牲醴置之船头[110]。女亲往奠酒[111]。焚帛将毕[112]，涌身一跃投河[113]。时月黑风高，潮流湍急[114]，尸已远去，无从援救。翼日，女尸流至邻媪门前河畔，植立不横，观者如堵墙[115]。邻媪方以失女报官，得女尸，大恸。官旋访得其事，置山右人于法，而命以礼葬女，为立石坊曰：“贞孝贤烈”。士大夫以诗表彰之者成帙[116]。

孙在辽阳，将军颇信任之。适周父以事镯秩去[117]，将军为白孙昔日冤诬状，蒙恩释还。行至半途，宿于驿舍[118]。时方秋杪[119]，凉蟾入牖[120]，寒蛩啼阶[121]，倚壁孤灯，耿不成寐[122]。思及女回文信断[123]，远别音孤，则更凄然泪下，呜咽不能成声。忽闻西廊弓鞋细碎[124]，有若女子行，既近，呀然推扉而入[125]，袅娜而前[126]，裣衽再拜[127]。谛视之[128]，则女也。孙起立执其手曰：“卿何能至此？岂已不在人间耶？”女缕述别后相思之苦，纵体入怀，涕零如雨。孙以衣袖为之拭泪，曰：“余蒙将军恩义，得唱刀环[129]，自此永遂团圞[130]，与卿偕老。余至今日，已无世上繁华想矣，但得郭外有二顷之田[131]，架上有万卷之书[132]，春秋佳日，偕卿联吟觅句，斗酒藏钩[133]，乐已无极，岂再欲于势利场中为侧足地哉[134]？”女倚枕欷歔[135]，曰：“余岂不思此，奈今无及已[136]！余已保身殉节，完璞全贞，君驻人间，我还天上，自此一别，虽历万古，无相见期。茫茫宇宙，恨事何多[137]！莽莽乾坤[138]，真情不泯[139]。孙郎孙郎，其善保玉体，无以妾为念。”孙曰：“然则汝已死乎[140]？今日之会，真耶？赝耶[141]？杜少陵诗云[142]：‘夜阑更秉烛，相对如梦寐[143]。’殆为我今夕两人咏也！”女自指上除一玉环与孙，曰：“此昔年定情之物[144]，君尚记之否？以后见之，如见妾也。君前程方远，尚其勉旃[145]！”孙尚欲有言，女以手拍孙肩，蘧然而觉[146]，玉环宛在孙指[147]。

孙得此噩梦[148]，知非吉征，家乡渐近，步步凄恻[149]。既抵里门[150]，方知吴氏一家，俱已物故[151]。急诣女墓，沥酒捧觞[152]，伏地不能起，长号数声[153]，呕血而逝。里人为购棺衾[154]，与女合葬。嗣后墓树多连理交柯[155]，枝相纠结[156]，值风清月白之夜[157]，见孙携女徙倚林间[158]，徘徊吟讽[159]，至晓不辍云[160]。

【注释】

〔1〕小字：小名，乳名。

〔2〕宦家：官宦人家。

〔3〕杭郡：地名。清杭州府，治所即今浙江省杭州市。

〔4〕县丞：官名。县令的副职。

〔5〕光福司：官署名。光福巡检司。光福，苏州光福镇。巡检，杂职微员，属从九品，巡检司系清代广泛设置的基层行政机构之一，或设于州县关津险要之地，或设于市镇发达之区，或设于人口繁多之域，在社会治理方面涉及甚广，事务繁杂。

〔6〕邓尉山：山名。位于光福镇东南。相传东汉太尉邓禹曾隐居于此，故名。以种植梅花著称，有“香雪海”之誉。

〔7〕丰姿：同“风姿”，风采仪态。

〔8〕端妍：端庄美丽。

〔9〕颖悟：聪慧过人。

〔10〕纳聘：提亲，下聘。

〔11〕殊：很，特别。

〔12〕快婿：称心如意的女婿。语出《魏书·刘昞传》："（瑀）遂别设一席于坐前，谓诸弟子曰：'吾有一女，年向成长，欲觅一快女婿，谁坐此席者，吾当婚焉。'"

〔13〕不栉（zhì）进士：不绾髻插簪的进士。旧时称有才学的女子。详见《华璘姑》注。

〔14〕槜（zuì）李：地名。在今浙江省嘉兴市西南。

〔15〕名下士：享有盛名之士。

〔16〕弱冠：古时代指男子二十岁。详见《自序》注。

〔17〕贡成均：以贡生的身份进入官办学校学习。成均，古代的学校，后泛称官设的学校。

〔18〕风流蕴藉：英俊杰出，品行高洁。

〔19〕玉界尺：后唐赵光逢的雅号。《新五代史·唐六臣传·赵光逢》："光逢在唐以文行知名，时人称其方直温润，谓之'玉界尺'。"形容人品行方直，性情温润。

〔20〕稔（rěn）：熟知。

〔21〕冰人：媒人。详见《华璘姑》注。

〔22〕巨族：有权势有地位的家族。

〔23〕显宦：指身居高位、地位显赫的官吏。

〔24〕势位：权势地位。烜赫（xuǎn hè）：声威盛大显赫。

〔25〕朝右：位列朝班之右的大官。右，古代尊崇右，以右为尊贵的地位。《宋书·何承天传》："承天为性刚愎，不能屈意朝右。"

〔26〕中丞：官名。即御史中丞。明清时期常以副都御使或佥都御史出任巡抚，清代各省巡抚例兼右副都御史衔，因此成为巡抚的代称。

〔27〕莫厘：山名。即东洞庭山，也称洞庭东山，简称东山，与西洞庭山对峙。东北距今苏州市区40公里。相传隋将莫厘屯此，故名。

〔28〕拿舟：撑船。

〔29〕从伯：父亲的堂兄。

〔30〕知人鉴：有眼光，能体察人的品性或才能。

〔31〕怙（hù）势擅权：倚仗权势，把持大权。

〔32〕冰山不可恃：也作“冰山难恃”“冰山易倒”“冰山难靠”“冰山难倚”。比喻不可长久依赖的靠山。恃，依仗。典出五代王仁裕《开元天宝遗事》卷上：“杨国忠权倾天下，四方之士，争诣其门。进士张彖者，陕州人也，力学有大名，志气高大，未尝低折于人。人有劝彖令修谒国忠，可图显荣。彖曰：‘尔辈以谓杨公之势，倚靠如太山；以吾所见，乃冰山也。或皎日大明之际，则此山当误人尔。’后果如其言。”故后以之比喻不可长久依傍的权势。

〔33〕缔丝萝：也作“结丝萝”。比喻结为婚姻。丝萝，菟丝与女萝。丝，菟丝；萝，女萝，均为蔓生植物，缠绕于草木，不易分开。

〔34〕清门：清贵的门第。此处意谓家世清白。

〔35〕未卜：不知，难料。

〔36〕爰（yuán）：于是。

〔37〕缙绅：亦称“搢绅”“荐绅”。官宦，多指乡居之官。搢，插笏于腰间。绅，大带。古时仕宦者垂绅搢笏，因以指称士大夫。语出《庄子·天下》：“其在于诗、书、礼、乐者，邹鲁之士，缙绅先生，多能明之。”

〔38〕咸：都。

〔39〕揖让雍容：从容不迫，谦和礼让。形容仪态温文大方。揖让，作揖和谦让，是宾主相见的礼仪。雍容，态度大方，从容不迫。

〔40〕金带围：花名。也称金缠腰，芍药的名贵品种。其花红瓣黄腰，似红袍围着金腰带，故名。

〔41〕援笔立就：也作“下笔立就”“援笔立成”。一拿起笔就写成诗文。形容文思敏捷。

〔42〕“先探”二句：意谓文章优异，超过他人。骊（lí）珠，古代传说中骊龙颔下的宝珠。此处意为文章优异。详见《华璘姑》注。

〔43〕辍：中止，停止。

〔44〕刻期：限期，定期。刻，计时单位。一昼夜共一百刻。纳币：古代婚礼“六礼”之一，即下聘礼。行聘：订婚。

〔45〕亲迎礼：古代婚礼“六礼”之一。结婚时，新郎亲自到女方家迎娶。

〔46〕却扇之夕：古代婚俗。指新婚之夜。却扇，代指成婚。古代成亲时新娘以扇遮脸，喝过交杯酒后才肯去扇，显现容颜。

〔47〕玉树琼枝：形容夫妻才貌之美。

〔48〕伉俪（kàng lì）：夫妻。

〔49〕翡翠之戏兰苕（tiáo），鸾皇之翔云路：意谓夫妻般配和美。翡翠之戏兰苕，典出《文选》卷二一郭璞《游仙诗七首》其三：“翡翠戏兰苕，容色更相鲜。”唐李善注：“言珍禽芳草递相辉映，可悦之甚也。”翡翠，鸟名。一种羽色美丽的小鸟，嘴长而直，羽毛有蓝、绿、赤、棕等色，嘴和足呈珊瑚红色。兰苕，兰花和凌霄花。鸾皇，瑞鸟名。鸾鸟与凤凰。鸾，传说中凤凰一类的鸟。皇，“凰”的古字。古代传说中的鸟，雄为凤，雌为凰。鸾凰配对，比喻夫妻。白居易《咏史》：“彼为菹醢机上尽，此作鸾皇天外飞。”翔，游，行。

〔50〕不啻（chì）：不如，比不上。

〔51〕举于乡：指参加乡试，考中举人。

〔52〕文艺：即八股文。

〔53〕攘（rǎng）：夺取，侵夺。

〔54〕憾：怨恨。

〔55〕获隽：指科举考试得中。

〔56〕主司：科举考试的主试官。

〔57〕剞劂（jī jué）者：指刻板印书的经营人。剞劂，刻印。

〔58〕前哲：前代贤人。哲，明达有智之人。程文：科举考试时，由官方撰

定或录用考中者所作，以为范例的文章。

〔59〕阴讽：用暗示性的语言加以劝告或指责。言官，谏官，谏议之官。

〔60〕磨勘者：磨勘官。指明清科举考试的试卷复核官。磨勘，复核检查，此指对乡试、会试卷重新复核。

〔61〕褫（chǐ）：革除。此指剥夺功名。

〔62〕倜傥：洒脱。

〔63〕摭（zhí）拾：搜集。

〔64〕无如之何：无可奈何，没有任何办法。

〔65〕昆弟：兄弟。

〔66〕充：担任。钞胥者：旧时指专业抄写工作的人。

〔67〕阍人：看门人。

〔68〕衔怨：心怀怨恨。

〔69〕为力：出力，尽力。

〔70〕嗾：指使。揭帖：也作“揭贴”。张贴的启事、公告。有具名者，有不具名者，多用于辩理、申冤、攻讦、通告。通衢：四通八达的道路。

〔71〕巡城御史：官名。又称五城御史、巡视五城御史。清代都察院官员。掌稽查地方，厘剔奸弊，整顿风俗。每城满、汉各一人，于科道内简派，一年一更。

〔72〕怨望：心怀不满。

〔73〕讪谤：诽谤。

〔74〕坐不敬：以不敬定罪。坐，获罪，被定罪。不敬，指臣民对皇帝或朝廷有不恭的言辞与行为。

〔75〕辽阳：府名。今辽宁辽阳。

〔76〕荏（rěn）弱：柔弱，体弱。

〔77〕临歧：即将离别。

〔78〕笔不加点：也作“文无加点”。形容文思敏捷，一气呵成。

〔79〕颠末：始末，原委。

〔80〕逋（bū）负：债务。

〔81〕山右：指山西省。因居太行山之右，故称。

〔82〕阛阓（huì huán）：街市。

〔83〕权子母：放贷生息。子母，利息和本金。语本《国语·周语下》："若不堪重，则多作轻而行之，亦不废重，于是乎有子权母而行，小大利之。"

〔84〕无得：副词性结构。不可能、不得、不能。用于动词前，表示对某种事情的可能性进行否定或禁止。锱铢：犹言轻微、细小。古代很小的重量单位。比喻数量极其微小。

〔85〕虎而冠者：凶暴如虎的人。语出《史记·齐悼惠王世家》："大臣议欲立齐王，而琅邪王及大臣曰：'齐王母家驷钧，恶戾，虎而冠者也。'"

〔86〕典阁：当铺。

〔87〕刲（kuī）臂肉：割取臂肉。典出"割股疗亲"，即父母病重，孝子割取自己大腿上的肉煎药治疗。刲，割取。"割股疗亲"在古时为至孝之举，《〈申报〉宁波史料集（二）》："割股疗疾，此风相沿已久，其人虽愚而其志可悯。"

〔88〕迄：始终。不瘳（chōu）：不愈。瘳，病愈。

〔89〕孤孑：孤单，孤独。

〔90〕雁杳鱼沉：大雁看不到踪影，鱼儿沉入了水底。相传雁、鱼能传送信息，源见"雁足书""鱼传尺素"。故以之比喻音信全无。杳，远得不见踪影。

〔91〕簉（zào）室：旧时称妾。《左传·昭公十一年》："僖子使助薳氏之簉。"杜预注："簉，副倅也；薳氏之女为僖子副妾，别居在外。"故后以簉室代称妾。

〔92〕孝廉：明清时对举人的称呼。

〔93〕妾媵（yìng）：泛指妾。

〔94〕囊橐（náng tuó）：泛称口袋，袋子。此喻指钱财。语出《诗经·大

雅·公刘》："乃裹糇粮，于橐于囊。"毛传："小曰橐，大曰囊。"

〔95〕讵（jù）肯：怎么肯，怎么能够。讵，岂，怎。一旦，不确定的时间词，表示有一天。付之流水：把东西扔进流水里冲走，多比喻希望落空或前功尽弃。

〔96〕悻悻（xìng xìng）而去：形容非常生气地离开。悻悻，恼怒的样子。用于贬义。

〔97〕有以：有办法，想办法。

〔98〕走：疾行，奔跑。

〔99〕甫：刚刚。

〔100〕疾趋：急速奔跑。

〔101〕舆：车子。

〔102〕昏瞀（mào）：昏沉，神志昏乱。不知人：不省人事，失去了知觉。

〔103〕椽：承屋瓦的圆木。

〔104〕箕踞：随意张开两腿坐着，形似簸箕。一种轻慢的坐姿。高坐：坐于上座。

〔105〕金玉锦绣：指珍贵华美之物。金玉，黄金与美玉。泛指珍宝。锦绣，精致华丽的丝织品。

〔106〕膏粱刍豢（chú huàn）：代指各种美食。膏粱，肥肉和细粮，泛指精美的食物。语出《孟子·告子上》："《诗》云：'既醉以酒，既饱以德。'言饱乎仁义也，所以不愿人之膏粱之味也。"三国吴韦昭注："膏，肉之肥者；粱，食之精者。"刍豢，本指牛羊犬猪之类家畜，此处泛指肉食。语出《孟子·告子上》："故理义之悦我心，犹刍豢之悦我口。"朱熹注："草食曰刍，牛羊是也；谷食曰豢，犬豕是也。"

〔107〕勾栏：又作"勾阑""构栏"。宋元时戏曲及其他伎艺在城市中的演出场所。明代以后多指青楼。

〔108〕犷悍：粗野凶悍。

〔109〕奉君巾栉（zhì）：即奉巾栉。为人妻妾的谦词。奉，侍候。巾栉，洗沐

用具。

〔110〕牲醴：此泛指祭祀所用的酒肉。牲，供祭祀和食用的家畜；醴，甜酒。

〔111〕奠酒：祭祀时的一种仪式，把酒洒在地上。

〔112〕焚帛：焚烧纸帛。

〔113〕涌身：纵身。

〔114〕湍急：水势急速。

〔115〕观者如堵墙：也作“观者如堵”“观者成堵”“观者如墙”。观看的人如围墙一样。形容观看人数众多。堵，墙壁。典出《礼记·射义》：“孔子射于矍相之圃，盖观者如堵墙。”

〔116〕成帙（zhì）：成册，成书。意谓表彰的诗很多。帙，书套，书函。

〔117〕蠲秩：免官。蠲（juān），免除。

〔118〕驿舍：驿站。

〔119〕秋杪（miǎo）：秋末。杪，原指树枝的末梢，引申为末尾、末端。

〔120〕凉蟾入牖（yǒu）：清冷的月光照进窗内。凉蟾，清冷的月亮、月光。古人以为月中有蟾蜍，月光性凉，故后以之代称月亮。牖，窗户。

〔121〕寒蛩（qióng）：深秋的蟋蟀。蛩，蟋蟀。

〔122〕耿不成寐：心绪不宁，不能入睡。耿，心情不安，悲伤。

〔123〕回文：也作“锦字回文”“织锦回文”“回文锦”。代指书信。晋苏若兰写信给流放的丈夫窦滔之事。典出《晋书》卷九六《列女传·窦滔妻苏氏》：“窦滔妻苏氏，始平人也，名蕙，字若兰。善属文。滔苻坚时为秦州刺史，被徙流沙，苏氏思之，织锦为回文旋图诗以赠滔。宛转循环以读之，词甚凄惋，凡八百四十字，文多不录。”

〔124〕弓鞋：古时缠足妇女所穿的鞋子，窄小，形状似弓。黄庭坚《满庭芳》词：“直待朱幡去后，从伊便窄袜弓鞋。”细碎：细微而零碎。

〔125〕呀然：开、关门的声音。

〔126〕袅（niǎo）娜：姿态柔美的样子。

〔127〕裣衽（liǎn rèn）：也作“敛衽”。整饬衣襟，古时女子行礼的动作。

〔128〕谛视：注视，仔细看。

〔129〕得唱刀环：此指还乡。刀环，刀柄上的铜环，代指刀。环，音同“还”。典出《汉书·李陵传》：“立政等见陵，未得私语，即目视陵，而数数自循其刀环，握其足，阴谕之，言可还归汉也。”故后因以“刀环”为“还归”的隐语。

〔130〕团圞（luán）：团聚。

〔131〕但得：只要。郭外有二顷之田：城外有两顷田地。意谓有赖以谋生的田产。郭，外城，指古代在城的外围加筑的城墙。二顷之田，此泛指田亩数，意谓有足以谋生的田地。典出《史记·苏秦列传》：“使我有雒阳负郭田二顷，吾岂能佩六国相印乎！”故后世用以喻指赖以谋生的田产。

〔132〕万卷之书：形容人藏书极富。

〔133〕联吟觅句，斗酒藏钩：指两种诗词唱和的方式。联吟，联句。两人或多人共作一诗。藏钩，古代的猜物游戏。

〔134〕势利场：追逐财货权势的场所。侧足地：置身地。侧足，立身，置身。

〔135〕欷歔（xī xū）：也作“唏嘘”。悲泣抽咽的样子。

〔136〕无及已：来不及。

〔137〕恨事：遗憾的事。

〔138〕莽莽：广阔无际的样子。

〔139〕不泯（mǐn）：不灭。

〔140〕然则：连词。用在句子的开头，表示“既然这样，那么……”

〔141〕赝（yàn）：假的。

〔142〕杜少陵：唐代著名诗人杜甫（712—770），字子美，自称少陵野老，巩县（今属河南）人。历任左拾遗、节度参谋、检校工部员外郎，世称“杜工部”。有“诗圣”之称。著有《杜工部集》。

〔143〕“夜阑”两句：语出唐代诗人杜甫五古组诗《羌村（三首）》其一：“峥嵘赤云西，日脚下平地。柴门鸟雀噪，归客千里至。妻孥怪我在，惊

定还拭泪。世乱遭飘荡，生还偶然遂。邻人满墙头，感叹亦歔欷。夜阑更秉烛，相对如梦寐。”写诗人与家人生离死别，久别重逢，悲喜交集，犹疑在梦中。

〔144〕昔年：往年，从前。

〔145〕勉旃（zhān）：努力。旃，语气助词。

〔146〕蘧（qú）然：惊醒的样子。

〔147〕宛：好像，仿佛。

〔148〕噩梦：可怕的梦。

〔149〕凄侧：同“凄恻”。悲伤。

〔150〕里门：乡里之门。古制，同族聚居一里，里有里门。《史记·万石张叔列传》：“庆及诸子弟入里门，趋至家。”后用为家乡的代称。

〔151〕物故：死亡。

〔152〕沥（lì）酒：把酒洒在地上，表示祝愿或发誓。沥，水下滴。捧觞（shāng）：捧着酒杯。觞，指酒杯。

〔153〕长号：痛哭。

〔154〕棺衾（qīn）：棺材和衾被。泛指殓尸之具。

〔155〕嗣后：以后，从此以后。连理交柯：也作“连理枝”“连枝树”。两棵树的枝条连生在一起，比喻恩爱夫妻。交柯，交错的树枝。柯，树枝。典出晋代干宝《搜神记》卷一一：“宋康王舍人韩凭，娶妻何氏，美，康王夺之。凭怨，王囚之，论为城旦。妻密遗凭书，缪其辞曰：‘其雨淫淫，河大水深，日出当心。’……俄而凭乃自杀。其妻乃阴腐其衣。王与之登台，妻遂自投台，左右揽之，衣不中手而死。遗书于带曰：‘王利其生，妾利其死。愿以尸骨，赐凭合葬。’王怒弗听，使里人埋之，冢相望也。王曰：‘尔夫妇相爱不已，若能使冢合，则吾弗阻也。’宿昔之间，便有大梓木，生于二冢之端，旬日而大盈抱，屈体相就，根交于下，枝错于上。又有鸳鸯，雄雌各一，恒栖树上，晨夕不去，交颈悲鸣，音声感人。宋人哀之，遂号其木曰相思

树。”故后用以比喻相爱的夫妻。唐代白居易《长恨歌》：“在天愿作比翼鸟，在地愿为连理枝。”

〔156〕纠结：互相缠绕。

〔157〕风清月白之夜：微风清凉、月光明亮的夜晚。形容幽静美好的夜晚。

〔158〕徙倚：站立。

〔159〕徘徊：在一个地方来回地走。吟讽：吟咏作诗。

〔160〕不辍：不中止。辍，中止，停止。

【译文】

吴琼仙

琼仙姓吴，小名玉奴，是官宦人家的女子，家住杭州。父亲为江苏候补县丞，不久授命光福司，曾刻过一枚印章道：“钱塘江上三间屋，邓尉山中九品官”，原也是位喜好风雅的人。琼仙十四五岁，风姿柔美，神态端庄。她天性尤为聪慧，除擅长诗词外，兼通经史。远近听说她美名的人，竞相来提亲。而琼仙的父亲选择很严苛，常对别人道：“应该选个称心如意的女婿，希望以此来慰藉我这做父亲的心怀。何况我家的女进士，哪里是那平凡庸俗的人所能匹配的呢？”

槜李有叫孙月洲的，是位负有盛名的读书人。不到二十岁，就以贡生的身份被推选入国子监读书。他为人风雅蕴藉，众人称呼他为“玉界尺”。孙月洲早就知道琼仙貌美，请媒人来提亲。琼仙的父亲打算应允。杭州有户姓周的豪门大族，也派媒人来。周家的公子名叫玉仲，仪容秀整，年纪与琼仙相近；父亲是当时的高官，权势地位显赫，权倾朝野。当时周玉仲正随他叔父到苏州拜访巡抚，听说邓尉、莫厘山水秀美，便乘船前往游览，顺便提及婚姻之事。琼仙的堂伯父吴宣衡，具有体察人品性的能力，当时正在琼仙父亲的任所。因此对琼仙的父亲道：“听说这个姓周的官员，仗势揽权，朝野畏惧，做事常不近人情，这不是可以长久依赖的靠山。如果结为婚姻，日后必有祸患，不如推辞了。”琼仙的父亲认为现在来求亲的两家，都是清贵望族，不知哪家合适，不如同时把两位公子请来，看一看其优劣。于是设盛宴，请来乡里的缙绅，云集庭院，美味佳肴，宾客雅集，一时未有。孙月洲穿戴朴素，彬彬有礼，温文大方；周玉仲衣服华丽奢侈，神态骄横傲慢。当时庭中芍药盛开，姹紫嫣红。琼仙的父亲便以金带围命题，让两位公子写诗赞美。孙月洲提笔立成，文辞和题旨都很好。周玉仲思索许久，竟然连一个字也写不出来，羞得满脸通红。宾客中有打圆场的人，道：“月洲这首诗，已经先把芍药的精髓写出来了，所剩都是无足轻重的东西，周公子即使不作也可理解。”于是中止了赋诗。琼仙的父亲相中了孙月洲，就定下了婚事，选定日子下聘礼、订婚，迎娶成婚。成亲的晚上，琼仙仪态万方，见到的人都惊为天人。月洲和琼仙如玉树琼枝，佳偶天成，情感深厚，即使是翡翠在兰苕上嬉戏，鸾凰翱翔于云间，也比不上他们。

过了一年，孙月洲乡试中了举人，考试作的八股文，传诵一时。周父因为孙月洲夺了婚事，所以怨恨他，总是拿着他的文章对人道：“这是抄录的旧文，侥幸中举。为何主考官失察？”他秘密召集印书人，刻印孙月洲文章数千篇，放入前贤的范文中，遍投书坊，又阴讽言官失察弹劾主考官。磨勘官搜查各个书坊，果真信了，孙月洲竟被剥夺了举人功名。琼仙极力劝慰他。孙月洲本就是洒脱旷达的人，开始也没把功名放在心上。不久，周父又找别的原因，撤了琼仙父亲的官职。吴孙两家都知道这是周父整治旧怨，但无可奈何。然而周父的报复还未停止。孙月洲有个同族兄弟，是个无赖之徒，在京城做抄写的差事，与周家的看门人相识，知道周家怀恨孙月洲，就话里暗示看门人，如果周家有差遣，他定会出力。看门人把此事告诉了周父。周父把他招来，问他“能模仿孙月洲的笔迹吗？”他道：“能。”于是指使他冒充孙月洲的名字，张贴告示在大街上，其中许多指责之言。巡城御史听说此事，以其话语中多有心怀不满，事涉诽谤，被定“不敬”之罪，充军辽阳。琼仙因为身体柔弱，不能随行，临行作别，哀哭不已，痛不欲生，路人也为之伤心难过。

孙月洲驻守辽阳。有位将军颇懂诗书，见孙月洲长得文秀，很可怜他。将军用诗文考校他，孙月洲一气呵成，因此更加爱惜，就让他在幕中主管文书。偶然在公务之余，将军询问起孙月洲充军的始末，才知他的冤情，感叹惋惜了好久，打算寻机为其洗雪冤屈。

孙月洲走后，琼仙回到了父亲身边。无论是在月夜花晨之时，还是在虫声灯影之际，琼仙每日无不以泪洗面。琼仙的父亲自罢官后，积蓄花空，借了不少债务。有个山西人李甲以豪富著称，在街市上开了间银铺，放债牟利，人不能少其毫厘的人，本就是个残暴的人。琼仙的父亲曾向他借了七百两银子，过了几年，几乎翻了四倍。李甲天天来讨债，琼仙的父亲无力偿还，李甲便出恶声，扬言要控告到公堂。琼仙的父亲无计可施，收集家中所有，抵押给当铺，也仅够偿还十分之一。他又愁又急，一病不起。琼仙侍奉汤药，日夜衣不解带，割了臂肉给父亲吃，以此向天呼救，最终没有病愈。琼仙的父亲死了，母亲也相继去世。丧葬的各项费用，都是亲戚邻居集资帮助。琼仙孤单一人，无依无靠，于是就跟着邻家的老妇人度日。她每日期盼着辽阳的音信，却全无消息。山西人李甲登门索债，气势汹汹；看见琼仙姿色美丽，打算要琼仙给他做妾，强迫邻家老妇人做媒。老妇人道：“她也是司官的女儿，举人的妻子，出自名门，怎么肯做你的妾呢？何况孙举人不久要从辽阳返回，你娶有夫之妇，以良作贱，恐怕告到公堂上，保不住你的钱财了。”李甲愤怒道：“她欠我一大笔债，为何蛮横不还？怎么肯一旦付之流水？”老妇人道：“借你钱的人，姓周，不是孙家。琼仙已嫁到孙家，谁不知道？”李甲无话可说，恼怒地离开了，道：“我定会有办法报复你！”

一夜，琼仙哭父未眠，忽闻室外人声鼎沸，都喊救火。邻家老妇人也仓惶进屋道：“火已到门口，怎么不快跑？”琼仙刚跑出门，一个人抓着她的发髻道："她在这里！"旁边有人把她背起，快跑出门，把她放入车中。琼仙昏昏沉沉，不省人事，只觉颠簸不定。过了一会儿，琼仙睁开眼，已经身在船中，点着一根粗大的蜡烛，光芒四射，两腿张开坐在上座的人，正是李甲。李甲对琼仙道："你现在已经属于我了。你如果顺从，就不担忧没有金玉锦绣、膏粱刍豢了；否则将把你卖到妓院，来偿还旧债。"琼仙知道这个人粗野凶悍，不能晓之以理、动之以情，就道："我本是孙月洲的妻子。即使要嫁给你，也应当祭告我父亲，才能成婚，而且这也是以重百年谐好；如果你不答应，我只有一死罢了！"李甲道："这有什么难的。"立即命人备好祭祀酒肉，摆放在船头。琼仙亲往奠酒。焚烧纸帛将结束，纵身一跃投入河中。当时月黑风高，水流急速，尸体已随波远去，无从援救。第二天，琼仙的尸体漂流到邻家老妇人门前河畔，直立不倒，观者如堵墙。邻家老妇人刚因为琼仙失踪报了官，此时看到琼仙的尸体，不由大哭。官府很快调查了此事，李甲伏法，又命人以礼安葬了琼仙，为她立了牌坊，上刻"贞孝贤烈"。士大夫写了许多诗表彰琼仙。

孙月洲在辽阳，将军很信任他。适值周父因犯事被罢官，将军向官府陈述了孙月洲昔日被冤枉诬陷，于是孙月洲蒙恩释放还乡。孙月洲行至半途，宿于驿站。时值秋末，月光照进窗户里，蟋蟀在台阶上鸣叫，独伴孤灯，心事重重，深夜难眠。想到与琼仙音信断绝，离别孤单，就更加悲伤流泪，泣不成声。这时，他忽然听到西廊传来细碎的弓鞋声，有若女子在走动，等走近，呀然一声推门而入，婀娜地走到孙月洲面前，拜了两拜。孙月洲仔细察看，原来是琼仙。孙月洲起身握着她的手道："你怎么能到这里？难道已不在人间了吗？"琼仙详叙别后相思之苦，纵体入怀，泪如雨下。孙月洲用衣袖为她擦拭眼泪，道："我承蒙将军恩义，得以还乡，自此永远团聚，与你偕老。我到了今天，已不再想世上的荣华，只要在城外有二顷田，架上有万卷书，每逢春秋佳日，你我诗句联吟，斗酒藏钩，其乐无穷，怎么会再想置身名利场呢？"琼仙倚枕哽咽，道："我怎么不想这样，无奈现在已经来不及了！我已保身殉节，保全贞节，你在人间，我回天上，自此一别，即使历经万世，相见无期。茫茫宇宙，憾事何多！莽莽乾坤，真情不灭。孙郎孙郎，你保重身体，不要再想念我了。”孙月洲道：“既然如此，那么你已经死了吗？今天的相会，真的？假的？杜少陵有句诗道：‘夜阑更秉烛，相对如梦寐。’大概是为今晚我们两人所作！”琼仙从指上摘下一个玉环交给孙月洲，道：“这是以前的定情之物，你还记得吗？以后看见它，如同看见我。你正前程远大，还需多努力！”孙月洲还有话要说，琼仙用手拍了下他的肩膀，猛然惊醒，玉环仿佛在他的手指上。

孙月洲做了这个噩梦，知道这不是吉兆，家乡渐近，更加悲伤了。等抵达家乡，才知吴氏一家，都已死了。他急忙到琼仙墓上，捧杯洒酒祭奠，伏地不能起，痛哭数声，呕血而亡。乡人为他购买了丧葬用品，把他与琼仙合葬。从此以后，墓地里的树木多长在一起，枝干相互缠绕，每当风清月白之夜，可以看见孙月洲与琼仙携手站立林间，徘徊吟诗，直至天亮仍不停止。

贞烈女子

王秀文，一字绣雯，金陵人[1]，住钞库街[2]。父于县署中为书吏[3]，家颇小康。女幼工刺绣，兼通书史[4]。同里有项生者，系出世家，父邑中名下士，收藏书画骨董甚夥[5]，与女父素相识。女父仰其声望，时与往来。或持玩好器物，就相质证[6]，周鼎商彝[7]，入手立辨，作赝者几不能售其欺。

一日，项父过女家，女适在庭前凭栏观芍药，见其美丽幽静，异之。问其年，则只十有一龄。适女父自内出，因曰："此即君家女公子否[8]？何修而得此？"女父笑曰："此我家女相如也[9]。"乃呼之立座侧，举止娴雅，殊不类寻常女子；兼以眸凝秋水[10]，颊晕朝霞，端穆中自饶妩媚态；试以唐诗，诵白香山《长恨歌》[11]，琅琅上口[12]。须臾[13]，女入，因问曾受聘未。女父答以择快婿难，故尚有所待。翌日[14]，女父得一玉珪[15]，弗辨何代物，持以示项父。爰呼生出见[16]。年虽不逮舞象[17]，而揖让周旋[18]，颇中礼节；握管能作四体书[19]，又能识汉魏晋唐碑文。项父指子曰："以此作君家坦腹[20]，何如？"女父曰："特虑君戏言耳。得婿如此，亦复何求[21]！"两家遂以一言为成约，项父即授金环于女作纳聘礼。

越一年，项父患病死，殡殓丧葬，一切皆女父为之摒挡[22]，其费不赀[23]。服未阕[24]，生母又卒。连遭大故[25]，家遂中落，然图书物玩，犹未至斥卖也[26]。无何[27]，有盗夜入其室，汹汹索物，无所得，盗魁忽见诸碑版古铜器[28]，大喜曰："此比阿堵物更胜十倍[29]！"尽括室中所有[30]，捆载以去。生由是不名一钱[31]，几至穷困无以自存。女父阴有悔婚意[32]，母以商之女，女不可；或借事讽之[33]，持之益坚。女父母知其志不可夺，约以后勿以直告女。生屡至门，皆拒弗纳，反使冰上人谓之曰[34]："汝年长矣，盍自振作？

王家女岂将以丫角老耶[35]？”且请婚期，促之再三。生无以应，但以家贫不能备六礼辞[36]。生友范笏堂，豪侠士也。闻其言，愤然曰：“此岂求婚帖哉？直来索离书耳[37]。大丈夫何患无妻，岂能受市侩龌龊气！渠若再来[38]，当饱以老拳[39]。”

未越月，冰人果至，言嗫嚅若不能出口[40]，先探袖出巨金置几上[41]，指谓生曰：“能从吾言，当以此奉君寿[42]。”生请其说。冰人曰：“王家女儿娇惰素惯，父若母视同掌上珍[43]，安能偕君咬菜根、啖糠核哉[44]？倘嫁子，不过数月，新妇当见翁姑于黄泉矣[45]。君如肯给以离书，俾终老于家[46]，亦无量功德事。此金所以报也[47]。”生听未毕，拍案作色而起，曰：“汝视我岂鬻妻者哉[48]！乃以利饵我[49]！直告汝：彼女即欲从我，亦不能认此负心人作岳丈！离书即刻畀汝[50]！”濡墨挥毫[51]，顷刻立就，即以纸裹几上金，掷诸门外，挥其人出，遽阖扉[52]焉。

顷之，范至。生愤诉颠末[53]。范曰：“如何？我岂妄哉？果不出我所料。然此地子不可居矣，当出外建非常事业[54]，以一洗此耻。”生曰：“阮囊中不名一钱[55]，其何以供旅资？”范曰：“资斧我可任之[56]，惟功名之途，子宜自择：若欲掇巍科[57]，冠多士[58]，宜至帝都攻帖括[59]；若欲立功徼外[60]马上得官，则莫如投笔从戎[61]，驰驱疆场，赞襄幕府[62]，立致显爵[63]，亦复何难[64]。”生曰：“有表戚在滇南军营[65]，当往依之，冀得尺寸功[66]。”范曰：“善。”乞贷亲友[67]，得百金，以赆生行[68]。

女父自得生离书，日夕托媒妁择佳耦[69]，诡言有第二女[70]，年甫及笄[71]，能书画，娴吟咏，以西国映像法绘图[72]，遍乞名流题咏[73]，实以炫其女容貌之丽，则富室豪门求之者必众也。果有潘氏子者，军门[74]之介弟也[75]。时新丧偶，拟续鸾胶[76]，于某太史处见女小影[77]，倚栏小立[78]，微笑拈花，妍姿艳态，举世无双，叹曰：“得妇如此，亦足矣！”询为书吏女，颇以门户为嫌[79]，拚纳重贿，觅为小星[80]，告之媒氏。媒氏利其成，姑婉其词以耸女父听[81]。女父惑之，竟许焉。问名纳采[82]，礼币既盛[83]，舆从亦多[84]，焜耀于里间[85]间。女父恐女有所闻，预遣女往戚串家[86]，故女不及知也。待届亲迎[87]日，以鱼轩逆[88]女归。时香灯彩仗，烂其盈门，笙管既奏，乃始告女，谓女曰："汝自此可受荣华、享富贵矣。否则一世作贫家妇，岂尚有生人乐趣哉[89]？"女闻，如丧魂魄，涕泣不可仰[90]。催妆乐阕[91]，内外皆促女登舆[92]，而女已取昔日所聘金环吞之至腹，奄然待毙[93]，气息仅属[94]，多方营救，竟不可治。宾客睹此情形，彷徨散去，多嘉女志之烈，或有唾骂女父母为非人者。潘氏子闻之，兴索意沮[95]。

女死三日犹未殓[96]，颜色如生[97]，尸发异香，闻于衢路[98]。方举榇进门[99]，一道士忽随之俱入，羽衣星冠[100]，状貌清奇，髯长过腹[101]。见女父，曰："若以女公子畀我，我能活之。"女父叱之，谓道士必妖人也，将以此艳尸行采炼术[102]。道士笑曰："余此来为汝补过。汝女非项生妻哉？项生今贵矣，不日归来[103]，将与汝索妇，汝其何以应之？汝之所为，人头而畜鸣者耳[104]，本不应有此贞烈女子日后奉养汝；特余知之，义不容不救。"因取水一瓯[105]，倾葫芦中药少许，灌入女口。俄闻女喉间作辘辘声[106]，砉然大吐[107]，金环随出，启眸微视，曰："此岂尚是人间耶？顷有星官送我来[108]，谓余与项郎终成夫妇，可少待之，佳音当不远也。"女既苏，众方环视，女悲喜交集。忽失道士所在。众谓此必神人也，额手交庆[109]，焚香顶礼[110]。越日[111]，项生果归，戎服鲜衣，驺骑烜赫[112]，盖已保升至监司大员矣[113]。

先是，生仗剑以出也，匹马达滇南，直诣戚营。其戚以副将衔统偏师[114]，多黔蜀勇士，屡立战功，自成一队。见生至，甚喜，曰："军中正少司笔札者[115]，汝来甚佳。"于是文檄往来[116]，咸出其手，弓衣句满，盾鼻墨浓[117]，上游群知其才[118]，一月三迁，不数年竟擢是职[119]。

一日，方在营草露布[120]，忽有道士来谒，曰："君有世缘未了，当急请假归，或可及也。"生正欲研问[121]，则上司给假文书已至。道士命选仆役，具行李，并马出营。道士以袂障日影[122]，曰："暂假汝缩地法[123]，今夕可至廿四桥边[124]，观二分明月也[125]。"把袂一挥，红日西匿，但见林木庐舍历历[126]，俱从眼底瞥过。约三四时，曰：“至矣。”则已在扬州城外。回顾道士已杳[127]，因诧为遇仙。乃觅旅舍暂憩。天明买棹渡江[128]，抵金陵，日犹未晡也[129]。道路间藉藉谈女吞环更生事[130]，异之，恍然悟曰[131]：“仙之命我归也，其以是哉？我曷可负我贤妻[132]？”急诣邑令[133]，白其故[134]。令促召女父至，命即日设青庐[135]，成吉礼[136]，一切鼓乐供帐[137]，皆县为之备，咄嗟立办[138]。并馈扁额[139]，旌女之门[140]，表之曰：“贞烈女子”。一时发之咏歌[141]，表扬其事者，长篇短简，美不胜收。有《金环曲》最佳，并录于后云：

王家有女字秀文，少小绰约兰蕙芬。
项郎名族学诗礼，金环为聘结婚姻。
十余年来人事变，富儿那必归贫贱？
一朝别字豪贵家，三日悲啼泪如霰。
手摘金环自吞食，将死未死救不得；
柔肠九曲断还续，卧地只存微气息。
讵料神人赐灵药，吐出金环定魂魄。
至性由来动彼苍，一夜银河驾乌鹊。
嗟哉此女贞且贤，项郎对之悲复怜。
朝来笑倚镜台立，代系金环云鬓边。

【注释】

〔1〕金陵：古邑名。在今江苏省南京市。详见《华璘姑》注。

〔2〕钞库街：地名。位于南京城内夫子庙附近。

〔3〕书吏：办理文书的小吏。

〔4〕书史：泛指经、史一类的典籍。

〔5〕骨董：即“古董”。夥(huǒ)：多。

〔6〕质证：核实验证。

〔7〕周鼎商彝：泛称珍贵的古董。鼎、彝，商周祭祀用的礼器。

〔8〕女公子：尊称他人的女儿。

〔9〕女相如：对有才华女子的称呼。相如，即司马相如，西汉著名辞赋家。字长卿。蜀郡成都（今四川成都）人。《子虚赋》《上林赋》为其代表作。

〔10〕秋水：比喻清澈明亮的眼睛。

〔11〕白香山：即白居易（772—846），唐代著名诗人。字乐天，晚年号香山居士。祖籍山西太原，生于新郑（今河南新郑）。官至刑部尚书。著有《白氏长庆集》。《长恨歌》：诗名。七言歌行，白居易脍炙人口的名篇，描写了唐明皇李隆基与杨玉环始终不渝的爱情故事，是中国古代杰出的长篇叙事诗，对后世叙事诗和戏曲均有影响。

〔12〕琅琅（láng láng）上口：形容诵读熟练流畅。琅琅，玉石相击声，形容声音清脆响亮。上口，顺口，流畅。

〔13〕须臾：片刻，一会儿。

〔14〕翌（yì）日：次日，第二天。

〔15〕玉珪（guī）：玉器名。同“玉圭”。古时的一种重要玉制礼器。珪，礼器。

〔16〕爰（yuán）：于是。

〔17〕不逮：不及。逮，到，及。舞象：古时男子年满十五岁后学的一种武舞。《礼记·内则》：“十有三年，学乐，诵诗，舞勺；成童，舞象，学射御。”郑玄注：“先学勺，后学象，文武之次也。成童，十五以上。”后作十五岁的代称。

〔18〕周旋：古时施礼时进退揖让的动作。语出《礼记·乐记》：“升降上下，周还裼袭，礼之文也。”唐代陆德明《经典释文》：“还，音旋。”唐代孔颖达疏：“周谓行礼周曲回旋也。”

〔19〕握管：执笔。管，毛笔。四体书：书法术语。汉字的四种主要字体，即正、草、隶、篆。见西晋卫恒著《四体书势》。

〔20〕坦腹：代指女婿。晋时郗鉴派人到王导家选女婿，王家子弟闻讯后，

都显得很矜持，只有王羲之若无其事地坦腹卧于东床而食，因此被郗鉴选为女婿。典出《晋书·王羲之传》："时太尉郗鉴使门生求女婿于导，导令就东厢遍观子弟。门生归，谓鉴曰：'王氏诸少并佳，然闻信至，咸自矜持。唯一人在东床坦腹食，独若不闻。'鉴曰：'正此佳婿邪！'记之，乃羲之也，遂以女妻之。"后因以"坦腹"代指女婿。

〔21〕亦复：副词。表示类同，相当于"也"。

〔22〕摒（bìng）挡：操持料理。

〔23〕不赀（zī）：亦作"不訾"，不可比量，不可计数，表示数量极多。此指花费许多钱财。赀，计量，计算。《史记·货殖列传》："其先得丹穴，而擅其利数世，家亦不訾。"唐代司马贞《索隐》："谓其多，不可訾量。"

〔24〕服未阕（què）：犹言为亡父服丧一年的期限还没有结束。服阕，守丧期满除服。服，丧服。阕，结束，终了。

〔25〕大故：旧指父或母去世。语出《孟子·滕文公上》："今也不幸至于大故，吾欲使子问于孟子，然后行事。"汉赵岐注："谓大丧也。"

〔26〕斥卖：卖掉，变卖。

〔27〕无何：不久。

〔28〕盗魁：强盗首领。碑版：石刻。指铭刻文字的碑碣。

〔29〕阿（ē）堵物：钱的代称。阿堵，晋人口语，犹言"这个"。晋王夷甫以阿堵物指钱，典出《世说新语·规箴》："王夷甫雅尚玄远，常嫉其妇贪浊，口未尝言'钱'字。妇欲试之，令婢以钱绕床，不得行。夷甫晨起，见钱阂行，呼婢曰：'举却阿堵物！"故后以之指钱。

〔30〕括：搜集。

〔31〕由是：因此，于此。不名一钱：也作"不名一文"。没有一文钱财。形容极其贫穷。名，占有。典出《史记·佞幸列传》："长公主赐邓通，吏辄随没入之，一簪不得著身。于是长公主乃令假衣食，竟不得名一钱，寄死人家。"

〔32〕阴：暗中，暗地。

〔33〕讽：用含蓄的话劝告。

〔34〕冰上人：媒人。详见《华璘姑》注。

〔35〕以丫角老：指终身不嫁做姑娘。丫角，未出嫁少女头上梳作两髻，像丫形的两只角，故称。

〔36〕六礼：指古代婚姻中的六种礼仪，即纳采（提亲）、问名（询问女方名字和生辰）、纳吉（订婚）、纳徵（送聘礼）、请期（议定婚期）、亲迎（迎亲）。《仪礼·士昏礼》："昏礼，下达。纳采，用雁。"贾公彦疏："昏礼有六，五礼用雁、纳采、问名、纳吉、请期、亲迎是也，唯纳徵不用雁。"

〔37〕离书：离婚书。

〔38〕渠：他，她。

〔39〕饱以老拳：指一顿痛打。唐代房玄龄等《晋书·石勒载记》："孤昔日厌卿老拳，卿亦饱孤毒手。"

〔40〕嗫嚅（niè rú）：想说又欲言又止的样子。

〔41〕巨金：大锭银子。几：古人坐时凭依或搁置物件的小桌。

〔42〕奉君寿：给你祝寿。此是给项生银子的委婉说法。寿，生日。奉，敬辞。用于自己的举动涉及对方时。

〔43〕掌上珍：犹言"掌上明珠"。比喻十分珍爱的人。多指爱女。

〔44〕啖（dàn）糠核：吃粗劣的食物。啖，吃。糠核，谷糠中的坚粒，指粗劣的食物。

〔45〕新妇：新娘。翁姑：公婆。

〔46〕俾（bǐ）：使。

〔47〕所以：用以，用来。

〔48〕鬻（yù）：卖。

〔49〕餂（tiǎn）：诱取。

〔50〕畀（bì）：给予。

〔51〕濡（rú）墨：蘸墨。濡，沾湿。

〔52〕遽（jù）：马上。阖（hé）扉：关门。阖，关闭。扉，门。

〔53〕颠末：始末，原委。

〔54〕非常：不同寻常。

〔55〕阮囊中不名一钱：也作“囊中羞涩”。指晋代阮孚的钱袋空虚。阮囊，阮囊羞涩的省语，借指身无钱财。阮，阮孚，晋代人，“竹林七贤”之一的阮咸之子。囊，口袋，此指钱袋。典出宋代阴时夫《韵府群玉》：“阮孚持一皂囊，游会稽。客问：‘囊中何物？’曰：‘但有一钱看囊，恐其羞涩。’”后人遂自谓身边无钱财曰“阮囊羞涩”。

〔56〕资斧：路费，盘缠。

〔57〕掇（duō）巍科：指科举考试名列前茅。掇，考取。巍科，高科。指科举考试名在前列。《宋史·蒋重珍传论》：“蒋重珍自擢巍科，既居盛名之下，而能树立于当世，可谓难矣。”

〔58〕冠多士：为多士之冠，即第一名。冠，超过。

〔59〕帖（tiě）括：泛指科举时代的应试文章。明清时也指科举考试的八股文。详见《自序》注。

〔60〕徼（jiào）外：塞外。

〔61〕投笔从戎：指弃文从军。典出南朝宋范晔《后汉书·班超传》。汉代班超因家贫而常为官府抄书养母。“尝辍业投笔叹曰：‘大丈夫无它志略，犹当效傅介子、张骞立功异域，以取封侯，安能久事笔研间乎？’”后立功西域，封定远侯。

〔62〕赞襄：辅助，协助。幕府：本指将帅在外的营帐。借指将帅。

〔63〕显爵：爵位显赫。爵，爵位，官爵。

〔64〕亦复：副词。表示几个动作、状态、情况累积在一起。相当于“又”。

〔65〕滇南：云南省的别称。

〔66〕冀：希望。尺寸功：形容功劳微小。自谦之词。

〔67〕乞贷：求人借钱。

〔68〕赆（jìn）生行：赠送项生路费。赆行，赠礼给即将远行的人。指临行时

赠送礼物的行为。

〔69〕日夕：每天。媒妁：媒人。佳耦：也作“佳偶”。称心的配偶。

〔70〕诡（guǐ）言：谎称。诡，哄骗。

〔71〕甫：才，方。及笄（jī）：指女子十五岁。详见《纪日本女子阿传事》注。

〔72〕映像法：西方肖像画的照相写实画法。

〔73〕题咏：用诗文描写。

〔74〕军门：清代对提督的尊称。

〔75〕介弟：对他人之弟的敬称。

〔76〕鸾胶：男子丧妻后再娶。

〔77〕太史：官名。明清两代称翰林为太史。小影：小像，小照。

〔78〕小立：站立片刻。

〔79〕门户：门第，家世。

〔80〕小星：妾。《诗经·召南·小星》：“嘒彼小星，三五在东。”《诗序》云：“《小星》，惠及下也。夫人无妒忌之行，惠及贱妾，进御于君，知其命有贵贱，能尽其心矣。”故后世将“小星”作为妾的代称。

〔81〕耸（sǒng）：惊动（故意夸大或捏造事实）。

〔82〕问名纳采：古时婚礼中的两种仪式。问名，男方具书，派媒人到女方问女之名。女方复书，具告女子八字及其生母姓氏。《仪礼·士昏礼》：“宾执雁，请问名。”汉郑玄注：“问名者，将归卜其吉凶。”唐贾公彦疏：“问名者，问女之姓氏。”纳采，男方欲与女方结亲，遣媒妁往女家送礼求婚。得到应允后，再请媒妁正式向女家纳“采择之礼”。语出《仪礼·士昏礼》：“昏礼，下达。纳采，用雁。”汉郑玄注：“将欲与彼合婚姻，必先使媒氏，下通其言，女氏许之，乃后使人纳其采择之。”

〔83〕礼币：此指下聘的礼物。

〔84〕舆从：在车前车后导护的侍从。

〔85〕焜（kūn）耀：显耀。里闾（lǘ）：乡里。

〔86〕戚串：亲戚。

〔87〕届：到。亲迎：古代婚礼“六礼”之一。结婚时，新郎亲自到女方家迎娶。

〔88〕鱼轩：古时贵夫人所乘的车子。泛指车子。详见《小云轶事》注。逆：迎接。

〔89〕生人：人生。

〔90〕涕泣不可仰：伤心抽泣，抬不起头来。形容悲伤至极。涕泣，低声哭。仰，抬起头。

〔91〕催妆：旧俗新妇出嫁，必多次催促，始梳妆启行。阕：停止，终了。

〔92〕登舆（yú）：上轿。舆，轿子。

〔93〕奄（yǎn）然：气息微弱的样子。

〔94〕气息仅属：呼吸虽还没有停止，但已只是上气仅能接着下气了。形容生命垂危，气息已很微弱。属，继续，联接。

〔95〕兴索意沮：形容兴致全无。

〔96〕殓（liàn）：给死者穿衣入棺。

〔97〕颜色：面容，面色。

〔98〕衢路：四通八达的道路。

〔99〕槥（huì）：棺材。

〔100〕羽衣星冠：道教名词。对道士穿戴的衣服和帽子的称呼。羽衣，指用鸟羽制成的衣服，仙人或道士的衣服。详见《小云轶事》注。星冠，道士所戴的帽子。因其上镶有星宿图像，故称。

〔101〕髯：面颊上的须。此泛指胡须。

〔102〕艳尸：女尸。

〔103〕不日：要不了几天，几天之内。

〔104〕人头而畜鸣：犹言人面畜生。语出《史记·秦始皇本纪》：“（胡亥）诛斯、去疾，任用赵高，痛哉言乎！人头畜鸣。”

〔105〕瓯：杯、碗之类的饮具。

〔106〕俄：短时间，一会儿。轹辘（lì lù）：象声词。形容车轮或辘轳的转动声。

〔107〕砉（huā）然：象声词。此形容呕吐声。

〔108〕星官：此为旧时对道士的尊称。

〔109〕额手交庆：又作"额手称庆"，以手抚额，表示庆幸的样子。明代冯梦龙《东周列国志》第三十七回："文公至绛，国人无不额手称庆。百官朝贺，自不必说。"

〔110〕焚香顶礼：烧香礼拜。比喻虔诚恭敬。顶礼，头、手、足五体着地匍匐叩拜。

〔111〕越日：第二天。

〔112〕驺（zōu）骑：骑马驾车的随从。烜（xuǎn hè）赫，显赫。

〔113〕监司大员：此指督察府州县的高级官员。监司，职官名。监察地方属吏的司、道诸官。

〔114〕副将：武官名。清代属从二品，统理一协（军事编制，相当于旅）军务。偏师：指辅助主力军作战的侧翼军队。

〔115〕司笔札：负责处理公文。

〔116〕文檄：征召或声讨的文书。

〔117〕"弓衣"两句：本意谓行军时用弓衣作铺垫，用盾磨墨写公文，后形容作风豪迈、文思敏捷。《北史·荀济传》："荀济字子通。其先颍川人，世居江左。济初与梁武帝布衣交，知梁武当王，然负气不服，谓人曰：'会楯上磨墨作檄文。'"弓衣，装弓的袋子。盾鼻，盾牌的把手。

〔118〕上游：上司，上级。

〔119〕擢（zhuó）：提拔，提升。

〔120〕露布：也作"露板""露版"。军中捷报。本义指不封口的诏书或奏章。后专用于报捷。

〔121〕研问：仔细询问。

〔122〕袂：衣袖。

〔123〕假：授予。

〔124〕廿四桥：位于江苏扬州。廿四桥之说有二：一指扬州红叶桥。古有二十四美女吹箫于此处，世称二十四桥。二指在今扬州西郊有二十四座桥。典出唐代杜牧《寄扬州韩绰判官》：“青山隐隐水迢迢，秋尽江南草未凋。二十四桥明月夜，玉人何处教吹箫。”

〔125〕二分明月：指风景如画的扬州。典出唐代徐凝《忆扬州》：“萧娘脸下难胜泪，桃叶眉头易得愁。天下三分明月夜，二分无赖是扬州。”

〔126〕历历：清楚、分明的样子。

〔127〕杳：不见踪影。

〔128〕买棹（zhào）：雇船。

〔129〕晡：申时。约午后三点到五点。

〔130〕藉藉：形容声音众多纷乱。

〔131〕恍然：突然明白。

〔132〕曷（hé）：怎么。

〔133〕邑：县令。

〔134〕白：陈述，告诉。

〔135〕青庐：用青布幔搭成的帐篷，是举行婚礼的地方。借指新房。汉乐府《古诗为焦仲卿妻作》：“其日牛马嘶，新妇入青庐。”

〔136〕吉礼：指婚礼。

〔137〕供帐：指供宴饮之用的帷帐、用具、饮食等物。

〔138〕咄嗟（duō jiē）立办：也作“咄嗟便办”“咄嗟而办”“咄嗟可办”。呼吸之间马上办成。形容办事迅速。咄嗟，呼吸之间。

〔139〕馈（kuì）：赠送。扁额：匾额。

〔140〕旌（jīng）女之门：即旌门，指旧时朝廷为忠孝节义的人赐给匾额，悬挂门上，以示表彰。旌，表彰。

〔141〕咏歌：诗歌。

【译 文】

贞烈女子

王秀文，一字绣雯，金陵人，住在钞库街。父亲在县衙中做书吏，是个小康人家。秀文小时就擅长刺绣，同时通晓经史。同里有位姓项的书生，出身世家，父亲是县里有文名的读书人，收藏了很多书画古董，与秀文的父亲向来就认识。秀文的父亲敬仰他的声望，时常与之往来。有时拿着古玩器物，向项生的父亲核实验证，不论是周鼎还是商彝，他入手就马上能辨识出来，做赝品的人售卖时欺骗不了他。

一天，项父到秀文家，秀文正在庭前倚栏观赏芍药，见她美丽娴静，很惊异。项父问她年龄，就只有十一岁。恰好秀文的父亲从屋内出来，于是问道："这位是你家的女公子吗？你是怎么修来这个女儿？"秀文的父亲笑道："这是我家的女相如。"于是唤女儿站在座旁，秀文举止文静优雅，很不像寻常女子；并且眼睛清澈明亮，脸颊泛着红晕，端庄和美中自带妩媚之态；考校她唐诗，诵读白居易的《长恨歌》，熟练流畅。过了片刻，秀文回屋去了，项父就问她有没有定亲。秀文的父亲回答说挑个称心如意的女婿很难，所以还在等待。第二天，秀文的父亲得到一块玉珪，辨识不出是哪个朝代的器物，就拿给项父看。于是唤项生出来相见。项生虽然还不到十五岁，但待人接物谦逊有礼，很合礼节；提笔能写正、草、隶、篆四种字体，又能识汉魏晋唐碑文。项父指着儿子道："让他做你家的女婿，怎么样？"秀文的父亲道："我只担心这是你的玩笑话。得婿如此，也没什么苛求了！"于是两家一言为定，项父当即给了秀文一枚金环作为聘礼。

过了一年，项父患病去世，殡殓丧葬等事务，一切都由秀文的父亲为他料理，花费了不少钱财。服丧期未满，项母又去世了。项生连遭父母去世，家境中落，但是图书玩物，还不至变卖。不久，有强盗闯入项生家中，气势凶狠地搜索财物，一无所得，盗首忽见许多碑刻古铜器，大喜道："这些东西比钱更胜十倍！"于是把室内所有的古玩器物，捆起来运载走了。项生因此不名一文，几乎穷困到无法生活。秀文的父亲暗地里有悔婚的想法，母亲同秀文商量，秀文不应允；有时借事情委婉地劝告秀文，秀文更加坚持。秀文的父母知道女儿的意志不可改变，约定以后不同女儿说实话。项生多次到秀文家，都被拒之门外，秀文父母反而派媒人对项生道："你已经年龄大了，何不自我振作？王家的女儿难道要做一辈子老姑娘吗？"并让项生定下婚期，再三催促。项生无法应答，只能以家贫无法准备六礼为托辞。项生的朋友范笏堂，是豪侠之士。听项生说了此事，愤怒道："这哪里是求婚帖？是直接来要休书。大丈夫何患无妻，怎么能忍受这市侩龌龊气！她若再来，定当狠揍她一顿。"

没过一个月，媒人果然来了，欲言又止好像不能开口，先从袖中取出大锭银子放于几上，指着银子对项生道："你能听我的话，这银子就送给你了。"项生请她说明来意。媒人道："王家女儿向来娇弱懒散惯了，父母视如掌上明珠，怎能同你一起吃菜根、咽糟糠呢？倘若嫁给你，不过数月，新娘子定当去黄泉见公婆了。你如果肯给休书，使秀文终老于家，也是无量功德的事。这银子是用来报答的。"项生没听她说完，就愤怒地拍案而起，道："你看我是卖妻子的人吗！竟然用好处来诱取我！我直接告诉你：那个女人即使想嫁给我，我也不能认这个负心人作岳父！即刻给你休书！"项生蘸墨挥笔，顷刻立就，就用休书裹几上银子，扔到门外，马上关上了门。

不一会儿，范笏堂到了。项生愤诉事情的始末。范笏堂道："怎么样？我难道说的是假话吗？果然不出我所料。但是此地你不可居住了，应当外出建一番不同寻常的事业，以洗刷这个耻辱。"项生道："我囊中羞涩，拿什么做旅费？"范笏堂道："我可以负担你的旅费，只是求取功名的途径，你应当自己选择：如果想科举名列前茅，居于众多士子之上，应当去帝都专心研习八股文；如果想去塞外立功，马上得官，就不如弃文从军，驰骋疆场，辅佐将帅，很快获得显贵的爵位，又有什么困难。”项生道：“我有表戚在云南军营，可以前去投奔他，希望能获得些微功劳。”范笏堂道：“好。”他向亲友求借，得到一百两银子，赠送给项生做路费。

秀文的父亲自得项生的休书，整天托媒人给女儿选择佳偶，谎称有第二个女儿，年龄刚满十五岁，能书会画，熟知诗词，用西国映像法给她画了像，到处请名流题咏，实际上是炫耀他女儿美丽容貌，那么向她女儿求婚的富家豪门必然多了。果然有位潘姓人家的公子，是提督的弟弟。当时刚死了妻子，打算再娶，在某位太史处看见了秀文的小像，像上的秀文倚栏站立，微笑拈花，妍姿艳态，举世无双，潘姓公子赞叹道：“得妇如此，也知足了！”经过询问，知道是书吏的女儿，很不满意她的家世，不惜重贿，想纳她为妾，告诉了媒人。媒人贪图好处，极力促成此事，暂且委婉地捏造事实说给秀文的父亲听。秀文的父亲被迷惑，竟然答应了。问名、纳采，聘礼丰盛，侍从众多，显耀乡里。秀文的父亲担心女儿听闻，事先让女儿到亲戚家，所以秀文来不及知道。等到迎亲的日子，用车把女儿接回家。当时香灯彩仗，门庭绚烂，管乐奏响，才开始告诉女儿，对女儿道：“你自此可享受荣华富贵了。不然一辈子做贫家妇，哪里还有人生乐趣呢？”秀文听闻，如丢了魂魄，哭得抬不起头来。催妆停止，内外都催秀文上轿，而秀文已取昔日下聘的金环吞入腹中，呼吸微弱将死，上气不接下气，多方营救，始终没有救过来。宾客看到这种情形，彷徨散去，多赞许秀文贞烈之志，又或唾骂秀文的父母不是人。潘氏子听说了，兴致全无。

秀文死了三天还没有入棺，面色如活着时一样，尸体散发异香，在外面的道路上都能闻到。才抬着棺材进门，一位道士忽然随着一起进来，羽衣星冠，相貌清奇，长须过腹。他见了秀文的父亲，道：“如果你把女儿交给我，我能让她活过来。”秀文的父亲呵斥了他，说道士必定是妖人，打算用女尸进行采炼术。道士笑道：“我此来是为补救你的过错。你女儿不是项生的妻子吗？项生现在显贵了，不几天就会归来，将要向你索要妻子，你用什么应对？你的所作所为，人面畜生罢了，本不应有此贞烈女子日后奉养你；只是我知道了，从道义上不能不救。”于是取过一杯水，从葫芦中倒出少量的药，灌入秀文口中。一会儿听到秀文喉间发出咕噜声，哗哗大吐，金环随之吐出，秀文睁眼微视，道：“这难道还是人间吗？刚才有星官送我来，说我与项郎终成夫妇，可稍加等待，好消息应当不远了。”秀文苏醒后，众人正看过来，她悲喜交加。这时道士忽然不见了。众人说道士必定是神人，很庆幸他救了秀文，并烧香礼拜。第二天，项生果然回来了，军服华美，随从显赫，原来已经保举提升监司大员了。

在此之前，项生仗剑离家，单人匹马到达云南，直接前往亲戚的大营。亲戚以副将军衔统领偏师，手下多贵州、四川的勇士，屡立战功，自成一队。他见到项生来了，很高兴，道：“军中正缺少主管公文的人，你来太好了。”于是公文往来，都是出自项生之手，他文思敏捷，上司都知道他的才干，一个月晋升了三次，不几年竟然提升到监司。

一天，项生正在起草捷报，忽有道士来拜访，道：“你有缘未了，应当赶快请假回去，或许能赶上。”项生正打算仔细询问，而上司准予休假的文书已经到了。道士命他选择仆役，准备行李，然后一同骑马出了营。道士用衣袖遮挡住太阳，道：“我暂时授予你缩地法，今晚可到二十四桥边，观赏如画的扬州了。”把衣袖一挥，红日隐没，只见林木房屋历历在目，都从眼底掠过。大约过了三四个时辰，道士道：“到了。”原来已经在扬州城外了。项生回头看时，道士已经不见踪影，因此惊诧遇到了仙人。于是找了家旅店暂时歇息。等天亮，项生雇船过江，抵达金陵，时间还不到申时。一路上听人谈论秀文吞环复生的事，项生很诧异，恍然大悟道：“仙人命我回来，就是因为此事？我怎么能辜负我的贤妻？”他急忙去拜访县令，陈述了他和秀文的事。县令赶快请秀文的父亲来，命人当天就布置好新房，举行婚礼，一切鼓乐和宴会用品，都由县里为他筹备，立马办成。并赠送一块匾额，旌表秀文，题“贞烈女子”。一时之间写的诗歌，表扬秀文的事迹，长篇短章，美不胜收。有《金环曲》最佳，一并抄录如后，云：

王家有女字秀文，少小绰约兰蕙芬。
项郎名族学诗礼，金环为聘结婚姻。
十余年来人事变，富儿那必归贫贱？
一朝别字豪贵家，三日悲啼泪如霰。
手摘金环自吞食，将死未死救不得；
柔肠九曲断还续，卧地只存微气息。
讵料神人赐灵药，吐出金环定魂魄。
至性由来动彼苍，一夜银河驾乌鹊。
嗟哉此女贞且贤，项郎对之悲复怜。
朝来笑倚镜台立，代系金环云鬓边。

玉箫再世

吴彩玉，一字玉箫[1]，嘉善人[2]。父早世[3]，从母至魏塘依舅氏以居[4]。女少聪慧，针黹之事[5]，一见即工，所刺绣纹精致绝伦，每出，人争售之。舅氏素善歌曲，弹丝吹竹[6]，无不深造其微[7]。女红之暇[8]，从而学焉，歌声宛转抑扬，脆堪裂帛[9]，响可遏云[10]，殊动人听。以是里中或呼女为“针神[11]”，或称女为“曲圣”。女年十四龄，丰神艳逸，举止娉婷[12]，见者不知为碧玉小家女也[13]。女母之妹，从夫僦居于上海[14]，以书招之。女母遂挈女偕行。其屋固在城北曲巷中[15]，流莺比邻[16]，左右皆是。妹之夫夙习航海术，时行贾于东瀛[17]，妹颇不安于室[18]，恒与鸦鬟龙媪阴相往来[19]，每见女，无不啧啧称其美[20]。女或从姨出外游览，间至北里[21]，得识诸姊妹[22]，无不喜纳交于女，辄有赠遗[23]，罗帕香串[24]，几盈箧笥[25]。

一日，女诣红庙焚香。甫下钿车[26]，即见一少年子，状若贵家，纨扇轻衫[27]，翩翩玉立，拱俟路旁[28]，视女目不转瞬。女见其双眸炯炯[29]，不觉嫣然一笑[30]。入庙参神，甫起，而其人已踵至。女匆匆下车时，偶遗一帕，其人在后拾之，时天气酷暑，女粉汗淫淫[31]，从钏间索帕[32]，不可得，徘徊四顾，若有所觅。少年子即以帕进曰：“此即卿之所遗也，谨以完赵璧[33]。”女受而惭谢之，红潮晕颊，益增其媚。女出庙登车，少年亦从其后遥尾之，直至女所居而止。自此常蹀躞于女之门外[34]，虽咫尺银河[35]，莫能通一语也。

无何[36]，女母以急症死，棺椁衣衾，皆姨为之摒挡[37]，女深感之。逾年，舅氏亦没，以遭讼事[38]，家日落。姨之夫在神户经商[39]，以乘小艇诣海舶[40]，忽值飓风[41]，没于风涛中。姨闻信痛哭，为之举哀成服[42]，然丧事之中，不忘涂泽[43]。久之，渐有蜂媒蝶使[44]，出入其家，隐讽女曰[45]：“子年已及笄矣[46]，何不择人而事？然以吾家门第，今日落寞至此，所适亦不过卖菜佣而已[47]，再上亦不过布米行肆中牙郎耳[48]；若欲五陵年少[49]，裘马丽都[50]，非求之于走马章台中[51]，不易得也。”女赪然无以应[52]。姨见其可动，遂不复问女，即托人赁室中陈设各物，帷帐尊彝，备极雅丽，绮楼三楹[53]，一以处女；一聘勾栏中妙人居之[54]，以为女伴；己则居于楼下。客至瀹茗进果[55]，令女自高位置，寒暄数语后，不复再言；客十问，亦仅答二三语。女既娟妍[56]，性又温婉，见之者无不色授魂与[57]，不浃旬即已车马盈门[58]。自此枇杷院落，杨柳楼台[59]，居然[60]于秦楼楚馆中[61]，屈一指矣[62]。或有大腹贾为女梳拢者[63]，辄高其声价。

一日，有客直入女房，谓女曰：“卿何时在此耶？几令人以相思死！”女视之，即庙中所见之少年也。回忆前时，不觉泪珠簌簌堕襟袖[64]，呜咽言曰：“妾亦良家女，岂飞茵堕溷者哉[65]？今日虽不幸落风尘，然璞犹未琢，玉尚无瑕，庙中谨完赵璧一语，妾可自矢[66]。君其信哉？”少年亦为之肃然改容，因问身价几何，自当拔此一朵青莲花[67]，以出诸火坑也[68]。女曰：“欲从则竟从耳，身固自主，奚费一钱。”因为少年缅述前后颠末[69]。少年曰：“虽然[70]，卿寄食姨家，亦当少偿之。惟事贵乎速，迟则中变矣[71]。”因呼姨至前，谓欲脱女乐籍[72]，需价几何。姨方倚女为钱树子[73]，骤闻其言，色遽变。女在旁谓姨曰：“姨固言择人而事耳；今有此好门户[74]，儿早已心许之矣；若不从儿愿，则三尺红罗[75]，即儿毕命处矣！”姨知女志不可夺，曰：“即欲嫁彼，亦当郑重。今与客约法三章：其一聘礼必以千金，我尽为汝备奁赠[76]，不私一钱；其二须另设青庐[77]，行亲迎礼[78]，彩仗花舆，务从其盛；其三须为正室[79]，不作偏房[80]。”少年曰：“是皆可从。”当具媒妁[81]，即书婚帖[82]，择吉期[83]，前后未十日，女竟归少年。嫁后方知少年姓梁，字鹤皋，新登贤书[84]，乍浦世家子也[85]。惟中馈已自有人[86]，亦名族女[87]，结缡已三载矣[88]，尚无所出[89]。女知之，亦愿自居于小星之列[90]。生备述妻美而贤，必不相妒。弥月后[91]，偕女往嘉善，合葬其父母之榰[92]。女夙慕西湖山水之胜[93]，因与往游，小驻福隐山庄，岸则乘轩，水则荡桨，名胜之地，游历殆遍。女随生归家，侍威姑[94]，事大妇[95]，无不循礼，上下雍睦[96]，咸得欢心。

旋生公车北上[97]，射策不中[98]。既归，忽患寒疾[99]，药石无灵[100]，群医束手[101]。女晨夕奉侍，衣不解带，眼不交睫[102]。见生危笃[103]，涕泣不食，焚香告天，愿以身代，潜自刲臂肉[104]，和汤以进。顾病卒不瘳[105]。生当弥留时，执女手曰："吾负汝矣！吾死，汝可仍归故乡。房中所有，悉以付汝；当请于我母，再畀汝五百金[106]。汝其善事后人，勿以吾为念。"女闻言，涕泣不可仰[107]，但曰："妾愿相从地下耳！"顾已哽不成声矣。及夕，生竟气绝。生母生妻，抢地呼天，哀痛之情可知也。扰攘中[108]，众亦不暇顾女。夜半，生忽自苏，呻吟有声。左右进以参苓[109]，神气略定。叹曰："吾今而后得重生矣。"即询女所在。婢媪觅诸其房[110]，则已悬梁自缢，作步虚仙子矣[111]。解下灌救，已不可及。举其袖，有血水滴出，褫视其臂[112]，刀痕俨然，因知为割股疗病。众共叹女贤且贞烈，近今所希[113]。然不敢骤告生，但曰痛倦已极，才入睡乡耳[114]。生闻欷歔，摇首弗信，曰："此女吾知其已死矣。适已至阴司[115]，黑风砭肌，黄沙眯目，方贸贸向前行[116]，突有乘马至者，曰：'某生可释还阳，已有贞姬代死[117]，帝鉴其诚，延寿四纪[118]，且赐生再续后缘，生其勿忘。'其人言讫，以鞭笞予背，如梦初觉，今背际隐有余痛也。"

生后捷南宫[119]，由进士出宰山东[120]，屡任剧邑[121]。一日，获盗得赃，中有玉桃一枚，乃女常时所玩弄，死后纳于棺中者也。生反复审视不谬[122]，谓盗必发冢开棺所得。盗坚不承，谓劫自吴江陆家第三女房中[123]，胠箧得之[124]，并有连理玉藕一片，已付长生质库[125]。生命取至，则亦女殉葬物也。疑不能明。即令信任之家人赴吴讯访陆氏踪迹。乃知陆翁亦浙籍而迁于吴者[126]，年垂六十，始生第三女，生而能言，灵敏异常；臧获往瘗胎衣[127]，掘地得二玉器，女见之，把玩不忍释手，稍长，恒佩于身。常问翁："濒海之区可有地名乍浦否？”答以距此不远。则屡求翁挈之往游。自恨生闺阁中，不能远出，常为憾事。幼闻人歌，倾耳聆之[128]，恍如夙习，一二遍后，即能辨其音声[129]，正其节奏[130]。群曰：“此女善才也[131]。”今其年始届破瓜[132]。闻有问名者[133]，辄嘤嘤啜泣，竟日不食[134]。询其生之岁，即女死之年也，月日皆符。家人返命。生怃然有间[135]，曰：“骑者之言，今将验矣。”

生新丧偶，正谋续弦[136]，乃浼陆翁素识之友为冰上人[137]。生居官清正，颇为上游所器重[138]，阖邑口碑，俱曰好官。陆翁固耳生名[139]，微以年齿为嫌[140]。女闻有乍浦梁姓求婚者，即曰：“非鹤皋，我弗嫁也。”翁奇之，曰：“此殆前缘也。”竟许之，送女至任成婚。却扇之夕[141]，女见生如旧相识。惟女貌殊异于前，秋菊春兰，并称佳妙，环肥燕瘦[142]，各擅风流[143]。生眷爱特甚[144]。案牍之暇[145]，辄教以读书识字，数月后即能吟咏，谢家咏絮才不足多也[146]。生官至监司，始致仕里居[147]。清明日携女上冢[148]，指石碣谓女曰：“卿果玉箫再世否？此即卿之前身也[149]。”女恍然若有所悟[150]，叹曰：“人世光阴，真不可恃。君自后当作出尘想[151]，勿徒为一缕情丝所束缚也[152]。”生曰：“善哉卿言。”由是入山修道，不知所终。

【注 释】

〔1〕一字：本名以外另取的名字。

〔2〕嘉善：县名。今属浙江省嘉兴市。

〔3〕早世：早早去世。

〔4〕魏塘：嘉善县县治，位于今浙江省嘉兴市嘉善县。

〔5〕针黹（zhǐ）：指缝纫、刺绣等针线活。

〔6〕弹丝吹竹：也作“吹竹弹丝”。演奏管弦乐器。丝，弦乐器。竹，竹制管乐器。

〔7〕深造其微：意谓技艺达到了精深境界。深造，指不断学习，以达到精深的境地。微，精深，精妙。

〔8〕女红（gōng）：旧时指女子所做的纺织、针线、刺绣等事。

〔9〕帛：缯、绸等丝织物的总称。

〔10〕响可遏云：也作“遏云”“响遏行云”“遏行云”。歌声使飘浮的云朵停止前进。形容歌声嘹亮动人。遏，阻止。行云，浮动的云彩。典出《列子·汤问》：“薛谭学讴于秦青，未穷青之技，自谓尽之，遂辞归。秦青弗止，饯于郊衢，抚节悲歌，声振林木，响遏行云。薛谭乃谢求反，终身不敢言归。”

〔11〕里中：乡里。针神：三国魏女子薛夜来妙于针工，号为针神。后泛指针线活特别精巧的女子。典出晋代崔豹《古今注》卷下《杂注》：“魏文帝宫人绝所爱者，有莫琼树、薛夜来、田尚衣、段巧笑四人，日夕在侧。……夜来善为衣裳，一时冠绝。”晋代王嘉《拾遗记》卷七：“夜来妙于针工，虽处于深帷之内，不用灯烛之光，裁制立成……宫中号为针神也。”

〔12〕娉婷：姿态美好的样子。

〔13〕碧玉小家女：小户人家的女儿。

〔14〕僦（jiù）：租赁。

〔15〕曲巷：偏僻的小巷。指妓女居住的地方。

〔16〕流莺：妓女。

〔17〕东瀛：日本。

〔18〕不安于室：也作“不安其室”。不能安心待在家里。指已婚妇女不安心于现有的婚姻状况。详见《纪日本女子阿传事》注。

〔19〕鸦鬟：少女。此指妓女。龙媪：对妇人的尊称。此指老鸨。阴：暗中，暗暗地；偷偷地。

〔20〕啧啧：形容咂嘴声。表示赞叹、惊奇。

〔21〕北里：代指青楼。即唐长安城北之平康里，为妓女聚居之处，故后以北里代称青楼。唐人孙棨著有《北里志》，即记宣宗大中年间长安平康坊北里士人及歌妓的生活情况。

〔22〕姊妹：妓女。

〔23〕赠遗：赠送，赠与。

〔24〕香串：以香料制成的珠串。

〔25〕箧笥（qiè sì）：竹编的箱子。

〔26〕钿（diàn）车：用金花装饰的车子。

〔27〕纨扇：用细绢制成的团扇。

〔28〕拱：拱手。两手相合以示敬意。俟（sì）：等待。

〔29〕炯炯：明亮有神。

〔30〕嫣然：妩媚微笑的样子。

〔31〕粉汗：妇女之汗。妇女面多敷粉，故称。淫淫：此指汗流不止的样子。

〔32〕钏（chuàn）：手镯。

〔33〕完赵璧：即完璧归赵。后比喻物归原主。典出《史记·廉颇蔺相如列传》："王必无人，臣愿奉璧往使。城入赵而璧留秦；城不入，臣请完璧归赵。"

〔34〕蹀躞（dié xiè）：往来频繁的样子。

〔35〕咫（zhǐ）尺银河：相距很近，却难以见面，像远在天边一样。多用于形容不得相见。咫尺，古代八寸为咫，十寸为尺，形容距离很近。银河，又名"天河""银汉""河汉"。古时指晴夜所见的纵贯天穹的乳白色的光带。形容距离很远。

〔36〕无何：不久。

〔37〕摒（bìng）挡：操持料理。

〔38〕讼事：官司。

〔39〕神户：城市名。位于日本西部。

〔40〕诣（yì）：到，前往。

〔41〕飓风：海上的风暴。

〔42〕举哀：在丧礼中高声哭泣以示哀痛。成服：指死者入殓后，亲属按照与死者关系的亲疏穿上不同的丧服。

〔43〕涂泽：修饰容貌，即化妆打扮。

〔44〕蜂媒蝶使：此指为男女居中撮合或传递书信的人。代指媒人。

〔45〕隐讽：用暗示性的语言加以劝告或指责。

〔46〕及笄（jī）：指女子年十五岁。详见《纪日本女子阿传事》注。

〔47〕卖菜佣：卖菜的人。比喻卑微平庸的人。

〔48〕牙郎：此指小买卖人。

〔49〕五陵年少：指富豪子弟。五陵指汉代五个皇帝的陵墓：长陵、安陵、阳陵、茂陵、平陵。当时为富豪家族的聚居地。故后以之称富家公子。唐代李白《少年行（二首）》其二："五陵年少金市东，银鞍白马度春风。"

〔50〕裘马丽都：比喻豪富的生活。裘马，即轻裘肥马，穿皮衣乘肥马。裘，皮衣。典出《论语·雍也》："子曰：'赤之适齐也，乘肥马，衣轻裘。吾闻之也，君子周急不继富。'"丽都，华丽，华贵。

〔51〕走马章台：指风月场所。章台，指汉代长安章台下的街名。典出《汉书·张敞传》："敞为京兆，朝廷每有大议，引古今，处便宜，公卿皆服，天子数从之。然敞无威仪，时罢朝会，过走马章台街，使御吏驱，自以便面拊马。"故后以之代称青楼或狎妓。

〔52〕赪（chēng）然：也作"赪然"。羞愧脸红的样子。

〔53〕绮楼：华美的楼房。楹：量词，屋一间为一楹。

〔54〕勾栏：指妓院。妙人：美人。

〔55〕瀹（yuè）茗：煮茶。瀹，煮。

〔56〕娟妍：艳丽。娟，美好。

〔57〕色授魂与：看到美好的容貌，心神即被吸引。意谓男女间眉目传情，神投意合。语出《文选·司马相如〈上林赋〉》："长眉连娟，微睇绵藐。色授魂与，心愉于侧。"郭璞注引张揖曰："彼色来授，我魂往与接也。"

〔58〕浃（jiá）旬：十天，一旬。浃，周遍。

〔59〕枇杷（pípá）院落，杨柳楼台：比喻风月场所。此指玉箫处。

〔60〕居然：竟然。

〔61〕秦楼楚馆：亦作“楚馆秦楼”。代指青楼。详见《小云轶事》注。

〔62〕屈一指：首屈一指，第一。

〔63〕大腹贾：旧时称富商。含讥讽意。清代俞蛟《潮嘉风月记·丽景》：“即有大腹贾不惜千金，为制衣饰，与之梳拢。”梳拢：旧时指妓女第一次接客伴宿。

〔64〕簌簌（sù sù）：纷纷坠下的样子。

〔65〕飞茵堕溷（hùn）：花朵飘零，或落在席垫上，或落在粪坑里。茵，席垫。溷，粪坑。此指女子堕落风尘。

〔66〕矢：发誓。

〔67〕青莲花：佛教语。花名。佛教以为莲花清净无染。此喻玉箫。

〔68〕火坑：佛教语。烈火弥漫的深坑。此喻妓院。

〔69〕缅述：追述，备述。颠末：始末，原委。

〔70〕虽然：即使这样。

〔71〕中变：中途变化。

〔72〕乐籍：乐户的名籍。此指妓院。

〔73〕钱树子：犹言“摇钱树”。旧时用以比喻赚钱的歌伎。详见《小云轶事》注。

〔74〕门户：门第，家世背景。

〔75〕三尺红罗：代指上吊自尽。

〔76〕奁（lián）赠：嫁妆。

〔77〕青庐：用青布幔搭成的帐篷，举行婚礼的地方。借指新房。

〔78〕亲迎礼：古代婚礼“六礼”之一。结婚时，新郎亲自到女方家迎娶。

〔79〕正室：嫡妻，正房。

〔80〕偏房：妾。

〔81〕媒妁：媒人。

〔82〕婚帖：旧时订婚，写明男女姓名、生辰年月等用来互相交换的帖子。

〔83〕吉期：指结婚的日子。

〔84〕登贤书：指乡试考中举人。详见《华璘姑》注。

〔85〕乍浦：镇名。在浙江平湖。世家：世代贵显的家族。

〔86〕中馈（kuì）：古时指妇女在家主持饮食洒扫等家务事。后引申为妻子。已自：已经。

〔87〕名族：名门望族。

〔88〕结缡（lí）：结婚。缡，佩在胸前的巾帕。典出《诗经·豳风·东山》："之子于归，皇驳其马，亲结其缡，九十其仪。"本为女子出嫁时，母亲把佩巾结在女儿身上，后用为成婚的代称。

〔89〕出：生育。

〔90〕小星：妾。详见《贞烈女子》注。

〔91〕弥月：指整月，满月。原指胎儿足月，后称小孩出生或结婚满月为弥月。语本《诗经·大雅·生民》："诞弥厥月。"后称满月为弥月。

〔92〕槥（huì）：棺材。

〔93〕西湖：湖名。在浙江省杭州市。

〔94〕威姑：丈夫的母亲。婆婆。《说文解字·女部》："姑，夫母也。"《广雅·释亲》："姑谓之威。"

〔95〕大妇：正妻。旧时称正妻为"大妇"，妾为"小妇"。

〔96〕雍睦：和睦。

〔97〕公车：指举人应试。因汉代曾用公家车马接送应举的士子，故后以"公车"泛指入京应试的举人或代指举人应试。典出《汉书·成帝纪》：建始三年成帝诏："举贤良方正能直言极谏之士，诣公车，朕将览焉。"

〔98〕射策：泛指科举考试。汉代取士方法之一，由主试者出试题，写在简策上，分甲乙两科，排列放置在桌案上，应试者随意取答，由主试者按题目难易和所答内容而定优劣。颜师古注《汉书·萧望之传》："射策者，谓为难问疑义，书之于策，量其大小，署为甲乙之科（即按试题难易为分甲、乙两科），列而置之，不使彰显，有欲射者，随其所取得

而释之，以知优劣。”不中：指科举落第。

〔99〕寒疾：泛指阴寒性疾病。

〔100〕药石：泛指医药。

〔101〕束手：比喻无计可施。

〔102〕交睫：闭眼。指睡觉。

〔103〕危笃：病重濒于死。笃，指病势沉重。

〔104〕刲（kuī）臂肉：割取臂肉。典出“割股疗亲”，即父母病重，孝子割取自己大腿上的肉煎药治疗。详见《吴琼仙》注。刲，割取。

〔105〕瘳：病愈。

〔106〕畀（bì）：给予。

〔107〕涕泣不可仰：伤心抽泣，抬不起头来。形容悲伤至极。涕泣，低声哭。仰，抬起头。

〔108〕扰攘：纷乱。

〔109〕参苓：中药名。指人参与茯苓。

〔110〕婢媪：指供役使的婢女、仆妇。

〔111〕步虚仙子：比喻人羽化升仙，意谓死亡。

〔112〕褫（chǐ）：剥去，脱去。

〔113〕近今：近来，现在。

〔114〕睡乡：梦乡，熟睡。

〔115〕阴司：阴间。

〔116〕贸贸：不明方向或目的。

〔117〕贞姬：代指贞洁女子。此指玉箫。

〔118〕纪：记年代的方式，十二年为一纪。

〔119〕捷南宫：指考中进士。

〔120〕出宰：旧称由京官出任地方长官。《后汉书·明帝纪》：“郎官上应列宿，出宰百里，有非其人，则民受其殃。”

〔121〕剧邑：政务繁难的县。

〔122〕谬（miù）：错误，谬误。

〔123〕吴江：县名。属苏州。治今苏州市吴江区。

〔124〕胠箧（qū qiè）：开箱偷东西。泛指盗窃。

〔125〕长生质库：当铺。

〔126〕浙：浙江省的简称。

〔127〕臧（zāng）获：古时对奴婢的贱称。泛指男女仆人。清代钱泳《履园丛话·谭诗》："古者奴婢皆有罪者为之，谓之臧获。"《韩非子·难一》："今使臧获奉君令诏卿相，莫敢不听，非卿相卑而臧获尊也，主令所加，莫敢不从也。"瘗（yì）：掩埋，埋葬。

〔128〕倾耳：集中注意力听。聆（líng）：听。

〔129〕音声：乐音。

〔130〕节奏：音乐上的强弱快慢。此处指旋律。

〔131〕善才：唐代对琵琶师或曲师的通称，"能手"的意思。

〔132〕破瓜：称女子十六岁。古时多称女子十六岁为"破瓜之年"。因"瓜"字可分为二八字，故称。

〔133〕问名：指提亲。详见《贞烈女子》注。

〔134〕竟日：整天，终日。

〔135〕怃然：惊愕的样子。有间：片刻，一会儿。

〔136〕续弦：男子丧妻再娶。

〔137〕浼（měi）：请托。冰上人：媒人。详见《华璘姑》注。

〔138〕上游：上司，上级。

〔139〕耳：听说。

〔140〕年齿：年龄。

〔141〕却扇之夕：新婚之夜。详见《吴琼仙》注。

〔142〕环肥燕瘦：杨玉环丰满，赵飞燕清瘦。环，指唐玄宗贵妃杨玉环，体态丰腴。燕，指汉成帝后赵飞燕，苗条清瘦。故以之形容女子体态不同而各擅其美。

〔143〕风流：风采，风韵。

〔144〕眷爱：眷恋，喜爱。

〔145〕案牍：官府文书。此指处理公务。

〔146〕谢家咏絮才：指东晋女诗人谢道韫，生卒年不详，陈郡阳夏（今河南太康）人。典出《世说新语·言语》："谢太傅寒雪日内集，与儿女讲论文义。俄而雪骤，公欣然曰：'白雪纷纷何所似？'兄子胡儿曰：'撒盐空中差可拟。'兄女曰：'未若柳絮因风起。'公大笑乐。"故后以之代称才女。不足多：不能胜过。

〔147〕致仕：辞官。里居：指辞官回乡居住。

〔148〕冢：坟墓。

〔149〕前身：前生。

〔150〕恍然：忽然省悟的样子。

〔151〕出尘：超出世俗之外。佛教指脱离烦恼的尘世。

〔152〕情丝：男女间相爱悦的感情牵连。

【译文】

玉箫再世

吴彩玉，别名玉箫，嘉善人。父亲早逝，跟从母亲搬到魏塘依附舅舅居住。玉箫自幼聪明，缝纫、刺绣之事，一学就精熟，所刺绣的图纹精致绝伦，每逢卖出，人们争相购买。她舅舅一向擅长歌曲，管弦乐器，无不精深。玉箫在女红的闲暇，跟随舅舅学习，歌声婉转抑扬，清脆悦耳，嘹亮动人，美妙动听。因此乡里有人称她"针神"，有人称她"曲圣"。玉箫十四岁时，长得丰神艳逸，举止娉婷，见到的人都不知她是小户人家的女儿。玉箫母亲的妹妹，跟从丈夫租住在上海，写信招她们去。玉箫的母亲带她同行。玉箫姨的房屋在城北偏僻的小巷中，与妓女相邻，左邻右舍都是。玉箫的姨夫熟习航海技术，当时正在日本经商，姨在家很不安分，经常与妓女、老鸨暗中往来，这些人每次见了玉箫，无不称赞她的美丽。玉箫有时跟随姨母外出游览，偶尔也到妓院去，结识了许多姐妹，无不喜欢结交玉箫，总是赠送礼物，丝巾珠串，几乎装满了箱子。

一天，玉箫到红庙烧香。刚下车，就看见一位年轻男子，看样子像是显贵人家的子弟，手拿团扇，身穿轻衫，翩翩玉立，拱手等在路旁，目不转睛地看着玉箫。玉箫见他双目明亮有神，不觉嫣然一笑。玉箫入庙参神，刚起身，而那个人已跟进。刚才玉箫匆匆下车时，恰巧丢失了一块手帕，他在后面捡到了，当时天气酷暑，玉箫汗水直流，从衣袖中取手帕，没有拿到，就四处走动观看，像是在寻找东西。那个年轻人立刻把手帕递给她道："这是你丢失的手帕，现在还给你。"玉箫接过手帕，羞愧地向他道谢，脸颊泛起红晕，更增添了妩媚。玉箫出庙登车，年轻人也随之在车后远远尾随，直到玉箫的住处才停下。自此他经常频繁来到玉箫门外，虽然咫尺银河，却不能说上一句话。

不久，玉箫的母亲得急病死了，棺材衣被等丧葬之物，都由姨为她料理，玉箫很感激她。一年之后，舅舅也死了，又因为遭遇官司，家境日渐衰落。姨夫在神户经商，在乘小船前往海船时，忽遇风暴，沉没在风浪中。姨闻信痛哭，为丈夫发丧、穿上丧服，但在丧事之中，她仍不忘化妆打扮。时间长了，渐有媒人出入其家，姨含蓄地劝告玉箫道："你已经十五了，为什么不选个人嫁了？但是我们的家世，现在落拓至此，所嫁之人也不过是卖菜人罢了，再上也不过布行米店中的小买卖人；如果想嫁给富豪子弟，过上奢华生活，不谋求于风月场所中，不容易得到。"玉箫羞红了脸没有说话。姨见她可以说动，于是不再问她，就托人租室中摆设的各种物品，诸如帷幕帐子、酒器茶具，极其雅丽，三间华丽的楼房，一间玉箫居住；一间聘妓院中的美人居住，作为玉箫的女伴；姨则住在楼下。客至则泡茶上水果，让玉箫自高位置，寒暄数语后，不再说话；客人问十句，也仅回答两三句。玉箫既容貌艳丽，性情又温婉，见到的人无不神魂颠倒，不到十天就已车马盈门。自此玉箫的这个地方，竟然在妓院中首屈一指了。有时有富商想要玉箫首次伴宿，就更抬高了玉箫的声价。

一天，有客人直入玉箫的房间，对玉箫道："你何时在此呢？几乎令人相思而死！"玉箫看他，就是庙中所见的少年。回忆以前，不觉泪珠簌簌落在衣服上，呜咽说道："我也是良家女，难道是自甘堕落的人吗？今日虽然不幸沦落风尘，但璞玉未琢，白玉无瑕，庙中你所说的'谨完赵璧'一语，我可以自我发誓。你相信吗？"少年也对玉箫肃然起敬，就问她身价多少，自当把这样一朵清净无染的青莲花，拔出火坑。玉箫道："想依从就直接依从，我本来自主，哪里花费一文钱。"于是向年轻人追述事情的前后始末。少年道："即使这样，你依附姨家生活，也应当稍微补偿她。只是此事以迅速为贵，迟则生变。"于是唤姨前来，说想玉箫脱离妓院，需要多少钱。姨正倚女为摇钱树，骤闻其言，脸色就变了。玉箫在旁边对姨道："姨原来说让我选个人嫁了；如今有此好门户，我早已心许了；若不从我的心愿，我就上吊，这里就是我的毙命之处了！"姨知道玉箫的心志不可改变，道："即使想嫁他，也应当郑重。今与你约法三章：其一聘礼必须要一千两银子，我尽数为你置办嫁妆，我不私占一文钱；其二必须另外安排新房，举行迎亲之礼，彩仗花轿，务必盛大；其三必须为正妻，不作妾。"少年道："这些都可遵从。"立即请媒人，当即写了婚帖，选定了吉期，前后不到十天，玉箫就嫁给了少年。婚后才知少年姓梁，字鹤皋，新近考中举人，是乍浦显贵家族的子弟。只是他已有妻子，也是名门望族之女，结婚已经三年了，还没有生育。玉箫知道了这个情况，也愿意做妾。梁生详述妻子美丽且贤惠，一定不会妒忌她。一个月后，梁生偕同玉箫前往嘉善，把她父母的棺材合葬在一起。玉箫平素向往西湖山水名胜，梁生就与她前往游览，暂住在福隐山庄，岸上乘车，水上划船，名胜之地，几乎游览一遍。玉箫随梁生归家，侍候婆婆，服侍正妻，无不遵循礼法，上下和睦，皆得欢心。

不久梁生入京参加会试，没有考中。等回到家，忽然得了寒疾，医药无效，群医束手无策。玉箫早晚侍奉，衣不解带，夜不睡觉。玉箫见梁生病势危急，哭泣不食，焚香告天，愿以身代，暗中割下自己的臂肉，掺入药汤给梁生喝了。但梁生病最终不愈。梁生在临终之时，握着玉箫的手道："我辜负了你！我死后，你可仍回归故乡。房中所有，全都给你；定会请我母亲，再给你五百两银子。你善事后人，不要挂念我。"玉箫闻言，哭得头都抬不起来，只道："我愿跟你共死！"但已经泣不成声。等到晚上，梁生最终咽了气。梁生的母亲和妻子，抢地呼天，哀痛之情可想而知。纷乱之中，众人也没有时间顾得上玉箫。到了半夜，梁生忽然自己苏醒过来，发出呻吟声。身边的人给他喝了参苓汤，神气略定。梁生叹息道："我从今以后获得重生了。"当即询问玉箫在哪里。婢女、仆妇到她房间寻找，原来已经悬梁自尽，死亡了。众人解下灌药抢救，已经来不及了。举起她的衣袖，有血水滴出，脱去衣袖看她的手臂，上面刀痕真切，因此知道她为梁生割股疗病。众人都赞叹玉箫的贤德和贞烈，近来罕见。然而不敢突然告诉梁生，只说玉箫痛倦已极，才刚睡着。梁生听了悲泣抽咽，摇头不信，道："我知道玉箫已经死了。刚才我已到阴间，黑风刺肤，黄沙眯眼，正不明方向地前行，忽然有骑马的人到我跟前，道：'你可以获释还阳了，已有贞姬代死，帝王鉴于她的赤诚，为你延寿四十八年，并且赐你再续后缘，你不要忘了。'那个人说完，用鞭子抽打我的背，我如梦初醒，现在背上还隐隐作痛。"

梁生后来中了进士，由进士外放到山东做官，多次出任政务繁难之县邑的官职。一天，他抓获盗贼得到赃物，里面有玉桃一枚，原来是玉箫平时所把玩，死后被放进棺材里。梁生反复审视无错，说盗贼一定是挖坟开棺所得。盗贼坚决不承认，说是从吴江陆家三女儿房中偷盗得来，还有一片连理玉藕，已经送到当铺典当了。梁生命人把玉藕取来，也是玉箫的陪葬品。梁生心中疑惑难明。就令信任的家人前往吴江询问陆氏的踪迹。这才知道陆翁也是从浙江搬迁到吴江，年近六十岁，才生了第三个女儿，此女生而能言，聪慧异常；陆家的奴仆掩埋胎衣，挖地得到两件玉器，此女见了，把玩不忍放手，稍长大，一直佩在身上。曾经问陆翁：“沿海地区可有叫乍浦的地名？”陆翁回答说距此不远。就多次请求陆翁带她前往游玩。自恨生闺阁中，不能远行，常为此感到遗憾。幼年时听人歌唱，仔细倾听，仿佛本来学习过，一二遍后，就能辨识其音，修正旋律。众人道：“这是女善才啊。”现在她年龄到十六岁。听闻有提亲的人，就嘤嘤哭泣，整日不吃饭。询问她出生的时间，即玉箫死的那年，月日都符合。家人返回复命。梁生惊愕了一会，道：“骑者之言，如今将应验了。”

梁生的妻子刚去世，正打算再娶，于是请托陆翁旧相识的朋友为媒人。梁生为官清正，颇为上司所器重，全县的口碑，都说是好官。陆翁原来听说过梁生的名声，稍微对他年龄不满意。此女听闻有乍浦姓梁的求婚者，就道：“不是鹤皋，我不嫁。”陆翁对此感到惊异，道：“这大概是前缘啊。”最终接受了梁生的求亲，送女儿到梁生的任所成婚。成亲之夜，陆女见梁生如同旧相识。只是她的容貌不同于前，秋菊春兰，并称佳妙，环肥燕瘦，各擅风流。梁生特别眷恋陆女。在公务之闲暇，就教她读书识字，数月后即能作诗，谢道韫也胜不过她。梁生官至监司，才辞官回乡。清明那天，梁生带她上坟，指着石碑对她道：“你果真是玉箫再世吗？这就是你的前生。”陆女恍然若有所悟，叹道：“人世间的光阴，真是不可依靠。你自后当作出尘想，不要只为一缕情丝所束缚。”梁生道：“你的话很对。”于是入山修道，不知所终。

莲贞仙子

钱万选，字孟青，济南人。幼喜读书，不问户外事。弱冠[1]，父母俱丧，惟一老仆应门[2]。家故中人资[3]，供饔飧外[4]，尚有所余。生日事诵读。人有以婚事请者，辄却之。济南城北有一寺，曰崇仁古刹也，相传为六朝时所敕建[5]，香火颇盛。红墙绀宇[6]，楼阁参差中，有亭台池馆之胜。池中植白菡萏数百本[7]，花时清香彻远近。生固与住持僧相稔[8]，夏日僦居为逭暑计[9]。生自移居寺中，日则吟诗，夜则弹琴，焚香静坐，俗虑顿消。

一夕，甫欲就枕[10]，忽听窗西所设之琴无故自鸣。初尚抑塞[11]，继则悠扬宛转，颇堪入拍。细聆之，似效己调而未成者。生大为骇异。急欲起而觅之，声顿绝。明日友来，偶话其异。友曰："此必灵狐之所为也。可收之为琴弟子，彼必有以报子[12]。"于是生至夜阑月上[13]，饭罢茶余，必弹数弄[14]，习以为常。

生偶赴友人宴，返已宵深，酒酣渴甚[15]。觅茗[16]，则壶中已罄[17]；呼僮起瀹[18]，睡声正鼾。忽见倩影亭亭，立于床前，双玉手捧一白磁瓯以进[19]。啜之，则茗也。啜苦咽甘，香沁肺腑。醉中不辨为谁，昏然睡去。及醒，则已红日三竿[20]，亦不复忆前事。生作诗词，多系草藁[21]，未及缮写[22]，偶置案头[23]，翌日视之[24]，则已钞清本[25]，铁画银钩[26]，字迹娟秀[27]。生不辨为何人手笔[28]，得之狂喜。时荷花盛开，生方坐池上，凭栏纳凉，见远处莲盖忽动，有小娃自万花丛中荡桨而至[29]，手持一书投生。生阅之，上云："绛帷女弟子莲贞奉书[30]：敬屈文旆辱临[31]，借攀清话[32]。荷花深处，柴门临水者[33]，即儿家也[34]。已具樽酒以待[35]，特遣扁舟奉迓[36]。其勿辞。"生讶其初不相识，何得来此。其婢年仅十二龄许[37]，雾縠霞绡[38]，丰姿绰约[39]。询其名，曰：

“丽娥。”问其家在何处，则笑指池东曰：“距此不远。”问何人相招，则曰：“君去自知。”生视其舟，仅可容身。自念：“荡桨采莲，亦属韵事[40]。姑践其约，当复不恶[41]。”

舟行约半里许，荷花转盛。复见二艇自花间出，亦并垂髫女子也[42]，皆盼生而笑[43]，曰：“佳客至矣。姑以阿丽邀客久不至，特令侬来促驾[44]耳。”须臾，舟已傍岸。岸上杨柳垂丝，芙蓉结蕊[45]，杂花如锦，芳草成茵，别有一世界。三鬟即款双扉[46]，导生径入。生见正室五楹[47]，备极华丽。由回廊曲折以行，另辟一院，绮楼复室[48]，雾阁云窗[49]，迥非尘境[50]。一女子临窗兀坐[51]，焚香鼓琴。见生至，其声遽止[52]，向生裣衽[53]，自称女弟子。生茫然不知所对。女子娇姿艳质，仪态万方，谓生曰：“儿以裙钗弱品[54]，粉黛微姿[55]，获侍门墙[56]，得亲教泽，斯固三生之深幸[57]，百岁之良缘也！今日惠然肯来[58]，良为欣慰。”即令婢媪设席于水晶帘底，雪藕冰脯[59]，芬流齿颊，肴馔络绎[60]，俱不识何名。女巡环劝饮[61]，倍极殷勤[62]。其酒作绿色，香沁鼻观[63]。女曰：“此即‘碧筒杯[64]’也，饮之辟暑。”生辞以量不能胜。女笑曰：“嘉会甫始[65]，必当尽醉[66]。”爰命三鬟歌以相侑[67]。丽娥声尤清彻，脆堪裂帛[68]，响可遏云[69]，生尤为击赏[70]，频回顾之，注目不瞬。丽娥歌罢，始觉颊晕红潮，低首拈带。女因指谓生曰：“君如属意，请携之归，以供洒扫役[71]，何如？”生曰：“此何敢望！”宴半[72]，夕阳已匿，月影将升，女命呼夜光来[73]。婢乃于箧中出明珠十二颗[74]，悬于庭际，光辉皎洁，大地洞明[75]，曲处暗陬[76]，纤悉毕现。生抚掌称奇，因谓女曰：“卿殆嫦娥化身[77]，非人间所有也。”女笑不答。酒罢撤席，命以琴进。生正触所好，为之抚缦操弦[78]，竭生平伎俩[79]，特奏一曲。女亟称善，亦效之，音节不爽累黍[80]。生大加赞赏，曰：“世间岂有此慧心女子哉！”月上更阑[81]，生辞欲去。女请留宿，即唤丽娥往携衾枕，开西阁门而入。斗室精洁[82]，绝无纤尘，湘帘棐几[83]，砚匣笔床[84]，位置楚楚[85]。生于几上见诗一册，署曰《莲子居吟稿》。展阅之，前半皆己平日诗词，后半则莲贞和作也，诗词并吐属清新，不作一凡语。生不禁拍案叫绝，曰：“卿真可为女青莲矣[86]！”女方与生谈诗，丽娥阖扉遽去[87]。生亦倦甚，拥女并入罗帏，不知东方之既白[88]。女晓妆既竟，忽更盛服再拜，向生曰：“妾此身已属君矣，愿侍巾栉[89]，幸毋遐弃[90]！”生曰：“余本未授室[91]，嘉耦是求[92]。今既得卿，良惬素愿。”于是引喻河山，指盟日月，比翼连枝，始终弗渝[93]。女仍命丽娥放棹送生归。由是花晨月夕，时相往来。

荏苒年余[94]，忽有方外羽士从罗浮来[95]，下榻僧舍。见生，蹙然曰[96]：“君迩来必有奇遇[97]，此花妖也。若不早绝，恐有性命忧。”生愠然作色[98]，曰：“炼师世外人[99]，何预人家闺阃事[100]！乌有艳同花月[101]，丽若神仙，而为祸水者哉！即妖，亦当非噬人者。子休矣，毋多谈！”

生过女所，偶话此事，女泫然泣曰[102]：“妾与君殆缘尽矣[103]！此所谓风月窝之情魔[104]，姻缘簿之孽障也！”言讫[105]，欷歔不已[106]。即唤厨娘作咄嗟筵[107]，“行与郎君为长别矣！”生曰：“余惟不信此言，故以告卿。世之负情人，方且惧死贪生[108]，急求方术矣；余恨不得运慧剑以斩之[109]！”女乃转悲为喜，曰：“桑中之行[110]，原非久计；戴月披星[111]，携云握雨[112]，此岂伉俪者所宜[113]？城北王氏别墅，妾将往赁，略加修葺，便可作青庐[114]。”因出箧中黄金百两畀生[115]，曰：“以此摒档婚事[116]，务极华美，勿使人诮小家举止也[117]。”

生一如女命[118]。择吉亲迎，驺骑煊赫[119]，戚串往贺者如云[120]。三日庙见[121]，得瞻女貌者，无不惊为天仙。女令生招道士来，肃之上坐，女靓妆炫服[122]，出而相见。道士衣服内外皆书符箓，袖中隐持天蓬尺[123]，见女即戟指作诀[124]，口喃喃念咒，骤出天蓬尺击女。女毫无所畏，捽其尺掷之地[125]。丽娥自内出，举溺器罩其首[126]，粪秽淋漓，下沾襟袖，道士踉跄遁走，见者无不鼓掌大笑，谓：“处置若辈，宜以此法。孰令其丰干饶舌哉[127]！”

女自结缡后[128]，唱随相得，毫无所异。丽娥渐长，益复苗条，圆姿替月，晕脸生霞，见者不知为青衣中人[129]。女令生纳为小星[130]，置之后房[131]。其二鬟一曰萼仙，一曰蓉香，袅娜轻盈[132]，并皆佳妙，次第选入画屏[133]，备生妾媵[134]。生此时拥艳姬[135]，住名园，日与女饮酒赋诗，虽南面王不易此乐也[136]。

数年间，女生二子，三姬各产一男。生亦登贤书[137]，捷南宫[138]，榜下选授粤东博罗令[139]。挈眷赴任，治民诘盗，除弊剔奸，政治肃然，闾阎无不沾其实惠[140]。三年解任入都[141]，生偕友游罗浮，女亦请从。因与三姬皆易男子妆以往，山中游历几遍，宿黄龙观中[142]。道士香根知生为贵官，接待殷勤，迥逾常数。锺钦光孝廉为观中住持[143]，仰生德政，供奉极丰。观中有一道士，若甚相稔，偶与谈游踪，自言曾客济南，乃恍然知即前度相逢者也[144]。因戏问："炼师法术高妙，果能治妖否？"道士夸在济南曾治花妖，口讲手画[145]，极鸣得意。女在旁不觉咥然一笑[146]。道士继访生仆从，始知生固济南人，惭而逸去。

翌日，生下山，忽于林莽中突出一猛虎，毛色班斓[147]，狂风陡作，叶簌簌下堕。虎向女扑来。仆从相顾无人色。女从容自若，于口中吐一莲花，从空下坠，正中虎背，虎负痛作人立，皮划然脱去[148]，乃一道士也。女谓道士曰："汝两次犯我，本应杀却，以奉仙戒特赦汝。汝可速去。"道士蒲伏叩首认罪[149]。自此群知女为非常人[150]。

【注释】

〔1〕弱冠：古时代指男子二十岁。详见《自序》注。

〔2〕应门：负责开关门户或应对访客。

〔3〕中人：中等收入的人家。《汉书·文帝纪赞》："百金，中人十家之产也。"颜师古注："中，谓不富不贫。"

〔4〕饔飧（yōng sūn）：饭食。饔，早饭。飧，晚饭。《孟子·滕文公上》："贤者与民并耕而食，饔飧而治。"

〔5〕六朝：三国吴、东晋和南北朝的宋、齐、梁、陈，相继建都于建康（今南京），历史上合称"六朝"。敕建：奉皇帝之命建造。

〔6〕绀（gàn）宇：绀青色的殿宇。绀，深青透红的颜色。宇，屋檐，泛指

房屋。

〔7〕菡萏（hàn dàn）：荷花的别称。本：量词。棵，株。

〔8〕稔（rěn）：熟悉。

〔9〕僦（jiù）居：租屋居住。僦，租赁。逭（huàn）暑：避暑。

〔10〕甫：刚刚。

〔11〕抑塞：不流畅，不纯熟。

〔12〕子：古时对男子的尊称或美称。此指钱万选。

〔13〕夜阑：夜深。

〔14〕弄：奏乐或乐曲的一段、一章。

〔15〕酒酣（hān）：饮酒尽兴，处于半醉状态。

〔16〕茗：茶。

〔17〕罄：尽。

〔18〕瀹（yuè）：泡茶，煮茶。

〔19〕瓯（ōu）：泛指杯子。

〔20〕红日三竿：太阳升起，照地有三竹竿高了。指时间已经不早。《南齐书·天文志上》："永明五年十一月丁亥，日出高三竿，朱色赤黄，日晕，虹抱珥直背。"后形容早上时间已经不早。元代吕止庵《集贤宾·叹世》套曲："有何拘系，则不如一枕安然，直睡到红日三竿未起。"

〔21〕草藁（gǎo）：草稿。

〔22〕缮（shàn）写：抄写。

〔23〕案头：书桌上。

〔24〕翌（yì）日：次日。

〔25〕清本：指校正抄写的文稿本。

〔26〕铁画银钩：书论用语。语本唐代欧阳询《用笔论》："徘徊俯仰，容与风流，刚则铁画，媚若银钩。"形容书法遒劲而秀丽。

〔27〕娟秀：秀丽。

〔28〕手笔：笔迹。

〔29〕小娃：少女。

〔30〕绛帷：同“绛帐”。师门的敬称。《后汉书·马融传》：“常坐高堂，施绛纱帐，前授生徒，后列女乐。”奉书：敬辞。献进书信。犹言致书。奉，敬辞。用于自己的动作涉及对方时。

〔31〕敬屈文旆（pèi）辱临：犹言敬请大驾光临的意思。敬，谦词。屈，敬词，犹言请。文旆，对人出行的敬称，犹尊驾，大驾。辱临，敬称他人的来临，犹言光临。辱，谦称。犹屈尊。

〔32〕清话：雅谈，高雅不俗的言谈。

〔33〕柴门：谦称居所朴素简陋。

〔34〕儿家：古代年轻女子对其家的自称。犹言我家。

〔35〕樽酒：代指酒食。

〔36〕扁舟：小船。奉迓（yà）：敬辞。迎接。迓，迎接。

〔37〕许：约计的数量。犹言左右。

〔38〕雾縠（hú）霞绡（xiāo）：形容美艳轻柔的细纱所制成的衣服。雾縠，薄云雾般的轻纱。霞绡，像红霞一样的薄纱。

〔39〕丰姿绰约：形容女子体态柔美，神采飘逸。

〔40〕韵事：风雅的事。

〔41〕当复：助动词。表示理所当然。可译为“应当”“应该”。

〔42〕垂髫（tiáo）女子：指尚未束发的少女。垂髫，头发披散下垂。髫，小孩下垂的头发。古时十五岁以下儿童不束发，因称垂髫。

〔43〕盼：看。

〔44〕侬：我。李白《横江词》：“人道横江好，侬道横江恶。”促驾：本义谓催促车前进。此指催钱生。

〔45〕芙蓉：植物名。即木芙蓉。锦葵科木槿属，落叶灌木或小乔木，叶掌状，秋季开白或淡红色花。

〔46〕款扉：敲门。款，叩，敲。

〔47〕楹：量词，屋一间为一楹。

〔48〕绮楼：装饰华丽的楼房。复室：里屋，套间。

〔49〕雾阁云窗：云雾缭绕的居室和窗户。形容楼阁高耸。

〔50〕迥非：绝非，远不是。尘境：指现实世界，人世。

〔51〕兀坐：独自端坐。

〔52〕遽（jù）：马上。

〔53〕裣衽（liǎn rèn）：也作“敛衽”，施礼。整饬衣襟，旧时女子行礼的动作。

〔54〕儿：古代年轻女子的自称。裙钗，裙子和头钗，皆为妇女的服饰。故用为妇女的代称。弱品：才能薄弱。

〔55〕粉黛微姿：意谓姿色普通。粉黛，本为女子搽脸的白粉和画眉的青黑色颜料，借指妇女。

〔56〕门墙：师门。典出《论语·子张》：“夫子之墙数仞，不得其门而入，不见宗庙之美，百官之富。”后遂以门墙代指师门。

〔57〕深幸：内心深处感到庆幸。

〔58〕惠然肯来：当其心情舒顺之时，才可来临。惠然，顺心的样子。惠，敬辞。多用以谓赏光莅临。语出《诗经·邶风·终风》：“终风且霾，惠然肯来。”后用作欢迎他人赏光来临之敬词。

〔59〕雪藕冰脯：嫩藕和鲜果脯。

〔60〕肴馔：好的或较丰盛的菜和饭。馔，饭食。

〔61〕巡环：绕桌依次斟酒。

〔62〕倍极：格外，极其。

〔63〕鼻观：鼻孔。

〔64〕碧筒杯：一种用荷叶制成的饮酒器。即采摘卷拢如盏、刚出水的嫩荷叶盛酒，将叶心捅破使之与叶茎相通，从茎中吸酒。唐代段成式《酉阳杂俎·酒食》：“历城北有使君林，魏正始中，郑公悫三伏之际，每率宾僚避暑于此。取大莲叶置砚格上，盛酒二升，以簪刺叶，令与柄通，屈茎上轮菌如象鼻，传噏之，名为碧筒杯。”此代指酒。

〔65〕嘉会：欢乐的宴会。

〔66〕尽醉：古代饮酒术语。饮至极量而醉。

〔67〕爰（yuán）：于是。侑：助。

〔68〕裂帛：形容声音清切高亢，如撕裂丝绸的声音。白居易《琵琶行》："曲终收拨当心画，四弦一声如裂帛。"

〔69〕响可遏云：歌声使飘浮的云朵停止前进。形容歌声嘹亮动人。详见《玉箫再世》注。

〔70〕击赏：激赏，赞赏。

〔71〕供洒扫役：从事洒扫，代指做妻妾。

〔72〕宴：酒席；宴会。

〔73〕夜光：珠名。夜光珠，即夜明珠。

〔74〕箧（qiè）：小箱子。

〔75〕洞明：透亮，通明。

〔76〕暗陬（zōu）：黑暗的角落。陬，角落。

〔77〕嫦娥：原作"姮娥"，神话传说中从人间飞升的仙子。《淮南子·览冥训》："羿请不死之药于西王母，姮娥窃以奔月。"汉代高诱注："姮娥，羿妻。羿请不死之药于西王母，未及服之，姮娥盗食之，得仙。奔入月中，为月精也。"汉代因避汉文帝刘恒讳，改称常娥，通称"嫦娥"。

〔78〕抚缦（màn）操弦：拨弄琴弦。弹琴的手法，代指弹琴。缦，琴弦。

〔79〕伎俩：技能，本领。

〔80〕不爽累黍（shǔ）：形容丝毫不差。

〔81〕更阑：指夜已深。

〔82〕斗室：比喻狭小的房间。

〔83〕湘帘：湘妃竹做的帘子。棐（fěi）几：用棐木做的几桌。棐，木名。即香榧。

〔84〕砚匣：放砚台的匣子。笔床：卧置毛笔的器具。

〔85〕楚楚：排列整齐的样子。

〔86〕女青莲：此形容莲贞有李白之诗才。青莲，唐代诗人李白的别号。李白（701—762），字太白，号青莲居士，祖籍陇西成纪（今甘肃静宁）。他的诗歌创作，才情超群、想象丰富，感情奔放，雄奇飘逸，充满了发兴无端的澎湃激情和神奇想象，是盛唐伟大的浪漫主义诗人，被誉为“诗仙”。有《李太白集》。

〔87〕阖扉：关门。

〔88〕东方之既白：旭日东升，天亮了。白，天明。语出宋代苏轼《前赤壁赋》：“肴核既尽，杯盘狼藉。相与枕藉乎舟中，不知东方之既白。”

〔89〕侍巾栉（zhì）：侍奉梳洗之事，是嫁人为妻妾的谦辞。栉，梳头用具的统称。语本《左传·僖公二十二年》：“寡君之使婢子侍执巾栉，以固子也。”

〔90〕遐弃：疏远嫌弃。

〔91〕授室：指娶妻。

〔92〕嘉耦：称心的配偶。

〔93〕渝：改变，违背。

〔94〕荏苒（rěn rǎn）：时间渐渐过去。

〔95〕方外羽士：指道士。方外，世俗之外。指仙境或僧道的生活环境。羽士，道教术语。指道士，道士多求成仙，有羽化飞升之意，故称。罗浮：山名。又称东樵山，道教名山，位于广东省惠州市博罗县长宁镇，为岭南四大名山之一，道教“第七洞天”，与南海西樵山齐名，享有“南粤名山数二樵”的盛誉。东晋葛洪曾在此修道、著书。

〔96〕蹙然：忧虑的样子。

〔97〕迩来：近来。

〔98〕愠然：恼怒的样子。作色：改变脸色。指神情发怒。

〔99〕炼师：道教用语。原指品德高尚、修行精深的道士。《唐六典》卷四：“其（道士）德高思精者，谓之炼师。”后一般作道士的敬称。

〔100〕闺阃（kǔn）事：指闺房隐私。闺阃，闺房。

〔101〕乌有：哪有。乌，疑问词。哪，何。

〔102〕泫然：流泪的样子。

〔103〕殆（dài）：大概。

〔104〕风月窝：风月场，情场。

〔105〕讫（qì）：完结，终了。

〔106〕欷歔（xī xū）：悲泣抽咽的样子。

〔107〕咄嗟（duō jiē）筵：很快就能做成的酒筵。咄嗟，片刻，表示时间很短。《晋书·石崇传》："为客作豆粥，咄嗟便办。"

〔108〕方且：将要，将会。表示动作行为将要进行。

〔109〕慧剑：智慧能驱邪降魔，消人烦恼，故比喻成慧剑。唐代白居易《渭村退居寄礼部崔侍郎翰林钱舍人诗一百韵》诗："断痴求慧剑，济苦得慈航。"

〔110〕桑中之行：指男女幽会。语出《诗经·鄘风·桑中》："期我乎桑中，要我乎上宫，送我乎淇之上矣。"

〔111〕戴月披星：身披星星，头顶月亮。形容不分昼夜地在野外奔波。

〔112〕携云握雨：比喻男女欢会。元代王实甫《西厢记》第三本第四折："因今宵传言送语，看明日携云握雨。"

〔113〕伉俪（kàng lì）：夫妻。

〔114〕青庐：借指新房。详见《贞列女子》注。

〔115〕畀（bì）：给予。

〔116〕摒（bìng）档：筹措，筹办。

〔117〕诮（qiào）：嘲笑。小家：平民小户人家。

〔118〕一如：完全一样。

〔119〕驺（zōu）骑：骑马驾车的随从。

〔120〕戚串：亲戚。

〔121〕庙见：称新妇首次拜祭祖庙。

〔122〕靓妆炫服：形容服饰打扮十分艳丽。

〔123〕天蓬尺：法器名。取名于天蓬元帅，桃木制作，四棱形，刻有二十八宿、日月、紫微、天蓬、南斗六星、北斗七星，具有辟邪除魔的作用。

〔124〕戟指：即“戟手”，将食指与中指并拢，其余三指向掌心弯曲，形状如戟，用于指点，施法术时所作的手势。

〔125〕捽（zuó）：抓。

〔126〕溺（nì）器：此指便桶。

〔127〕丰干饶舌：指多嘴多舌。丰干，唐代高僧，名重当时。饶舌，多嘴多舌。典出唐代闾丘胤《〈寒山子诗集〉序》载：台州牧闾丘胤受高僧丰干之嘱，到任后，拜谒寒山、拾得二僧。二僧笑曰：“丰干饶舌。”后遂以借指人多嘴多舌。

〔128〕结缡（lí）：指结婚。详见《玉箫再世》注。

〔129〕青衣中人：指婢女。古时地位低贱者的服装。婢女多穿青衣，因以代称婢女。

〔130〕小星：妾的代称。详见《贞烈女子》注。

〔131〕后房：后面的房屋。古代多指妾的住处。

〔132〕袅娜：形容女子体态轻柔纤美。

〔133〕选入画屏：也作雀屏中选、锦屏射雀、金屏中选等，此指选钱生为夫婿。语本《旧唐书·高祖太穆皇后窦氏传》：“（窦）毅闻之，谓长公主曰：‘此女才貌如此，不可妄以许人，当为求贤夫。’乃于门屏画二孔雀，诸公子有求婚者，辄与两箭射之，潜约中目者许之。前后数十辈莫能中，高祖后至，两发各中一目。毅大悦，遂归于我帝。”故后借指选婿、婚嫁。

〔134〕妾媵（yìng）：侍妾。泛指妾。

〔135〕艳姬：美女，美妾。

〔136〕南面王：泛指王侯。南面，面朝南，古为尊位。语出《庄子·至乐》：“死，无君于上，无臣于下；亦无四时之事，从然以天地为春秋，虽南面王乐，不能过也。”唐代成玄英疏：“虽南面称孤，王侯之乐亦不能

过也。”易：交换。

〔137〕登贤书：指乡试考中举人。详见《华璘姑》注。

〔138〕捷南宫：指考中进士。详见《玉箫再世》注。

〔139〕粤东：广东省博罗县。粤东，广东省的别称。

〔140〕闾阎：借指百姓。

〔141〕解任：解职，卸任。

〔142〕黄龙观：黄龙观位于罗浮山西南麓，观的前身为黄龙洞。清康熙年间，崂山派高道张妙升选此创建黄龙观，并以此为崂山派道场。

〔143〕孝廉：明清两代对举人的称呼。孝廉是汉代选举官吏的科目，孝指孝子，廉指廉洁之士，由郡国选举，报朝廷任用。明清举人由各省乡试产生，与汉代举孝廉相似，因称“孝廉”。

〔144〕恍然：突然明白。

〔145〕口讲手画：也作“口讲指画”。一面讲，一面用手势帮助表达意思。形容人讲话时的举动。

〔146〕唔（xì）然：讥笑的样子。

〔147〕班斓：形容花纹错杂，光彩夺目。

〔148〕划然：犹言“哗的一声”，皮肉撕裂的声音。

〔149〕蒲伏：同“匍匐”。趴在地上。

〔150〕非常：异常，不寻常。

【译文】

莲贞仙子

钱万选，字孟青，济南人。自幼喜读书，不问窗外之事。二十岁时，父母都去世了，只有个老仆人看门。他家本是普通人资产，供饭食外，尚有所余。钱生每日只是读书。有人向他提婚事，总是拒绝。济南城北有座寺院，叫崇仁古刹，相传为六朝时奉皇帝之命建造，香火很旺盛。寺院红墙青檐，楼阁参差错落，有园亭池馆胜景。池中种植数百棵白荷花，花开时清香飘散远近。钱生本与住持僧相熟，夏天为避暑在寺里租了房屋。钱生自移居寺中，日则吟诗，夜则弹琴，焚香静坐，俗念顿消。

一天晚上，刚欲睡觉，忽听到窗西摆放的琴无故自己响起来。开始时还不流畅，接着就悠扬宛转，十分合拍。仔细一听，似乎是效仿自己还未弹完的曲调。钱生大为惊异。急忙想起身寻觅，声音顿时停止。第二天朋友来，钱生偶然说到这件异事。朋友道："这一定是灵狐所做。你可以收为琴弟子，它一定会报答你。"于是，钱生每到夜深月明之时，饭后茶余之际，必弹数曲，习以为常。

钱生偶然到朋友家赴宴，返回时已是深夜，酒醉口渴。寻找茶水，但壶中已空；呼僮仆起来泡茶，但其鼾声正响。忽见倩影亭亭玉立，站在床前，双手捧着一只白磁杯递给他。钱生喝了，原来是茶。入口苦下咽甜，香气沁入肺腑。醉中不辨是谁，昏然睡去。等睡醒，已是日上三竿，也不再记得昨晚的事。钱生作诗词，大多是草稿，没来得及抄写，正好放在书桌上，第二天一看，已经是校正抄写后的文稿本，铁画银钩，字迹娟秀。钱生辨识不出是什么人的笔迹，但得到这个文稿本狂喜。当时荷花盛开，钱生正坐在池上，凭栏纳凉，看见远处荷叶忽动，有少女自万花丛中划船而至，手持一封信交给钱生。钱生阅之，上写："师门女弟子莲贞致书：敬请大驾屈尊光临，借此与您共作雅谈。荷花深处，柴门临水的居所，就是我家。已经备下酒食等待，特派小船迎接。请不要推辞。"钱生惊讶与其原不相识，怎么来到这里。婢女年仅十二岁左右，身穿美艳轻柔的细纱衣裙，丰姿飘逸。询问她的名字，说叫"丽娥"。问她家在何处，她就笑着手指荷花池东道："距离这里不远。"问她是何人相邀，只道："君去自知。"钱生看她的小船，仅可存身。心想："荡桨采莲，也是风雅事。姑且赴约，应当不差。"

小船行驶了约半里，荷花开得更加繁盛。又见两艘小船自花间出，也是两个少女，都看着钱生微笑，道："佳客到了。姑娘因为阿丽邀客许久不至，特让我们来催您动身。"不一会儿，小船已靠岸。岸上杨柳垂丝，木芙蓉花开，杂花如锦，芳草成茵，别有一世界。三位少女推开院门，引导钱生直接进入。钱生见正室五间，极其华丽。沿着回廊曲折向前，另建一个院落，绮楼复室，雾阁云窗，绝非人世。一位女子临窗独坐，焚香弹琴。她见钱生到来，琴声就停下来，起身向钱生施礼，自称女弟子。钱生茫然不知所对。女子娇姿艳质，仪态万方，对钱生道："我才能微薄，姿容平常，得以侍奉门下，亲得教诲的恩泽，这本是我三生有幸，百年良缘！今日惠然肯来，我深感欣慰。"当即令婢女在水晶帘底下设席，嫩藕和鲜果脯，让人齿颊生香，美味佳肴连续不断，都识别不出叫何名称。女斟酒劝酒，极其殷勤。酒为绿色，香气扑鼻。女道："这就是'碧筒杯'。饮用可以避暑。"钱生以不胜酒量推辞。女笑道："欢乐的聚会刚开始，一定要一醉方休。"于是命三个丫鬟唱歌助酒。丽娥的歌声尤为清脆，嘹亮动人，钱生尤其赞赏，频频看向丽娥，目不转睛。丽娥唱罢，才觉颊晕红潮，低首拈带。女于是指着丽娥对钱生道："你如果对她倾心，请带她回去，让她侍奉你，怎么样？"钱生道："怎么敢奢望！"宴饮进行一半，夕阳已落，月亮将升，女命人取夜光珠来。婢女于是从箱子中拿出十二颗明珠，悬挂在庭院中，立时光辉皎洁，大地通明，曲处暗角，纤毫毕现。钱生拍手称奇，就对女道："你大概是嫦娥化身，不是人间所有。"女笑而不答。酒罢撤席，女命人摆上琴。钱生正触动所好，于是抚琴弹奏，竭尽生平技能，特意弹奏一曲。女一再说好，也效仿他，音节丝毫不差。钱生大加赞赏，道："世间怎么有这样心思聪慧的女子啊！"月上夜深，钱生要告辞离去。女请他留宿，便唤丽娥去取被枕，打开西阁门一同进入。这间小屋精致洁净，无丝毫灰尘，帘子几桌，砚盒笔架，布置齐整。钱生在几桌上看见一册诗集，题名《莲子居吟稿》。展开观看，前半部都是自己平日所作的诗词，后半部却是莲贞的唱和之作，诗词都写得清新脱俗，不用平常的语言。钱生不禁拍案叫绝，道："你真可称得上女青莲啊！"女正与钱生谈诗，丽娥关门就离开了。钱生也很困倦，便拥女一起进入床帐，不知不觉中天已经亮了。女晨起梳妆完毕，忽然换了盛服向钱生拜了两拜，向钱生道："我此身已属你了，愿嫁你为妻，希望不要嫌弃！"钱生道："我本未娶妻，一心想寻佳偶。如今已经得到你，很合乎我平素的心愿。"于是对着河山日月盟誓，要如比翼鸟和连理枝一样，始终不变。女仍命丽娥送钱生返回。于是两人花晨月夕，时常往来。

渐渐过了一年多，忽然有位世外的道士从罗浮山来，下榻寺院。见到钱生，忧虑地道："你近来必有奇遇，这是花妖。若不早断绝，恐有性命之忧。"钱生恼怒变了脸色，道："道士本是世外人，何必干预人家闺房事！哪有艳同花月，丽若神仙，而为祸水呢！即使是妖，也一定不是吃人者。你住嘴吧，不要多说！"

钱生来到女的住所，偶然说到此事，女流泪哭泣道："我与你大概缘分尽了！这就是所说的风月场上的情魔，姻缘簿里的孽障！"说完，低声悲泣不停。随即唤厨娘匆忙做了饮食，"我将要与郎君长别了！"钱生道："我是不相信道士说的话，因此才告诉你。世上的负情人，将会贪生怕死，才迫切求助于方术；我恨不得运慧剑把他们都杀了！"女才转悲为喜，道："男女私会，原本就不是长远之计；不分昼夜，野外幽会，这怎么是夫妻适合做的事？城北有王氏别墅，我将去租下来，稍加修理，便可以作新房。"于是从箱子中取出一百两黄金给钱生，道："用这些金子筹办婚事，务必极尽华美，不要让别人嘲笑是平民小户人家的举止。"

钱生完全按照女的话做了。选择吉日迎亲，随从显赫，前来道贺的亲戚非常多。三天后拜祭祖庙，人们才得以看到女的容貌，无不惊为天仙。女让钱生招道士来，恭敬地请他上坐，女穿戴华丽，出来相见。道士衣服内外都书写了符箓，袖子中暗藏着天蓬尺，一见到女就戟指作诀，口中念着咒语，突然拿出天蓬尺击打女子。女毫不畏惧，一把抓过尺子扔在地上。丽娥从室内出来，举起便桶扣在道士头上，屎尿淋漓，沾满了衣服，道士踉跄逃走，见者无不鼓掌大笑，道："处置这类人，应该用这种办法。谁让他多嘴多舌啊！"

女自结婚后，夫唱妇随，毫无异常。丽娥渐长，越发苗条，脸如满月，颊晕红霞，看见的人不知她是婢女。女让钱生纳为妾，安排在后房。其中的两个丫鬟，一个叫萼仙，一个叫蓉香，体态轻盈，都很美丽，也先后选钱生为婿，预备为他的侍妾。钱生此时拥有娇妻美妾，住着名园，每日与女饮酒作诗，即使王侯之位也换不来这种快乐。

数年间，女生了两个儿子，三个妾各生了一个儿子。钱生也考中举人，又考中进士，被选定授为广东博罗县令。钱生携家眷赴任上，治民捕盗，除弊剔奸，政事安定，百姓无不沾溉实惠。三年卸任入京，钱生偕朋友游罗浮山，女也请求跟从。于是女与三位妾都女扮男装前往，几乎把罗浮山游览遍了，在黄龙观中过夜。道士香根知道钱生是贵官，接待殷勤，远超平时的规格。锺钦光孝廉是观中住持，敬仰钱生的德政，招待极为丰盛。观中有一个道士，钱生好像很熟悉，偶然与他谈起游踪，道士自称曾客居济南，才忽然明白，知道他就是上次遇到的那个道士。于是戏言问："你法术高超，果真能降妖吗？"道士夸口说在济南曾经降过花妖，边说边比划，极为自鸣得意。女在旁不禁一声讥笑。道士随后询问了钱生的仆人，才知道钱生本是济南人，羞愧地逃走了。

第二天，钱生下山，忽然从丛林中窜出一只猛虎，毛色斑斓，狂风大作，树叶纷纷下落。虎向女扑过来。仆从吓得变了脸色。女从容自若，从口中吐出一朵莲花，从空中落下，正中虎背，虎痛得像人一样直立起来，皮哗地脱去，原来是那个道士。女对道士道："你两次犯我，本应杀掉，但因遵守仙家戒条特赦免你。你可速去。"道士趴在地上磕头认罪。从此，众人知道女是个不同寻常的人。

何蕙仙

李星史，羊城名下士也[1]。祖、父并官京师[2]，生产于米市胡同[3]。其宅相传有妖异，后楼三楹[4]，恒虚之弗居，岁时致祀。或谓为灵狐所据，借作修道习静之所。每值风清月皎，辄见有老翁执卷凭窗，或仰天独坐，若有所思，银髯过腹，披拂临风，习以为常，亦不之异。当生母临蓐时[5]，突见老翁匆遽入室[6]，向之赁屋。生母叱之，遂隐。俄而产生[7]。未十日，楼毁于火，因疑生为灵狐转世。及长，有文在其手，若篆文星字[8]，爰字之曰星史。入塾读书，聪颖异常儿。十余岁，祖、父相继逝，载榇南旋[9]，与亲友酬应，恒操北音。所诵多庄、列诸子书[10]，授以帖括[11]，弗解也；强使习之，亦能相缀成文，旋即弃去。应学使试[12]，以诗赋列前茅，遂游邑庠[13]。明年秋试[14]，房官以其经艺策文冠场屋[15]，力荐于主司[16]，得登贤书[17]。

春初公车北上[18]，道经济南，忽于旅邸遘重疾[19]，僵卧一昼夜[20]。恍惚中梦至一处，宫殿崔巍[21]，仿佛王者居。廊下列屋十二，左右各六，其中各有专同[22]。偶入一所，见一老者方据案疾书，忽睹生至，投笔作礼，问生来此，将何所求。生告以“入都求名，可得隽否[23]？”老者展册阅之，笑曰：“此行可获嘉耦[24]，成名则未也[25]。”复相生面曰：“子有隐疾[26]，当为治之。”乃进一刀圭[27]。生觉凉沁肺腑，百体皆适[28]。及醒，霍然遂愈[29]。

至京，往访旧宅，则已易主。因主于何水部家[30]，固戚串也[31]。水部有一女，曰畹秋，小字兰仙[32]，容貌秀丽，兼通书史，犹未字人[33]。一日，以陪女伴入园，偶经生书舍外，生瞥见之[34]，不觉神为之夺，摹想芳姿[35]，颇涉遐念[36]，入夜辗转不能成寐。忽闻窗外有弹指声，生舐破窗纸微窥之，则一丽者也。鬓影斜拢，衣香暗射[37]，低声唤生启门，口脂之馥从窗隙入[38]，顿为魂消。双扉乍启，女已先在灯下，视之，比何女尤为艳绝[39]。生笑诘女从何处来[40]。女曰："来处说远就远，说近就近。特来伴君旅邸寂寞[41]，宁不佳耶[42]？"生请姓氏。女曰："妾亦姓何，小字蕙仙，以行二，故字仲芬。日间见君目灼灼似贼状[43]，知君心动矣。君视妾较阿畹固何如？"女即坐生案旁，翻阅典籍。生曰："卿亦解此耶？"女曰："若以诗词论，恐君向女相如长跽受教也[44]。"生因戏谓女曰："今夕愿备绛帷弟子列[45]，先以玉杵酬师何如[46]？"女怒之以目，曰："俗哉君也！"言罢，支颐作倦态[47]，嫣然一笑，先入鸳衾。生亦移灯解衣，拥之而眠。自此朝往夕来，俨如伉俪。

生入场，文颇得意，出以示女。女曰："君之功名未也。非甲科中人[48]，何必强求。"榜既揭，名落孙山[49]，家中催归符亦至[50]，束装将作归计[51]。生欲携女同旋[52]，商之于女。女曰："缘尚未可。请先为君执柯[53]，何如？"生问："何人？"曰："何女亦闺中之翘楚也[54]，得妇如此，于愿亦足。妾请为君谋之，必有以报命[55]。"生曰："然则何以处卿？"女曰："请俟他日[56]，再定位置，亦未迟也。"生踌躇未可，女已别去。

生舅氏在京，官居台谏[57]，颇著直声。女假生母书托求何女，专价走请[58]。何水部素知生才，重以舅氏作冰人[59]，欣然许之。生母得书，疑出生意，知姻事已谐[60]，亦不深究，因命即于京师赁室为青庐[61]，弥月后挈妇言旋[62]，以省长途跋涉。一切事皆女隐为摒挡[63]，备极华丽。结缡之夕[64]，女绝不至。出京还粤[65]，行李焜耀[66]，行未数程，猝遇伏盗[67]，众仓皇不知所出[68]。忽见一美妇人窄袖蛮靴[69]，驰马骤至，连发三弹，杀三贼，余贼披靡逸去。生视之，则女也。方欲执手慰问，而女已纵辔绝尘，倏忽不见[70]；还视车中，何女粉汗侵淫[71]，战栗无人色，谓生曰："顷所见美女子，必非凡人，当是紫绡红线流亚[72]，天遣来相援耳。"生亦含糊应之。即令臧获辈焚香顶礼[73]，祝其再临[74]。

既抵家，庙见[75]，诸戚串群赞新妇之美。顾生终念女弗置，诡[76]禀母山东学使聘其阅文[77]，"儿已许之，不可不往。"遂自粤乘轮舶抵析津[78]，宿于驿舍。发箧出女平日所弄物玩[79]，摩挲再四[80]，睹物思人，凄然泪下，是夕为之目不交睫[81]。明旦早发，赁车诣京，半途遇一云軿瞥过生前[82]，忽一女子搴帘呼生曰[83]：“君非何蕙仙之男子耶？蕙仙现迁新屋，特遣仆从迎君，已待于芦沟桥畔矣。妾有鱼函一缄[84]，浼君转致[85]。君前程当自珍重[86]。”分道驰去。抵桥，果见长鬣奴三人[87]，控车来迓[88]。生问：“在何处？”曰：“至当自知。”驱车径进宣武门，亦无诘之者。须臾，车止，甲第巍焕[89]，状若贵家。髯奴肃生入内，阍者见生[90]，咸屈一膝请安[91]，若素识然。曲折历门阀数重，回廊邃室[92]，复幕重帘[93]，几令人迷不能出。最后登一楼，极轩敞[94]，诸鬟十数人簇拥女至，靓妆炫服[95]，更益妩媚。生喜极不能言，但诉别后相思之苦。女谓生曰：“此君之别业也[96]，已为君纳资作太守[97]，指省山东[98]，不日即可领凭赴任[99]。妾以君像悬斋中，婢仆来服役者，悉令参谒君像，故见君悉如故主[100]，非有异术也。”

翌日[101]，生诣吏部请凭[102]，改授闽省泉州。生喜与家乡相近，得以版舆迎养[103]，因商之女。女笑曰：“君床头人若来[104]，何以处妾？”生谓“当如英皇之并尊[105]，勿作尹邢之相避[106]”。生从水道先至官，莅任数月，然后遣纪纲南迓眷属[107]。生母生妻骤获此佳消息，喜可知也。顾微闻衙中已有玉人[108]，生妻欲不往。生母曰：“聘则为妻，奔则为妾[109]；汝固先入，名正言顺，何虑？”生母妻至，女登舟远迓，见母伏谒尽礼[110]，见生妻，叙齿[111]，女少二岁，遂以姊相呼。生妻见女，自叹弗如。自此名分遂定。然内外家事，悉综于女，虽生亦必咨而后行；佐生听讼折狱[112]，发伏摘奸[113]，有神明之称。

时各省教匪事起，多所牵涉，山东有巨盗亦教匪案中人，逃至闽省，为逻者所获，寄泉州狱。教魁以重赂贿上游[114]，将释之矣，女不可，立毙杖下，群服其有决断才。教魁知出自女，衔之[115]，阴募力士伏要道刺杀生[116]。女已先知，劝生勿出；或以事诣上官，则嘱绕他道以免，谋卒不逞[117]。一夕，忽有群盗斩关入室，汹汹索生夫妇，仆御咸走匿[118]，女时已卧，急起环行室中，散发禹步[119]，喃喃诵咒，群盗悉弃械自缚，无一得脱者。众自此始知女有异术，生为缅述前事及女来去颠末[120]，益疑为非人，互相传说，物议沸腾[121]。女闻之，滋不悦[122]，劝生解官还乡[123]。生从之。

居粤东七年[124]，女无所出[125]，何女则连举三男，并玉雪可念[126]。女以南中地气卑湿[127]，令生改官京师，修葺新居，举家北上。将入都门，有迓于道左者[128]，即前日寄书之女也[129]。与女问讯后[130]，即询前日得书后何以久不见复。女讶书从何来。女子笑指生曰："此即寄书邮也[131]，何乃竟作殷洪乔故事哉[132]？"生恍忆前因，不禁自咎[133]。女邀之偕居，并车入屋。是女为女之从姊妹[134]，小字菊仙，号慧英。书中述父母并亡，将去河汾间依婶氏[135]；幼时有约，共事[136]一人，今孤孑伶仃，请以为念。生搜诸敝簏[137]，其书尚在，言与女吻合。菊仙论年虽近花信番风之数[138]，而丰神绰约[139]，尚如十七八许丽人。工画能诗，尤精会计[140]，时替女持筹握算[141]，出入之间，不爽累黍[142]。生母颇属爱之，谓其有宜男相[143]，竟归于生，三年中孪生四雄。生久居京师，赎还故居，重建一楼，供木主其中[144]，题曰"梦星老人"，朔望必亲往焚香[145]，终身弗懈[146]。

【注释】

〔1〕羊城：地名。广州的别称。名下士：享有盛名又有真才实学的人。

〔2〕京师：首都。此指北京。

〔3〕米市胡同：地名。位于今北京西城区。南北走向。北起骡马市大街，南至南横东街，成于明代，以粮米集市闻名，时称米市口。清代称米市胡同，沿用至今。

〔4〕楹：量词。屋一间为一楹。

〔5〕临蓐(rù)：临产。

〔6〕匆遽：急忙，匆促。

〔7〕俄而：不久。产生：生产，生育。

〔8〕篆文：字体名。篆体字。大篆、小篆的统称。

〔9〕槥（huì）：棺材。旋：回家乡。

〔10〕庄、列：庄子和列子。庄子（约前369—前286），战国时期哲学家、文学家。名周，宋国蒙（今河南商丘附近）人。曾为漆园吏。道家思想的主要代表者。著作有《庄子》。列子，战国时道家。名御寇，一作圄寇。郑国人。《汉书·艺文志》载《列子》八篇，已佚。今传《列子》系伪书。诸子书：指先秦各学派著作的概称。书名多冠以某子，记述本学派权威人物的言论和事迹，或将同一学派或世代相传有所增补的材料纂辑在一书之中。重要学派有10家。

〔11〕帖（tiě）括：泛指科举时代的应试文章。明清时也指科举考试的八股文。详见《自序》注。

〔12〕学使试：即院试。院试由各省学使主持，故称。学使，职官名。即提督学政，简称学政。

〔13〕游邑庠（xiáng）：明清科举时，通过考试录取为生员。邑庠，明清时称县学。

〔14〕秋试：乡试。明清时代科举考试称乡试为秋试，因每三年的秋季，在各省省城举行，故称。

〔15〕房官：明清科举考试时，乡会试时分房阅卷的考官。因在闱中各居一房，又称房考官，简称房官，或称房考、房师。试卷由同考官先阅，加批后荐给主考或总裁。场屋：科举考场。

〔16〕主司：科举的主试官。

〔17〕登贤书：指乡试考中举人。详见《华璘姑》注。

〔18〕公车：指举人应试。详见《玉箫再世》注。

〔19〕旅邸：旅店。遘（gòu）：遭遇。

〔20〕僵卧：卧床不起。

〔21〕崔巍：形容建筑物等高大雄伟。

〔22〕专同：单纯的同一，或无差别的雷同。

〔23〕得隽：指科举应试被录取。《幼学琼林》卷四《科第》："士人登科曰释

祸，又曰得隽。”

〔24〕嘉耦：称心的配偶。

〔25〕成名：指科举考试考中。

〔26〕隐疾：暗疾。

〔27〕刀圭（guī）：中药的量器名。引申为药物。

〔28〕百体：身体的各个部位。泛指全身。

〔29〕霍然：（疾病）迅速消除。

〔30〕主：寄居。水部：官名。明、清工部都水清吏司官员的别称。

〔31〕戚串：亲戚。

〔32〕小字：小名，乳名。

〔33〕字人：即女子许配人。详见《华璘姑》注。

〔34〕瞥见：一眼看见。

〔35〕摹想：在心里模拟想象。

〔36〕遐念：遥想，想得很远。

〔37〕鬓影斜拢，衣香暗射：形容妇女仪态美好。衣香，衣上的香气。鬓影，鬓边的发丝。

〔38〕口脂之馥（fù）：口脂的香气。口脂，滋润皮肤的唇膏。

〔39〕艳绝：姿色艳丽。绝，极，最。

〔40〕诘：询问。

〔41〕旅邸：旅馆。此谓寄居之意。

〔42〕宁（nìng）：难道。

〔43〕灼灼：形容明亮。

〔44〕女相如：对有才华女子的称呼。此何蕙仙自称。详见《贞烈女子》注。长跽（jì）：即长跪。直身屈膝成直角形的跪礼，表示庄重。跽，双膝着地，上身挺直。

〔45〕备：充当。常用作谦词。绛帷：同“绛帐”。师门的敬称。详见《莲贞仙子》注。

〔46〕玉杵（chǔ）：玉制的杵。此隐喻男性生殖器。杵，捣谷物、药物等用的棒槌。

〔47〕支颐：支撑着下巴。颐，面颊，腮。

〔48〕甲科：明清通称进士为甲科。

〔49〕名落孙山：比喻考试不中，落榜。宋代范公偁《过庭录》："吴人孙山，滑稽才子也。赴举他郡，乡人托以子偕往。乡人子失意，山缀榜末，先归。乡人问其子得失，山曰：'解名尽处是孙山，贤郎更在孙山外。'"因而后来常称科考不中为"名落孙山"。

〔50〕催归符：指催促回家的书信。

〔51〕束装：收拾行装。

〔52〕旋：回，归。

〔53〕执柯：指为人做媒。柯，斧柄。典出《诗经·豳风·伐柯》："伐柯如何？匪斧不克。取妻如何？匪媒不得。伐柯伐柯，其则不远。我觏之子，笾豆有践。"后称说媒或媒人为"执伐"或"执柯""作伐"。

〔54〕翘楚：此指出类拔萃的女子。详见《纪日本女子阿传事》注。

〔55〕报命：复命。

〔56〕俟（sì）：等待。

〔57〕台谏：职官名。唐以掌纠弹之御史为官，以掌建言之给事中、谏议大夫等为谏官。清统归于都察院，职权不再分别。

〔58〕价走：供奔走的仆人。

〔59〕重：加上。表示更进一层。冰人：媒人。详见《华璘姑》注。

〔60〕谐：论定，谈妥。

〔61〕青庐：借指新房。详见《贞列女子》注。

〔62〕弥月：整月，满月。详见《玉箫再世》注。

〔63〕摒（bìng）挡：操持料理。

〔64〕结缡（lí）：结婚。详见《玉箫再世》注。

〔65〕粤（yuè）：广东省的别称。

〔66〕焜（kūn）耀：盛大，显著。意谓多且显眼。

〔67〕猝：突然。

〔68〕不知所出：不知道该怎么办。指想不出办法。

〔69〕蛮靴（xuē）：舞鞋，多用麂皮制成。

〔70〕倏忽：忽然，飞快地。比喻极短的时间。

〔71〕粉汗：指女子之汗。女子面多敷粉，故称。侵淫：形容不好的事物渐渐渗入、扩大

〔72〕紫绡：人名。即颜紫绡，清代李汝珍长篇小说《镜花缘》中的女剑侠。红线：人名。唐代袁郊传奇小说《红线传》中的女剑侠。流亚：指同类的人物。

〔73〕臧（zāng）获：古代对奴婢的贱称。详见《玉箫再世》注。焚香顶礼：烧香礼拜。比喻虔诚恭敬地崇拜。

〔74〕祝：祈祷，祷告。

〔75〕庙见：古时的一种婚姻礼仪。称新妇首次拜祭祖庙。《礼记·曾子问》："三月而庙见，称来妇也；择日而祭于祢，成妇之义也。"

〔76〕诡：哄骗。

〔77〕学使：官名。清代提督学政的别称，也称督学使者、学政，俗称大宗师、学台。明清派住各省督导教育行政及主持考试的专职官员。由翰林官及进士出身的部院官中选派，一任三年，掌管各省学校生员考课升降之事。清代袁枚《新齐谐·龙护高家堰》："乾隆二十七年，学使李公因培科考淮安。"

〔78〕析津：县名。即今之北京及周围地区。

〔79〕箧（qiè）：小箱子。

〔80〕摩挲：抚摸。再四：多次。

〔81〕目不交睫：指没有睡觉。交睫，闭眼。指睡觉。

〔82〕云軿（píng）：指车。軿，古代一种有帷幔的车，多供妇女乘坐。

〔83〕搴（qiān）帘：掀帘。搴，掀开，揭开。

〔84〕鱼函：书信。同“鱼书”。古乐府《饮马长城窟行》：“客从远方来，遗我双鲤鱼，呼儿烹鲤鱼，中有尺素书。”后因称书信为“鱼书”。缄（jiān）：量词。封，件。

〔85〕浼（měi）：古同“浼”。请托。转致：转交，转送。

〔86〕前程：前面的路程。

〔87〕长鬣（liè）奴：对男仆的称呼。长鬣，长须。

〔88〕迓：迎接。

〔89〕甲第：豪门大宅。巍焕：高大辉煌。

〔90〕阍（hūn）者：守门人。阍，门。

〔91〕屈一膝：即屈膝。下跪。

〔92〕邃（suì）室：幽深的房间。指位于庭院深处的房间。邃，幽深，深远。

〔93〕复幕重帘：重叠的帷幕和帐帘。

〔94〕轩敞：（房屋等）高大敞亮。

〔95〕靓（jìng）妆炫服：华丽的妆饰，鲜美的衣服，形容服饰打扮艳丽。

〔96〕别业：即别墅，别第。指正宅以外的宅院。

〔97〕纳资：以钱买官。太守：官名。明清时指知府。

〔98〕指省：指清代捐纳制度中，取得官员资格后，再出一笔钱，可以指定到自己希望候补的省份。

〔99〕领凭：清制，凡升选之外官赴任前，需到吏部领取文凭，到省后呈交督抚查验。不日：用不了几天，不久。

〔100〕故主：以前的主人。

〔101〕翌（yì）日：次日，第二天。

〔102〕吏部：官署名。为旧官制六部之一，主管官吏的选任、升降、调动等事。

〔103〕版舆（yú）迎养：用车接过来奉养。版舆，车名。一种木制的轻便坐车。多为老人所乘坐。后也借指当官在位的人迎养父母。迎养，迎接父母住一起，以便供养。养，供养，事奉。

〔104〕床头人：指妻子。

〔105〕英皇：女英和娥皇的合称，二人都是舜帝的妃子。典出汉代刘向《列女传》："有虞二妃，帝尧二女也，长娥皇，次女英。"

〔106〕尹邢：指汉武帝的宠妃尹夫人和邢夫人。比喻彼此避不见面。详见《纪日本女子阿传事》注。

〔107〕纪纲：指仆人。本指统领仆人的人，语出《左传·僖公二十四年》："秦伯送卫于晋三千人，实纪纲之仆。"后泛指仆人。

〔108〕玉人：对女子的美称，指容貌美丽的女子。此指何蕙仙。

〔109〕奔：私奔。女子私自投奔所爱的人。

〔110〕伏谒：伏地拜见。指拜见辈分或地位高的人，伏地陈述姓名。

〔111〕叙齿：同"序齿"。按年龄的长幼排次序。齿，年龄。

〔112〕听讼折狱：审理案件，断明是非。听讼，审案。折狱，判决诉讼案件。

〔113〕发伏摘奸：也作"摘奸发伏""破奸发伏""擿奸发伏"。揭发和处置坏人坏事。发，检举，揭发。伏，隐藏、隐秘。摘，揭露、揭发。奸，坏人坏事。汉代荀悦《汉纪·宣帝纪》："其摘奸发伏如神，皆此类也。"

〔114〕上游：上司，上级。

〔115〕衔：怀恨。

〔116〕阴：暗中。

〔117〕逞（chěng）：此处指（坏主意）达到目的。

〔118〕仆御：泛指仆役。

〔119〕禹步：道士作法时走路的一种步态。详见《华璘姑》注。

〔120〕缅述：追述，备述。

〔121〕物议：众人的议论，多指非议。

〔122〕滋（zī）：更加。

〔123〕解官：辞官。

〔124〕粤东：广东的别称。

〔125〕无所出：指未生育子女。出，生育。

〔126〕玉雪可念：此比喻孩子白嫩可爱。可念，可爱。唐代韩愈《昌黎先生文集》卷三三《殿中少监马君墓志》："姆抱幼子立侧，眉眼如画，发漆黑，肌肉玉雪可念，殿中君也。"

〔127〕南中：泛指南方，主要是五岭以南的广东、广西和四川一带。卑湿：地势低下潮湿。

〔128〕道左：路旁。

〔129〕前日：往日。

〔130〕问讯：问候。

〔131〕寄书邮：传送书信的人。

〔132〕殷洪乔故事：殷洪乔离任时，许多人请托捎带书信，殷洪乔在途中却都给扔到河里。此借指李生弄丢书信。典出南朝宋刘义庆《世说新语·任诞》"殷洪乔作豫章郡，临去，都下人因附百许函书。既至石头，悉掷水中，因祝曰：'沈者自沈，浮者自浮，殷洪乔不能作致书邮。'"殷洪乔，晋朝人，字洪乔，名美，名士。陈郡长平人，历任豫章太守、光禄勋等职。

〔133〕自咎：自责。

〔134〕从姊妹：堂姐妹。

〔135〕河汾：黄河与汾水的合称。此指两河之间的区域，即今山西省西南部一带。

〔136〕共事：一起嫁给。事，嫁。

〔137〕簏（lù）：竹箱。

〔138〕花信番风：指二十四岁。

〔139〕丰神绰约：形容女子体态柔美。

〔140〕会计：计算。

〔141〕持筹（chóu）握算：指管理财务。筹、算，古代计算数目的器具。

〔142〕不爽累黍（shǔ）：形容丝毫不差。累黍，古时两种极小的重量单位。

〔143〕宜男相：宜生男孩的面相。宜男，旧时祝颂妇人多子之辞。

〔144〕木主：又称神主，俗称牌位。木制的神位，以供祭祀。

〔145〕朔望：朔日和望日。阴历每月初一与十五。

〔146〕弗懈（xiè）：不懈怠。

【译文】

何蕙仙

李星史，是一位有文才的广州人。祖父、父亲都在京师做官，出生在米市胡同。相传李宅有妖异，后楼的三间屋，一直空着没人居住，岁时节令时还要祭祀。有人说是被灵狐占据，借此楼作为修道养静之所。每逢风清月白，就见一位老翁执卷凭窗，或仰天独坐，若有所思，银须过腹，迎风飘动，习以为常，也不以为怪异。当星史的母亲临产时，突见老翁匆促进入室内，向他母亲租赁房屋。其母亲予以呵斥，于是老翁消失了。不久生下了李星史。之后不到十天，楼就被火烧了，于是怀疑他是灵狐转世。等他长大，有文在他手上，像是篆文的星字，于是给他取名叫星史。他入塾读书，比一般的孩子要聪颖。十多岁时，祖父、父亲相继去世，运送棺材返回广州，与亲友交际应酬，一直说北方口音。他读书多是庄子、列子诸子书，教授他八股文，他理解不了；强迫使他学习，也能写成文章，不久就放弃了。参加院试，以诗赋名列前茅，于是考中秀才。第二年乡试，考官因为他的经艺策文位居第一，便向主试官极力推荐，考中举人。

第二年春天，他进京参加会试，路过济南，忽然在旅店生了重病，在床上躺了一天一夜。恍惚之中梦见到了一个地方，宫殿高大雄伟，仿佛是帝王的居处。廊下有十二间房屋，左右各有六间，其中各有专同。偶然进入一间屋子，见一位老者正据案疾书，忽见生进来，便放下笔施礼，问他来这里，将有何求。李星史问“进京求取功名，能否考中？”老者展册一阅，笑道：“此行可获佳偶，却不能考中。”又相生面貌道：“你有隐疾，当为你治疗。”于是给他服了一剂药。他感觉凉沁肺腑，全身舒适。等他醒来，霍然痊愈。

到了京师，他前去寻访旧宅，原来已经易主。因此寄居在何水部家，两家原本是亲戚。何水部有一个女儿，叫畹秋，小名兰仙，容貌秀丽，兼通书史，尚未许配人家。一天，因为陪女伴去花园，偶然经过星史书房外，李星史一眼看见，不禁为她目眩神迷，摹想芳姿，想得很长远，入夜辗转不能成眠。忽闻窗外有弹指声，他舔破窗纸暗中偷看，原来是一位美人。这位女子鬟影斜拢，衣香暗射，低声唤生开门，口脂的香气从窗缝透进屋，他顿感销魂。门刚打开，女子已经在灯下，他一看，比何女还要艳丽。他笑问女子是从哪里来。女子道："我来的地方说远就远，说近就近。特来伴你寄居的寂寞，难道不好吗？"星史请教她的姓名。女子道："我也姓何，小名蕙仙，因为排行第二，所以字是仲芬。白天见你目光明亮似贼，知你心动了。你看我与阿畹比怎么样？"女子就坐在星史的书案旁，翻阅典籍。星史道："你也懂这个吗？"女子道："若以诗词论，恐怕你要向我这个女相如长跪受教。"星史于是戏言对她道："今晚我愿意拜入师门为你弟子，先拿玉杵答谢老师怎么样？"蕙仙怒视他，道："粗俗啊你！"说完，支着下巴作出困倦的样子，嫣然一笑，先进被子里。星史也移灯脱衣，抱她入眠。自此，朝往夕来，宛如夫妻。

星史入了考场，对所作的文章很得意，出场后拿给蕙仙看。蕙仙道："你考不中功名了。你不是能中进士的人，何必强求。"放榜后，名落孙山，家中催他回去的信也到了，就收拾行装作回家的打算。他想带蕙仙同回家乡，便和她商量。蕙仙道："缘分尚未到。让我先为你做媒，怎么样？"他问："是什么人？"蕙仙道："何女也是闺中出类拔萃的女子，得妇如此，于愿已足。让我为你谋划，定会办成复命。"星史道："那么安置你呢？"蕙仙道："请等他日，再定位置，也不迟。"星史犹豫未可，她已经告别走了。

星史的舅舅在京师，官居台谏，以为官正直著称。蕙仙假冒星史的母亲写信向何女求亲，专门请了供奔走的人送信。何水部一向了解星史的才华，加上星史的舅舅做媒人，高兴地应允了。星史的母亲收到信，怀疑这是出自他的主意，知道婚事已经定，也不再深究，因此命他马上就在京师租屋做新房，一个月后带新妇回家乡，以省长途跋涉。一切事都由蕙仙暗中料理，极为华丽。结婚的晚上，蕙仙没有再来。星史出京还粤，所带的行李醒目，未走数程，突遇强盗，众人仓惶不知道怎么办。忽见一个美妇人穿窄袖衣，脚蹬蛮靴，骑马突然来到，连发三弹，杀死三个强盗，其余的强盗溃败逃走了。星史一看，原来是蕙仙。正想执手慰问，蕙仙纵马飞奔，很快看不到了；回头看车中，何女汗水浸湿，吓得面无血色，对星史道："刚才所见美女子，必定不是平常人，当是紫绡、红线这样的人物，上天派她来相救。"星史也含糊地回应她。便命令奴婢烧香跪拜，祈祷她再次来临。

到家后，星史带妻子去拜祭祖庙，众亲戚都称赞新妇之美。但是星史始终挂念蕙仙没有安置，就骗其母说山东学使聘他去阅文，"我已应允，不可不往。"于是从广东乘轮船达到析津，投宿在旅店。星史开箱拿出蕙仙平日的玩物，再三摩挲，睹物思人，凄然泪下，当夜不能入睡。第二天早起出发，租车前往京师，半路上遇到一辆车从星史车前迅速经过，忽然一个女子掀开车帘喊他道："你不是何蕙仙的男子吗？蕙仙现迁新屋，特遣仆从迎你，已在芦沟桥畔等候了。我有一封书信，请你转交给她。你前路要自己珍重。"说完分道驰去。抵达芦沟桥，果然看见三个男仆，驾车来迎接。星史问："蕙仙在哪里？"他们回答道："到了你自然知晓。"驱车直接进了宣武门，也没有查问的人。一会儿，车停下来，只见豪宅辉煌，像是显贵之家。男仆恭敬地请星史入内，守门人看见他，都下跪请安，如一向认识他。曲折穿过几道门户，回廊邃室，帘幕重重，几乎让人迷路不能出去。最后登上一座楼，极为高大明亮，十多个丫鬟簇拥着蕙仙到来，穿戴着华丽的服饰，更加妩媚。星史高兴得说不出话来，只是诉说别后的相思之苦。蕙仙对他道："这是你的别墅，我已为你出钱捐了知府，到山东任职，不久就可以领取凭证赴任了。我把你的画像挂在书房中，来服役的婢女仆人，都让他们来参见你的画像，因此见了你像见了旧主人，不是有异术。"

第二天，李星史到吏部去取任职文书，结果改任福建省泉州知府。星史高兴与家乡相近，可以把母亲接到身边奉养，因此与蕙仙商量。蕙仙笑道："你妻子如果来了，你怎么安置我？"星史说"应当像娥皇和女英那样同等尊重，不要像尹夫人和邢夫人那样相互嫉妒而不见面"。他从水路先到官衙，上任数月，然后派仆人南下迎接眷属。星史的母亲和妻子突然得到此好消息，其喜悦可想而知。但是隐约听说官署中已有美人，星史的妻子就不想去了。星史的母亲道："明媒正娶是妻，无媒私奔是妾；你本先入门，名正言顺，有什么担忧？"星史的母亲和妻子来到泉州，蕙仙上船远迎，见了星史的母亲参拜极尽礼仪，见了星史的妻叙了年龄，蕙仙小两岁，就称她为姐。星史的妻子见了蕙仙，自叹不如。自此名分就定下来了。但是内外家事，全都交由蕙仙管理，即使是星史也必定先与她商议后才行事；帮助星史审案断案，惩奸除恶，有神明之称。

当时各省教匪事起，许多人受到了牵连，山东有个大盗也是教匪案中人，逃到福建省，被巡逻的人抓获，暂时关押在泉州监狱。教首用重金收买了星史的上司，将把他释放出来，蕙仙不认可，立毙杖下，人们都佩服她的决断力。教首知道这是蕙仙的主意，怀恨在心，暗中招募力士埋伏在要道刺杀星史。蕙仙已经先知，劝星史不要外出；有时因事拜见上官，就嘱咐他绕路免祸，阴谋最终没有得逞。一天晚上，忽有一群强盗破门而入，气势汹汹地搜寻星史夫妇，仆役们都逃走躲避起来。蕙仙当时已经睡下，急忙起身环行室中，散发禹步，喃喃诵咒，强盗全部弃械自缚，无一人逃脱。众人自此才知蕙仙有异术，星史细述前事及蕙仙的来龙去脉，更怀疑蕙仙是不寻常的人，互相传说，议论纷纷。蕙仙知道了，生出不悦，劝星史辞官还乡。星史听从了她的话。

星史夫妇居广东七年，蕙仙没有生育，何女却连生三子，都白嫩可爱。蕙仙因为南方地气低下潮湿，让星史去京师做官，在修理好新居后，举家北上。将进京师城门，有个在路旁相迎的人，就是往日托星史带信的女子。女子与蕙仙问候之后，便问往日得到信后为什么久不回复。蕙仙惊讶地问从哪里来的信。女子笑指星史道："这就是传信的人啊，怎么竟然做殷洪乔那样的事呢？"星史忽然想起事情的由来，不禁自责。蕙仙邀请她一起居住，同车来到新居。这个女子是蕙仙的堂姐妹，小名菊仙，号慧英。她在信中说父母双亡，将去河汾一带投奔婶子；幼时有约，要和蕙仙同嫁一人，如今孤单一人，请不要忘了约定。星史搜索旧竹箱，那封信尚在，言与菊仙所说吻合。菊仙论年龄虽近二十四岁，但是丰神柔美，仍然像十七八左右的美人。她工画能诗，尤精计算，时常替蕙仙管理财务，支出与收入之间，丝毫不差。星史的母亲很喜欢她，说她有宜男相，最终嫁给了星史，三年中生了两对双胞胎儿子。星史久居京师，赎回了他家的旧宅，重建了一座楼，供奉牌位在里面，题曰"梦星老人"，每月的初一和十五都必定亲自去上香，终身没有懈怠。

白秋英

陆海，字瀛伯，自号沧仙。赋性豪侠。年仅弱冠[1]，已自不凡[2]。世居泾县[3]，固望族也。父官京师，以鲠直闻[4]，居台谏[5]，弹劾不避权贵[6]，当轴者阳敬礼而阴疏远之[7]，出为夔州太守[8]。生以省亲往蜀，乘轮舶至汉皋[9]，卸妆小憩。旅邸无聊，偶偕二三朋好作北里游[10]，历至数家，苦无当意者。有一友曰："个中人物，无非乞灵于粉黛耳，岂足当子一盼哉？顷有新来一姬，口操北音，肌白如雪，眼明于波，妩媚中自具豪迈气，绝无青楼积习，子见之定必倾倒。"生请同往，则路既曲折，巷尤深邃。小筑三椽[11]，极为幽雅。庭前紫荆两株，已著花矣，红紫烂熳[12]，高逾寻丈[13]。房中陈设，清丽绝俗，绝无纤尘。

坐既定，即有小鬟捧琵琶至，为奏数弄，轻拢漫拈，其声清越异常。须臾，姬出，玉立亭亭，固妙人也。问其姓名，自言为白琼英，京师人。以父渡海溺水死，流落湖湘[14]，遂堕风尘耳。言罢，眉黛间隐有泪痕。生为吟白香山诗"同是天涯沦落人，相逢何必曾相识"两语以慰之[15]，且笑曰："此君家司马所言[16]，何不能聊自宽解耶？"姬亦笑谢之。生友特设盛筵相款，更招邻右三四妓[17]，徵歌侑酒[18]，倍形热闹。烛灺更阑[19]，留髡送客[20]，生遂宿于姬所。姬询生将至蜀中[21]，因谓生："肯作寄书邮否[22]？儿有第三妹秋英[23]，现从姨氏寄居成都锦鸡坊北[24]，君若至彼，可往问讯，自可相见。"枕畔再三嘱付。生诺之，曰："定当不负卿托。"临行，出箧中书相授[25]。

生既至夔，小住衙斋，定省之余[26]，惟事诵读。适上游以要事谕生父至省[27]，生请从行。偶闲诣锦鸡坊左右，询京中白氏娃[28]，人无知者。寻访既穷，桃源路杳[29]，因姑置之[30]。成都好事者，每岁为杜少陵庆生日[31]，浣花草堂中[32]，陈设雅丽，远近士女[33]，倾城往观，几于袂云汗雨[34]，宝马香车，络绎不绝。生亦肩舆而往[35]。小啜茗寮[36]，临窗闲坐，见垂杨树下，游人丛集。有女子三四人，罗衫纨扇[37]，貌并艳绝，游人环而瞩者，绕之三匝[38]，几不得出。无赖子间入以游语[39]，女子窘甚欲哭。生愤甚，正拟出为排解，忽一道士，鹤发童颜[40]，直入众中，众咸披靡，戟指呵众曰[41]：“止，止！”众并束手屏息[42]，状若木鸡[43]，女乃得出，亦至茗寮小憩[44]。生方欲前问道士姓名，转瞬遽已不见。

须臾，女家仆从寻至，俱乘鱼轩而去[45]；生亦欲归，即坐蓝舆行[46]，与女舆或先或后，或参差相并，隔窗睨之[47]：二女皆京华妆束[48]，玉肌花貌[49]，丽绝人寰[50]；从其后者，乃二婢也，容亦娇媚异常。生意此必阀阅名姝[51]，但非蜀产，必系从宦来此[52]，惜无人为达微波[53]，一探消息耳。行未数里，女已停舆，生遥视门衔[54]，大书“京都白寓”，顿触前事，竟必白氏秋英所居。女既入门，即遣舆夫往问，方知数月前从锦鸡坊迁来，秋英则其家三姑[55]也。

生因登堂求见，谓自汉皋至此，携有尺素[56]，须面致也。顷之[57]，一婢出，延生入[58]。西偏楼下[59]，绣帘锦幕[60]，宝鼎鸭炉[61]，宛如贵族。一妇人年四十许[62]，方倚隐囊[63]，支颐独坐[64]，徐娘虽老，丰韵犹饶[65]。见生入，捡衽作礼[66]。生告以颠末[67]。妇人自述为袁姓，姊妹二人，俱嫁白氏，琼英姊氏所出，秋英则己所生也；姊少好修行：自赋寡鹄后[68]，即入峨眉山祝发为尼[69]，身入空门，心忘尘世。言际，即拆琼英书观之，犹未终幅，泪簌簌堕，谓生曰：“不意琼英为匪人所诱，误堕平康[70]。此当是前生孽缘，然非是亦不能见君。今当设法为脱乐籍[71]，急促之归。琼英既蒙君子眷爱，即非外人，小女秋英[72]，当出相见。”命婢呼女至。俄闻环珮珊然[73]，麝兰馥郁[74]，女至，已易前妆，依于妇人肘下，回眸斜睇，魄荡神摇。生因问：“妹今年几岁矣？”妇人答以“七夕生[75]，正十五龄。年虽不小，一味娇憨[76]，自读书识字之外，绝不解酬应礼[77]”。遂以琼英书畀女[78]，叹曰：“汝处红闺[79]，姊沈黑海[80]，人其谓我何？”因命女谢生，谓“非君何由知姊此耗耶[81]？”

坐谈久之，生不言去，夕阳已将西下矣。妇人设席后园，园中风景殊幽，片石孤花，别饶点缀，回廊尽处一轩，颇宏敞，诸鬟趋侍，奔走盈前，从游二婢亦在侧，视生嫣然一笑，执壶劝饮。生为之尽三爵[82]。妇人亲起奉酒[83]，女亦以巨斝进[84]，诸鬟巡环捧觞[85]，不罄则弗肯退也[86]。生量固豪，至此已玉山颓矣[87]。遂宿园中。夜半索茶，群婢嗷应[88]，生至此始自知醉。翌日归告父[89]，赞妇之贤，誉女之美，生父疑白非京师中著姓[90]，未闻有仕于朝者，但令生具礼答之而已。

生既随父归夔州，日夕思女不置，殆废寝食。忽有袁姓者，衣冠来谒[91]，言愿为公子执柯[92]。生父问其姓，则白氏也，系其甥女，袁亦在蜀候补[93]，听鼓应官[94]，已十余年矣，并盛道白氏之富。生父旋遣人往访之，虽非尽实，亦俱言其世家巨族，于是姻事遂定。择吉行亲迎礼[95]，驺骑之煊赫[96]，仪仗之华丽，殆无其匹。却扇之夕[97]，仪态万方，诸戚串咸以为神仙中人[98]。伉俪之和[99]，倡随之乐[100]，有可知也。一日，生偶问琼英，女曰：“已以重资赎归，姊不乐居红尘中[101]，视一切皆幻，随母在峨眉山粥鱼茶版[102]，以了一生。”生叹其达，为之欷歔不已。

逾三年，生父解任旋里[103]，行程未半，忽逢贼劫，生骑在后，闻警惊坠山谷中，马已齑粉[104]，而人尚无恙；惟仰视丹嶂苍崖[105]，壁立万仞[106]，末由飞上[107]，自分必饿死穷山[108]，无复他想。日将暮，突见一巨蛇蜿蜒而来，身俱白色，烂然若银。生惧甚，谓必葬蛇腹矣。行既近，宛转入跨下，忽蠕蠕动[109]，身亦渐高。生乃悟蛇为救己而来；惧其坠也，两手据蛇腹，骤然飞升，陡及云际，顿闻耳畔若风雨声，久之，寂然不动[110]，启眸视之，则女已在侧，婢媪环侍。生曰：“此岂尚是人间耶？顾我父何在？”女曰：“已在逆旅中[111]。闻君下坠渊谷，故群来相觅，不意乃遇于此。”生备话蛇援之异，女亦太息[112]。方贼之肆劫也，群出白刃拟生父，有一仆持刀前斗，贼斫之陨。势濒危矣，忽一白蛇飞至，长十丈许，尾若铁杆，经其扫处，贼首齐失，因是贼尽奔逸，方得出险。众谓白蛇必非常物，当系山神所化，因共焚香顶礼。

生既归皖〔113〕，女出资营构屋宇，焕然一新；宅后买地百亩，为建别墅，亭台池馆〔114〕，穷极幽胜〔115〕；园之左偏别辟一院，种白桃花万余株〔116〕，女迎母居此，号袁氏别业〔117〕。女有族妹曰素英，容尤绰约，性亦幽娴，即前日同游之女也，至此年已逾笄，邑中求婚者，辄不许。一日，有美少年至，自言泾州龙姓〔118〕，为白氏婿，欲谒袁母。既见，出白玦十双为聘〔119〕，娶之夕，风雨晦冥，雷电合章，彩仗花舆，方送至舟，即有两龙挟舟，上升杳冥〔120〕，入云汉中而没。居民窃窃议袁氏为非人〔121〕，袁氏自若也。惟桃熟之时，袁氏恒升树采桃，熟者即于树头食之，数百颗不厌〔122〕。女亦并无异人处，惟园中不喜蓄鹤；逢重午〔123〕，不喜置雄黄于酒中，曰："其性燥烈，能杀人。"恒喜著白衣，弥增其艳。一夕，生偕女自亲串家饮酒归〔124〕，宵阑月黑〔125〕，笼烛忽灭，暗中摸索，几不能举跬步〔126〕。女乃于口中吐一明珠，光芒赤色，烛照数里外，明朗若昼，纤悉皆现。生欲夺视之，不可，曰："子能长生久视〔127〕，自当授汝。"后闻生与女并入山修道云。

【注释】

〔1〕弱冠：古时指男子二十岁。详见《自序》注。

〔2〕已自：已经。自，词缀，无义。

〔3〕泾（jīng）县：县名，属今安徽省宣城市。

〔4〕鲠直：同"耿直"，正直。

〔5〕台谏：职官名，明清时御史别称。详见《何蕙仙》注。

〔6〕弹劾（hé）：旧时检举官吏的罪状。

〔7〕当轴者：当权者。当轴，比喻身居高位。《汉书·车千秋传赞》："车丞相履伊吕之列，当轴处中，括囊不言。"

〔8〕夔（kuí）州：府名，辖境在今重庆市开州区、万州区以东地区。太守：职官名，明清时指知府。

〔9〕汉皋（gāo）：地名，今湖北省武汉市汉口。

〔10〕北里：代指青楼。详见《玉箫再世》注。

〔11〕小筑：多指规模小而比较雅致的住宅，多筑于幽静之处。椽（chuán）：古代房屋间数的代称。

〔12〕烂熳：同“烂漫”。

〔13〕寻丈：泛指八尺到一丈之间的长度。

〔14〕湖湘：指洞庭湖和湘江地带，此处代指湖南。

〔15〕白香山：即白居易（772—846），字乐天，唐代著名诗人，号香山居士。详见《贞烈女子》注。“同是”两句，出自白居易所作长篇叙事诗《琵琶行》。该诗作于元和十一年（816）白居易江州贬所，诗人通过亲身见闻，叙写了“老大嫁作商人妇”的琵琶女的沦落命运，并由此关合到自己被贬的遭际，发出“同是天涯沦落人”的深沉感慨。

〔16〕君家司马：犹言您家的司马。君家，您家，敬词。司马，官名，此代指诗人白居易，其作此诗时被贬为九江郡司马。白琼英与白居易同姓白，故称“君家司马”。

〔17〕邻右：邻居，近邻。

〔18〕徵（zhǐ）歌侑（yòu）酒：指唱歌助酒。

〔19〕烛炧（xiè）更阑（lán）：指夜已深。炧，亦作“灺”，灯烛灰。诗词中常以代指残烛。阑，尽。

〔20〕留髡（kūn）送客：此指青楼留客。详见《纪日本女子阿传事》注。

〔21〕蜀中：泛称蜀地。

〔22〕寄书邮：传送书信的人。

〔23〕儿：古时年轻女子的自称。

〔24〕寄居：住在他乡或别人家里。

〔25〕箧（qiè）：小箱子。

〔26〕定省：旧时子女早晚向父母请安。

〔27〕上游：上司，上级。

〔28〕娃：泛称少女、姑娘。

〔29〕桃源路：此借指通往白秋英住处的路。典出陶渊明笔下《桃花源记》中所描写的乐土。后用作通往美人住处或理想境界的路。唐代诗人张贲《和袭美醉中先起次韵》："何事桃源路忽迷，惟留云雨怨空闺。"

〔30〕姑：暂且。

〔31〕杜少陵：即杜甫（712—770），字子美，唐代诗人，自号少陵野老，故称。详见《吴琼仙》注。

〔32〕浣花草堂：杜甫室名，位于成都浣花溪畔，故名。杜甫《相逢歌赠严二别驾》："成都乱罢气萧飒，浣花草堂亦何有。"

〔33〕士女：泛指男女。

〔34〕袂云汗雨：衣袖连成云，挥汗如雨。形容人非常多。语出《晏子春秋·杂下九》："张袂成阴，挥汗成雨。"

〔35〕肩舆：轿子。

〔36〕啜（chuò）：饮。茗寮（liáo）：茶馆。

〔37〕纨扇：用细绢制成的团扇。

〔38〕绕之三匝：围了三周。此谓人很多。语出三国魏曹操《短歌行》："月明星稀，乌鹊南飞。绕树三匝，何枝可依？"

〔39〕游语：挑逗的言辞。

〔40〕鹤发童颜：像仙鹤一样白的头发，像孩童一样红润的脸色。形容老年人的气色好。

〔41〕戟指：将食指与中指并拢，其余三指向掌心弯曲，形状如戟。古时道士作法术时的手势。

〔42〕束手屏息：捆住了手，屏住呼吸。形容身体完全不动。

〔43〕状若木鸡：意同"呆若木鸡"，样子像一只木头做的鸡。形容呆笨或因恐惧、惊讶而发愣的样子。典出《庄子·达生》篇，谓纪渻子为国君

驯养斗鸡，凡四十日乃成，“望之似木鸡矣”。

〔44〕小憩（qì）：短暂的休息。憩，休息。

〔45〕鱼轩：古时贵夫人所乘的车子。后泛指车子。详见《小云轶事》注。

〔46〕蓝舆：竹轿。《晋书·陶潜传》：“（王）弘要之还州，问其所乘，答云：‘素有脚疾，向乘蓝舆，亦足自反。’”

〔47〕睨：斜视。此处谓偷偷地看一眼。

〔48〕京华：京城的美称。

〔49〕玉肌花貌：玉一样的肌肤，花一样的容貌。形容女子的白皙与美貌。

〔50〕丽绝人寰（huán）：人世间再没有比这更美的了。形容美丽到极点。绝，极，最。人寰，人世。

〔51〕阀阅：世家大族。名姝：著名的美女。

〔52〕从宦：指家属跟随在官员任内。

〔53〕微波：女子的眼波。此处代指这几个女子。

〔54〕门衔：门额，门匾。挂在门楣上的横匾。

〔55〕三姑：三姑娘。

〔56〕尺素：书信的代称。古时以一尺长短的生绢作书，故名。素，白色的生绢。古乐府《饮马长城窟行》：“客从远方来，遗我双鲤鱼。呼儿烹鲤鱼，中有尺素书。”

〔57〕顷之：片刻，一会儿。

〔58〕延：请。

〔59〕西偏：西侧。

〔60〕绣帘锦幕：彩饰华丽的帘幕和锦缎制成的帐幕。

〔61〕宝鼎鸭炉：皆为香炉名。宝鼎，鼎形。鸭炉，鸭形。清代王维新《琴调相思引》：“宝鼎烟销漏未终，夜深寒色散秋空。凝神寂听，何处起微风。”宋代晏几道《浣溪沙·床上银屏几点山》：“床上银屏几点山。鸭炉香过琐窗寒。小云双枕恨春闲。”

〔62〕许：约计的数量，犹言左右。

〔63〕隐囊：供人倚靠的软囊，如同靠枕、靠褥。

〔64〕支颐：支撑着下巴。颐，面颊，腮。

〔65〕“徐娘”两句：意谓中年妇女风韵犹存。徐娘，指南朝梁元帝妃徐昭佩。典出《南史·梁元帝徐妃传》：“徐娘虽老，犹尚多情。”后徐娘指年长而有风韵的女人。宋代刘克庄《汉宫春·四和》词：“墙角残红，恍徐娘虽老，尚有丰姿。”清代魏秀仁《花月痕》第四十三回：“徐娘虽老，风韵犹存，竟会想出这个令来！”

〔66〕裣衽（liǎn rèn）：也作“敛衽”，整饬衣襟。旧时女子行礼的动作。

〔67〕颠末：始末，原委。

〔68〕寡鹄（hú）：代称寡妇。鹄，鸟名，天鹅。典出汉代刘向《列女传·鲁寡陶婴》：“陶婴者，鲁陶门之女也。少寡，养幼孤，无强昆弟，纺绩为产。鲁人或闻其义，将求焉。婴闻之，恐不得免，作歌，明己之不更二也。其歌曰：‘悲黄鹄之早寡兮，七年不双。’”后用“寡鹄”喻寡妇。

〔69〕峨眉山：山名，在四川省峨眉山市西南。其名源自北魏郦道元《水经注》：“去成都千里，然秋日澄清，望见两山相对如峨眉，故称峨眉焉。”山脉峰峦起伏，重峦叠翠，有大峨、二峨、三峨，以“巍峨奇秀”著称，有“峨眉天下秀”之美誉，既是佛教名山、普贤菩萨的道场，又是道教的“第七洞天”。祝发为尼：指削发出家为尼姑。祝，断。

〔70〕平康：指青楼。详见《纪日本女子阿传事》注。

〔71〕乐籍：古代对乐户编制的户籍，指乐部所属官妓之名册。

〔72〕小女：对他人称自己的女儿，谦词。

〔73〕俄：短暂的时间，一会儿。环珮珊然：环佩相击的声音。环珮，古人衣带上所系挂的珮玉，行走时会发出清脆悦耳的敲击声。《礼记·经解》：“行步则有环珮之声。”后多指妇女所珮的饰物。珊然，珮玉相击，音节舒缓。

〔74〕麝（shè）兰：一种香草。馥郁：形容香气浓厚。

〔75〕七夕：农历七月初七。

〔76〕一味：一向。娇憨：天真可爱而不懂事的样子。

〔77〕酬应：应酬，交际。

〔78〕畀（bì）：给予。

〔79〕红闺：犹言红楼，少女的闺房。

〔80〕沈（chén）：同“沉”。黑海：苦海。

〔81〕耗：消息，音讯。

〔82〕爵：量词，古代饮酒的器皿，借指酒杯。

〔83〕奉酒：敬酒。

〔84〕斝（jiǎ）：酒器，青铜制，圆口，三足，盛于商代和西周初期。《礼记·明堂位》：“爵，夏后氏以盏，殷以斝，周以爵。”后泛指酒杯。

〔85〕觞（shāng）：酒杯。

〔86〕不罄（qìng）：不尽。

〔87〕玉山颓：亦作“玉山倒”“玉山倾”“玉山崩”，指醉酒。典出南朝宋刘义庆《世说新语·容止》：“嵇康身长七尺八寸，风姿特秀。见者叹曰：‘萧萧肃肃，爽朗清举。’或云：‘肃肃如松下风，高而徐引。’山公曰：‘嵇叔夜之为人也，岩岩若孤松之独立；其醉也，傀俄若玉山之将崩。’”后以喻醉态。

〔88〕噭（jiào）应：本义为高声急应，此泛指应答。按古时礼节，回答时高声急叫，为不敬。《礼记·曲礼上》：“毋噭应。”郑玄注：“噭，号呼之声也。”孔颖达疏：“噭，谓声响高急，如叫之号呼也。应答，宜徐徐而和，不得高急也。”

〔89〕翌（yì）日：次日，第二天。

〔90〕著姓：指世家，望族。《后汉书·樊弘传》：“其先周仲山甫，封于樊，因而氏焉，为乡著姓。”

〔91〕衣冠：指士大夫的穿戴，此指代官吏。

〔92〕执柯：指为人做媒。详见《何蕙仙》注。

〔93〕候补：清制，未经补实缺的官员由吏部选用后派到某部或某省听候补缺或临时委用。

〔94〕听鼓应官：听得击鼓，官吏赴衙值班。此指官员赴缺候补。唐代李商隐《无题》之一："嗟余听鼓应官去，走马兰台类转蓬。"

〔95〕亲迎礼：古代婚礼"六礼"之一。结婚时，新郎亲自到女方家迎娶。

〔96〕驺（zōu）骑：骑马驾车的随从。烜赫（xuān hè）：声威盛大，显赫。烜，盛大，显著。

〔97〕却扇之夕：新婚之夜。详见《吴琼仙》注。

〔98〕戚串：亲戚。神仙中人：比喻神采、仪态、服饰、举止不同凡俗的人。

〔99〕伉俪（kàng lì）：夫妻。

〔100〕倡随：夫唱妇随。

〔101〕红尘：尘世，繁华的社会，泛指人世间。

〔102〕粥鱼茶版：皆为佛教法器名。寺院召集僧人吃粥饮茶时，以击木板、鱼鼓为号。泛指寺院生活，此代指出家。粥鱼，寺庙召集众僧进粥饭时用。茶版，也作茶板，寺院集中喝茶时合击的板。宋代沈与求《石壁寺》："秀色可餐吾事办，粥鱼茶板莫相夸。"

〔103〕旋里：回归故里。旋，回，归。

〔104〕齑（jī）粉：碎成碎屑。比喻粉身碎骨。

〔105〕丹嶂（zhàng）苍崖：形容山势高直险峻。嶂，耸立如屏障的山峰。

〔106〕壁立万仞：也作"壁立千仞"。山岩如壁，高耸万仞。形容山崖高耸陡峭。万仞，形容极高。仞，古时以八尺或七尺为一仞。

〔107〕末由：无从，无法。

〔108〕自分：自料。穷山：荒山。

〔109〕蠕蠕动：虫动的样子。

〔110〕寂然：静悄悄，无声音的样子。

〔111〕逆旅：旅馆，客舍。

〔112〕太息：感叹。

〔113〕皖：安徽省的别称。

〔114〕亭台池馆：泛指园林中各种装饰性的建筑和景观。亭，亭子，有顶无墙供人游憩的建筑物，一般由竹、木、石等材料建成。台，一种高而平的建筑物，一般供眺望或游观。池，池塘。馆，馆舍。

〔115〕幽胜：清幽美好的景物。

〔116〕白桃花：又名白蝶草、白蝶花、白桃花、山桃草，柳叶菜科，多年生宿根草本。其花形似桃花，花序穗状，较长；多花型，花蕾白色略带粉红，初花白色，谢花时浅粉红。花期自晚春至初秋。

〔117〕别业：即别墅，别第。指正宅以外的房屋。

〔118〕泾州：州名。北魏置泾州，州治在今甘肃省泾川县北，清属甘肃省。

〔119〕玦(jué)：古时佩戴的玉器，环形，有缺口。

〔120〕杳冥：天空，高远之处。

〔121〕非人：佛教语，指人类以外的某类众生。

〔122〕不厌：不饱。

〔123〕重午：即端午节。

〔124〕亲串：亲戚。

〔125〕月黑：无月的夜晚。

〔126〕跬(kuǐ)步：半步。《类篇》：“《司马法》：‘凡人一举足曰跬。跬，三尺也。两举足曰步。步，六尺也。’”

〔127〕长生久视：即长生不老。语出《老子·第五十九章》：“有国之母可以长久，是谓深根固柢，长生久视之道。”

【译文】

白秋英

陆海，字瀛伯，自号沧仙。他天性豪侠，年仅二十岁，就已经不平凡了。陆家世居泾县，本是有声望的家族。父亲在京师为官，以正直著称，官居台谏，弹劾不避权贵，当权者表面恭敬而暗地里疏远他，把他外调为夔州太守。陆海因为探望父亲前往四川，乘轮船到汉口，稍作休息。他在旅馆里无聊，偶然同两三个好友到妓院游乐，连去数家，苦于没有称意的。有一个朋友道："妓院中的女子，无不是靠着修饰打扮罢了，哪里当得上你的期盼呢？不久前新来一女，北方口音，肌白如雪，眼明于波，妩媚中自具豪迈气，绝无青楼积习，你见了必定为之倾倒。"陆海请他们一同前往，而道路曲折，巷子尤为深邃。有三间小屋，极为幽雅。庭前有两株紫荆，已经开花了，红紫烂漫，一丈多高。房中陈设，清丽脱俗，没有一丝灰尘。

坐下后，就有小丫鬟捧琵琶过来，为他们弹奏数曲，轻拢慢捻，其声清越异常。一会儿，女子出来了，亭亭玉立，确是个美人。问她姓名，自言叫白琼英，京师人。因为父亲渡海身亡，她流落湖南，于是不幸沦落风尘。说完，双眼隐隐含泪。陆海为她吟诵白居易的"同是天涯沦落人，相逢何必曾相识"两句诗安慰她，而且笑道："这是你家司马所言，何不暂且自我宽解呢？"白琼英也笑着道谢。陆海的朋友特设盛宴款待，又从邻家招来三四个妓女，唱歌助酒，十分热闹。夜已深，白琼英留客，陆海就住在了她这里。白琼英询问他，得知他将去蜀地，因此对他道："你肯替我带封信吗？我有个三妹秋英，现在跟着姨妈寄居成都锦鸡坊北。你若到了那里，可前往打听，自可相见。"在枕畔再三嘱咐。陆海答应下来，道："我定当不负你的托付。"陆海临行，白琼英从箱子中拿出书信交给他。

陆海到了夔州，暂住在衙门里，每天早晚向父亲请安之余，只是读书。适逢上司因为要事命陆父到省城去，陆海请求随行。到成都后，陆海闲暇时便往锦鸡坊附近，询问是否有京师姓白的女子，但是没有知道的人。寻访无果，找不到白秋英的家，因此只好暂且放下此事。成都有好事者，每年为杜甫庆贺生日。浣花草堂中，陈设雅丽，远近的青年男女，倾城前往观看，几乎袂云汗雨，宝马香车，络绎不绝。陆海也坐轿前往。他暂时到茶馆中饮茶，临窗闲坐，见垂杨树下，游人丛集。有三四个女子，身穿罗衫，手拿团扇，容貌艳丽，游人围着观看，绕了三圈，她们几乎走不出去了。有无赖从中用话语调戏，这几个女子窘迫欲哭。陆海很气愤，正打算出去为她们解围，忽然有个道士，鹤发童颜，径直进入人群中，众人都被推开，道士戟指众人道：“停，停！”众人都束手屏息，状若木鸡。这几个女子才得以出来，也来到茶馆休息片刻。陆海正想前去问道士姓名，但道士转眼之间就不见了。

一会儿，这几个女子的家仆寻到了这里，都坐车走了。陆海也打算回去，就坐上竹轿前行，与这几个女子或前或后，或差不多并排，隔窗斜视她们：其中有两女都是京师的装束，玉肌花貌，丽绝人世；跟在她们后面的人，是两个婢女，容貌也娇媚异常。陆海猜测她们必定是世家大族的小姐，但不是蜀地的女子，必是官员家属跟随来这里。可惜无人为他传话，打探消息。走了不到数里路，这几个女子已经停下了车，陆海远远看到门额，大书“京都白寓”，顿时想起前事，想必这里必定是白秋英的居所。这几个女子进门后，陆海就派轿夫前去询问，才知她们在数月前从锦鸡坊搬来，秋英就是其家的三姑娘。

陆海于是登门求见，说自汉口至此，携有书信，必须当面送交。一会儿，一个婢女出来，请陆海进去。来到西侧的一座楼下，楼内绣帘锦幕，宝鼎鸭炉，宛如贵族。一位妇人四十岁左右，正倚在软囊上，支着下巴独坐，但见她徐娘虽老，丰韵犹存。她见陆海进来，起身施礼。陆海告诉了她事情的始末。妇人自述姓袁，姐妹二人，都嫁给了白氏。琼英是姐姐所生，秋英是她所生；姐姐年轻时喜欢修行：自从守寡后，就入峨眉山削发为尼，身入空门，心忘尘世。说着，就拆开琼英的信观看，还没有看完，就潸然泪下，对陆海道：“不料琼英被匪人诱骗，误堕风尘。这当是前生孽缘，但不这样也不能见到你。如今设法为她脱乐籍，赶快让她回来。琼英既然承蒙你的垂爱，就不是外人，我女儿秋英，应当出来与你相见。”于是命婢女唤秋英来。一会儿听到玉珮脆响，麝兰香浓，秋英到了，已经卸掉了游玩时的装束，依偎在妇人肘下，回眸斜视，魄荡神摇。陆海于是问：

“妹妹今年多大了？”妇人回答：“七夕出生，正好十五岁。年龄虽然不小了，但一向天真可爱，除读书识字之外，一点不懂应酬的礼节。”就把琼英的信给她，叹道：“你住在闺阁里，你姐姐沉沦苦海，人们会怎么说我？”于是命秋英向陆海致谢，说：“不是他，你怎能知道你姐姐的噩耗呢？”

坐着谈了许久，陆海也不说离开，太阳已快落山了。妇人在后园摆下宴席，园中风景很幽静，石头花草，点缀其间。回廊尽头有一轩，十分高大宽敞，从游的两个婢女也在侧，看着陆生嫣然一笑，执酒壶劝酒。陆海连喝了三杯。妇人亲起敬酒，秋英也拿大杯劝，众丫鬟轮流劝酒，他不干杯就不肯退下。陆海的酒量固然很大，至此已醉了。于是宿园中。半夜里要茶喝，众丫鬟都高声急应，陆海至此知道自己醉了。第二天回去告诉父亲，称赞夫人的贤惠，赞美秋英的美貌，陆父怀疑白家不是京师中有声望的姓氏，没听说有在朝中做官的，只是让陆海备礼答谢罢了。

陆海随父回到夔州，日夜思念秋英不已，几乎废寝忘食。忽然有个姓袁的人，穿着礼服来拜访，说愿意给陆海做媒人。陆父问其姓，原来事白氏，是他的甥女，他也在蜀地候补，已十多年了，并且极力说白氏的豪富。陆父不久派人去查访，虽然不全是实情，但也都说是世家大族，于是婚事便定了下来。选择吉日迎亲，随从显赫，仪仗华丽，几乎没有可相比的。新婚之夜，秋英仪态万方，众亲戚都以为是神仙中人。夫妻和谐，夫唱妇随，可以想见。一天，陆海偶然问起琼英，秋英道：“已重金赎归，姐姐不喜居红尘中，视一切皆为虚幻，随母在峨眉山出家，了此一生。”陆海感叹琼英的通达，为她叹息不已。

过了三年，陆父辞官回乡，走了不到一半行程，忽遇贼人劫道，陆海惊吓坠入谷中，马已摔得粉身碎骨，人尚平安；但他抬头看悬崖峭壁，壁高万仞，没法飞上去，自料必定要饿死在荒山里，不再有别的想法。天将近傍晚，突见一条大蛇蜿蜒而来，全身是白色，像银子一样闪亮。陆海很害怕，以为必定要被蛇吃了。蛇行到近前，宛转钻入其胯下，忽然蠕动起来，蛇身渐渐升高。陆海这才明白，这条蛇是为救自己而来；他害怕掉下去，两手抱住蛇腹，蛇忽然飞升，陡然到了云际，顿时听到耳边像风雨声，过了许久，静静地不动了，睁眼一看，原来秋英已经在身边，婢女、妇人在旁侍奉。陆海道："这里难道还是人间吗？但我父亲在哪里？"秋英道："已在旅店了。听闻你坠入深谷，所以都来寻找，不料却在这里遇上了。"陆海详细讲了蛇救援的异事，秋英也为之感叹。当贼人大肆抢劫时，众人拔刀保护陆父，有一个仆人持刀上前拼斗，但被贼人砍死了。形势十分危急，忽然有一条白蛇飞来，长十丈左右，尾巴像铁杆，横扫过处，贼人的头都掉了下来，因此贼人四散奔逃，才得以脱险。众人说白蛇必定不是寻常的物种，当是山神变化，因此一起烧香，顶礼膜拜。

陆海回到安徽，秋英出钱修建房屋，使陆家焕然一新；又在宅后买了一百亩地，建造了别墅，亭台池馆，极尽幽美；园的左边另开辟了一个院子，种了一万多棵白桃花，秋英接母亲住在这里，称为袁氏别业。秋英有个族妹叫素英，姿容尤为秀美，性情文静，就是往日与秋英同游的女子，到今年已过十五岁，县里求婚的人，她总是不同意。一天，有个美少年前来，自称是泾州龙姓，是白氏的女婿，想拜见袁母。见面后，他拿出十对白玦为聘礼。娶亲的晚上，风雨交加，电闪雷鸣，彩仗花轿刚送到船上，就有两条龙携船飞上高空，直入天际消失了。居民暗中议论，袁氏不是人类，而袁氏自然如常。只是在桃熟之时，袁氏时常爬树摘桃，熟桃就在树上吃了，连吃几百颗也不饱。秋英也并没有和常人不一样之处，只是园中不喜欢养鹤；每逢端午节，不喜欢放雄黄在酒里，道："雄黄性质燥烈，能够杀死人。"她总是喜欢穿白衣，更增添其艳。一晚，陆海偕秋英从亲戚家饮酒返回，已是夜深月黑，灯笼忽灭，暗中摸索，几乎不能移步。秋英于是从口中吐出一颗明珠，散发着红光，照耀到数里外，亮如白昼，纤毫毕现。陆海想夺过去看，秋英不同意，道："你要能长生不老，自然会给你。"后来听闻陆海与秋英都入山修道去了。

郑芷仙

孙苏，字伯兰，吴兴人[1]，自号苕溪醉墨生[2]。自幼从其父游宦四方[3]，寓居中州最久[4]。后生父以卓异调皖省[5]，升任安庆太守[6]。时当残破之后[7]，廛市荒凉[8]，衙署颓坏。生以触目生悲，弗欲居署内。署旁有民屋三椽，乱后新葺，颇精洁，泉石清幽，花木萧瑟[9]，别开静境。主人故官中州，与生父为同寮[10]，时已挈眷往任所，室固久虚，遂赁于生。生携琴书，入而居之，意颇适也。

一夕，有晋昌观察设宴招饮[11]，射覆猜枚[12]，循环酬酢[13]，廋词隐语[14]，各极其工。客有谈狐鬼事者，粉饰多端，妙绪泉涌。生时已薄醉，掉首弗信，自谓生平从未见鬼，至狐能幻作人形，理之所必无也。时正中秋，皓魄当空[15]，分外皎洁。酒阑人散，生乘兴踏月而归，莲漏[16]已三下矣。甫欲就枕，忽闻窗外有弹指声，心窃疑之。披衣起，从窗隙中窥之，见倩影亭亭，背立檐下。乃启门而出，果见一女郎，紫衣翠裙，丰神绰约。询其年，正碧玉破瓜时候也[17]。月下视之，姿态若仙，其一种风流韵致，山水芙蕖[18]，不足比其艳；临风芍药，不足喻其娇。生喜极欲狂，长揖谓女曰[19]：“适从何来，乃至此间？岂姮娥思偶[20]，偷降红尘耶？”女笑曰：“妾东邻阮氏女郎也，与君斋只隔一垣，因夜夜闻君读书声，知君为风雅士。今宵月色大佳，君何独处，得无患岑寂耶[21]？”生曰：“玉趾辱临[22]，深慰客思。何不入斋小憩，作永夕清谈[23]？”于是携手入室，挑灯絮语[24]。女微作倦态，支颐欲睡[25]。生遂拥之入衾，代解结束[26]，相得甚欢，备极缱绻[27]。夜半，女起索茗，就生案头翻阅书史，见生诗稿，曼声吟哦[28]，若甚欣赏，因索生诗。生却之，不可。随取架上浣花笺赋一绝云[29]：

隔墙花影小徘徊，忽见凌波月下来。

并坐山窗无个事，喜红一点晕香腮。

女得诗，嫣然一笑，急纳于怀，曰：“个书生喜嘲弄人[30]，当小报之。”遂殷勤作别，并言：“花影横窗，漏已将尽[31]，郎君宜寝，妾亦归矣；女红之暇[32]，容再过访。幸勿为外人道也。”飘然竟去[33]。生送至庭阶，为小石碍足，蘧然惊醒[34]。时已邻鸡乱唱，灯火荧然[35]，而一缕余香，犹在室中。明晨，于枕畔得玉钗一股，雕琢精细，钗背有字数行，细视，乃诗一绝，云：

花影当窗月在帘，晚妆懒与斗眉纤。

三更梦醒无人在，自起挑灯写玉签。

款题“玉雯女史清玩”，意即女郎名字也。生玩视良久，宝藏箧笥[36]，什袭珍秘[37]，弗轻示人。晚冀女郎复来，瀹茗于瓯[38]、焚香于鼎以俟之[39]，十余夕竟不至，几疑为妖梦不复践矣。

一日，又从他处赴宴归，见窗中已有灯光，稍近，闻吟诗声，娇婉若女子。心喜玉雯再至，排闼急入[40]，则一女子方伏案握管，若有所思，瞥睹生前，惊骇欲遁。生揽其祛曰[41]：“半月不见，令人想杀[42]！今夕何夕[43]，乃得重逢。”女却立含笑[44]，曰：“素未谋面，何出此言？”生谛视之[45]，秀靥长眉[46]，雪肤花貌，与前女堪称双璧[47]。生乃释之，揖而言曰：“虽不相识，亦请暂留；且既降敝庐[48]，何不少坐？”女乃斜坐窗畔，若甚羞怯者。生见几上鸾笺一纸[49]，写已盈幅，珍珠密字[50]，格胜簪花[51]。因谓女曰：“此殆卿作耶？吾谓必系女相如[52]，今固不谬。”女曰：“匆促涂鸦[53]，何足挂齿。郎君过奖，益汗颜耳。”生喜其吐属雅隽，亟请姓氏。女曰：“妾姓郑，名芷仙，固槜李人而寄居于此者[54]。妾舅居君西舍，相距仅一牛鸣地[55]。今晨来省舅氏，遂得遇君。亦前缘也。若妾家，在独秀山麓[56]，离此约六十里许。倘蒙不弃，暇乞枉过[57]。”言竟即欲辞去。生揽之入怀，戏坐诸膝，曰：“卿前缘尚未了，何遽言归耶？”女因问生娶未。生答以“待觅玉人[58]，尚虚鸳牒[59]，惜不得如卿者订偕老耳”。又问生：“可有外遇否？”生嗫嚅良久[60]，不能答。女下立，拂衣欲行。生曰：“梦中爱宠，何足为凭？”遂为女缅述前梦[61]。女曰：“此非梦也。东邻阮家玉姑，为妾姊妹行，惧君卤莽，故托之蚍离以作合[62]，渠钗尚在君处[63]，其善藏之。不然梦寐无形[64]，遗物何来哉[65]？”生曰：“然则卿与彼既为闺中密友，何不代我招致之，俾得同归一人[66]，勿作尹邢而效英皇[67]，何如？”女为首肯，曰：“自此始知君非怜新弃旧者矣。渠今夕往戚串家张筵赏月[68]，作长夜饮[69]，恐无暇赴桑中约也[70]。明夕当偕之来。”生促女眠，再三始应。晚妆既卸，一笑入帏。生拥抱之，丰若有余，柔若无骨，叹曰：“此真汉武温柔乡也[71]。”既接，女娇啼宛转，若不胜情。生亦不敢尽其欢。睡未须臾，天已大明。女急起曰：“贪眠忘晓，将为舅氏所知矣。”著衣下床，以素帕掷生怀，曰：“弱质葳蕤[72]，为君丧守[73]，今而后幸勿负余。”启关自行。生方冀夕间两美双双而至[74]，不意久之杳然。

适生以事西出郭门，枉道经独秀山下，意将一访女居，顾忘询其居址门径，无从问讯，惟逢村舍庄居信步徐行，冀有所遇。偶至西偏山麓，一涧潆洄[75]，跨以略彴[76]，人家三五，零星杂居于此，茅屋竹篱，颇饶幽致。涧尽处，丹枫翠柏，景物益奇。一家临流结庐，似系新葺，最为高敞。生踞石少憩[77]，忽闻双扉呀然开，一雏鬟携桶出汲[78]，频睨生，若讶其装束之异者。生遂遥问此间有郑姓否，答曰：“我主人即郑翁也。”生即问以可与郑芷仙相识否，鬟作疑骇色曰：“此即我家三姑子也[79]，为主人掌上珍[80]。汝为远方客，何由知深闺姓字？请速去，勿惹飞灾[81]，恐主人闻之，疑汝为狂且[82]，尔时鸡肋当饱老拳矣[83]。”

生不应，径行过桥[84]，叩门求见主人。顷之，一苍头出[85]，询生何事。生曰：“我亦浙人，与汝主人同乡。偶经此间，求一见以尽桑梓情[86]，非有他意也。”苍头辞以主人适登南峰道院，与餐霞炼师讲求丹诀[87]，非半月不下山也。生因诡云[88]：“居府署西者，非汝主人内戚乎[89]？昨渠眷属托以一物畀女公子[90]。”乃出怀中素帕，加以纸裹，索笔书“芷仙三姑玉启”。苍头入，未久即出，肃生入内[91]。凡历门闳数重，抵西楼下，茜窗半启[92]，绣幕低垂。女曲肱侧坐，则生至，即起敛衽作礼[93]。生视女玉脸不舒，翠眉欲蹙[94]，一似重有忧者[95]。生谓女曰：“远来相访，幸得重逢。宜喜而悲，何也？”女曰：“非君所知。自此一见，情长缘短，会少离多，是以悲耳。”即命婢媪设席桂轩[96]，曰：“轩中木樨盛放[97]，香彻远近，当与君花下一饮为别。”席间劝饮殷勤，尽无算爵[98]。酒酣[99]，女扣铜槃作歌曰[100]：

伊予自幼，生长红闺。但知欢合，焉识悲离？一自识君堕情劫，从兹一别人天隔。欲见君兮不可得，噫嘻乎！儿女情痴结成石。石可泐情不可灭，与天地兮无终极！

歌罢，欷歔悲叹，涕不能仰；生亦哀从中来，强慰藉之。耀灵西匿[101]，银蟾挂树[102]，生意欲留宿。女似不可而情不能舍，因命设衾枕于西厢，遂寻旧好。既而女谓生曰：“妾与君缘尽于此矣！前一度为伉俪之始，今一度为夫妇之终，数由前定[103]。愿君毋以妾为念。”即于胸前解玉佩一枚，系于生襟，曰：“此妾婴年所弄[104]，见之如见妾也。”

正喁喁未已[105]，忽闻人声喧沸，自远而近，继以枪炮迭发，摧山震岳。雏鬟仓皇掩入，曰：“祸事至矣！何不速行！乃尚贪欢乐耶！”生急偕女出视，则汹汹数十辈，已毁门而入。生疑为盗，执梃而前，欲与格斗。众瞥睹生[106]，诧曰：“君人耶？魅耶[107]？抑山魈木客之流耶[108]？”生回顾，女已不见，屋宇全无，乃身在深林丛篠间[109]，骇甚，答曰：“我为安庆太守子，迷途宿此。君辈何来？”众曰：“吾侪猎户也[110]。适逐群狐至此。君见之否？此间兽嗥鸟窜，凛乎不可少留[111]。君贵人，何为在此？”遂护之偕归。

【注释】

〔1〕吴兴：旧县名。属浙江省，即今湖州市吴兴区。

〔2〕苕（tiáo）溪：河名。源于浙江省天目山，分东苕和西苕，于今湖州市吴兴区汇合注入太湖。

〔3〕游宦：在外做官。

〔4〕中州：今河南省一带，因地处九州之中而得名。东汉王充《论衡》卷一一《谈天》："雒阳，九州之中也。"

〔5〕卓异：高超特出。清代官吏选拔制度。吏部定期考核官吏（文官三年，武官五年），政绩突出、才能优越者，称为"卓异"。《清会典·吏部》："卓异者，必按其事而书于册。"

〔6〕安庆：府名，别名"宜城"。位于安徽省西南部，长江北岸，治所在今安徽省安庆市。

〔7〕残破：摧残破坏。

〔8〕廛（chán）市：店铺集中的市区，意谓城区。

〔9〕萧瑟：形容风吹树木的声音。

〔10〕同寮：即同僚。旧时称同朝或同官署做官的人。

〔11〕晋昌：地名。治今甘肃省酒泉市瓜州县东南锁阳城。观察：官名。清代作为对道台的尊称。

〔12〕射覆猜枚：两种酒令名称，饮酒时助兴取乐的猜谜游戏。射覆，一种猜谜游戏。清代俞敦培《酒令丛钞·古令》："……射覆，又名射雕覆者，法以上一字为雕，下一字为覆。设注意'酒'字，则言'春'字、'浆'字使人射之，盖春酒、酒浆也，射者言某字，彼此会意。"猜枚，指手中握若干小物件供人猜测单双数目等。《红楼梦》第二十三回："拆字猜枚，无所不至。"

〔13〕酬酢（zuò）：筵席中主客互相敬酒。后泛指交际应酬。

〔14〕廋（sōu）词隐语：古时两种猜谜游戏隐语。廋词，又称"廋辞""廋

语”，南宋周密《齐东野语》：“古之所谓廋辞，即今之隐语，而俗所谓谜。”隐语，指不直说本意而借别的词语来暗示的话。清代赵翼《陔馀丛考·谜》：“谜即古人之隐语。”

〔15〕皓魄：月亮，明月。宋代朱淑真《中秋玩月》：“清晖千里共，皓魄十分圆。”

〔16〕莲漏：即莲花漏，古时一种莲形的计时器。唐代李肇《唐国史补》：“惠远以山中不知更漏，乃取铜叶制器，状如莲花，置盆水之上，底孔漏水，半之则沉，每昼夜十二沉，为行道之节。虽冬夏短长，云阴月黑，亦无所差也。”

〔17〕碧玉破瓜：此借指少女十六岁。语出《乐府诗集》卷四五《清商曲辞·碧玉歌（三首）》第一首：“碧玉破瓜时，郎为情颠倒。芙蓉陵霜荣，秋容故尚好。”碧玉，原是人名。《乐府诗集》卷四五引《乐苑》：“《碧玉歌》者，宋汝南王所作也。碧玉，汝南王妾名。以宠爱之甚，所以歌之。”后泛指漂亮的小姑娘。破瓜，古时多称女子十六岁为“破瓜之年”。因“瓜”字可分为两个“八”字，故称。

〔18〕芙蕖：荷花的别名。《尔雅·释草》：“荷，芙蕖。其茎茄，其叶蕸，其本蔤，其华菡萏，其实莲，其根藕，其中菂，菂中薏。”郭璞注：“〔芙蕖〕别名芙蓉，江东呼荷。”

〔19〕长揖（yī）：古时的见面礼仪，指拱手高举，自上而下行礼。表示敬重。

〔20〕姮（héng）娥：即嫦娥，神话中的月宫女神。《淮南子·览冥训》：“羿请不死之药于西王母，姮娥窃以奔月。”汉代高诱注：“姮娥，羿妻。羿请不死之药于西王母，未及服之，姮娥盗食之，得仙，奔入月中，为月精。”汉代因避汉文帝刘恒讳，改称常娥，通称“嫦娥”。

〔21〕得无：难道不。岑寂：孤单寂寞。

〔22〕玉趾辱临：犹言屈尊光临。玉趾，贵步，称人行止的敬词。《左传·僖公二十六年》：“寡君闻君亲举玉趾，将辱于敝邑。”辱临，敬称，意谓宾客屈尊前来。语出《左传·昭公七年》：“嘉惠未至，唯襄公之辱临

我丧。”

〔23〕永夕：彻夜，通宵。

〔24〕絮语：连绵不断地轻声细语。

〔25〕支颐：支撑着下巴。颐，面颊，腮。

〔26〕结束：装束。

〔27〕缱绻（qiǎn quǎn）：缠绵，亲密。

〔28〕曼声：声音拉得很长。吟哦：拉着腔调吟咏。

〔29〕浣花笺：笺纸名，又名薛涛笺。唐代女诗人薛涛住成都浣花溪旁，用溪水制出十色的信笺。胡震亨《唐诗谈丛》卷五：“诗笺始薛涛。涛好制小诗，惜纸幅长剩，命匠狭小为之，时谓便，因行用。其笺染潢作十种色，故诗家有‘十样蛮笺’之语。”后泛指精美的诗笺或信笺。绝：绝句，诗体名，又称“截句”“断句”“绝诗”。每首四句，平仄、用韵格律甚严。常见的有五言（每句五字）和七言（每句七字）两种。五言的简称为五绝，七言的简称为七绝。

〔30〕个：这个。

〔31〕漏：古代计时器，借指时刻。

〔32〕女红：女子所做的针线、刺绣等事。

〔33〕飘然：快速的样子。

〔34〕蘧（qú）然：惊醒的样子。

〔35〕荧然：比喻灯火像是一点萤光，形容光微弱的样子。

〔36〕宝藏：珍藏。箧笥（qiè sì）：竹编的箱子。

〔37〕什（shí）袭：层层包裹。引申为郑重珍藏。

〔38〕瀹（yuè）茗：煮茶。瀹，煮。

〔39〕俟（sì）：等待，等候。

〔40〕排闼（tà）：推门。排，推。闼，门。

〔41〕袪（qū）：即“袪”，袖口，衣袖。

〔42〕杀：用在谓语后面，表示程度之深。

〔43〕今夕何夕：今夜是何夜？指今晚不同于寻常的夜晚。此为惊喜庆幸之意。典出《诗经·唐风·绸缪》："今夕何夕，见此良人。……今夕何夕，见此邂逅。……今夕何夕，见此粲者。"原为吟咏新婚之乐，后多用作惊喜庆幸之辞。

〔44〕却立：后退站立。

〔45〕谛（dì）视：仔细看。

〔46〕秀靥：笑时脸颊上所显现的酒窝。

〔47〕堪称：可以称为。双璧：喻指一对完美的人或物。

〔48〕敝庐：破旧的屋子。此为谦辞，对人称自己的家。

〔49〕鸾笺：小幅彩色纸张，常供题咏或书信之用。

〔50〕珍珠密字：即珍珠字，字像珍珠一样精美，比喻书法秀美。况周颐《高阳台》："红笺枉费珍珠字，甚江关词赋，不抵金貂。"

〔51〕簪（zān）花：即簪花格，古代书体的一种。唐代张彦远《法书要录》卷二载南朝梁袁昂《古今书评》："卫恒书如插花美女，舞笑镜台。"后称书法娟秀者为簪花格。

〔52〕女相如：对有才华女子的称呼。详见《贞烈女子》注。

〔53〕涂鸦：谦称自己的书画或文章幼稚拙劣。

〔54〕槜（zuì）李：古地名。在今浙江省嘉兴市西南。寄居：居住在他乡或别人家里。

〔55〕一牛鸣地：同"一牛吼地"。指牛叫声可以传到的地方，形容相隔不远的地方。一牛鸣，佛家语，指一牛鸣声所传的距离，约五里。唐代王维《与苏卢二员外期游方丈寺而苏不至，因有是作》："回看双凤阙，相去一牛鸣。"清代赵殿成注："《大藏一览》：'一牛鸣地，其声五里。'《翻译名义》：'拘卢舍，此云五百弓。亦云一牛吼地，谓大牛鸣声所极闻。'"

〔56〕独秀山：山名。在今安徽省安庆市怀宁县境中部，南北走向，最高峰海拔近400米。

〔57〕枉过：谦词。屈就，用于他人。

〔58〕玉人：美人，对女子的美称。

〔59〕鸳牒：即鸳鸯牒，命里注定做夫妻的册籍。

〔60〕嗫嚅（niè rú）：有话想说又不敢说，吞吞吐吐的样子。

〔61〕缅述：追述，备述。

〔62〕趾离：梦神的名字。《说郛》卷三一引阙名《致虚杂俎》："梦神曰趾离，呼之而寝，梦清而吉。"作合：结为夫妻。

〔63〕渠：她。

〔64〕梦寐：睡梦。

〔65〕遗物：他人遗失的物件。

〔66〕俾（bǐ）：使。

〔67〕尹邢：指汉武帝的宠妃尹夫人和邢夫人，比喻彼此避不见面。详见《纪日本女子阿传事》注。英皇：女英和娥皇的合称，二人都是舜帝的妃子。详见《何蕙仙》注。

〔68〕戚串：亲戚。

〔69〕长夜饮：通宵饮宴。

〔70〕桑中约：指男女幽会。语出《诗经·鄘风·桑中》："期我乎桑中，要我乎上宫，送我乎淇之上矣。"

〔71〕汉武温柔乡：典出汉代伶玄《飞燕外传》："是夜进合德，帝大悦，以辅属体，无所不靡，谓为温柔乡。谓嬺（nì）曰：'吾老是乡矣，不能效武皇帝求白云乡也。'"后称妇人的美色与迷人为温柔乡。汉武，指汉武帝刘彻。

〔72〕弱质：柔弱的身体，指女子或女子的身体。葳蕤（wēi ruí）：鲜丽的样子，比喻处女之身。

〔73〕丧守：本义指古时丈夫去世，妻子守节不嫁。此指芷仙非孙生不嫁。

〔74〕冀：希望。

〔75〕潆洄（yíng huí）：水流回旋的样子。

〔76〕略彴（zhuó）：小的独木桥。略，简小。宋代陈元靓《事林广记续集·绮谈市语》“宫殿门”条：“小桥，略彴。”

〔77〕少憩：休息一下。

〔78〕雏鬟：指年轻女子。汲：取水。

〔79〕姑子：未婚女子的称呼。

〔80〕掌上珍：犹言“掌上明珠”，比喻极受宠爱珍视的人。多指爱女。

〔81〕飞灾：意料不到的灾祸。

〔82〕狂且：轻狂的人。

〔83〕鸡肋：比喻瘦弱的身体。典出《晋书》卷四九《刘伶传》：“尝醉与俗人相忤，其人攘袂奋拳而往。伶徐曰：‘鸡肋不足以安尊拳。’其人笑而止。”饱老拳：挨一顿痛打。饱，充分。老拳，结实有力的拳头。详见《贞烈女子》注。

〔84〕径：直接。

〔85〕苍头：男仆。汉代仆隶以深青色巾包头，故称。《汉书·鲍宣传》：“苍头庐儿，皆用致富。”颜师古注引孟康曰：“汉名奴为苍头，非纯黑，以别于良人也。”

〔86〕桑梓（zǐ）：古时，桑与梓为宅旁常栽的两种树，后代指家乡。典出《诗经·小雅·小弁》：“维桑与梓，必恭敬止。”

〔87〕炼师：道士的敬称。丹诀：炼丹术。

〔88〕诡：哄骗。

〔89〕内戚：妻子亲戚的统称。

〔90〕畀（bì）：给予，付与。女公子：尊称他人的女儿。

〔91〕肃：躬身作揖引进入。

〔92〕茜（qiàn）窗：红色的窗户。茜，红色。

〔93〕敛衽：整饬衣襟。女子行拜礼的动作，以示恭敬。

〔94〕翠眉：古代用青黛所染画的眉毛。后用以比喻美人的眉毛。蹙：皱眉的样子。

〔95〕一似重（chóng）有忧者：意谓很忧愁。一，的确，实在。重，重叠。语出《礼记·檀弓下》：“孔子过泰山侧，有妇人哭于墓者而哀。夫子式而听之，使子路问之曰：‘子之哭也，壹似重有忧者。’而曰：‘然。昔者吾舅死于虎，吾夫又死焉，今吾子又死焉。’夫子曰：‘何为不去也？’曰：‘无苛政。’夫子曰：‘小子识之，苛政猛于虎也！’”

〔96〕桂轩：此指书房。

〔97〕木樨（xī）：植物名，也作木犀，指桂花。

〔98〕无算：无法计算。形容数目多。

〔99〕酒酣：形容酒喝得意兴正浓。酣，深沉。

〔100〕扣：敲。铜槃（pán），铜钹。

〔101〕耀灵：亦作“曜灵”，指太阳。《楚辞·远游》：“恐天时之代序兮，耀灵晔而西征。”洪兴祖《楚辞补注》：“《博雅》曰：‘朱明、耀灵、东君，日也。’”

〔102〕银蟾：月亮。传说月中有蟾蜍，月又色白如银，故代称月亮。唐代白居易《长庆集》卷一六《中秋月》：“照他几许人肠断，玉兔银蟾远不知。”

〔103〕数：命运，命数。

〔104〕婴年：童年。鲁迅《〈集外集〉序言》：“出屁股，衔手指的照相，当然是惹人发笑的，但自有婴年的天真，决非少年以至老年所能有。”

〔105〕喁喁（yú yú）：低声说话的声音。

〔106〕瞥睹：形容一下子便看见。

〔107〕魅：鬼魅，鬼怪。

〔108〕山魈（xiāo）木客：山中的两种精怪（山魈、木客）。

〔109〕篠（xiǎo）：小而细的竹子。

〔110〕吾侪（chái）：我们。侪，辈，类。

〔111〕凛乎：恐惧的样子。宋代苏轼《后赤壁赋》：“予亦悄然而悲，肃然而恐，凛乎其不可留也。”

【译 文】

郑芷仙

孙荪，字伯兰，吴兴人，自号苕溪醉墨生。自幼跟随在外做官的父亲去各地，寓居中州最久。后来孙父因为政绩突出调到安徽省，升任安庆知府。当时安庆正是被摧残破坏之后，街市荒凉，衙署毁坏。孙荪触目生悲，不想住在官署里。官署旁有三间民房，是战乱后新修建的，十分精致干净，院内泉石清幽，花木萧瑟，别有一番幽静的意境。这家的主人过去在中州做官，与孙父是同僚，当时已经携家眷前往任所，房子本已空了许久，于是租给了孙荪。孙荪带着琴和书籍，搬进去住下，感觉很适意。

一天晚上，晋昌道台设宴邀请孙荪，宴上行令猜谜，轮番敬酒，各出隐语，极其巧妙。客人中有个说狐妖鬼怪的人，极力铺陈夸张，思如泉涌。孙荪当时已经微醉，摇头不信，自谓生平从未见过鬼，至于狐能变幻为人形，按事理也是一定没有的。那天晚上正是中秋，明月当空，分外皎洁。宴尽人散，孙荪乘兴踏月而归，到家已经三更天了。刚要睡下，忽闻窗外有弹指声，心里暗自疑惑。他披衣而起，从窗缝中偷看，见一修长倩影，背身立于檐下。于是开门出去，果然看见一位女郎，紫衣绿裙，丰神柔美。询问她的年龄，正值十六岁芳龄。月下视之，其姿态如同仙女。那种风流韵致，出水的荷花，比拟不上她的艳丽；迎风的芍药，形容不了她的妩媚。孙荪欣喜若狂，长揖对女道："你是从哪里来，怎么到了这里？难道是嫦娥思夫，偷降人间吗？"女笑道："我是东邻阮家的女儿，与你的书房只有一墙之隔，因为夜夜闻你读书声，知道你是文雅的读书人。今夜月色很美，你怎么独自一人，难道不怕孤单寂寞吗？"孙荪道："你大驾光临，让我离乡的心情感到安慰。为什么不进来稍歇，彻夜长谈？"于是携手入室，点上灯，轻声细语谈起来。女子微露倦态，支着下巴，昏昏欲睡。孙荪于是拥着她上了床，替她解衣，二人和谐快乐，极尽缠绵。半夜时，女子起来喝水，靠近孙荪的书桌翻阅书籍，看见他的诗稿，曼声吟咏，像是很欣赏，因此向孙荪索要诗稿。孙荪拒绝了她，没有同意。随手取过书架上的浣花笺，赋绝句一首云：

隔墙花影小徘徊，忽见凌波月下来。
并坐山窗无个事，喜红一点晕香腮。

女得到这首诗，嫣然一笑，急忙放入怀内，道："你这个书生喜欢戏弄人，当小小地报复你。"于是情意绵绵地告别，并道："花影横窗，夜已将尽，郎君宜寝，妾也归家；女红之暇，容再过访。希望不要对外人说。"遂很快离去。孙荪送到庭院，被小石头绊脚，一下子惊醒过来。这时邻居家的鸡已经开始鸣叫，灯还亮着，而一缕余香，仍在室中。清晨，孙荪在枕边拾得一支玉钗，雕琢精细，钗背有数行字，仔细观看，原来是一首绝句，云：

花影当窗月在帘，晚妆懒与斗眉纤。
三更梦醒无人在，自起挑灯写玉签。

题款"玉雯女史清玩"，想来就是女郎的名字。孙荪拿着看了许久，藏进箱子里，珍重收藏，不轻易给人看。晚上，他盼望女郎再来，煮好茶，点好香，等候女郎，但十多个晚上女郎都没到，孙荪几乎怀疑自己先前所做的是妖梦，女郎不会再来了。

一天，孙荪又从别处赴宴归来，见窗中已有灯光，稍近，听闻有吟诗声，娇婉如女子。心喜玉雯又来了，推门急忙进屋，一位女子正伏案提笔，若有所思，一下子看见孙荪在面前，惊恐地想逃走。孙荪拉住她的衣袖道："半月不见，让人想死了！今夜是何夜？才得重逢！"女子后退站住，面带笑容，道："素未谋面，何出此言？"孙荪仔细观看，她脸颊上两个酒窝，修长的眉毛，肌肤如雪貌如花，与玉雯都称得上是完美的女子。

孙荪于是放开她，作揖道：“虽然不相识，也请暂留；而且既然光临寒舍，何不稍坐？”女就斜坐在窗边，像是很羞涩胆怯。孙荪见几上有一张鸾笺，已写满字，字如珍珠，簪花字体。就对女子道：“这大概是你作的吧？我说必定是女相如，现在看确实没错。”女子道：“仓促涂鸦，何足挂齿。郎君过奖，更加羞愧了。”孙荪喜欢她谈吐文雅，多次问她的名字。女子道：“我姓郑，名芷仙，本是槜李人，暂住在这里。我舅舅住在西面的房子，相距不远。今晨来探望舅舅，于是遇到了你，也是前缘。至于我家，在独秀山麓，离这里大概六十里。倘若承蒙不嫌弃，请屈尊光临。”说完就要告辞离去。孙荪把她揽在怀里，嬉戏地坐在他膝上，道：“你前缘尚未了，怎么就说回呢？”女子就问孙荪有没有娶妻。孙荪回答：“正在寻觅美人，还没有婚配，可惜找不到像你这样的女子偕老。”女子又问他：“可曾有过外遇？”孙荪欲言又止许久，没有回答。女子从膝上下来，生气地要走。孙荪道：“在梦中宠爱的人，怎么能算？”于是向女子述说了上次的梦。女子道：“这不是梦。东邻阮家的玉姑，是我的姐妹，怕你鲁莽，所以托梦神趾离梦来与你结为夫妻，她的钗还在你那里，你要妥善珍藏。不然梦寐无形，钗从哪里得来？”孙荪道：“那么你与她既是闺中密友，为什么不替我把她招来，使你们都嫁给我，不做尹夫人和邢夫人而效仿女英和娥皇，怎么样？”女子同意，道：“自此才知道你不是喜新厌旧的人。她今晚去亲戚家赴宴赏月去了，通宵夜饮，恐怕没时间来和你幽会了。明晚我必定偕同她一起来。”孙荪催她同眠，多次她才答应。女子卸了晚妆，一笑上了床。孙荪拥抱着她，丰若有余，柔若无骨，赞叹道：“这真是汉武温柔乡。”与女亲密缠绵，女子娇声婉转，好像承受不住，孙荪也不敢尽欢。睡了不到一会儿，天已大亮。女子急忙起身道：“只顾贪睡忘了天亮，将要被舅舅知道了。”穿衣下床，把一块白手帕扔到孙荪怀里，道：“处女之身，为你守志，从今后不要辜负我。”说完开门走了。孙荪正盼着晚上两个美人一起来，不料许久不见人影。

适逢孙荪因事出了西城门，绕道经过独秀山下，打算寻访芷仙的住处，但是忘了问她住址，没法打听，只好遇到村庄就随意慢走，希望能遇到。偶然走到西边山麓，一条山涧流过，一座小木桥横跨溪涧上，有三五户人家，零星杂居在此，茅屋竹篱，十分幽静。在山涧尽头，丹枫翠柏，景物更加奇异。一户人家临溪结庐，似是新盖，最为高大宽敞。孙荪坐在石头上稍歇，忽然听见门吱呀一声打开了，一个小丫鬟提着桶出来打水，不停地偷看孙荪，好像对他的装束很诧异。孙荪于是在远处问她这里是否有姓郑的，丫鬟回答道："我主人就姓郑。"孙荪就问她是否与郑芷仙相识，丫鬟神色惊疑道："她是我家的三姑娘，是主人的掌上明珠。你是远来的客人，怎么知道她的名字？请你速速离去，不要惹来灾祸，恐怕主人知道了，怀疑你是个轻狂的人，那个时候你就要挨一顿痛打了。"

孙荪没有答应，反而直接过了桥，敲门求见主人。一会儿，一个仆人出来，问他有什么事。孙荪道："我也是浙江人，与你的主人是同乡。偶然经过这里，请求拜见以叙故乡情，没有其他心思。"仆人推辞说主人正好登南峰道院了，与餐霞道士修习炼丹术，没有半个月不会下山。孙荪便骗他道："住在官署西边的人，不是你主人的内亲吗？昨天他的亲属托我捎一件物品给你家小姐。"于是拿出怀中的白手帕，用纸包裹，要来笔写上"芷仙三姑玉启"。仆人取过纸包进去，不一会儿就出来，作揖请孙荪入内。总共经过几道门，抵达西楼下，红窗半开，绣幕低垂。芷仙曲臂侧坐，见孙荪到了，就起身施礼。孙荪见她脸上不高兴，眉头微皱，的确像有很深的痛苦。孙荪对芷仙道："我远来相访，有幸能够重逢，应高兴而不是忧伤。这是为什么？"芷仙道："不是你所知的那样。自从上次一见，情长缘短，会少离多，因此忧伤啊。"随即命婢女、妇人在桂轩设宴，道："轩中桂花盛开，香飘远近，当与你在花下饮酒分别。"席间殷勤劝酒，孙荪喝了很多杯。酒兴正浓时，芷仙敲着铜钹作歌唱道：

伊予自幼，生长红闺。但知欢合，焉识悲离？一自识君堕情劫，从兹一别人天隔。欲见君兮不可得，噫嘻乎！儿女情痴结成石。石可泐情不可灭，与天地兮无终极！

唱罢，流泪悲叹，哭得抬不起头来；孙荪也悲从中来，勉强安慰她。太阳落山，月亮升起，孙荪想留宿。芷仙好似不应却情意难舍，于是命人在西厢布置被枕，重温旧梦。不久，芷仙对孙荪道："我与你的缘分从此到尽头了！之前有过一次是夫妻的开始，这一次是夫妻的结束，是注定的命数。希望你不要挂念我。"说完就从胸前解下一枚玉佩，系在孙荪的衣襟上，道："这是我少女时的玩物，见它如见我。"

二人正在低声细语，忽闻人声鼎沸，从远到近，接着听到枪炮连声，地动山摇。小丫鬟仓惶闯入，道："大祸临头了！为什么不快跑！还在贪图欢乐吗！"孙荪急忙同芷仙出来看，见几十个人气势汹汹，已经破门而入。孙荪怀疑这些人是强盗，执杖上前，要与他们格斗。这些人一见孙荪，诧异道："你是人呢，还是鬼呢？还是山魈、木客之类的精怪呢？"孙荪回头看时，芷仙已经不见了，房屋也都没了，竟然身在密林丛竹中，十分惊骇，回答道："我是安庆知府之子，迷了路，宿在这里过夜。你们从哪里来？"众人道："我们是猎户，正好追逐一群狐狸到这里。你见过吗？这里鸟兽出没，令人恐惧，不可久留。你是贵人，怎么能在这里？"于是护卫孙荪一同回去。

周贞女

周媪[1]，维扬人[2]，居昆市街，素业官媒者也[3]。夫早没，赖此以糊口。生一女，小名喜子。自幼爱若掌珍[4]，肌肤手足，无不保护臻至[5]。常以香屑糁于饼饵中食之[6]，积久，遍体皆香，盛夏汗出，衣尤芬馥[7]，人因呼之为香女。稍长，姿态娟逸，丰韵娉婷，尤秀外而慧中[8]。偶从人问字[9]，即不忘，渐通书史[10]。于女红更精绝[11]。于是丽质艳名，交称一时。女幼已许字于北乡某氏子[12]，农家者流[13]，蠢陋不知书。戚串家闻之[14]，皆有彩凤随鸦之叹[15]。女知之，自若也。喜读《西青散记[16]》，每以绡山女子双卿自居[17]。在家不轻见人。手植海棠一枝于庭畔，曰："此古所称薄命花也。明秋若发，则薄命人终不至于沦落耳。"女年及笄[18]，光彩艳发，见者惊以为天仙。

一日，偕二女伴往游城西别墅，偶经一庙，香火颇盛，士女络绎[19]。女亦入而观焉。神像为美少年，袍笏焕丽[20]。二女皆仰瞩良久，俯而再拜；女但肃立于旁而已。二女既归，皆见神降其家，云将召之充妾媵[21]，便发寒热[22]，未几并殒[23]。里人信神之灵异，为塑二女像于侧。逾月，庙祝忽梦神语之云[24]："周家喜子，我素所倾慕。前来庙中，幸得一见。然桃李其容[25]，冰雪其操[26]，毫不可以非义干也[27]。我欲纳为正室[28]，汝其与里人商之。"翌晨，庙祝告其梦于里中人，众咸称异，或有谋为神践约者，有识理者曰："幽明路殊[29]，人神道异。昔河伯娶妇[30]，乃巫觋惑众之所为也[31]。神而属意周家女，神可自娶之；我辈人耳，不能代其纳采问名也。"其议遂寝[32]。

女一夕针黹之暇[33]，倦甚假寐[34]，恍惚间见有以鱼轩来迓[35]者，促女登舆[36]。女问往何处，召者何人。舁者[37]曰："去自知之。"逶迤数里许[38]，见一大院落，入焉。凡历门闼数重，似进内室，闻有婢媪笑语声[39]，乃停舆启帘，请女出见，则二女已候于舆左右。携手升堂，堂上巨烛如椽[40]，光明若昼。二女妆饰炫丽，珠翠环绕，非如向时。女知二女已死，亦不惧。问讯既毕，即曰："二姊至此间亦乐乎？"二女曰："思念父母，常怀耿耿[41]。重泉相隔[42]，永无会期，惟有见之于梦寐中耳！"言罢，呜悒不胜[43]。忽闻帘外履声橐橐[44]，二女起立曰："府君至矣[45]。"侍婢掀帘，一伟丈夫闯然至前[46]，貂冠狐裘，作本朝装束。女惊，欲避匿。二女曰："无妨。府君召阿姊来，本有事相求耳。"女知是前日之神，肃然改容。神向女长揖曰[47]："幸降敝庐[48]，得亲芳范，三生缘福，感切铭肌。"女双颊为酡[49]，羞赧不知所对。神又曰："余虽旁有姬媵，奉侍巾栉[50]，然中馈乏人，正位尚虚[51]。卿德容俱备，柔淑堪嘉。倘肯下降[52]，当以礼聘。"女怫然答曰[53]："村野陋姿，尘凡秽质，何堪上匹神明。况罗敷已自有夫，使君曷能相逼[54]？妾闻聪明正直之谓神；好色溺情，干名渎分[55]，人且弗为，而况神乎！"拂衣欲行。二女殷勤劝留，女执不可。甫出门，黄沙茫茫，莫辨南朔[56]。方惶迫间，忽见火炬蜿蜒若龙，呵殿声自远而至[57]，驺从百余人[58]，前后拥卫，舆中端坐一老者，古貌疏髯，相极慈善。瞥见女立道旁，问何以昏夜在此[59]。女答以由神署出，距此约数十武而遥[60]，并诉颠末[61]。老者颔首微笑曰："此贞女[62]，可敬也。"即命随身一仆，张灯送之归。女于道中私问仆曰："斯何神也？"仆曰："乃前任江苏巡抚丁公[63]，赴玉阙征召[64]，以有事，道经此间耳。"及巷口，女识己舍，甫欲叩扉，仆自后推之，蘧然而觉[65]，乃知是梦。

未及匝月[66]，神庙毁于火。女同巷有徽商程姓者，拥厚资，习贸迁术[67]。夙闻女美，继知其已字人[68]，亦姑置之[69]。一日，经女门外，女适自戚串家归[70]，觌面相逢[71]，视之独审[72]，一种妩媚之态，秀娴之致[73]，几令人魂销志丧。商归，为之颠倒竟日[74]。顾计无所出。程固孤身作客，邻有李妪者[75]，亦惯作冰上人[76]，固与周媪同业相善，而时向程有所借贷，前曾托以觅小星[77]，妪锐身自任。适吴门褚家有姊妹花将择人而事[78]，容色花妍，肌理玉润，推为此中翘楚[79]。妪以为必惬程意，招程往观。程见之，殊不许可。妪曰：“此种人物，可冠群芳，岂能于寻常小家女子求之哉[80]？若欲胜此，殊非天上神仙耳。”程屡作掉首状，曰：“汝言过当。世间女子之美，孰有如周家喜子者？汝苟能为撮合山[81]，当以三百金酬汝，俾汝下半世吃著不尽也[82]。”妪曰：“喜子已有婿家，一时岂能进言？君必欲得之，当以计取。但愿出聘金若干？若能动媪意，拚此一副老面皮[83]，与汝一行。”程曰：“三千金如何？”妪曰：“此数亦不为少。但观汝福命何如耳。”

翌日[84]，李往媪家闲谈，言次[85]，夸述程商之富，谓：“程商去岁屯谷，人皆笑其愚，今春采买者接踵至，价日昂，获利倍蓰[86]，前后计得数万金。闻将以三千金觅丽姝为簉室[87]，特浼老身为媒[88]。顾选择殊苛，迄无当意。褚家姊妹名著金阊[89]，在裙钗队中可屈一指，渠[90]意犹以为未足，反谓必如君家喜子，乃可谐鸾凤侣也[91]。乞儿思啖鹅炙[92]，真妄想哉！”媪闻言，意似歆动[93]。妪曰：“程商性情和易，汝亦识之。有急求贷，从不却人。其家又不在此，虽曰簉室，无异嫡妻[94]。不知何家女郎有福，独能消受耳！”媪曰：“我家喜子从不出外，不知程商于何处见之，竟至喋喋誉于人前[95]？”妪曰：“程商思慕喜姑，却出自一片真诚。彼愿以三千金作聘礼，亦惟若喜姑之美，方肯耳。非老身敢多言，喜姑若从程商，戴金珠，曳罗绮[96]，厌珍错[97]，饱膏粱[98]，强如嫁牧牛儿，仆仆于风日霜雪中哉[99]！”媪沈吟不语。妪又曰：“贫家耕作汉有一辈子不得百金者，今一旦骤获三千金[100]，则高墉厦屋，良田沃产，何所不有？我嫂此时鲜衣美食[101]，享奉丰余，老身若来，徒仰臧获辈鼻息矣[102]。”媪曰：“喜子已字乡人，汝所知也。今若适程商[103]，当以何计？”妪曰：“牧牛儿安知许事[104]？愓之以势[105]，诱之以利，无不从者。一纸离婚书，保在老身双手取来，嫂可安然作富翁岳母也。”妪固素识北乡里正[106]，啖以重利[107]，招乡人子来，始恫以危词，继慰以甘言，乡人子惧，愿作离书，不敢与贵官争。里正畀以二百金[108]，欣然出望外。于是遂纳程聘。

行聘之日，礼币华美[109]，舆从烜赫，同巷中人，群相艳羡。媪以旧居湫隘[110]，别赁新屋。喜子微有所闻，而未悉其详，乘间问母[111]。媪知女志，辄枝梧其说[112]。既而亲迎有日矣[113]，向时女伴，咸向媪作贺，群曰："喜姑真有福哉，今作富家媍矣[114]！"媪又尽出衣饰陈诸庭，益啧啧叹美。众意喜子必欢乐逾平时，而观其容色惨沮，一似重有忧者[115]。将嫁先一夕，闭门早卧。明日，花影已过三竿[116]，而双扉尚未启。媪呼之，弗应；惧有变，破扉竟入，则女僵卧于床，气绝体冰，早已花蔫玉碎矣。搜之枕畔，角盒犹存[117]，盖一盏阿芙蓉膏[118]，正其毕命汤也。呜呼！心如皦日[119]，悲同穴于何年；莲出污泥，实所生之不偶[120]。其人其事，足以风矣[121]。媪以既丧明珠，草草殡殓。一时亦无文人学士表彰其事者。

喜子以一小家女子[122]，而深知从一之义，誓殉所天[123]，不以贫富易心，一丝既定，万死不更。"芝草无根，醴泉无源[124]"，洵然[125]哉！乃世徒讲求门第，请旌乞奖半在阀阅[126]，而茅檐蔀屋则罕闻焉[127]。古今来毅魄贞魂，有不同声一哭哉！

【注释】

〔1〕媪（ǎo）：对老年妇女的通称。

〔2〕维扬：扬州的别称。《尚书·禹贡》："淮海惟扬州。""惟"通"维"。后截取二字以为名。

〔3〕官媒：官府批准以做媒为业的妇女。

〔4〕掌珍：同"掌上明珠"，比喻极受宠爱珍视的人。多指爱女。清代王韬《瓮牖馀谈·书彭孝女事》："〔孝女〕事亲尤能先意承旨，以是双亲爱之为掌珍。"

〔5〕臻（zhēn）至：极为完美，周到。

〔6〕糁（sǎn）：掺杂，混合。

〔7〕芬馥：香气浓郁。

〔8〕秀外而慧中：即秀外慧中，也作"秀外惠中"。外貌秀美，内心聪慧。形容才貌俱佳。秀，秀美。慧，也作惠，聪明。中，指内心。

〔9〕问字：向人请教。典出《汉书·扬雄传》："刘棻尝从雄学作奇字。"宋代范成大《宴坐庵（四首）》第四首："俗客扣门称问字，又烦居士起穿靴。"

〔10〕书史：典籍，指经史一类的书籍。

〔11〕女红（gōng）：女子所做的针线活。精绝：精妙绝伦，无与伦比。

〔12〕许字：许婚。

〔13〕农家：务农为业的家庭。

〔14〕戚串：亲戚。

〔15〕彩凤随鸦：比喻才貌出众的女子嫁给远不如自己的人。典出宋代祝穆《事文类聚》："杜大中起于行伍，妾能词，有'彩凤随鸦'之句，杜怒曰：'鸦且打凤'。"

〔16〕西青散记：史震林所撰笔记，四卷，其中记载了清代女词人贺双卿的身世和作品。史震林，字公度，号梧冈，别署瓠冈居士，江苏金坛人。乾隆二年（1737）进士，官淮安府教授。著有《华阳散稿》《西青散记》等。

〔17〕绡山女子双卿：即贺双卿，清代江苏金坛人氏，女词人。初名卿卿，一名庄青，字秋碧。嫁做农家妇，年仅二十岁便因劳累而死。

〔18〕及笄（jī）：指女子年十五岁。详见《纪日本女子阿传事》注。

〔19〕士女：泛指男女。

〔20〕袍笏（hù）：泛指官服。焕丽：华丽。

〔21〕妾媵（yìng）：泛指妾。

〔22〕寒热：中医指人身体有病时，时冷时热的症状。

〔23〕未几：不久。殒（yǔn）：死亡。

〔24〕庙祝：主管庙内香火事务的人。

〔25〕桃李其容：面容如桃花、李花一样美丽。典出《诗经·召南·何彼襛矣》："何彼襛矣，华如桃李。"后以"桃李"形容女子貌美。唐代张说《司属主簿博陵崔讷妻刘氏墓志铭》："珪璋其节，桃李其容。"

〔26〕冰雪其操：像冰一样清澈，像雪一样洁白。比喻人的操行清白。

〔27〕以非义干：即干名犯义，指违背世俗礼教和道义。干，冒犯。犯，侵害。

〔28〕正室：正妻。

〔29〕幽明：阴间与人世。

〔30〕河伯娶妇：事见《史记·滑稽列传》。战国时期魏国西门豹管理邺（今河北临漳西）时，地方官绅和祝巫勾结，假托河伯娶妇，强选少女，投入河中，以愚弄百姓，榨取钱财。西门豹体察民疾，革除恶习，为人传颂。

〔31〕巫觋（xí）：语出《国语·楚语下》："在男曰觋，在女曰巫。"后泛指巫师。

〔32〕寝：停止，平息。

〔33〕针黹（zhǐ）：指缝纫、刺绣等针线活。

〔34〕假寐（mèi）：打盹。

〔35〕鱼轩：古时贵夫人所乘坐的车子。后泛指车子。详见《小云轶事》注。迓（yà）：迎接。

〔36〕舆：车子。

〔37〕舁（yú）者：驾车的人。舁，通"舆"，车子。

〔38〕逶迤（wēi yí）：曲折行进的样子。

〔39〕婢媪：指供役使的婢女、仆妇。

〔40〕椽：椽子，放在檩上架屋顶的木杆。此处形容巨烛之粗。

〔41〕耿耿：此处指心中挂怀，烦躁不安的样子。

〔42〕重泉：又称"九泉""黄泉"，指冥间，阴间。清代陈裴《梦中》："子母重泉相见否，梦中还望寄声来。"

〔43〕呜悒（yì）：悲伤哭泣。

〔44〕橐橐（tuó tuó）：象声词。此处形容脚步声。

〔45〕府君：旧时对神的敬称。唐代王度《古镜记》："某是华山府君庙前长

松下千岁老狸。”

〔46〕闯然：突然进入的样子。

〔47〕长揖：拱手高举，自上而下行礼。表示敬重。

〔48〕敝庐：谦辞，对人称自己的家，犹寒舍。

〔49〕酡（tuó）：指脸红。

〔50〕奉侍巾栉（zhì）：侍奉梳洗之事。泛指侍候。巾栉，原指巾和梳篦，引申指盥洗。

〔51〕“然中馈（kuì）”两句：意谓尚未娶妻。《易·家人》“无攸遂，在中馈”，孔颖达疏：“妇人之道……其所职，主在于家中馈食供祭而已。”后称尚未娶妻为“中馈乏人”。

〔52〕下降：敬辞，下嫁。

〔53〕怫然：生气的样子。

〔54〕“况罗敷”两句：意谓周贞女拒绝了府君的求亲。典出《乐府诗集·相和歌辞三·陌上桑》：“日出东南隅，照我秦氏楼。秦氏有好女，自名为罗敷。……使君从南来，五马立踟蹰。使君遣吏往，问是谁家姝？‘秦氏有好女，自名为罗敷。’‘罗敷年几何？’‘二十尚不足，十五颇有余。’使君谢罗敷：‘宁可共载不？’罗敷前置辞：‘使君一何愚！使君自有妇，罗敷自有夫。’”借用此典意谓女子已有丈夫。

〔55〕干名：此指以不正当手段求取名位。渎分：有亏职守，不尽职。

〔56〕南朔：南北。泛指方向。南，指南方。朔，指北方。

〔57〕呵殿：古时贵人出行，侍从前呼后拥，叫人回避让道。在前称“呵”，在后称“殿”。

〔58〕驺（zōu）从：古代显贵出行时在车前车后骑马的侍从。驺，骑士。从，侍从。

〔59〕夤（yín）夜：深夜。

〔60〕武：半步。泛指脚步，足迹。

〔61〕颠末：始末，原委。

〔62〕贞女：坚守节操的女子。

〔63〕巡抚：职官名。清代掌管一省军政、民政的官员。

〔64〕玉阙：指玉帝的居处。此处代指玉帝。

〔65〕蘧（qú）然：惊醒的样子。

〔66〕匝月：满一个月。

〔67〕贸迁术：做买卖的本领。贸迁，同“懋迁”，贩运买卖。《晋书·食货志》：“贸迁有无，各得其所。”

〔68〕字人：许配于人。

〔69〕姑：暂且。

〔70〕戚串：亲戚。

〔71〕觌（dí）面：见面，当面。

〔72〕独审：特别仔细。

〔73〕秀娴：才能出众，文雅美丽。

〔74〕竟日：整天，终日。

〔75〕妪：妇人。多指老妇。

〔76〕冰上人：即媒人。详见《华璘姑》注。

〔77〕小星：妾的代称。详见《贞烈女子》注。

〔78〕吴门：古吴县的别称。明清属苏州府治。今江苏省苏州市吴中区与相城区一带。

〔79〕翘楚：此指出类拔萃的女子。

〔80〕小家：平民小户人家。

〔81〕撮合山：媒人的俗称。《京本通俗小说·西山一窟鬼》：“元来那婆子是个撮合山，专靠做媒为生。”

〔82〕俾（bǐ）：使。

〔83〕拚（pàn）：舍弃，不顾惜。

〔84〕翌（yì）日：次日，第二天。

〔85〕言次：言谈之间，正在说话的时候。

〔86〕倍蓰（xǐ）：泛指数倍。倍，一倍。蓰，五倍。《孟子·滕文公上》："夫物之不齐，物之情也。或相倍蓰，或相什百，或相千万。"

〔87〕簉（zào）室：侧室，指妾。详见《吴琼仙》注。

〔88〕浼：通"浼"，请托，央求。老身：老年妇女自称。

〔89〕金阊（chāng）：苏州的别称。苏州有金门、阊门两城门，故以"金阊"代称。

〔90〕渠：他。

〔91〕鸾凤：鸾鸟与凤凰，传说中的神鸟。此处比喻夫妻。

〔92〕乞儿思啖鹅炙（zhì）：意谓痴心妄想。鹅炙，烤鹅肉。典出《晋书·刘毅传》，东晋荆州刺史刘毅贫贱之时，曾去拜见江州刺史庾悦，庾悦正在家里吃烤鹅肉，刘毅请求庾悦把吃剩下的烤鹅肉分给他，结果遭到冷落。

〔93〕歆动：动心。

〔94〕嫡（dí）妻：指男子明媒正娶的妻子。又叫正妻、正室。

〔95〕喋喋（dié dié）：多话的样子。

〔96〕曳（yè）：穿着。

〔97〕厌：吃腻。珍错，即山珍海错，山珍海味。泛指美食。形容各种珍奇的美味佳肴。

〔98〕膏粱：肥肉和细粮。泛指精美的食物。详见《吴琼仙》注。

〔99〕仆仆：奔走劳顿的样子，劳碌。此处形容生活艰辛。

〔100〕今：假使，如果。

〔101〕鲜衣美食：华丽的衣着，精美的食物。形容生活优裕。

〔102〕仰臧（zāng）获辈鼻息：意谓看仆人的脸色行事。仰，依赖。臧获，泛指仆人。鼻息，呼吸。仰鼻息，比喻看人脸色。

〔103〕适：女子出嫁。

〔104〕许事：这事，这样的事。

〔105〕惕：使畏惧。

〔106〕里正：职官名。里长。古时乡里小吏，负责掌管户口、赋役等事。

〔107〕啖（dàn）：利诱，引诱。

〔108〕畀（bì）：给予。

〔109〕礼币：此指下聘的礼物。

〔110〕湫隘（jiǎo ài）：指居处低湿狭小。《左传·昭公三年》："子之宅近市，湫隘嚣尘，不可以居。"

〔111〕乘间：趁着机会，利用机会。

〔112〕枝梧：即"支吾"。指说话含混躲闪。

〔113〕有日：不久。

〔114〕姨：妾。

〔115〕一似重有忧者：意谓很忧愁。详见《郑芷仙》注。

〔116〕花影已过三竿：即"日出三竿""日高三竿"。典出《南齐书》卷一二《天文志上》："永明五年十一月丁亥，日出高三竿，朱色赤黄，日晕，虹抱珥直背。"后常用"三竿"形容太阳升得很高，多借指起床很晚。

〔117〕角盒：方形的盒子。

〔118〕阿芙蓉膏：指熬制好的鸦片。阿芙蓉，俗称鸦片。

〔119〕皦（jiǎo）日：明亮的太阳。

〔120〕不偶：即数奇，指命运不好，事多不顺利。古人以偶数为和谐，奇数为乖舛。

〔121〕风：指《诗经》中三种诗歌类型之一，即"国风"。这是《诗经》的精华所在，描绘了广大百姓的繁衍生息和生产劳作，歌颂他们的劳动和爱情，宣泄他们心中的苦恼和愤怒。

〔122〕小家女子：指平民小户人家的女子。此处指香女。

〔123〕所天：称丈夫。潘岳《寡妇赋》："少丧父母，适人而所天又殒。"

〔124〕"芝草无根"两句：意谓人的成就是靠自己的努力，与出身无关。此处喻周贞女高洁的品行。芝草，灵芝。醴泉，甘甜的泉水。语出三国吴

虞翻《与弟书》:“扬雄之才，非出孔氏之门，芝草无根，醴泉无源。”

〔125〕洵(xún)然：确实这样。

〔126〕阀阅：指世家大族。

〔127〕茅檐蔀(bù)屋：代指贫苦人家。蔀屋，草席盖顶的屋子。

【译文】

周贞女

周媪，扬州人，住在昆市街，一向以做媒为业。丈夫早亡，依靠做媒糊口。她生有一女，小名叫喜子。自幼爱如掌上明珠，对其肌肤手足无不加倍保护。常把香屑掺在饼中给女儿吃，时间久了，女儿遍体皆香，盛夏出汗，衣服尤为芳香，人们因此称她为香女。香女稍大，丰神俊美，姿容美好，不但外貌秀美，而且内心聪慧。偶尔向人请教，也从不忘记，渐渐通晓经史典籍。缝纫、刺绣等女红更是无与伦比。于是丽质艳名，一时交互称赞。香女自幼已许配给北乡某氏子，是个农户，愚笨粗鄙不识字。亲戚们听说了，都感叹说凤凰嫁给了乌鸦。香女听到后，态度自然如常。她喜欢读《西青散记》，常把自己比作绡山女子双卿。在家不轻易见人。她亲手在庭院边上种了一株海棠，道：“这是古人所称的薄命花。明年秋天如果开花，那么薄命人终归不会沦落了。”香女年龄到了十五岁，光彩艳丽，见到的人惊讶地以为她是天仙。

一天，香女偕同两女伴游览城西别墅，偶然经过一座庙，香火很盛，男女往来不绝。香女也进入观看。神像为美少年，官服华丽。两个女伴都仰望了许久，俯身拜了两次；香女只是恭敬地弯腰站在旁边罢了。两个女伴回家后，都看见神降临到她们家，说将召她们做妾，但接着便发冷发热，不久都死了。乡人相信神的灵异，便塑了两个女子的像在神像两侧。过了一个月，庙祝忽然梦到神对他道：“周家的喜子，我一向倾心爱慕。她以前来过庙中，有幸见过一面。她容貌如桃花李花般艳丽，操守如冰雪般清洁，全部不违背世俗礼教和道义。我想娶她为妻，你去跟乡人商量。”第二天早晨，庙祝把他的梦告诉了乡人，众人都认为很奇异，或有想为神履约的人，有明白道理的人，道：“阴间和阳间不同路，人和神也有差别。过去河伯娶妇，就是巫师造谣惑众所为。神对周家女倾心，他可以亲自去娶；我们这些人不能替他提亲送礼。”那种议论于是平息了。

一天晚上，香女在做针线的闲暇，困倦得打了个盹，恍惚间看见有驾车来迎的人，催她上车。香女问前往什么地方，召她的是什么人。驾车人道：“你去了就知道。”车曲折地走了数里路，看见一座大院落，驶进去。总共经过好几道门，似乎进了内室，听见有婢女、仆妇的笑语声，就停车启帘，请香女出来相见，而亡故的两个女子已经等候在车左右。携手登堂，堂上巨烛如椽，亮如白昼。两女装饰华丽，珠翠满身，已经与过去不同了。香女知道她们已经死了，也不害怕。问候过后，就道：“两位姐姐在这里也快乐吗？”两女道：“思念父母，难以忘怀。阴阳相隔，永无会期，只有在梦中相见了！”说完，悲伤地哭泣起来。忽闻帘外传来脚步声，两女起立道：“府君到了。”侍女掀开门帘，一个魁梧的男子突然走到跟前，戴着貂尾作为装饰的帽子，穿着狐狸皮做的外衣，是本朝的衣着穿戴。香女吃惊，想要躲避。两女道：“不要害怕。府君召姐姐来，本是有事相求。”香女知道他就是前些日子见到的神，神色恭敬起来。神向香女拱手施礼道：“有幸光临寒舍，得亲芳范，三生缘福，感念不忘。”香女红了脸，害羞得不知怎么回答。神又道：“我虽然身边有侍妾，但是我还没有妻子。你品德和容貌兼备，温柔贤淑的性情值得赞美。如果肯嫁给我，定当依礼聘。”香女生气地回答道：“我粗鄙丑陋，是尘凡秽质，哪里能匹配神明。何况我已经有了丈夫，你怎能相逼？我听说聪明正直称为神；好色溺情，窃取名位，有亏职守，人尚且不做，何况神呢！”拂袖要走。两女殷勤劝她留下，香女执意不应。她刚出门，黄沙茫茫，辨不清方向。正惶恐急迫的时候，忽见一队火炬蜿蜒如龙，呼喝声由远及近，一百多侍从，前呼后拥，车中坐着一位老者，相貌古朴，胡须稀疏，面相十分慈善。瞥见香女站立道旁，问为何深夜在此。香女回答说从神署出来，距离这里大约几十步远，并且诉说了事情的始末。老者点头微笑道："这是贞烈女子，可敬啊。"就命随身的仆人，打着灯笼送她回家。香女在途中暗地里问仆人道："这是什么神？"仆人道："是前任江苏巡抚丁公，赴玉帝征召，因为有事，途经此地。"到了巷口，香女认出自己家，刚要敲门，仆人从后一推，突然惊醒，才知是梦。

不到一个月，神庙被大火烧毁。香女同巷有个姓程的安徽商人，拥有大量的钱财，精通买卖。早听说香女貌美，随后知道她已经许配人家，也暂且放下了。一天，他经过香女门外，香女正好从亲戚家回来，当面相逢，看得很仔细，见香女那种妩媚的姿态，秀雅的情致，几乎让人销魂丧志。商人回家后，为香女整天神魂颠倒，但无计可施。程商本孤身在外，邻居有个姓李的妇人，也经常做媒人，本与周媪相善，有时向他借贷，之前程商曾托人纳妾，她便挺身应承下来。适逢苏州褚家有姐妹花要许配人家，容貌美丽，肌肤润泽，被认为是苏州相貌出众的女子。李妪认为必定能合乎程商的心意，就招他前往相看。程商见了，很不满意。李妪道："此种人物，可冠群芳，哪能在寻常小家女子中寻求呢？如果要超过她们，除非天上的神仙。"程商屡屡转头，道："你说得过了。世间女子之美，哪有如周家喜子的人？你如果能做媒人，当以三百两银子酬谢，使你下半辈子吃穿不尽。"李妪道："喜子已有婿家，一时怎能说此事？你一定要得到她，应当以计谋取得。只是你愿出多少聘金？若能打动周媪的心，拚上这张老脸，为你走一趟。"程商道："三千两银子怎么样？"李妪道："这个数也不算少，只看你福命怎么样了。"

第二天，李妪往周媪家闲谈。言谈中，李妪夸述程商富有，道："他去年囤谷，人们都笑他愚蠢，今年春天采买的接连不断，价格每天都在升高，获利数倍，前后共赚了数万两银子。听闻他将用三千两银子找佳人为妾，特意让老身做媒。但选择很苛刻，到现在也没有称心的。褚家姐妹名著苏州，在女子中可说是首屈一指，他仍不满意，反而说必须如你家喜子，才能夫妻和美。这是乞丐想吃烤鹅肉，真是痴心妄想啊！”周媪闻言，似乎心动。李妪道：“程商性情温和平易，你也认识他。有急事向他借贷，从不拒绝。他家又不在这里，虽说做妾，但与正妻无异。不知道谁家的女郎有福，能独自享受！”周媪道：“我家喜子从不外出，不知程商从哪里看见，竟然在人前不停地夸赞？”李妪道：“程商思慕喜子，却是出自一片真诚。他愿以三千两银子做聘礼，也只有如喜子的美貌，才会同意。不是我多嘴，喜子若从了程商，戴金珠，穿绸缎，吃腻山珍海味，吃足美味佳肴，强过嫁给牧牛儿，在风日霜雪中劳碌啊！”周媪沉吟不语。李妪又道：“有一辈子得不到一百两银子的贫家耕作汉，如果一旦获得三千两银子，那么高墙大屋、良田沃产，什么没有？嫂子你现在鲜衣美食，供享丰余，老身如果再来，只能看你家仆人的脸色了。”周媪道：“喜子已经许配乡人，你是知道的。现在如果许配程商，应当用什么办法？”李妪道：“牧牛儿哪里知道这事？用势力恐吓他，用利益诱惑他，没有不顺从的人。这一张离婚书，保证老身我双手取来，嫂子可以安然做富翁的岳母了。”李妪本就认识北乡的里正，用重金利诱，让他招来乡人子，开始用吓人的话恐吓他，接着又用好听的话劝慰他，乡人子害怕了，愿意写离婚书，不敢与贵官抗争。里正给了他二百两银子，他喜出望外。于是周家就收了程商的聘礼。

定亲那天，聘礼华美，侍从众多，同巷中人都很羡慕。周媪认为旧居低湿狭小，另租了新房。香女稍微听说了此事，但不知道详细情况，找机会询问母亲。周媪知道女儿的心志，总是对此支支吾吾。不久就到了迎亲的日子，以前的女伴都祝贺周媪，道：“喜子真有福啊，现在做富家的妾了！”周媪又拿出所有的衣服首饰摆在庭院，众人更加不停地称赞。众人料想香女一定比平时快乐，但是看她神色忧伤沮丧，总像有很深的痛苦。

将出嫁的头天晚上，香女闭门早睡了。第二天，已日上三竿，但房门还没开。周媪来唤她，没有回应；担心有变故，就破门而入，就见香女躺在床上一动不动，气绝体凉，早已死了。在她枕边寻找，角盒犹存，原来是一盒鸦片膏，正是她的毙命汤。呜呼！心如太阳，悲同穴于何年；莲出污泥，实所生之不偶。其人其事，值得作诗写下来。周媪失去了香女这个值钱的明珠，只能将她草草安葬。一时也没有文人学士表彰香女的事迹。

香女虽然是小家女子，却深知从一而终的道义，为丈夫殉节而死，不因贫富改变心志，婚姻既定，万死不变。“灵芝无根，甘泉无源”，确实是这样啊！那些讲求门第、请求表彰的世俗之人，多半在世家大族，而在贫苦人家却很少听说。古今往来的英灵和忠烈之魂，有不同声一哭的吗！

杨素雯

陆生仲敏，吴人[1]，世居常熟虞山下[2]。家有小园，依山叠石，因涧凿池，林木蓊郁[3]，花竹清绮。生幼失怙恃[4]，寡婶抚之成立[5]。娶于世族，未一年，遽赋悼亡[6]。生亦不甚措意[7]。生平淡于荣利[8]，不求仕进[9]。早岁入邑庠[10]，即弃帖括[11]。性好读书，奇编秘帙[12]，不惮以重价购置[13]，所藏数万卷，俱雠校精审可传[14]，一时藏书之名，与昭文张金吾埒[15]。闻杭郡某宦家有异书[16]，其子孙式微[17]，将贬价斥售，并慕西湖山水名胜，欣然买棹往[18]，寓于孤山寺旁古馆中[19]，左即张氏梅花屿，右即水仙祠也。四周缭以短垣，藤蔓纠结。墙外古树参差，蔚然深秀。生所居纸窗竹榻，雅洁异常，意愿颇惬，拟久住为消夏计。每于诵读之暇，或骑驴，或泛舟，随兴所至，游览于六桥三竺[20]间。

一日饭后，就近散步。见一女郎踯躅树下[21]，欲行又却，旋复拂石藉帕而坐，手抚其足，一若楚痛不能步履者[22]。生行近视之，则容光靡艳，丰韵娟秀，非寻常闺阁姝也。生从未见此丽质，不觉魂销心醉。便欲与语，惟恐唐突，因呼童取竹椅至，长揖谓之曰："石凉且湿，盍就此少憩？"女强起，裣衽答礼[23]，颊晕红潮，赧然不能启口[24]，久之，但嗫嚅道一谢字而已[25]。顾日影衔山，月痕映树，犹不言去。生乃询女家何处。女曰："家在涌金门内[26]。顷与东邻数姊妹结伴同来，荡桨前湖，至此系缆偕登。途中见一白兔突起草间，逐之数匝[27]，遂与女伴相失。渠等想已解维去矣[28]。余足纤弱不能行，奈何？"生曰："敝寓距此咫尺，若不嫌亵，暂宿一宵，何如？"女曰："寓中尚有何人？"生曰："惟一仆僮供驱使[29]，此外无人。"女曰："遇等水萍，嫌同瓜李[30]，孤男寡女，便尔栖宿[31]，何以归告父母？"

生曰："托言在戚串家[32]，何害？"女意似可，谓生曰："且就尔居，再定行止。然须仗君力扶。"生乃携女手而行，柔荑滑腻[33]，十指如削葱[34]。生淫情荡漾，几不自持。既抵生斋，女即斜卧于床，曰："今日惫甚矣，乞赐琼浆，以慰渴吻。"生命瀹普洱茶以进[35]。女饮而甘之，曰："此味绝胜龙井，胸鬲为之一快[36]。"须臾，月上窗棂，花影零乱，煮酒既温，举杯相属，生曰："有仓猝客，无咄嗟筵[37]，山肴野蔌[38]，不足供下箸[39]，若之何？"女笑曰："君虽客气，亦未免太俗矣。此正儒素家风味也[40]。"见案头有玉溪生诗[41]，评泊殆遍[42]，因问生曰："此君手笔耶？"生曰："然。"女曰："然则我两人固有同嗜也。请即以诗中语为射覆[43]。"生曰："诺。"女机警敏捷，生往往为所窘，饮无算爵[44]。女量甚豪，辄代生罚。酒罢宵阑，女谓生曰："君可襆被宿斋外，让女元龙高卧何如[45]？"生曰："自然开并蒂花，结连理枝，同衾合枕，为一对野鸳鸯也。"女曰："可疏《药转》一诗[46]，然后许汝。"生援笔索纸，顷刻立就。女览之，笑曰："此非急就章[47]，直宿构耳[48]。"生不俟[49]女命，解衣登榻，女宛转随人，欢爱臻至[50]。天明，女即欲别去。生询其居止姓氏，不答，但曰："勿泄于人，自可常至。"生请订期。曰："乘间即来[51]。设或乖约[52]，君望徒劳，侬心更戚。"执手婉恋[53]，泪眦荧然[54]。女令生送至湖边，适垂杨下维一舴艋[55]，与女相识。女呼之来前，竟登焉，载女至烟波深处，倏尔不见。生四顾踟蹰，怅然若有所失。自此枕簟间恒有异香[56]，经月不散[57]。

生冀女重至，久之杳如[58]。常乘一舸，溯洄涌金门左右[59]，庶几一遇[60]。时正七夕[61]，双星渡河[62]。薄暮[63]瞥见一舟，容与中流[64]，女在其上，翁媪端坐于中，旁侍雏鬟三四人。生见女欲呼，女急挥扇遥止之。生会其意。行稍近，但以眉目流盼送情而已。生令舟人尾之而行。既至涌金城外，女全家舍舟登岸，生亦从之；入城，生亦入。转瞬抵一甲第，翁媪偕众女子鱼贯并进，双扉遽阖[65]。生徘徊门外，踝躞往来[66]。欲询之左右邻人，苦无相识，无从问讯。正踌躇间，忽一垂髫婢自侧门出[67]，向生曰："子非陆郎乎？我家姑子唤汝人[68]，但勿多言，主人若知，败矣。”引生从曲巷中行，须臾至一园，楼台幽敞，花木萧疏，径甚曲折。回廊既尽，乃渡小桥，河中多植白菡萏[69]，开尚未谢，清香袭人。婢导生登八角亭，则女与向之三鬟皆在焉。几上陈设瓜果，烛影摇红[70]，香痕篆碧，翦纸所制各物，雕镂精细，巧夺天工。女见生至，执手欣慰，使与诸女郎相见：著紫罗衫，曳碧縠裙[71]，颀身玉立[72]，姿致娉婷者[73]，为纤纤；服红绡半臂[74]，两颊泛潮霞，双眸凝秋水者[75]，为娟娟；发犹覆额，窄袖散裤[76]，翘绣屧如结锥[77]，肤白于雪，眼明于波者，为翠翠。生一一与之问答。三女容色娇妙，词语清隽，皆非尘世中人。生如入群仙队里，心旌摇摇[78]，不能自主。

女曰：“今夕之会，殆是天缘，各作一词以写景物。”生曰：“善。”于是各给纸笔，拈韵牌，拣词调，各自构思。女词先成。生视之，云：

> 卷帘一笑，侍儿传说秋期到。瓣香尊酒安排早，碧落银潢，今夜新凉悄。　何须乞尽人间巧，何须乞福萦尘抱，何须更乞才华好，只乞有情眷属都偕老。

生读甫竟，啧啧赞曰：“女学士毕竟射雕手[79]。末句即为我两人佳谶矣[80]。”纤纤词亦就，女为代吟，云：

> 乍警秋心，未语离绪，针楼倦绣招邻女。巧珠藏盒暗沈吟，乞他结就同心缕。　耿耿星河，泠泠风露，香团百和金炉炷。深情脉脉祝天孙，怕教同伴闻私语。

女曰：“纤姊吐属毕竟不凡[81]，深心人别有怀抱也[82]。”生回视二女，或凭阑低讽[83]，或望月曼吟[84]，搜索殊苦。因谓女曰：“佳景当前，正宜情话，乃必强人以难事，卿亦恶作剧哉。请除此令。”女曰：“小妮子犹可恕[85]，岂汝秀才家亦曳白哉[86]？”生曰：“余腹稿已成，写出就女学士评骘何如？”生词云：

纤云如织，明河如滴。怅佳期误却前期，算来今夕何夕。这谁家院落，无端又，璧盒银盘竞陈设。私忱暗祝，花下久立。绡衣薄，露华湿。休羡双星，天生就，聪明福慧，纷纷向伊乞。　旧聘钱，负了终须直；旧情人，见耶终须别。待经年，一度相逢，满腔离绪恁说。晓乌啼急。况侬是，梦也全无泪空拭！便再到那画楼畔，觅芗泽，事已非，时已易。剩金针彩线团作茧，总比不得心头结！

女拍生肩曰："妙得双关，道得出个中心事。"

于是绮筵已设[87]，遂各入座。诸女郎酒量俱豪，无不满浮大白[88]。女曰："若此可称颠饮[89]，易入醉乡。不如击鼓催花[90]。"咸曰："妙。"既毕，继以拇战[91]，钏动觞飞[92]，酒至立尽。嗣又射覆藏弫[93]，备极其乐。生醉甚，伏几而寐。诸女郎亦玉山颓倒[94]。纤纤藉地趺坐[95]，枕生股沈沈睡去[96]。

天明，生觉凉露侵衣，细荆刺鼻，开眸微视，则第宅全无，亭台尽失，乃偃卧于荒冢上[97]。大惊起立，则正中一巨坟，余四五小冢，其一石碑犹存，剔苔细认，为"杨素雯女史墓"。生知为遇鬼，踉跄而归。

越二十余年，家日落，藏书大半散佚，馆于槜李吴氏[98]。复值七夕，忽梦前女子至曰："君忆素雯乎？地下亦殊乐，何必久恋人间也？"生方欲有言，闻邻犬吠声，遂寤[99]。因填《鹊桥仙》词一阕以寄意云：

予怀渺渺，予情惘惘，秋到兰闺寂寂。伤心潘鬓已萧萧，最怕是年年此夕。　寻盟何处，招魂何地，瓜果芳筵空设。人间天上两茫茫，正凄绝生离死别。

后旬日[100]，无疾而逝。

【注 释】

⑴ 吴：指今江苏省一带。

⑵ 常熟：古县名，即今江苏省常熟市（县级）。虞山：山名，在今江苏省常熟市。

⑶ 蓊（wěng）郁：草木青翠茂盛的样子。

⑷ 失怙恃：父母双亡。怙恃，谓父母。

⑸ 成立：成人。

⑹ 遽（jù）：就。赋悼亡：指妻子去世。西晋潘岳，妻死，作《悼亡诗》三首。后称丧妻为悼亡。

⑺ 措意：在意，属意。

⑻ 荣利：功名利禄。

⑼ 仕进：进身做官。

⑽ 入邑庠：进入县学，成为生员，俗称秀才。邑庠，县学。

⑾ 帖（tiě）括：泛指科举时代的应试文章。明清时也指科举考试的八股文。详见《自序》注。

⑿ 奇编秘帙（zhì）：珍贵罕见的书籍。

⒀ 不惮：不害怕。重价：高价。

⒁ 雠（chóu）校：同“校雠”，即校勘。考订书籍，纠正讹误。精审：精密周详。

⒂ 昭文，县名。清雍正二年（1724）分常熟县东南部置，与其同城而治，属苏州府。张金吾：清代著名藏书家，生于乾隆五十二年（1787），卒于道光九年（1829），昭文人。好藏书，多达八万余卷。著有《广释名》《金文最》《十七史引经考》《五经博士考》《白虎通论注》《爱日精庐藏书志》等书。埒（liè）：等同。

⒃ 杭郡：郡名。今浙江省杭州市。异书：珍贵或罕见的书籍。

⒄ 式微：谓家境衰落。

〔18〕买棹（zhào）：雇船。

〔19〕古馆：驿馆。

〔20〕六桥三竺：泛指杭州美景。六桥，指杭州西湖苏堤上的六桥，即映波、锁澜、望山、压堤、东浦、跨虹。杭州灵隐山飞来峰东南的天竺山有上天竺、中天竺、下天竺三座寺院，合称三竺。

〔21〕踯躅（zhí zhú）：徘徊不前的样子。

〔22〕一若：仿佛。步履：走路。

〔23〕裣衽（liǎn rèn）：也作"敛衽"，整饬衣襟，旧时女子行礼的动作。

〔24〕赧（nǎn）然：因害羞而脸红的样子。

〔25〕嗫嚅（niè rú）：有话想说又不敢说，吞吞吐吐的样子。

〔26〕涌金门：杭州正西之旧城门名，又称小金门。

〔27〕匝：环绕一周。

〔28〕解维：指开船。

〔29〕僮：未成年的仆役。

〔30〕嫌同瓜李：也作"瓜李之嫌"等，指要立身谨慎，避免嫌疑。典出《乐府诗集》卷三二《君子行》："君子防未然，不处嫌疑间。瓜田不纳履，李下不正冠。"

〔31〕便尔：就。

〔32〕戚串：亲戚。

〔33〕柔荑（tí）：本义指茅草的嫩芽，后喻指女子细白柔嫩的手。语出《诗经·卫风·硕人》："手如柔荑，肤如凝脂。"

〔34〕削葱：比喻女子纤细白嫩的手指。语出汉代乐府诗《孔雀东南飞》："指如削葱根，口如含朱丹。"

〔35〕瀹（yuè）：煮。

〔36〕胸鬲：也作"胸膈"，指胸腹部。

〔37〕咄嗟（duō jiē）筵：很快就能做成的酒筵。详见《莲贞仙子》注。

〔38〕野蔌（sù）：野菜。

〔39〕下箸（zhù）：此意谓食用。箸，筷子。

〔40〕儒素：儒生的德行。

〔41〕玉溪生：即“玉谿生”，唐代诗人李商隐的号。李商隐（813—858），字义山，号玉谿生。怀州河内（今河南沁阳）人。政治上屡受排挤，郁郁寡欢，颠沛流离，潦倒终生。曾任县尉、秘书郎和东川节度使判官等。其文学成就主要是骈文和诗歌，有《李义山诗集》。

〔42〕评泊：评论。殆：近于，几乎。

〔43〕射覆：古时饮酒时助兴取乐的猜谜游戏。在喝酒行令时，出题者先用诗文、成语或典故隐喻某事物，让猜谜者用另一种诗文、成语典故来揭开谜底。如果猜不出或猜错，以及出题者误判，都要罚酒。

〔44〕无算：无法计算，形容数目多。

〔45〕女元龙高卧：此处是女子独睡的戏语。元龙高卧，典出《三国志·魏志·陈登传》载许汜与刘备论陈元龙，汜曰：“昔遭乱过下邳，见元龙。元龙无客主之意，久不相与语，自上大床卧，使客卧下床。”后以“元龙高卧”称怠慢客人。元龙，东汉陈登的字。

〔46〕《药转》：诗名。唐代诗人李商隐所作七言律诗。

〔47〕急就章：比喻匆忙完成的作品或事情。

〔48〕宿构：预先构思。

〔49〕俟（sì）：等待。

〔50〕臻（zhēn）至：形容极为完美，周到。

〔51〕乘间：利用机会。

〔52〕乖：违背。

〔53〕婉恋：爱慕难舍。婉，亲爱。

〔54〕眦（zì）：眼角。

〔55〕维：拴，系。舴艋（zé měng）：小船。

〔56〕枕簟（diàn）：枕席，泛指卧具。簟，竹席。

〔57〕经月：一个月。

〔58〕杳如：即杳如黄鹤。典出南朝梁任昉《述异记》："（荀瓌）憩江夏黄鹤楼上，望西南有物，飘然降自霄汉，俄顷已至，乃驾鹤之仙也。……宾主欢对，已而辞去，跨鹤腾空，眇然而灭。"比喻人一去不复返，一直没有消息。

〔59〕溯洄（sù huí）：逆流而上。

〔60〕庶几：希望。

〔61〕七夕：农历七月初七。

〔62〕双星渡河：牵牛、织女二星。比喻夫妇二人。传说每年农历七月七日晚上，喜鹊就会架桥，让牛郎、织女渡过银河相会。

〔63〕薄暮：黄昏，傍晚。薄，将近。

〔64〕容与：随水波起伏动荡的样子。中流，河流的中央。

〔65〕阖：关闭。

〔66〕蹀躞（dié xiè）：小步行走的样子。

〔67〕垂髫（tiáo）：指童子。

〔68〕姑子：少女。

〔69〕菡萏（hàn dàn）：莲花的别名。

〔70〕烛影摇红：烛光明亮晃动的样子。

〔71〕曳：穿着。縠（hú）：绉纱一类的丝织品

〔72〕欣身：身材修长。玉立：形容姿态秀美。

〔73〕姿致：美好的姿态与情致。娉婷：形容女子的姿态美。

〔74〕红绡：红色的薄绸。半臂：也作"半袖"，短袖上衣。因其衣袖长短为长袖衣的一半，故称。其形制为合领，对襟，胸前结衣带，长及腰际，两袖宽大而平直，长不掩肘。

〔75〕秋水：比喻清澈的眼神。

〔76〕裈（kūn）：裤子。

〔77〕屧（xiè）：鞋子。结锥（zhuī）：即解结锥。古代骨制的解结工具，形状像锥子。

〔78〕心旌（jīng）：指心神。

〔79〕女学士：泛指有才华的女子。此处指女郎。本义指南北朝时期陈国设置的女官名。《南史·陈后主张贵妃传》："以宫人有文学者袁大舍等为女学士。"后以之称有才学的女子。毕竟：终归，到底。射雕手：意谓女郎有诗才。典出《北齐书·斛律光传》："尝从世宗于洹桥校猎，见一大鸟，云表飞扬，光引弓射之，正中其颈。此鸟形如车轮，旋转而下，至地，乃大雕也……丞相属邢子高见而叹曰：'此射雕手也。'"后以之称技艺出众的能手。姚合《极玄集·自序》："此皆诗家射雕手也。"

〔80〕佳谶（chèn）：美好的预言。

〔81〕吐属：谈吐。

〔82〕深心人：城府深沉的人。怀抱：心怀，心思。

〔83〕讽：不看着书念，背诵。

〔84〕曼吟：长吟。

〔85〕小妮子：年轻女子。

〔86〕曳（yè）白：考试交白卷。语出《新唐书·苗晋卿传》："（张）奭持纸终日，笔不下，人谓之'曳白'。"

〔87〕绮筵：也作"绮席"，精美华贵的筵席。绮，华美。筵，古人席地而坐，用筵作为坐具，故座位也叫筵。

〔88〕浮大白：又作"浮一大白"，喝一大杯酒。浮白，指满饮一大杯酒。白，指酒杯。宋代司马光《昔别赠宋复古张景淳》："须穷今日欢，快意浮大白。"

〔89〕颠饮：狂饮。语出五代王仁裕《开元天宝遗事》卷上《颠饮》："长安进士郑愚、刘参、郭保衡、王冲、张道隐等十数辈，不拘礼节，旁若无人。每春时，选妖妓三五人，乘小犊车，诣名园曲沼，藉草裸形，去其巾帽，叫笑喧呼，自谓之'颠饮'。"

〔90〕击鼓催花：酒令。鼓响传花，声止，持花在手者须饮酒。典出唐代南卓《羯鼓录》，唐明皇曾命高力士击羯鼓催促花开。后以"击鼓催

（传）花”用作酒令。

〔91〕拇战：酒令，俗称划拳。宴饮时两个人伸出手指猜合计数，以决胜负。明代王徵福有《拇战谱》。清代江藩《汉学师承记·朱筠河先生》：“拇战分曹，杂以谐笑。”

〔92〕钏（chuàn）：手镯。

〔93〕藏彄（kōu）：一种酒令，饮酒时助兴取乐的猜谜游戏。也作“藏钩”，众人手中握一物，让对方猜测物在谁手，所藏对象一般是指环之类。彄，环子、戒指一类的东西。南朝梁宗懔《荆楚岁时记》：“岁前，又为藏彄之戏。按：周处《风土记》曰：‘……腊日之后，叟妪各随其侪为藏彄，分二曹以校胜负。’辛氏《三秦记》以为钩弋夫人所起。周处、成公绥并作‘彄’字，《艺经》、庾阐则作‘钩’字，其事同也。”

〔94〕玉山颓倒：比喻酒醉。详见《白秋英》注。

〔95〕趺（fū）坐：盘腿端坐。

〔96〕沈沈（chén chén）：同“沉沉”。

〔97〕冢：坟墓。

〔98〕馆：设馆，教私塾。

〔99〕寤：从睡梦中醒来。

〔100〕旬日：十天。

【译文】

杨素雯

陆仲敏，江苏人，世代居住在常熟虞山下。陆家有个小花园，依山叠石，因涧凿池，林木葱郁，花竹清丽。陆生自幼父母双亡，守寡的婶子抚养他长大成人。他娶了位世家大族的女子，不到一年，妻子就死了，也不很在意。陆生为人淡泊名利，不求仕进。早年考中秀才后，就放弃了八股文。陆生性爱好读书，奇编珍本，不惜高价购买，所藏的数万卷书，都是校勘精良可以传世的版本，一时间他藏书的名声，能与昭文县的张金吾相比。他听闻杭州一位官宦人家有珍稀的书籍，其子孙家境衰落，将降价出售，并且他仰慕西湖的山水名胜，就高兴地雇船前往，寓居在孤山寺旁的驿馆中，左边是张氏梅花屿，右边是水仙祠。四周围绕着短墙，藤蔓缠绕其上。墙外古树错落，幽深秀丽。陆生的住房窗棂上糊着纸，摆放着一张竹床，雅致洁净，十分合乎心意，他便打算常住避暑。陆生常在诵读的闲暇时间，有时骑驴，有时坐船，兴之所至，游览在杭州的六桥三竺中。

一天饭后，陆生就近散步。见一位女郎徘徊树下，欲行又止，然后回来拂去石上的尘土，垫了手帕坐下，手抚摸着脚，很像疼痛不能走路的样子。他走近一看，荣光艳丽，丰韵娟秀，不是寻常闺阁女子。陆生从未见过这样的美人，不禁魂销心醉。想与她说话，又怕失礼，于是唤书童取过一把竹椅，长揖对她道："石头又凉又湿，何不坐在竹椅上稍歇？"女子勉强起身，回了一礼，脸晕红潮，害羞得不能开口说话，过了好一会儿，才吞吞吐吐地道了一个谢字。太阳已经落山，月亮升起在树梢，女郎仍然不说离去。陆生就询问女郎家在哪里。女郎道："家在涌金门内。刚才与东邻的几个姐妹结伴同来，在前面的湖中划船，到这里停船上岸。途中看见一只白兔突然从草丛出来，追了好几圈，我就与女伴走散了。她们想必已经划船走了。我的脚柔弱不能走路，怎么办？"陆生道："我的住处离这里很近，如不嫌弃，暂住一宿，怎么样？"女郎道："寓中还有什么人？"陆生道："只有一个使唤的书童，此外没有别人。"女郎道："萍水相逢，易遭人嫌疑，孤男寡女，就住在一起，回家后怎么跟父母交待？"陆生道："你就推说在亲戚家，有什么妨碍？"女郎似乎动心，对他道："暂且到你住处，然后再定走不走。但是需要仰仗你扶着。"陆生挽着女郎行走，只觉她的手光滑细腻，十根手指纤细白嫩。他情欲荡漾，几乎不能自我克制。到陆生住处后，女郎就斜躺在床上，道："今天很疲惫了，请给我杯茶水，让我解渴。"陆生命书童煮了普洱茶端来。女郎喝了茶，觉得很甘甜，道：

"这个味道远胜龙井茶，让我一舒郁结心情。"过了一会儿，月光照在窗棂上，花影散乱，酒煮温后，两人举杯劝酒，陆生道："有仓促而来的客人，却不能有仓促的酒宴，只有山中的野味和野菜，不值得食用，怎么办？"女郎笑道："你虽然客气，但是也未免太俗了。这正是读书人的德行。"她看见书桌上有李商隐的诗，几乎评论了一遍，于是问他道："这些评论是你写的吗？"陆生道："是的。"女郎道："既然这样，那么你我两人原来有共同的爱好。请就用诗中的字来行猜字酒令。"陆生道："好。"女郎机智灵敏，陆生常被难住，喝了很多杯酒。女郎酒量很大，就替他受罚。喝完酒，夜已深了，女郎对他道："你能睡在屋外，让我睡在屋内怎么样？"陆生道："自然是开并蒂花，结连理枝，同床共枕，做一对野鸳鸯。"女郎道："你注释《药转》这首诗，然后就答应你。"陆生提笔铺纸，片刻就完成了。女郎看了，笑道："这不是急就章，简直是预先构思好的。"陆生不等女郎说话，脱衣登榻，女郎宛转随人，两人欢爱至极。天明，女郎就想别去。陆生询问她住址和姓名，女郎不回答，只道："不要泄露给人，我自可常来。"陆生请她约定日期。女郎道："趁机就来。假设有时爽约，让你空自等候，我心更难受。"两人握手不舍，泪眼汪汪。女郎让陆生到湖边，正好垂杨下拴着一条小船，船主与女郎相识。女郎唤船到面前，就上了船，载女郎到了湖深处，很快不见了。陆生四下张望徘徊，怅然若失。自此从此枕席上一直有异香，过了一个月都没有散去。

陆生盼女郎重至，许久不见踪影。他常乘船，逆行到涌金门附近，希望一遇。其时正是七夕，织女与牛郎渡河相会。傍晚，陆生瞥见一艘船，行驶在河中央，女郎在船上，一位老翁和一位老妇人端坐当中，旁边侍候着三四个丫鬟。他看见女郎想呼喊，女郎急忙挥扇在远处制止他。陆生领会其意。船稍靠近，只能眉目传情。陆生让船夫尾随而行。到了涌金城外，女郎全家离船登岸，他也上岸跟随；他们进城，陆生也进城。转瞬抵达一座豪华的宅院，老翁和老妇人带着众女子进去，门就关上了。陆生徘徊门外，来回走动。他想询问左右邻人，却苦于不相识，无法问询。正犹豫间，忽然一个小丫鬟从侧门出来，向陆生道："你不是陆郎吗？我家姑子唤你进去，但不要多说话，主人若知，就败露了。"她带领陆生从小巷中走，一会儿来到一座花园。园中楼台幽静宽敞，花木错落有致，小路曲折。回廊的尽头，又过小桥，河中种了许多白莲花，花开未谢，清香袭人。丫鬟领着他登上八角亭，原来女郎与原来的三个丫鬟都在这里。几上摆着瓜果，烛影摇曳，香痕篆碧，翦纸制成的各种物品，剪裁精细，巧夺天工。女郎见陆生到了，执手欣慰，让他与诸位女郎相见：着紫色罗缎上衣，穿碧裙，修长秀丽，姿态美好者，是纤纤；穿红色薄绸半袖衣，脸颊带着红晕，眼睛明亮美丽者，是娟娟；头发遮盖前额，窄袖上衣宽大裤子，绣鞋翘如结锥，肤白于雪，眼明于波者，是翠翠。陆生一一与她们答话。三女容貌俏丽，谈吐清新隽永，都不是庸俗的人。陆生如进入仙女队里，心神不定，把持不住。

女郎道："今晚的相会，大概是上天安排的缘分，每人作一首词来描写景物。"陆生道："好。"各给纸笔，拈韵牌，拣词调，各自构思。女郎词先写成。陆生一看，云：

> 卷帘一笑，侍儿传说秋期到。瓣香尊酒安排早，碧落银潢，今夜新凉悄。　何须乞尽人间巧，何须乞福萦尘抱，何须更乞才华好，只乞有情眷属都偕老。

陆生一读完，啧啧赞叹道："女学士终归是射雕手。末句就是你我两人美好的预言了。"纤纤的词也写完了，女郎代为吟诵，云：

> 乍警秋心，未谙离绪，针楼倦绣招邻女。巧珠藏盒暗沈吟，乞他结就同心缕。　耿耿星河，泠泠风露，香团百和金炉炷。深情脉脉祝天孙，怕教同伴闻私语。

女郎道："纤纤姐谈吐终归不凡，深心人别有心思。"陆生回视二女，有时凭栏低诵，有时望月长吟，苦苦构思。于是对女郎道："美景当前，正宜说情话，这是强人做难事，你也是恶作剧啊。请取消这个要求。"女郎道："小妮子还可以饶恕，难道你这个秀才也要交白卷吗？"陆生道："我腹稿已成，写出请女学士批评怎么样？"陆生词云：

纤云如织，明河如滴。怅佳期误却前期，算来今夕何夕。这谁家院落，无端又，璧盒银盘竞陈设。私忱暗祝，花下久立。绡衣薄，露华湿。休羡双星，天生就，聪明福慧，纷纷向伊乞。　旧聘钱，负了终须直；旧情人，见耶终须别。待经年，一度相逢，满腔离绪凭说。晓乌啼急。况侬是，梦也全无泪空拭！便再到那画楼畔，觅芗泽，事已非，时已易。剩金针彩线团作茧，总比不得心头结！

女郎拍陆生肩道："妙在一语双关，说出了此中心事。"

这时盛宴已经摆好，于是各自入座。诸女郎酒量都很大，全是满饮一大杯酒。女郎道："像这样可称狂饮，容易喝醉。不如击鼓催传花。"众人都道："好极了。"之后，接着划拳，只见手镯晃动，酒杯传送，接到酒杯一饮而尽。随后又行射覆和藏彄，极其快乐。陆生大醉，趴在桌上睡着了。诸女郎也喝醉了。纤纤盘腿坐在地上，枕着陆生的大腿沉沉睡去。

天亮了，陆生觉得露水浸衣，细小的荆树枝条刺着鼻子，睁眼一看，宅院全无，亭台尽失，就躺在荒坟上。大惊起立，见正当中是一座大坟，其余四五座是小坟，其中一座石碑仍然存在，除去上面的青苔仔细辨认，为"杨素雯女史墓"。陆生知道遇到了鬼，匆忙回去了。

二十多年后，陆生家境日益衰落，藏书大多散失了，陆生在李吴氏家当教书先生。又到七夕，他忽然梦见以前遇到的那位女子来道："你记得素雯吗？阴间也很快乐，何必久恋人间呢？"他正要说话，听到邻居的狗叫声，就醒了。于是写了一阕《鹊桥仙》词，以寄托心意：

予怀渺渺，予情惘惘，秋到兰闺寂寂。伤心潘鬓已萧萧，最怕是年年此夕。　　寻盟何处，招魂何地，瓜果芳筵空设。人间天上两茫茫，正凄绝生离死别。

十天后，陆生无疾而终。

冯香妍

香妍冯姓，吴门人[1]。本住金阊以避乱[2]，徙居陆墓有年矣[3]。父亦黉序中人[4]，中年习贸迁术[5]，丧其资，仍在家设帐授徒焉[6]。母氏早丧[7]，家中惟一老媪主持中馈事[8]。香妍貌美质慧，父早晚授之读，书史经目一过[9]，即能背诵，胜于塾中儿十倍。以是奇爱之[10]，掌上明珠不啻也[11]。前行贾汉皋时[12]，曾买一婢，曰漱华，至是年已十四，性颇灵警，使为闺中作伴，以解寂寞。同塾有杨氏儿者，亦世家子，年与女相若，美秀而文，正堪称一对璧人。女或采花庭前，与生值[13]，两相注视，甚为爱悦，虽不通一语，然两心印许，已达微波[14]。

翌日[15]，女摘秋海棠一枝，使婢持赠生，谓"可供于胆瓶[16]，为案头清玩[17]"。并以纸裹一掷生书案。生启视之，乃两绝句[18]，云：

新月生凉夜气清，罗衣不耐坐深更。
一钩未有团栾意，照著侬来分外明。

孤影疏灯怕上楼，泪珠常向枕函流。
秋来心事谁能晓，诉与天孙不解愁。

簪花字格[19]，秀媚异常，生自叹弗及；纸尾并不署名。生知为女作，什袭珍藏[20]，思和韵作答[21]，以未谐竟病中止。嗣后屡欲觌面申情[22]，以有人在侧，未能通意，俯首叩膺，形于咏叹[23]。

适有戚串为生议姻事[24]，生微闻之，意颇不欲，而赧于启齿。继闻已有成议，计无所出，凌晨独至塾中，见女正在木樨树下[25]，折得一枝，低徊玩视。瞥睹生，讶其来何太早，以手招生。生趋前[26]，女举手中花畀之[27]，曰："此为兄异日蟾宫折桂兆[28]。"生曰："兄意不在桂花，所冀者，欲与嫦娥偕老耳[29]。安得乞药于西王母，同奔月窟哉[30]？"女颊微红，方欲有言，生遽语女曰："前惠两诗[31]，已悉妹意，深篆兄心[32]。兄日夕所盼者，正在团栾两字耳[33]。奈缘几乖离[34]，事多错迕[35]，父母已为兄议婚他族，兄虽不愿，而弗能以此心白诸堂上[36]，无已[37]，只有出外避之而已。兄心中惟妹一人，'在天愿作比翼鸟，在地愿为连理枝[38]'，生生世世，弗敢离也！"言讫，即解玉佩一枚为赠，并为女系之胸前襟上。忽听亭前有嗽声，女急逸去。生亦自归。薄暮，生父母遣人至塾觅生，谓"不归已竟日矣[39]"。女父谓："今日从未来塾中。"于是阖家疑讶，侦骑四出，踪迹杳然。

女知生之行也为己，往往暗中饮泣，达旦不寐，自誓于所绣大士前[40]，愿与生今世为夫妇，矢死靡他[41]，晨夕焚香顶礼[42]。婢殊黠慧[43]，微窥其意，知必因生。托词询女，女以直告，并曲意结纳[44]。

婢女有表兄潘元伟，美丰仪，是年以第一人入泮[45]，以至京江[46]，顺道来谒。女父留之信宿[47]。窥女艳绝人寰，心大动，归告父母，特遣媒妁[48]，宛转致词。女父以门户适相当，并仰其富，遂许之，纳币诹吉[49]，亲迎有日矣[50]。女知之大惊，商之婢，无万全策，计不如远飏[51]。卜于大士前，吉。乃窃父衣冠，易男子装，与婢偕遁。行抵浒关[52]，彷徨无所适，主婢踯躅河旁。适长年待雇者[53]，以数日不发，急于延揽，问女："往金陵乎[54]？愿贬价。"女漫应之[55]。箱箧被褥，先已购诸市肆，命取行李，登舟即行。既至，宿逆旅中[56]。每遇风日晴美，辄往游寺观，遇佛即祷。

先是，生之出也，依依无所之[57]，闻维扬风月甲大江南北[58]，名园广囿[59]，花木繁绮，买棹径往[60]，僦旧家别墅[61]，以憩行装。或告以园久荒芜，恐有妖魅。生不之信。一夜，篝灯方读[62]，忽闻门外有弓鞋细碎声[63]，行渐近，门呀然自开，一女子娉婷至前，容貌绝世，光艳罕俦。生悸甚，疑为鬼，急呼侍童，则已入睡乡。生战栗之色可掬。女嫣然一笑，摇手止之，谓生曰："郎尚忆意中人乎？"生问为谁女。曰："香妍冯氏女，非郎所属意者乎？郎如欲见，可随我往。"即携生手出门，踏月行落叶中，簌簌作响[64]。须臾[65]，抵一园，垂柳覆石，疏花罥篱[66]，画阑屈曲，径颇幽邃。女曰："此即妙相庵也。兵燹之后[67]，此独完好，聊以点缀名区[68]。"生随女绕廊而行，继而峰回路转，乃得一亭。亭畔一美少年据石磴斜坐，旁立一幼僮作指画状。女谓生曰："此即意中人，牢记勿忘。他日郎见奴时，幸为留意，毋抛却撮合山[69]也。"生正注眸审视，忽一斑斓猛虎从亭后出，直扑生。生惧，大呼，蘧然而觉[70]，则正隐几假寐也[71]，一灯荧然，万籁俱寂；回觅前女，形影俱杳。生连呼咄咄怪事[72]。

明日，偶与居停主人谈狐鬼[73]，因问此间有妙相庵否。主人曰："距此不过一江隔。"为话金陵多名胜地，六朝金粉[74]，自古艳称。生跃然兴发，既欲往游，怂恿主人偕行。束装就道[75]，流连匝月[76]，迄无所遇[77]。生每日必游妙相庵，与庵中主持者渐相稔[78]，爰乞赁一椽[79]，为诵读下帷所[80]。由是明月清风，昼夜领略，时时物色梦中所见[81]。

一日，方趋亭角观斗鸡，则一美少年已先在，谛视若旧相识[82]，恍惚复入梦境[83]。少年亦目注生不转瞬。方欲诘问，一童匆匆入亭，向生曰："何处不觅杨相公[84]，乃在此耶？"生询姓名。童曰："此间非谈衷曲[85]处。杨相公寓居何地？"生曰："离亭数百武，即吾斋室。"童曰："有同寓人否？"生曰："素性耐岑寂，不能与俗客处也。"因转揖少年曰："此即贵纪纲否[86]？颇甚伶俐。仆如此，主可知矣。"少年腼腆不遽答，随生下亭，曲折循径行，径尽抵一轩，轩外马缨花怒放[87]，红紫绚烂，临窗芭蕉数本，额曰"绿阴人静"。就一轩区为内外两室，内则生卧房，外则为宾客憩息所。坐既定，生谓少年曰："似曾相识，但无从忆起。"少年泫然曰[88]："冯家香妍，君忘却耶？兹[89]不过易钗而弁[90]耳。"生蹶然起曰[91]："我固谓是阿妹！特已改妆[92]，未敢唐突[93]。此僮非即漱华耶？尚仿佛可认也。"于是女为缅述颠末[94]。生因欷歔不已。女曰："妹之出也，冒君姓，前于逆旅中得遇冯侍郎公子[95]，以文字相契，劝妹应秋试[96]，特为纳粟入监[97]。妹思为期已近，倘得侥幸获隽[98]，偕君北上，然后改妆未晚也。”

自此女迁于生所，昼则课文[99]，夜则谈诗。既而三场文字颇得意[100]，榜发[101]，高列前茅。女托病不见客，一切酬应，皆以生代。北至京师亦然。会试入彀[102]，名次稍后。殿试则居然[103]生出应命矣[104]。及授榜下知县，奉旨归娶，女乃改妆偕返。时潘氏子已娶他姓女，不复究前事。亲迎日，香舆彩仗，仪从烜赫，极一时之盛。从婢漱华，后亦备小星之列[105]。生之遇女也，先之以梦，顾追忆梦中人容华，恒往来于心，不能去怀；逮部选河南固始县[106]，领凭赴任，摘伏锄奸[107]，折狱听讼[108]，殊有明决。

才三年，任将满，有控谋杀亲夫案者，犯妇上堂，亲加研鞫[109]，视之，即梦中人也。询其何故杀夫，则泪堕如绠縻[110]，冤楚万状。验夫尸，则枯瘠如人腊[111]，绝无服毒痕。其姑[112]年止四十许，妖冶动人。访之舆论，秽声藉藉。生知事必有因，再三缉问，底里尽露。盖氏夫患痨瘵病[113]，将死，信俗冲喜之说[114]，迎女成婚。氏夫越宿即殒[115]，女犹处子也。姑之所欢见女美，强欲犯之，女不可；百端诱惑，终不从。所欢憾甚，与姑谋，诬以杀夫，始不过思恐吓之，冀遂其欲。女兄弟闻之，怒甚，登门诟骂[116]。姑羞恼交并，至控于官。衙中胥役，行贿几遍。微生发其覆[117]，则女殆矣。冤既白，女感生德，竟随生归江南[118]，居妾媵焉[119]。

【注 释】

〔1〕吴门：古吴县的别称。明清属苏州府治。今江苏省苏州市吴中区与相城区一带。

〔2〕金阊（chāng）：苏州的别称。苏州有金门、阊门两城门，以“金阊”代称。

〔3〕陆墓：地名。今称陆慕，在今江苏省苏州市相成区。原称余窑，系村名，后因传唐代陆贽死后葬此，故改称“陆墓”。

〔4〕黉（hóng）序中人：指秀才。黉序，古代的学校。《北齐书·文宣纪》："诏郡国修立黉序，广延髦俊，敦述儒风。"

〔5〕贸迁术：贩运买卖。

〔6〕设帐：开馆教授学生。

〔7〕母氏：母亲。氏，敬辞。

〔8〕中馈（kuì）事：家中饮食洒扫等家务事。

〔9〕一过：一遍。

〔10〕奇爱：特别喜爱。

〔11〕不啻（chì）：不如，比不上。

〔12〕汉皋（gāo）：地名，即今湖北省武汉市汉口。

〔13〕值：遇到，碰上。

〔14〕达微波：意谓眉目传情。微波，本义指水波，此指眼波。典出《文选》卷一九曹植《洛神赋》："余情悦其淑美兮，心振荡而不怡。无良媒以接欢兮，托微波而通辞。"曹植欲托水波向洛神传达自己的爱慕之情。后世用作男女传情。

〔15〕翌（yì）日：次日，第二天。

〔16〕胆瓶：长颈大腹的花瓶。

〔17〕案头：桌上。清玩：供赏玩的文雅物品。

〔18〕绝句：诗体名，又称"截句""断句""绝诗"。每首四句，平仄、用韵格律甚严。常见的有五言（每句五字）和七言（每句七字）两种。五言的简称为"五绝"，七言的简称为"七绝"。

〔19〕簪（zān）花字格：即簪花格，古代书体的一种。唐代张彦远《法书要录》卷二载南朝梁袁昂《古今书评》："卫恒书如插花美女，舞笑镜台。"后称书法娟秀者为"簪花格"。

〔20〕什袭：层层包裹，引申为郑重珍藏。什，重叠。袭，包裹。

〔21〕和韵：古代赠答诗中，依照他人诗的韵脚作诗回赠。

〔22〕觌（dí）面：见面，当面。申情：使私情得到满足。申，同"伸"，舒

展之义。

〔23〕咏叹：歌咏，吟咏。

〔24〕戚串：亲戚。

〔25〕木樨（xī）树：植物名，通称桂花。

〔26〕趋：快步走。

〔27〕畀（bì）：给予。

〔28〕蟾宫折桂：也作“一枝仙桂”“折桂”“得桂”“折桂枝”“蟾宫扳桂”“月中折桂”等，比喻科举考试得中。典出《晋书》卷五二《郤诜传》：“武帝于东堂会送，问诜曰：‘卿自以为何如？’诜对曰：‘臣举贤良对策，为天下第一，犹桂林之一枝，昆山之片玉。’帝笑。”故后以之称科举得中。清代曾朴《孽海花》第五回：“举人是月宫里管的，只要吴刚老爹修桂树的玉斧砍下一枝半枝，肯赐给我们爷，我们爷就可以中举，名叫蟾宫折桂。”

〔29〕嫦娥：又作“姮娥”，传说中后羿的妻子，后从人间飞升到月亮。此处指香妍。

〔30〕“安得”两句：意谓两人双宿双栖。典出中国古代嫦娥奔月神话，《淮南子·览冥训》：“羿请不死之药于西王母，姮娥窃以奔月。”汉代高诱注：“姮娥，羿妻。羿请不死之药于西王母，未及服之。姮娥盗食之，得仙。奔入月中，为月精。”药，即西王母的不死药。西王母，又称“王母”“金母”，俗称“王母娘娘”，中国古代神话中的女仙人。月窟，月宫，月亮。

〔31〕惠：在书信或对话中，加在对方动作前面的敬辞。

〔32〕篆：铭刻，镂刻。

〔33〕团栾（luán）：团聚。

〔34〕乖离：背离，违背。

〔35〕错迕（wǔ）：不如意。

〔36〕白：告诉，禀报。堂上：对父母的敬称。

〔37〕无已：不得已。

〔38〕“在天”两句：在天上愿做双飞的比翼鸟，在地上愿成并生的连理枝，比喻永远相爱不分离。比翼鸟，传说中的一种鸟，雌雄形影不离。连理枝，两棵树的枝条连生在一起。语出唐代诗人白居易的长篇叙事诗《长恨歌》。

〔39〕竟日：整天，终日。

〔40〕大士：指观世音。

〔41〕矢死：誓死。矢，发誓。靡他：指没有二心。

〔42〕焚香顶礼：烧香礼拜。比喻虔诚恭敬的崇拜。

〔43〕黠（xiá）：聪慧，机灵。

〔44〕曲意：尽心，尽意。结纳：结交。

〔45〕第一人入泮（pàn）：指科举考试中以第一名考中秀才。入泮，又称“入学”“进学”“游泮”等。入县学为生员，即中秀才。周代诸侯的学校前有半圆形的池，名泮水，学校即称泮宫，故称。

〔46〕京江：地名，今江苏省镇江市。

〔47〕信宿：再宿；连住两夜。

〔48〕媒妁（shuò）：媒人。

〔49〕诹（zōu）吉：选择吉日。诹，尚仪，选择。

〔50〕亲迎：古代婚礼“六礼”之一。结婚时，新郎亲自到女方家迎娶。有日：不久。

〔51〕远飏（yáng）：逃到远方，指离家出走。飏，撇开，丢下。

〔52〕浒（xǔ）关：地名，在今江苏省苏州市。

〔53〕长年：船夫，船工。

〔54〕金陵：古邑名，在今江苏省南京市清凉山。为三国吴，东晋，南朝宋、齐、梁、陈共计六朝都城，其地相当于今南京市一带。

〔55〕漫应：随便，不经意。此处意谓“随口答应”。

〔56〕逆旅：旅馆，客舍。

〔57〕依依：无所适从的样子。

〔58〕维扬：即今江苏省扬州市。

〔59〕囿（yòu）：园林。

〔60〕买棹（zhào）：雇船。

〔61〕僦（jiù）：租赁。旧家：指久居其地而有声望的家族，犹言“世家”。

〔62〕篝（gōu）灯：外罩有竹笼的灯火。

〔63〕弓鞋：旧时缠足女子所穿的鞋。旧时女子缠足而足背弓起，故称其鞋为“弓鞋”。

〔64〕簌簌（sù sù）：状声词，形容细碎不断的声音。

〔65〕须臾（yú）：片刻，一会儿。

〔66〕罥（juàn）：本义指捕取鸟兽的网。引申为缠绕，牵挂。

〔67〕兵燹（xiǎn）：战祸，战乱。

〔68〕名区：名胜。

〔69〕撮合山：指媒人。详见《周贞女》注。

〔70〕蘧（qú）然：惊醒的样子。

〔71〕隐几：靠着几案。隐，倚，靠。假寐（mèi）：打盹。

〔72〕咄咄怪事：使人非常惊诧的事。典出南朝宋刘义庆《世说新语·黜免》：“殷中军被废，在信安，终日恒书空作字，扬州吏民寻义逐之，窃视，唯作‘咄咄怪事’四字而已。”后指事物或事情令人惊诧。咄咄，叹词，表示惊诧。

〔73〕居停主人：房东，房主。居停，寄寓的地方。语出《宋史·丁谓传》：“谓顾曰：‘居停主人勿复言。’盖指曾以第舍假准也。”

〔74〕六朝金粉：指六朝时金陵靡丽繁华的景象。六朝，指建都于建康（金陵，今南京市）的六个朝代，即三国吴、东晋、宋、齐、梁、陈。

〔75〕束装：收拾行装，收拾行李。

〔76〕匝月：满一个月。

〔77〕迄：始终。

〔78〕稔（rěn）：熟悉。

〔79〕爰（yuán）：于是。一椽：一间屋子。椽，承屋瓦的圆木。此处为古代房屋间数的代称。

〔80〕下帷：也作“董生下帷”“下帷读书”。形容闭门谢客，专心读书学习。典出《史记》卷一二一《儒林列传·董仲舒传》：“董仲舒，广川人也。以治《春秋》，孝景时为博士。下帷讲诵，弟子传以久次相受业，或莫见其面，盖三年董仲舒不观于舍园，其精如此。”后以此典形容人专心致志，精研学问。

〔81〕物色：寻访。

〔82〕谛视：仔细察看。

〔83〕恍惚：仿佛。

〔84〕相公：旧时对读书人的敬称。

〔85〕衷曲：衷肠，心事。

〔86〕贵纪纲：敬称对方的仆人。贵，敬辞。称与对方有关的事物或人。纪纲，仆人。

〔87〕马缨花：植物名，合欢树的别称。清代吴震方《岭南杂记·马缨花》：“色赤，如马缨，其花下垂，一条数十朵，树高者丈许。有白者，有桃花而大红镶边者，皆异种也。”

〔88〕泫然：流泪的样子。

〔89〕兹：这。

〔90〕易钗而弁（biàn）：指女扮男装。

〔91〕蹶（jué）然：急起、惊起的样子。

〔92〕特：只是。

〔93〕唐突：失礼，冒昧的举动。

〔94〕缅述：追述，备述。颠末：始末，原委。

〔95〕侍郎：官名。明清时为正二品，与尚书同为各部的堂官。

〔96〕应秋试：参加乡试。秋试，乡试。

〔97〕纳粟入监：明清时捐纳财货给官府，可以进国子监为监生，直接参加考试。

〔98〕获隽：指科举考试得中。

〔99〕课文：窗课，习作文字。

〔100〕三场：科举时代考试须经三次，叫初场、二场、三场。

〔101〕榜：考试后公布的录取名单。

〔102〕入彀（gòu）：此指科举时称考试被录取。典出五代王定保《唐摭言·述进士上篇》："文皇帝（唐太宗）修文偃武，天赞神授，尝私幸端门，见新进士缀行而出，喜曰：'天下英雄入吾彀中矣！'"意谓人才都被掌握。

〔103〕殿试：指科举时代，天子亲自在殿廷主持士子考试。

〔104〕居然：显然，自然。

〔105〕小星：妾的代称。详见《贞烈女子》注。

〔106〕逮：等到。部选：官员任用方式之一，自从九品至从七品职事官，均由吏部拟注，故称。

〔107〕摘伏：揭发隐秘的坏人坏事。

〔108〕折狱：审判案件。

〔109〕研鞫（jū）：审问。

〔110〕绠縻（gěng mí）：本义为绳索。比喻连绵不绝。

〔111〕人腊：枯干的人尸。

〔112〕姑：婆婆。

〔113〕痨瘵（zhài）病：肺痨。

〔114〕冲喜：旧俗在人病重时，试图以办喜事化解凶煞的行为。

〔115〕殒（yǔn）：死亡。

〔116〕诟骂：辱骂。

〔117〕微：无，没有。发其覆：去其遮蔽，揭露真相。

〔118〕江南：旧省名。辖江苏、安徽两省。

〔119〕妾媵（yìng）：泛指妾。

【译 文】

冯香妍

冯香妍，吴门人。本住在苏州躲避战乱，迁居到陆墓多年了。父亲也是个秀才，中年时从事贩运买卖，赔了本，于是在家开馆教授学生。母亲早逝，家中只有一个老妇人管理家务事。香妍貌美聪明，父亲每天教她读书，书只要读一遍，就能背诵，胜过塾中学生十倍。父亲因此特别喜爱她，掌上明珠也比不上她。冯父以前在汉口经商时，曾经买了个婢女，叫漱华，到现在已经十四岁了，十分机灵，让她做香妍的闺中伙伴，以解寂寞。同塾有个杨姓人家的儿子，也是世家大族子弟，年龄与香妍相近，秀美文雅，的确称得上是一对璧人。香妍有次到庭前采花，与杨生相遇，两人相互注视，十分爱慕，虽没有说一句话，但是心意投合，已知彼此的心思。

第二天，香妍摘了一枝秋海棠，让婢女拿着赠给杨生，说“可插花瓶，作桌上清玩”。并把一个纸团扔到他书桌上。杨生打开一看，原来是两首绝句。诗云：

新月生凉夜气清，罗衣不耐坐深更。
一钩未有团栾意，照著侬来分外明。

孤影疏灯怕上楼，泪珠常向枕函流。
秋来心事谁能晓，诉与天孙不解愁。

书写用的是簪花字体，秀媚异常，杨生自叹不如；诗后并没有署名。杨生知是香妍所作，便珍藏起来，想依韵作答，还未完成就因病停下了。此后，杨生多次想见面表达爱慕之情，因有人在侧，未能表达心意，低头捶胸，形于吟咏。

恰巧有亲戚为杨生议婚，他隐约听说了，心里很不愿意，但羞于启齿。接着听说已经议定，毫无办法。凌晨，他一个人到塾中，见香妍正站在桂花树下，折了一枝，流连玩赏。香妍瞥见杨生，惊讶他来得怎么这么早，以手招他。杨生快步上前，香妍举起手中的花递给他，道："这是兄长他日科举得中的预兆。"杨生道："兄意不在桂花，所希望的事，是想要与嫦娥偕老。怎么能乞药于西王母，同奔月宫呢？"香妍脸颊微红，正要说话，杨生就对她道："此前你赠我的两首诗，我已知妹的心意，深刻兄心。兄日夜所盼的事，正是团聚两字。怎奈缘分几乎背离，事情多有不如意，父母已为兄议婚他族，兄虽不愿，但不能把心意告诉父母，不得已，只有出来躲避罢了。兄心中只有妹一人，'在天愿作比翼鸟，在地愿为连理枝'，生生世世，不敢违背！"说完，就解下一枚玉佩赠香妍，并为她系在胸前襟上。忽听亭前有咳嗽声，香妍急忙跑开。杨生也独自回去了。傍晚时，杨生的父母派人到塾中找他，说"他已经一整天没有回去了"。香妍的父亲道："今天他从没来过塾中。"因此全家疑惑惊讶，派人四处寻找，无影无踪。

香妍知道杨生出走是为自己，常常暗中哭泣，整夜不睡，在所绣的观音大士像前发誓，愿与杨生今生今世为夫妇，誓死没有二心，每天烧香礼拜。婢女十分机灵，隐约觉察其意，知道必定是因杨生。她找借口询问香妍，香妍如实相告，并且尽心结交。

婢女有个表兄叫潘元伟，仪态俊美，此年以第一名考中秀才，要到镇江，顺道来访。香妍的父亲留他住了两夜。他偷看到香妍艳绝人世，大为动心，回家告知父母，特遣媒人，委婉提议。香妍的父亲认为两家门当户对，并且贪慕其富有，就应允了，下聘礼择吉日，迎亲的日子不远了。香妍知道后大惊，与婢女商量，没有万全之策，打算不如离家出走。香妍在观音大士像前占卜，结果是吉。于是偷了父亲的衣服和帽子，扮成男子装束，与婢女一同逃走了。两人来到浒关，彷徨不知去哪里，在河边徘徊。正好有个等待雇佣的船夫，因为数天没发过船了，急于招揽生意，问香妍："去金陵吗？愿意降价。"香妍随口答应了。箱子被褥，事先已在集市上购买了，命取行李，上船就出发了。到了金陵，住在旅馆中。每遇风和日丽，就去寺院游览，见到佛像就祈祷。

之前，杨生离家出走，心里不知往哪里去，听闻扬州的风光大江南北第一，名园林囿，花木繁盛，雇船径往，租了一个世家的别墅，作为休息的地方。有人告诉他园子荒废已久，恐有妖魅。杨生不信。一夜，点灯读书，忽闻门外传来弓鞋的细碎声，越走越近，门吱呀一声自己开了，一个女子娉婷至前，容貌绝世，光采罕见。杨生非常恐惧，怀疑是鬼，急忙喊侍童，但已睡着了。杨生满面战栗之色。女子嫣然一笑，摆手制止，对他道："郎还记得意中人吗？"杨生问是哪个女子。女子道："冯家的女儿香妍，不是郎所倾心的吗？郎如欲见，可随我去。"于是拉着他的手出门，踏月行走在落叶中，簌簌作响。一会儿，抵达一座园子。垂柳覆石，疏花绕篱，画栏曲折，小路很幽深。女子道："这是妙相庵。战乱之后，只有这里完好无损，聊以点缀名胜。"杨生随女子绕廊行走，接着峰回路转，来到一座亭子。亭边一个美少年斜坐在石凳上，旁边站着一个小书童在用手比画的样子。女子对他道："这就是你的意中人，牢记勿忘。他日郎见我时，希望多加留意，不要抛弃了我这个媒人。"杨生正注目细看，忽然一只斑斓猛虎从亭后出来，径直扑向他。他害怕，大呼，惊醒过来，原来正倚在几案上打盹，灯还亮着，万籁俱寂；回头再找刚才那个女子，已踪迹全无。他连声惊呼称怪。

第二天，杨生偶然与房主谈狐鬼，因此问这里有妙相庵没有。主人道："离这里不过隔着一条江。"主人又给他讲金陵有许多名胜古迹，六朝金粉，自古为人羡慕并赞美。杨生游兴大发，就想去游览，鼓动主人同往。收拾行李动身，在金陵逗留了一个月，始终没有遇到意中人。他每天必游妙相庵，与庵中主持渐渐熟悉，于是请求租赁一间屋子，做闭门读书的地方。由是明月清风，昼夜领略，时时寻访梦中所见。

一天，杨生正往亭角观看斗鸡，见一个美少年已先在那里了，仔细一看若旧相识，恍惚又入梦境。少年也目不转睛地看着他。杨生正要询问，一个仆童匆匆进入亭中，对他道："哪里都找不到杨相公，原来在这里？"杨生问其姓名。仆童道："这里不是诉说衷肠之处。杨相公住在哪里？"杨生道："离亭数百步，就是我的住处。"仆童道："有同寓人吗？"杨生道："我平素生性耐寂寞，不能与俗客相处。"于是转身向少年施礼道："他是你的仆人吗？非常机灵。仆人如此，主人可想而知了。"少年没有马上回答，随杨生走下亭子，沿着小路曲折前行，路尽头抵达一屋，屋外马缨花盛开，红紫绚烂，临窗数棵芭蕉，门额书"绿阴人静"。屋子分为内外两间，内间是杨生的卧室，外间是宾客休息的地方。坐下后，杨生对少年道："似曾相识，但无从想起。"少年流泪道："冯家香妍，你已忘却吗？这不过是女扮男装。"杨生吃惊得站起道："我固然知道是阿妹！只是已经改了装束，不敢冒犯。这个仆童不就是漱华吗？尚能认出来。"于是香妍向杨生述说了事情的原委。杨生叹息不已。香妍道："妹出走，是冒充你的姓，此前在旅馆中遇到了冯侍郎的公子，因为文章而相互投合，劝妹参加乡试，并特为我捐了个监生。妹想考期已近，倘若能侥幸考中，偕君北上，然后改妆不晚。"

自此香妍搬到杨生的住所，白天写八股文，晚上谈诗。不久三场考完，文章很满意，放榜后，名列前茅。香妍托病不见客，一切应酬，都让杨生代替。北上京师也是这样。会试被录取，名次稍微靠后。殿试就自然是杨生参加。等放任知县，奉旨回乡娶亲，香妍才改妆同返。这时潘家公子已娶他姓女，不再追究以前的事。亲迎的日子，香车彩仗，随从众多，一时极其盛大。陪嫁的婢女漱华，后来也做了杨生的妾。杨生遇到香妍，先是因梦，所以追忆梦中女子容貌，始终放在心里，不能忘怀；等被考选为河南固始县知县，领任书赴任，杨生惩奸除恶，审案断案，颇有英明果断的才能。

杨生任期三年将满，有一个控谋杀亲夫的案子，把犯妇带上堂，他亲自审问，一看犯妇，就是梦中女子。询问她为何杀夫，女子流泪不止，看样子十分冤屈。验夫尸，尸体枯瘦得像干尸，绝没有服毒的痕迹。她的婆婆年仅四十岁左右，妖艳动人。查访舆论，名声极差。杨生知道事必有因，再三审问，终于真相大白。原来这女子的丈夫患有肺痨，快要死了，她婆婆迷信冲喜的说法，迎女成婚。女子丈夫第二天就死了，她仍是处女。婆婆的情夫见她貌美，使强行侵犯她，她不从；百般诱惑，始终不从。情夫十分怨恨，就与她婆婆合谋，诬陷她杀了丈夫，开始不过是想恐吓她，希望达成占有她的目的。女子的兄弟听说了，非常愤怒，上门辱骂。她婆婆又羞又恼，竟告到官府。官府的衙役几乎都受了贿赂。没有杨生揭露真相，那么此女就危险了。冤情昭雪，女子感激杨生的恩德，就随他回了江南，做了他的妾。

眉绣二校书合传

眉君，一字媚仙，北里中尤物也[1]。与琴川花影词人有啮臂盟[2]，花间瀹茗，月下飞觞，无眉君不乐也。眉君姿态妍丽，情性温柔，所微不足者，裙下双钩[3]，不耐迫袜，顾自然纤小，当被底抚摩之际，一握温香，尤足销魂荡魄。身材差短，仿佛李香君[4]，依人飞燕[5]，更复生怜。僦居沪[6]北定安里，精舍三椽[7]，结构颇雅，房中陈设，艳而不俗，湘帘棐几[8]，宝鼎香炉，位置楚楚，入其室者，尘念俱寂。花影词人颜之曰“四声四影楼[9]”，名流多有题咏。门外车马恒满[10]。眉君于花影词人，最为属意，几于形影弗离，闻声相思。从不出外侑觞[11]，虽相知者折简屡招[12]，不赴也。其自高声价如此。淞北玉鱿生[13]，风月平章也[14]。于花天酒地中阅历深矣，一见眉君，独加许可，为之易今名曰“眉君”，字曰“媚仙”，由是名誉噪甚。

眉君虽处勾栏[15]，选择殊苛。有不当意者，虽出重资，弗肯流盼。西江欧梦柳[16]，名下士也[17]。心折眉君，欲与订好，连宴其室三昼夜，不言去。眉君知其意，匿弗出见，以闭门羹待之。欧乃驱车北上，叹为秋水芙蓉，非风尘中物，而不知其属意者，固别有在也。

花影有本事诗八章[18]，书之冷金笺[19]，眉君张于素壁，时曼声吟哦之[20]。诗录如左[21]：

其一

谁道弹棋局不平，忽令消受到狂生。
镌心恩怨都忘我，镂骨缠绵总为卿。
白玉团云昭别景，素丝织字写遥情。
酒军南北分标处，疏放何因一座惊。

其二

碧窗红烛夜深深，拉杂鹍弦海上音。
悔我见伊双致语，替愁底事百相侵。
桃花酿醋成何著，梅子黏酸竟不禁。
一样闲情抛未得，莫论买笑费黄金。

其三

广厦原无千万间，柔乡老我当禅关。
凭抽琼绪盟河水，未死心香袅博山。
看碧成朱都有韵，闻声对影可曾娴。
花丛取次羞回首，懒惰真如鸟倦还。

其四

酒国花枝酒外愁，漫呼负负更休休。
肯随暗雾飘云去，不逐天池大水流。
绝代由来关福慧，有人曾未媚公侯。
从容细下裙边拜，一掬秋心一角楼。

其五

西风香动桂花枝，转为兰因费别思。
可有琵琶宣手眼，为谁歌舞惜腰支?
巫云朝暮期何定? 沟水东西去叹迟。
锦幕重重天样远，渠侬懊恼我侬知。

其六

团扇何因竟弃捐，清辞休唱想夫怜。
比来瘦减消红粉，旧日恩情款玉钿。
堕溷飘茵伤短命，朝南暮北要奇缘。
画图人面应无恙，没个传神展子虔。

得傍灵风热骨凉，一澄心海涌明光。
自持只解陈思佩，人近微闻合德香。
燕颔封侯输此福，蛾眉惜誓到回肠。
河阳镜里丝千万，难道缘愁尔许长！

尽有相思寄玉箫，双双人影未寥寥。
好凭过去方来者，不必情根果恨苗。
地老天荒终未改，花颠酒渴任相嘲。
东山丝竹苍生雨，肯把风怀一例消。

诗出，传诵一时。

同时有李绣金者，亦个中之翘楚也〔22〕。丰硕秀整，玉润珠圆，小住居安里，杨柳楼台，枇杷门巷〔23〕，来游者几于踵趾相错。楚南钱生〔24〕，最所属爱，思欲为量珠之聘〔25〕，然力未能也。淞北玉魫生遇之于申园〔26〕，含睇宜笑〔27〕，若甚有情，联镳并轨而归〔28〕，即访之其室中。绣金亲调片岕〔29〕，自制寒具以进〔30〕，温存旖旎，得未曾有。其姊曰才喜，与之连墙而居，齿虽稍长，而丰神独绝，金陵偎鹤生以清介闻〔31〕，一见才喜，立为倾倒〔32〕，时得相如卖赋金百饼〔33〕，即倾橐赠之，为书楹联云："一样英才开眼界，十分欢喜上眉梢。"由是声价顿高。才喜善为青白眼〔34〕，虽在章台〔35〕，而性情豪爽，身具侠骨，胸有仙心。每见文人才士，极相怜爱，周旋酬应〔36〕，出自至诚，从不琐琐较钱币；若遇巨腹贾〔37〕，则必破其悭囊而后已〔38〕。西蜀李芋仙刺史为沪上寓公〔39〕，领袖风骚，主持月旦〔40〕，曲里中人，凡经其品评者，才出墨池，便登雪岭〔41〕。姚家姊妹花初为芋老所眷〔42〕，韵事乍传，香名顿著。芋老重来歇浦〔43〕，著意寻芳，因赏识才喜，遂及绣金，常与玉魫生小宴其家，往往射覆藏钩〔44〕，清谈达旦。才喜尤爱玉魫生，常欲姊妹共事一人，如赵家故事〔45〕，然生所属意者，绣金一人而已。绣金小名阿凤，或遂连呼之曰金凤。玉魫生曾赠七律四章以见意，中有一联云："黄金只合将卿铸，赤凤何曾为姊来。"其寄托盖在言外矣。

才绣二人妙解音律，弹丝吹竹，靡不工[46]。绣金尤善歌，珠喉宛转[47]，响遏行云。才喜本虞山朱氏所出[48]，琵琶为朱湘卿亲授[49]，音节之妙，巧合自然，一时俗工，皆为敛手。芋老与玉魫在座，辄招二姊妹同司酒政[50]，为席纠[51]，恒姊弹而妹唱，绮筵乍开[52]，歌声即发。玉魫生曾口占二十八字[53]调芋老云[54]：

一样李花供飘泊，十行朱字太缠绵。
琵琶对语歌声婉，泪湿青衫老谪仙。

芋老以申园为极乐世界，尝曰："十二万年无此乐，三十六宫都是春。"谓："我死必葬于申园之侧，树一石碣曰'西蜀诗人李芋仙之墓'，旁植梅花万株，使士女游申园者，多来瞻眺礼拜，或遇春秋佳日，奠以浊酒一杯，岂不乐哉！"才喜闻言，跃然起曰："他日亦愿附瘗墓旁[55]，如虎邱之有真娘[56]，西湖之有苏小[57]，惠州之有朝云[58]，亦足以传矣。"芋老喜甚，为浮一大白[59]，曰："愿如约。"一日，芋老偕玉魫生乘车游申园，归适值骤风雨，马蹶[60]，车几覆，前后香軿[61]，皆为之停辔不发，争来救援。才喜闻信，亲至芋老寓斋问候。玉魫生笑曰："使芋老今日果死，则其愿遂矣。特不知陪葬者[62]，尚欲稍缓须臾否？"

眉君既为花影所昵，愿居妾媵列[63]，供倖研役，特其母属望颇奢，索八千金，花影适有武陵之行[64]，买棹竟去[65]。眉君遂绝粒，蒙被僵卧，昼夜饮泣，目尽肿。其母无奈何，偕眉君乘舟追之，及之于塘栖[66]，卒以五千金归于花影，僦屋湖畔福隐山庄[67]，成嘉礼焉[68]。香舆彩仗，驺从颇盛[69]，见之者不知其为纳小星也[70]。

钱生，本贫士，投笔从戎[71]，颇怀远略，在某当道幕府司笔札[72]，海上军兴，上万言书[73]，慷慨激昂，悉中窾要[74]，所论战守各策，皆可坐言起行[75]，当道试之于用，咸有实效，积前后功，保升太守[76]。适以公事捧檄至沪[77]，自作快语曰："今而后可偿余愿矣。"改服敝衣冠，蓬发垢面，踉跄诣绣金所，曰："殆矣。"绣金惊问所自，钱曰："自别后，就馆不成[78]，作贾折阅[79]。昨贷之戚串[80]，得数百金，贩粟渡长江，舟覆，尽饱鱼腹，仅以身免至此[81]。水尽山穷，将流落申江作乞丐矣[82]，特来面卿作永诀耳。"言罢呜咽不胜。绣金亦哭，久之，曰："天生君才必有用。古英雄有屡踬而后起者，君特小挫折耳，何患。妾藏有五百金，愿奉君经营事业，特不可使阿母知也。"急检箧笥出单五纸[83]，纳钱袖中。钱抚绣金背曰："卿真我之知己也！巾帼中乃有此巨眼[84]！"遂以直告，竟纳之为妇，载之北归。

【注 释】

〔1〕北里：指妓院，青楼。详见《玉箫再世》注。

〔2〕琴川：江苏常熟的别称。啮（niè）臂盟：男女相爱订立的婚约。详见《纪日本女子阿传事》注。

〔3〕双钩：旧称缠足妇女的脚。旧时女子缠足，足尖小而弯曲如钩，故称"双钩"。鞋形尖端也是翘起如钩，故称。钩，古代女子鞋的量词。

〔4〕李香君：明末南京名妓，娇小玲珑，时称"香扇坠"，也称为"香君"。

〔5〕飞燕：指汉成帝之后赵飞燕。典出《汉书》卷九七《外戚传》："孝成赵皇后，本长安宫人。……学歌舞，号曰飞燕。"

〔6〕僦（jiù）居：租屋居住。僦，租赁。沪：上海的简称。

〔7〕三椽：三间房屋。椽：承屋瓦的圆木。此处为古代房屋间数的代称。

〔8〕湘帘棐（fěi）几：泛指屋里的名贵陈设。湘帘，湘妃竹做的帘子。棐几，用棐木做的几桌。棐，木名，即香榧。

〔9〕颜：指题字于匾额上。

〔10〕恒：经常，常常。

〔11〕侑（yòu）觞：助酒，陪同饮宴。

〔12〕折简屡招：意谓屡次写信相招。折简招，典出南朝宋裴松之注引《魏

略》:“凌知见外,乃遥谓太傅曰:‘卿直以折简召我,我当敢不至邪?而乃引军来乎?’太傅曰:‘以卿非肯逐折简者故也。’”折简,又作“折柬”“折札”。古人用于书写的竹简长二尺四寸,短的折半。后代指书信。

〔13〕淞北玉魫(shěn)生:即《淞隐漫录》作者王韬(1828—1897)的笔名。淞北,主要指吴淞江以北地区,因王韬是江苏长洲人,故自称“淞北”。

〔14〕风月平章:情场领袖。风月,比喻男女情爱。平章,官名,“同中书门下平章事”的简称,职权同宰相。此借指领导人物。

〔15〕勾栏:青楼,妓院。

〔16〕西江:指长江下游以西地区,约今江西省。

〔17〕名下士:享有盛名又有真才实学的人。

〔18〕本事诗:诗人在诗歌中书写有关的人或事。本事,诗歌写作缘起的故事或依据的事实。源于唐代孟棨所著《本事诗》,该书将本事分为“情感”“事感”“高逸”“怨愤”“征异”“征咎”“嘲戏”七类,所记多为唐诗本事。

〔19〕冷金笺:纸名。用于写诗题辞等的精美洒金纸张。宋代陆游《秋晴》:“韫玉砚凹宜墨色,冷金笺滑助诗情。”

〔20〕曼声:将声音拉长。

〔21〕如左:在左边或如同左边。中国古代书写的顺序是从右至左。因此,把下文要叙述或列举的内容用“如左”二字表示。

〔22〕个中:隐语。此指青楼。翘楚,此指出类拔萃的女子。

〔23〕枇杷(pí pá)门巷:唐代蜀中名妓薛涛居处种植有枇杷树,后来代称妓女居住的地方。语出唐代王建《寄蜀中薛涛校书》:“万里桥边女校书,枇杷花里闭门居。”

〔24〕楚南:湖南。春秋战国时期,湖南、湖北为楚国所辖,后称湖南为“楚南”,湖北为“楚北”。

〔25〕量珠之聘：买妾的代称。量珠，即斗量明珠。晋代石崇为交趾采访使时，曾以珍珠三斛买美女绿珠为妾，后称纳妾为“量珠之聘”。

〔26〕申园：建于清光绪八年（1882），位于今上海市静安区静安寺西侧。

〔27〕含睇（dì）宜笑：脉脉含情地看，笑得很美。语出《楚辞·九歌·山鬼》：“既含睇兮又宜笑。”

〔28〕联镳（biāo）并轨：车马并排行进，犹言并驾齐驱。镳，马具，马嚼子两端露出嘴外的部分。

〔29〕片夰（jiè）：茶名，即岕茶，产于江苏省宜兴市。明代文震亨《长物志》：“浙之长兴者佳，价亦甚高，今所最重，荆溪稍下。”

〔30〕寒具：古时的一种油炸面食，类今之馓子。明代李时珍《本草纲目·谷部四》：“寒具即食馓也，以糯粉和面，入少盐，牵索纽捻成环钏形……入口即碎，脆如凌雪。”

〔31〕金陵：古邑名。在今江苏省南京市清凉山。为三国吴，东晋，南朝宋、齐、梁、陈共计六朝都城，其地相当于现在南京市一带。

〔32〕倾倒：佩服，爱慕。

〔33〕相如卖赋金百饼：指司马相如卖《长门赋》，此意谓变卖诗文所得钱财。典出汉代司马相如《长门赋》，汉武帝时，陈皇后得幸。因为好妒忌，被武帝冷置长门宫。后来她听说司马相如擅长作赋，就用一百斤黄金请相如作《长门赋》。武帝看后受到感动，陈皇后再度受宠。后泛指卖文获得报酬。

〔34〕青白眼：表示对人的尊敬和轻视两种截然不同的态度。青，黑色的眼球。人正视时则见青眼，斜视则见白眼，后称对人重视为青眼，对人轻视为白眼。典出《晋书》卷四九《阮籍传》：“籍又能为青白眼，见礼俗之士，以白眼对之。及嵇喜来吊，籍作白眼，喜不怿而退。喜弟康闻之，乃赍酒挟琴造焉，籍大悦，乃见青眼。由是礼法之士疾之若仇，而帝每保护之。”

〔35〕章台：原指汉代长安章台下的街名。此处指青楼。典出《汉书》卷

七六《张敞传》："敞为京兆，朝廷每有大议，引古今，处便宜，公卿皆服，天子数从之。然敞无威仪，时罢朝会，过走马章台街，使御吏驱，自以便面拊马。"后以之代称青楼或狎妓。

〔36〕周旋：古代施礼时进退揖让的动作。后引申为交际应酬。

〔37〕巨腹贾：旧时形容富商的话语，带有讥讽的意味。

〔38〕悭（qiān）囊：放钱的袋子。比喻吝啬者的钱袋。

〔39〕西蜀：四川。李芋（yù）仙：生于清道光元年（1821），卒于光绪十一年（1885），名士棻，字重叔，号芋仙，四川忠州（今重庆忠县）人，道光己酉（1849）拔贡，任彭泽、临川知县。去官后，流寓上海二十余年，以教女伶度曲自给。藏书家、诗人、书法家。著有《天瘦阁诗半》《天补楼行记》。刺史：官名。清代为知州的别称。沪上：上海的别称。寓公：称寄居他乡的官僚、士绅。

〔40〕月旦：即月旦评，意谓品评人物。典出《后汉书·许劭传》："初，劭与靖俱有高名，好共核论乡党人物，每月辄更其品题。故汝南俗有'月旦评'焉。"后以此代称评论人物。

〔41〕才出墨池，便登雪岭：典故出自唐代范摅《云溪友议》：唐代诗人崔涯题诗品评妓女，被称赞者身价倍增，被贬低者就门庭冷落。有个妓女李端端，得罪了崔涯，他就写诗丑化她："黄昏不语不知行，鼻似烟窗耳似铛。独把象牙梳插鬓，昆仑山上月初明。"李端端看到后忧心如病，守候道旁，向必经此路的崔涯跪拜求情。崔涯动了恻隐之心，转而写了首诗夸她："觅得黄骝鞁绣鞍，善和坊里取端端。扬州近日浑成差，一朵能行白牡丹。"富商大贾又重新登门。有人开玩笑说："李家娘子，才出墨池，便登雪岭。何期一日，黑白不均？"此处把李芋仙比作崔涯，说明他品评人物的影响力。

〔42〕芋老：即李芋仙，此处为对他的尊称。

〔43〕歇浦：此为上海市境内黄浦江的别称，后代称上海。

〔44〕射覆藏钩：即"射覆"与"藏钩"两种酒令，饮酒时助兴取乐的猜谜

游戏。详见《杨素雯》注。

〔45〕赵家故事：指赵飞燕及其妹赵合德，二人同得宠于汉成帝。典出《汉书·外戚传》。

〔46〕靡（mí）：无，没有。

〔47〕珠喉：形容宛转圆润的歌喉。

〔48〕虞（yú）山：山名。位于今江苏省常熟市。

〔49〕朱湘卿：人名。江苏常熟人，光绪间歌伎。

〔50〕酒政：酒令。

〔51〕席纠（tǒu）：即“席纠”“酒纠”。宴席上掌管酒令的人。

〔52〕绮（qǐ）筵：华丽丰盛的筵席。

〔53〕口占：指作诗文不起草稿，随口而成。

〔54〕二十八字：指七言绝句。每首四句，每句七字，故称，也简称“七绝”。

〔55〕瘗（yì）：埋葬。

〔56〕虎邱之有真娘：指真娘葬在了虎邱山。虎邱，山名。今作虎丘，位于江苏省苏州市古城西北。真娘，人名。本名胡瑞珍，唐代苏州名妓，守身如玉，为保全贞洁而死，死后葬在虎邱山脚下。

〔57〕西湖之有苏小：指苏小小葬在了西湖畔。西湖，湖泊名，在浙江省杭州市城西。苏小：人名，即苏小小，南朝齐时杭州名妓，死后葬在杭州西湖西泠桥畔。

〔58〕惠州之有朝云：指王朝云葬在了惠州。惠州：地名，在今广东省惠州市。朝云，姓王，字子霞，浙江钱塘人，苏轼之妾，随苏轼谪居惠州，不幸病故，葬于栖禅寺东南松林中。

〔59〕浮一大白：喝一大杯酒。浮白，罚人喝酒，也指满饮一大杯酒。浮，通“罚”，旧时行酒令罚酒之称，引申为满饮。白，罚酒的杯子。也泛指酒杯。语出汉代刘向《说苑·善说》：“魏文侯与大夫饮酒，使公乘不仁为觞政，曰：‘饮不釂（jiào）者，浮以大白。’”本义为罚酒，后

以“浮一大白”称满饮一大杯酒。

〔60〕踬（zhì）：跌倒，绊倒。

〔61〕香軿（píng）：即香车，指妇女乘的车子。

〔62〕特：只是。

〔63〕妾媵（yìng）：泛指妾。

〔64〕武陵之行：指隐居。武陵，借指避世隐居的地方。出自东晋陶潜《桃花源记》武陵渔人误入桃花源的故事：“晋太元中，武陵人捕鱼为业。……自云先世避秦时乱，率妻子邑人来此绝境，不复出焉，遂与外人间隔。”桃花源在武陵（今属湖南省常德市），后世多用“武陵”代指隐居之地。

〔65〕买棹（zhào）：雇船。

〔66〕塘栖：镇名，位于今浙江省杭州市北部，明清江南十大古镇之首。

〔67〕僦（jiù）屋：租赁房屋。僦，租赁。

〔68〕嘉礼：指婚礼。本指古代的“五礼”（吉礼、凶礼、军礼、宾礼、嘉礼）之一，后来专指婚礼。

〔69〕驺（zōu）从：古代显贵出行时在车前车后骑马的侍从。驺，骑士。

〔70〕小星：妾的代称。详见《贞烈女子》注。

〔71〕投笔从戎：指弃文从军。详见《贞烈女子》注。

〔72〕当道：掌权的人。笔札：指公文，书信。札，古时供书写用的薄木简。此处指纸张。

〔73〕万言书：泛指长篇的书面意见。

〔74〕窾（kuǎn）要：要害，关键。

〔75〕坐言起行：比喻言论切实可行。语出《荀子·性恶》：“凡论者，贵其有辨合，有符验。故坐而言之，起而可设，张而可施行。”后以“坐言起行”指言论切实可行。

〔76〕太守：职官名，明清时指知府。

〔77〕捧檄：奉命就任。

〔78〕就馆：担任教书先生。

〔79〕折阅：降低售价。此意谓亏本，赔本。《荀子·修身》："故良农不为水旱不耕，良贾不为折阅不市，士君子不为贫穷怠乎道。"

〔80〕戚串：亲戚。

〔81〕仅以身免：只剩一人幸免于难。形容损失惨重。汉代刘向《战国策·燕策二》："轻卒锐兵，长驱至国。齐王逃遁走莒，仅以身免。"

〔82〕申江：河川名。即黄浦江、春申江，在今上海市。此借指上海。

〔83〕箧笥（qiè sì）：竹编的箱子。

〔84〕巨眼：指眼力高，见识不凡。形容别人有眼力的说法。宋代张素《上红拂墓》："巨眼当年识俊才，可儿不共此间埋。"

【译 文】

眉绣二校书合传

眉君，又字媚仙，是青楼中的尤物。她与琴川花影词人私订婚约，花间品茶，月下饮酒，没有眉君，不会快乐。眉君姿态妍丽，性情温柔，仅有微不足道的事，是裙下双脚穿不住袜子，却是天然细小，当被底抚摸时，握在手中，柔软芳香，尤其让人销魂荡魄。她身材娇小，仿佛李香君，依人的赵飞燕，更复生出怜爱。眉君租住在上海北的定安里，有三间精美的房子，结构很雅致，房中陈设，艳而不俗，湘帘棐几，宝鼎香炉，布置齐整，进入她屋内的人，尘世杂念都消失了。花影词人题字的匾额上写着"四声四影楼"，名流多有题咏。门外常停满了车马。眉君对花影词人最为倾心，几乎形影不离，闻声相思。眉君从不外出陪酒，虽有相知的人写信多次相请，但从不赴约。她自重声价到了这种程度。淞北的玉鱿生，是情场中的领袖，在花天酒地中的阅历很深了，一见到眉君，对其特别赞赏，为她改为现在的名字"眉君"，字"媚仙"，从此声望名气更加响亮了。

眉君虽身处青楼，但对客人的选择很苛刻。不中意的人，即使花费重金，也不肯看一眼。西江的欧梦柳，是位有文才的人，衷心敬佩眉君，想与她定下终身，接连三天三夜在她屋内设宴，也不说离去。眉君知其心意，就躲起来不出去相见，以闭门羹待之。欧梦柳才驱车北上，赞叹眉君是出水芙蓉，非风月场中的女子，却不知道她倾心的人，另有他人了。

花影词人有八首本事诗，写在冷金笺上，眉君张挂于白色的墙壁上，时常曼吟吟咏。诗抄录如左：

其一

谁道弹棋局不平，忽令消受到狂生。
镌心恩怨都忘我，镂骨缠绵总为卿。
白玉团云昭别景，素丝织字写遥情。
酒军南北分标处，疏放何因一座惊。

其二

碧窗红烛夜深深，拉杂鹍弦海上音。
悔我见伊双致语，替愁底事百相侵。
桃花酿醋成何著，梅子黏酸竟不禁。
一样闲情抛未得，莫论买笑费黄金。

其三

广厦原无千万间，柔乡老我当禅关。
凭抽琼绪盟河水，未死心香袅博山。
看碧成朱都有韵，闻声对影可曾娴。
花丛取次羞回首，懒惰真如鸟倦还。

其四

酒国花枝酒外愁，漫呼负负更休休。

肯随暗雾飘云去，不逐天池大水流。
绝代由来关福慧，有人曾未媚公侯。
从容细下裙边拜，一掬秋心一角楼。

其五

西风香动桂花枝，转为兰因费别思。
可有琵琶宣手眼，为谁歌舞惜腰支？
巫云朝暮期何定？沟水东西去叹迟。
锦幕重重天样远，渠侬懊恼我侬知。

其六

团扇何因竟弃捐，清辞休唱想夫怜。
比来瘦减消红粉，旧日恩情款玉钿。
堕溷飘茵伤短命，朝南暮北要奇缘。
画图人面应无恙，没个传神展子虔。

其七

得傍灵风热骨凉，一澄心海涌明光。
自持只解陈思佩，人近微闻合德香。
燕颔封侯输此福，蛾眉惜誓到回肠。
河阳镜里丝千万，难道缘愁尔许长！

其八

尽有相思寄玉箫，双双人影未寥寥。
好凭过去方来者，不必情根果恨苗。
地老天荒终未改，花颠酒渴任相嘲。
东山丝竹苍生雨，肯把风怀一例消。

这八首诗传出后，传诵一时。

同时有位叫李绣金的女子，也是青楼中出色的美人。丰硕秀整，玉润珠圆，暂住在居安里，杨柳楼台，枇杷门巷，来玩乐的人接连不断。湖南的钱生，对她最为爱慕，想赎身为妾，但是没有钱财。淞北玉魫生在申园里遇见她，她眼睛脉脉含情，面带微笑，好像很有情意，于是与她一同坐车回去，到她住处去拜访。绣金亲自调制岕茶，将自制的寒具端上来，温柔体贴，从来没有这样过。绣金的姐姐叫才喜，住在她隔壁，年龄虽然稍大，但是丰神独绝，金陵的偎鹤生以清高正直著称，一见才喜，立为倾倒，当时他卖诗文获得一百饼银子，就都拿出来赠给才喜，并为她书写楹联："一样英才开眼界，十分欢喜上眉梢。"由是声价顿高。才喜善为青白眼，虽身在青楼，但性情豪爽，身具侠骨，胸有仙心。每见文人才士，极其怜爱，交际应酬，发自至诚，从不斤斤计较金钱；如果遇到富商，就一定掏空他的钱袋。四川的李芋仙知州寓居上海，是上海的文坛领袖，主持月旦，青楼女子，凡经他品评的，都能名声大振，身价倍增。姚家姐妹花当初曾被芋老垂爱，这件风雅事一传出，香名顿著。这一天，芋老重来上海，著意寻芳，因赏识才喜，遂及绣金，常与玉魫生小宴其家，常常玩射覆和藏钩酒令，清谈达旦。才喜尤为爱慕玉魫生，常想姐妹都嫁给他，如赵飞燕和她妹妹，但玉魫生所倾心的人，只是绣金一人。绣金小名阿凤，有时就连呼叫金凤。玉魫生曾赠四首七言律诗表达心意，其中有一联写道："黄金只合将卿铸，赤凤何曾为姊来。"他寄托的情意在诗里了。

才喜和绣金二人精通音律，弹丝吹竹，没有不擅长的。绣金尤为善于唱歌，歌喉宛转，嘹亮动人。才喜本是虞山朱氏所生，琵琶是朱湘卿亲授，音节之妙，巧合自然，当时平庸的琵琶手，都不敢再弹了。芋老和玉魫生出席酒宴，总是招两姐妹主管酒局，主持酒令，常是姐姐弹琵琶而妹妹唱歌，宴席一开，歌声响起。玉魫生曾经随口作了一首七言绝句调笑芋老：

一样李花供飘泊，十行朱字太缠绵。
琵琶对语歌声婉，泪湿青衫老谪仙。

芋老认为申园是极乐世界，曾道：“十二万年无此乐，三十六宫都是春。”道：“我死后一定要葬在申园的旁边，树一块石碑道‘西蜀诗人李芋仙之墓’，墓旁种上一万棵梅花，使游览申园的男女，多来瞻仰礼拜，有人在春秋佳日，祭奠我一杯浊酒，难道不快乐吗？”才喜听了，一下子起身道：“他日也愿葬在你墓旁，如虎邱有胡真娘，西湖有苏小小，惠州有王朝云，也足以流传了。”芋老很高兴，喝了一大杯酒，道：“愿如约。”一天，芋老偕玉魫生乘车游申园，回去时正遇到狂风暴雨，马跌倒，车子几乎翻了，前后的车辆，都因此停下来，争相救援。才喜闻信，亲至芋老寓所问候。玉魫生笑道：“假使芋老今天果真死了，那么他的愿望就实现了。只是不知道陪葬的人，还想缓一缓吗？”

眉君为花影词人所爱，也愿做妾，侍奉研磨读书，只是其母期望很高，要八千两银子，花影词人正好打算隐居，便雇船走了。眉君于是绝食，蒙被僵卧，日夜哭泣，眼睛都肿了。其母无奈，偕眉君乘船去追，到了塘栖镇，最后要了五千两银子才同意嫁给他。二人在湖畔的福隐山庄租了房子，举行了婚礼。香车彩仗，侍从众多，见到的人不知道这是纳妾。

钱生，本是贫穷的书生，后来弃文从军，很有谋略，在某个掌权者的幕府掌管公文。海上战事兴起，他上万言书，慷慨激昂，切中要害，所论战守策略，尝试运用，都有实效，他先后累积的功劳，保举做了知府。钱生正好因公事奉命就任上海，他高兴地对自己道：“从今以后，我的愿望可以实现了。”他换上破旧穿戴，蓬发垢面，踉跄地到了绣金的住处，道：“我完了。”绣金惊问他从哪里来，钱生道：“自从别后，做不成教书先生，生意赔本。前些日子向亲戚借钱，得到数百两银子，贩粮过长江，船翻了，都掉进江里，只有我幸免于难来到这里。山穷水尽，要流落上海做乞丐了，特来见你永别。”说完痛哭不止。绣金也哭了，过了好一会儿，她道：“天生君才必有用。自古英雄就有遭挫折而后奋起的，君只不过小挫折，有什么担心。我藏有五百两银子，愿给你谋划事业，只是不能让我母亲知道了。”她忙从箱子里取出五张银票，放入钱生袖中。钱生抚着绣金的背道：“你真是我的知己！巾帼中竟然有这样的不凡见识！”于是他实话实说，最终娶她为妻，带着她北归。

徐双芙

徐双芙女史[1]，吴江人[2]。其母李氏孕，及期，梦涉江采芙蓉[3]，有老翁霜髯如戟，飘然若仙，授以红白芙蓉两朵，及醒，腹遽痛，遂产女史，爰字之曰双芙；以红为女子之祥，别字小红。既长，姿容艳丽，性质尤聪颖异常。好读书而不喜为章句学[4]，喜阅奇门遁甲诸书及谶纬占望诸术数[5]，日夕钻研，无时释手。表兄梁文蘅，奇士也。少怀大志，以天下才自负[6]。一日，见女执卷吟哦[7]，搜索殊苦。笑问女曰："妹所观何书也？"女曰："此前人所传遁甲诸符咒，习之每多不验[8]。妹穷日夜之力求之，殊不得其故，以是闷逐心生耳。"梁曰："此等书，阃奥都不在字句中[9]，别有锁钥[10]，须人口授。妹如思学，不求之师而但索之书，无用也。"女曰："书不云乎：'思之思之，鬼神通之[11]。'妹旦夕间必有所得也。"因各一笑而罢。

一日，女随母往观音庵焚香还愿，于肩舆中见路旁立一老尼[12]，貌极慈善，似曾相识。及入庵，则尼已先在，与女稽首问讯曰[13]："灵山一别[14]，至今已隔几尘[15]，不知还相认否？"女茫然不知所对。女母以其言异，呵去之。及拈香佛殿，游戏各处既毕，将出登舆，老尼亦随众至前，袖出素书一本[16]，授女曰："阅之自能领悟。"女恐为母见，急纳诸怀。归而挑灯展读，了无一字。乃炷香拜祷[17]，庄坐敬观，则第一叶即解五遁诀也[18]。喜甚，秘不示人，如获至宝。由此饭罢茶余，绣闲课暇，辄出肄习，颇有所得。偶与邻女作迷藏之戏，走入壁中，忽尔不见[19]。诸女伴敲壁呼之，女辄笑应，顾应声在西壁而现身于东壁。诸女伴群惊，以为神女。好翦纸为人，撒豆成马，时于园中演习，借为堂上娱[20]。有诘其术之所自来，笑弗答。邑西门外有一潭，甚深，四围树木阴森，蔚然郁茂。潭水清澈见底，游鳞可数[21]，而寒冽之气逼人；虽经旱潦[22]，无涨涸。偶有村童驱牛饮于潭中者，牛辄踣地死[23]。相传为神龙所窟宅，戒勿敢犯。夏日，女以往省戚串[24]，乘舆[25]道经潭上。忽有旋风起于舆前，舆夫为之辟易[26]。女知有异，即戟指[27]作辟风符，风立止。惟潭中波浪翻腾，涌如壁立，几于平地皆水。女乃出舆临潭次，投以髻上金簪，须臾[28]，黑云如墨，潭中两龙并夭矫[29]入云际，作攫拿[30]互斗状，霹雳一声，俄焉俱杳，女簪仍还手中。女谓舆夫曰："龙虽去，后三十年必复来，恐其为民患也。"自是女时著灵异。邑中民人奉若神明，求其书符箓，辟鬼祟[31]，焚香诣门者，相属于道[32]。邑令某颇讲程朱之学[33]，以其惑众也，禁绝之，将坐女以妖妄罪[34]。女曰："是不可居。"适女父选授仪征教谕[35]，挈眷以行，事遂寝。

女随父至任，时出游览。偶从准提庵侧殿行，一老尼方蹲廊下晒经，口喃喃似诵佛声，视之，即向日授书者也。亟趋前作礼[36]。尼瞠目良久，曰："尚能领会老尼昔日所授，亦甚难得。顾此为旁门，终非正径，不可久学。今当从静处作工夫[37]。"袖出丹书一卷授女曰[38]："善学之，可成正果。"女知为异人[39]，再拜受之。拜起，而尼已不见。持归展阅，则内皆言修炼内丹之诀[40]。自此独处一室，趺坐蒲团[41]，一灯长明，亘夜不寐[42]。期年[43]，似有所得，元神结成婴儿[44]，能出入泥丸宫[45]。侍婢曰修眉，闺中伴读者也。时于门隙中窥女所为，每至天明，则见婴儿自出嬉戏，因思攫取之，可作宝玩，借以夸示于人。一夕，先伏暗陬[46]，布网于地。昧爽婴出[47]，突出网之，裹之数重。婴儿了无怖意。继投巨罂中[48]，出示同伴。盖甫启，婴儿一跃遽出[49]，及地即灭。众俱骇异，诘其所自来，以实告。急排闼入视[50]，则女已气绝体僵，玉箸双垂[51]，早示寂于蒲团矣[52]。阖家惶噪，咸归咎于婢。女父母知之，戒勿扬。临殓，老尼忽至，谓女父母曰："此尸解也[53]。请勿用棺椁，可盛之于龛[54]，暂置准提庵佛座下，三十年后当复活。"女父以恐骇众听，拒弗许。尼请之益坚。女尸本盘膝危坐[55]，欲举之使直，竭众力不能动分毫。不得已，从尼言，舁寄庵中[56]。

方女之入定也[57]，凝神敛息，游于太虚寂灭之境[58]。忽睹红日上升，霞彩满天，正在向空舞蹈，突有人自后推之，遂堕于深潭。惊定开眸，则手足顿小，身为婴儿，已易为男子身。知入轮回[59]，亦不复惧，但默念静养之功，终日不食亦不饥。稍长，入塾，聪悟绝伦，迥异常儿。六七岁已有神童之誉，九岁入学作秀才[60]，十三岁应秋试作榜元[61]，名噪辇毂[62]。十六岁捷南宫[63]，登词林[64]，世家巨族，争求婚焉，俱笑辞之。逾年，散馆授编修[65]，不数岁洊升御史[66]。立朝以风节自励[67]，弹劾不避权贵，群称为骨鲠之臣[68]。尝一日劾三督抚[69]，廷议嘉之，立予罢斥。于是当轴为之侧目[70]。旋出为江苏学政[71]，路由太湖[72]，风涛大作，有一白龙夹舟而飞，舟几覆，舟子战栗无人色[73]。女知潭中孽龙欲复前仇，急出匣中剑掷之波心。龙俯首曳尾而逝。盖女虽隔世，而其术益复神也[74]。

在任三年，所拔取者多知名士，文风为之一变。还朝覆命，道经济南，偶乘款段马[75]，命奚奴挈锦囊[76]，看山作画，临水赋诗。遥见垂杨柳下，立一女子，玉貌绮年[77]，丰神绝世。细视之，举止与老尼约略相似，遣人探问，则亦邹鲁间阀阅家也[78]。因示意于其父母，愿以伉俪请。欣然许之。不日成亲迎礼，却扇之夕[79]，两意相会，一若远别重逢者。

在京师日，自朝参外[80]，了无所事，日惟讽经绣佛而已[81]。女父母自升扬州教授[82]，后以卓异闻[83]，入京引见。女知之，持刺往拜[84]。翌日[85]，女父答谒，延之入内堂[86]，屏去从人，伏地缅述[87]，涕不能仰。女父深为骇叹。未几，迎母至署中，侍奉殷勤，无异于子。女父居官清正，苜蓿盘空[88]，初无所蓄。女赠以万金，借充宦囊，使买田园于扬郡，作久居计。

女后膺两淮运使[89]之命，驰驿赴任[90]，整顿鹾纲[91]，兴利除弊，一岁中榷税所入[92]，骤溢百数十万。出资重修准提庵，土木大兴，绀宇红墙[93]，金碧相望；凿池筑堤，回环几百亩，池中悉植菡萏[94]，堤畔广栽芙蓉[95]，红白相间，夏季秋杪[96]，绚烂如锦。女曰："是足为我清修所矣。"朝廷以女转运有功，骤加拔擢[97]，即命开藩吴会[98]。命下之夕，梦老尼拈花而至，微笑谓女曰："殆可行矣。名盛则去，功成则退，此天地自然之理也。否则招造物之忌，彼夫毁谤之来，媢嫉之至[99]，尤悔之临[100]，虽出于人，亦由造物为之从中播弄也。旧躯壳尚在，何不返本还原，一现从前真面目？"女方欲有言，忽闻金鼓之声，喧天震地，蘧然惊觉[101]，则红日已上三竿[102]，各属官贺喜者，盈廷毕集矣。女起，亟命驾往准提庵，拈香参礼佛像后，即问龛所在，命人启之，则肤革尚温[103]，颜色如生[104]。因令舁之至尼房，召庵中尼谓之曰："今夕必当复活，可善视之。"时已迎女母至庵，为之照料一切。还署即草遗表[105]，寄苏抚代呈[106]，掷笔遽绝。夜半，女尸果复活，蹶然而起[107]，无异常人。谓母曰："三十年富贵，正如一场大梦耳。"

【注释】

〔1〕女史：官名。周置，掌王后之礼职，由通晓文书而有才智的妇女充任。语出《周礼·天官·女史》。后引申为对有才能女子的美称。

〔2〕吴江：县名。属苏州。治今苏州市吴江区。

〔3〕芙蓉：莲花。

〔4〕章句学：对典籍的篇、章、节、句的梳理分析的学问。

〔5〕奇门遁甲：术数用语。一种以古代天文律历学为基础，以推物及人事吉凶的术数。谶（chèn）纬：谶书和纬书的合称。谶是秦汉间巫师、方士编造的预示吉凶的隐语，纬是汉代迷信附会儒家经义的一类书。占：卜卦。望：古祭名。遥祭山川、日月、星辰。术数：古代关于天文、历法、占卜、阴阳五行等的学问。

〔6〕天下才：明清江湖诸行指会元。

〔7〕吟哦：吟诵，有节奏地诵读。

〔8〕验：灵验，灵效。

〔9〕阃（kǔn）奥：精奥。比喻学问或事理的精微深奥所在。

〔10〕锁钥：开锁的钥匙。比喻事物的关键。

〔11〕思之思之，鬼神通之：意谓不停地思索，最终就会一下子领悟了某种道

理。语出《管子·内业》："思之思之，又重思之，思之而不通，鬼神将通之。非鬼神之力也，精气之极也。"意思是说：思考思考，再进一步地思考，对问题思考不通，鬼神会帮你感通。这不是鬼神的力量，而是思考到极致的结果。

〔12〕肩舆：轿子。

〔13〕稽首问讯：佛教徒合掌问候的礼节。

〔14〕灵山：即灵鹫山，在印度，传说释迦牟尼讲经传教的圣地。

〔15〕尘：道家称一世为一尘。

〔16〕素书：泛指道书。

〔17〕炷（zhù）香：焚香。炷，点燃。

〔18〕五遁诀：道教所称仙人五种借物遁形的法术口诀。五遁，即金遁、木遁、水遁、火遁、土遁。

〔19〕忽尔：忽然。

〔20〕堂上：称谓。同"高堂"，对父母的敬称。

〔21〕游鳞：游鱼。

〔22〕旱潦（lào）：久未降雨和雨水过多两种天灾。

〔23〕踣（bó）：跌倒。

〔24〕戚串：亲戚。

〔25〕乘舆：泛指乘车。

〔26〕辟易：退避，避开。

〔27〕戟指：将食指与中指并拢，其余三指向掌心弯曲，形状如戟，用于指点，是施法术时所作的手势。

〔28〕须臾：片刻。

〔29〕夭矫：行动敏捷、屈伸自如的样子。

〔30〕攫拿：犹言张牙舞爪。

〔31〕鬼祟：鬼物作祟害人。此指害人的鬼魅。

〔32〕相属（zhǔ）：相接连，相继。

〔33〕程朱之学：宋代理学的主要派别。首创者程颢、程颐，集大成者朱熹。其学皆以主敬存诚为主，世称程朱之学。

〔34〕坐：定罪。

〔35〕仪征：县名。清属江苏扬州府。教谕：职官名。清代县级学官。

〔36〕趋：快步走。

〔37〕静：一种修行方法，修炼者精神贯注，排除杂念，入静以养形神。此处意谓在室内静坐，排除一切杂念。

〔38〕丹书：道教语。指炼丹之书。炼丹是道教法术之一，有内丹与外丹之分。

〔39〕异人：不寻常的人。指神仙。

〔40〕内丹：道教修炼术之一。有外丹和内丹之分：外丹以药物在鼎炉中烧炼而成；内丹以人体为鼎炉，以精、气为药物，是精神修炼的成果。唐《通幽诀》："气能存生，内丹也；药能固形，外丹也。"

〔41〕趺（fū）坐：盘腿端坐。佛教徒的修行姿势，左脚放在右腿上，右脚放在左腿上。

〔42〕亘（gèn）夜不寐：整夜不睡。亘夜，整夜。

〔43〕期年：满一年。

〔44〕元神结成婴儿：道教内丹术修炼的高级阶段，指精、气、神"三家相见"而结成内丹。清董德宁《悟真篇正义》注解："其修丹之道，要使三家相见而会合为一气，则四象具其中，五行在其内，以结成婴儿也。"元神，道家称人的灵魂为元神。

〔45〕泥丸宫：道家以人体为小天地，各部分均附以神名，脑神称为精根，字泥丸，其神所居之处为泥丸宫。后世泛称头。

〔46〕暗陬（zōu）：室内暗角。陬，角落。

〔47〕昧爽：天将亮时，即拂晓。

〔48〕罂（yīng）：小口大腹的容器。

〔49〕遽（jù）：仓促，急速。

〔50〕排闼（tà）：推门。排，推。闼，门。

〔51〕玉箸：佛道两教称人坐化后下垂的鼻液。据说这是成道的征象。详见《小云轶事》注。

〔52〕示寂：佛教语。犹言“圆寂”“示灭”“涅槃”。称出家人的去世。赵朴初《菩萨蛮》词序：“万慧法师南行五十余年，老隐摩谷……一九六〇年春又访缅，师已示寂，赋此志悼。”

〔53〕尸解：道家语。指修炼得道的人遗弃身体，成仙而去。《后汉书·王和平传》李贤等注云：“尸解者，言将登仙，假托为尸以解化也。”

〔54〕龛（kān）：供奉佛像或神像的石室或柜子。

〔55〕危坐：端坐。宋苏轼《前赤壁赋》：“苏子愀然，正襟危坐而问客曰：‘何为其然也？’”

〔56〕舁（yú）：抬。

〔57〕入定：佛教语。指静坐收心，不生杂念，使心安定在一处。唐代白居易《在家出家》：“中宵入定跏趺坐，女唤妻呼多不应。”

〔58〕太虚寂灭之境：意谓成佛时所达到的境界，即看破大千世界，不见世间一切虚幻之相。修行有成，就能进入此境。

〔59〕轮回：佛教语。佛教认为众生各依所做善恶因果，一直在“六道（天、人、阿修罗、地狱、饿鬼、畜生）”中生死相续，如车轮流传不停，故称轮回。

〔60〕秀才：指入县学的生员。

〔61〕应秋试：参加乡试。秋试，乡试。榜元：科举考试同榜录取中的第一名。乡试第一名称解元。

〔62〕辇毂（niǎn gǔ）：天子的车舆，此代指京城。

〔63〕捷南宫：指考中进士。南宫，礼部的别称，职掌会试。详见《玉箫再世》注。

〔64〕登词林：意谓进入翰林院任职。词林，翰林院的别称。

〔65〕散（sàn）馆授编修：三年后授官翰林院编修。散馆，指明清时翰林院

庶吉士三年学习期满后举行考试，成绩优异者留馆，授以编修、检讨之职，其余分发各部为给事中、御史、主事，或出为州县官，故称散馆。编修，职官名。正七品，掌修国史、会要、实录的官吏，明清时隶属翰林院，与修撰、检讨同称史官。

〔66〕洊（jiàn）升：被荐举提升。御史：职官名。属都察院，主要职任为纠劾百官、整饬纲纪，左都御史、左副都御史为主官，右都御史及右副都御史则专作总督和巡抚的加衔。

〔67〕立朝：在朝为官。

〔68〕骨鲠（gěng）之臣：刚正耿直的官员。骨鲠，比喻正直，刚正。语出《史记·吴太伯世家》："方今吴外困于楚，而内空无骨鲠之臣，是无奈我何。"

〔69〕督抚：清代总督与巡抚的合称，明清两代地方最高行政长官。总督，总管两省或数省军政与民政的长官。巡抚，一省地方长官。

〔70〕当轴：比喻官居要职。为之侧目：斜眼看人，不以正眼看人。形容畏惧的情态。

〔71〕出：离开京城到外地做官。学政：职官名。清代提督学政的简称，也称学政使、学台，俗称大宗师，主管一省的教育科举。《清史稿·职官三·儒学》："教授、学正、教谕，掌训迪学校生徒，课艺业勤惰，评品行优劣，以听于学政。"

〔72〕太湖：湖泊名。太湖位于苏州城西南，地跨江苏、浙江两省，是我国第三大淡水湖，吴越文化的发源地。湖中有大小岛屿四十八个，著名山峰七十二座，以洞庭东山、洞庭西山、马迹山、三山、鼋头渚为最著。

〔73〕战栗：因恐惧而发抖。战，通"颤"，发抖。栗，恐惧。

〔74〕益复：更加，越发。

〔75〕款段马：本义指脚力一般的马。此泛指马，意谓一行人前行缓慢。款段，马行走缓慢的样子。语出《后汉书·马援传》："士生一世，但取衣食裁足，乘下泽车，御款段马，为郡掾史，守坟墓，乡里称善人，

斯可矣。致求盈余，但自苦耳。”

〔76〕奚奴挈锦囊：意谓积累创作素材。语出唐代李商隐《李长吉小传》：“恒从小奚奴，骑距驴，背一古破锦囊，遇有所得，即书投囊中。”奚奴，泛指仆人。锦囊，锦制的袋子。

〔77〕玉貌绮年：形容女子年轻貌美。玉貌，如玉的容貌。绮年，年少之时。

〔78〕邹鲁：邹国、鲁国的并称。邹国，位于现山东省邹城市境内。鲁国，主要位于今山东省济宁市境内。阀阅家：此指世家门第。

〔79〕却扇之夕：新婚之夜。详见《吴琼仙》注。

〔80〕朝参：指官员朝见皇帝。杜甫《重过何氏》诗：“颇怪朝参懒，应耽野趣长。”

〔81〕讽经绣佛：在佛像前念经，形容修行信佛。讽经，念经。绣佛，刺绣的佛像。

〔82〕扬州教授：指扬州府儒学教授。扬州，州郡名。明清为扬州府。教授，即儒学教授，官名，明、清皆置于各府，掌管府办官学事务与生员教授。清代的府学教授为正七品，见《清史稿·职官三·儒学》。

〔83〕卓异：清代官吏选拔制度。吏部定期考核官吏，政绩突出、才能优越者，称为“卓异”。详见《郑芷仙》注。闻：呈报给朝廷。

〔84〕刺：名片，名帖。

〔85〕翌（yì）日：次日，第二天。

〔86〕延：请。

〔87〕缅述：追述，备述。

〔88〕苜蓿盘空：又作“苜蓿盘”“苜蓿堆盘”，比喻小官吏生活清贫。典出五代王定保《唐摭言》卷一五：“薛令之，闽中长溪人，神龙二年及第，累迁左庶子。时开元东宫官僚清淡，令之以诗自悼，复纪于公署曰：‘朝旭上团团，照见先生盘。盘中何所有？苜蓿长阑干。饭涩匙难绾，羹稀箸易宽。何以谋朝夕？何由保岁寒？’”后以之比喻生活清苦。苜蓿，植物名。

〔89〕膺（yīng）：接受，承当。两淮运使：职官名。此指两淮盐运使。主管盐务的官员，总理淮北、淮南盐政盐务。两淮，淮南与淮北的合称，泛指现在江苏安徽两省淮河南北地区。

〔90〕驰驿：旧时官吏急召入京或奉差外出，由沿途驿站供夫马粮食，兼程而进，不按站停止耽搁，故称。

〔91〕鹾（cuó）纲：盐政法规，指食盐的运销。鹾，盐。

〔92〕一岁：一年。榷（què）税：专卖业的税。榷，官方设立的市场。

〔93〕绀（gàn）宇：绀青色的殿宇。绀，深青透红的颜色。宇，屋檐，泛指房屋。

〔94〕菡萏：植物名。莲花的别名。

〔95〕芙蓉：植物名。荷花的别名。《楚辞·离骚》："制芰荷以为衣兮，集芙蓉以为裳。"洪兴祖补注："《本草》云：其叶名荷，其华未发为菡萏，已发为芙蓉。"

〔96〕秋杪（miǎo）：秋末。杪，树枝的细梢。借指年月或季节的末尾。

〔97〕拔擢（zhuó）：提拔。

〔98〕开藩吴会：即到吴会任职。开藩，清代指官员到外省任高级官职。藩，属地。吴会，地名。今江苏苏州。

〔99〕媢（mào）嫉：嫉妒。

〔100〕尤悔：怨恨。

〔101〕蘧（qú）然：惊醒的样子。

〔102〕红日已上三竿：太阳升起，离地有三竹竿高了。指时间已经不早。详见《莲贞仙子》注。

〔103〕肤革：皮肤。

〔104〕颜色：容貌。

〔105〕遗表：古时官员临终前所写的表文，死后呈报朝廷。

〔106〕苏抚：官名。江苏巡抚，清代置，掌江苏省军民政令。

〔107〕蹶然：惊起的样子。

【译文】

徐双芙

徐双芙女史，吴江县人，其母李氏怀孕，梦见涉江采莲花，有老翁霜髯如戟，飘然若仙，给了她红白莲花两朵。等李氏醒来，腹部马上痛起来，就产下女史，于是起名双芙；因红为女子的吉兆，又取别名小红。双芙长大后，姿容艳丽，天性尤其聪慧。她好读书但不喜欢解释篇章字句的学问，而是喜欢阅读奇门遁甲之类的书籍及预测吉凶、占卜、祭祀这类术数，日夜钻研，没有一刻放手。双芙的表兄梁文蘅是一个奇士，少怀大志，以天下才自居。一天，他见双芙执卷吟诵，苦苦思索。笑问双芙道："妹看的是什么书？"双芙道："这是所传的遁甲诸符咒，练习了大多不灵验。妹没日没夜地探求，竟找不到原因，故此心里烦闷。"梁文蘅道："这种书，精奥都不在字句中，别有关键，必须口授。妹如想学，不求教老师而只从书上学习，没有用。"双芙道："书上不是道：'思之思之，鬼神通之。'妹早晚必定有所得。"于是各自一笑了之。

一天，双芙随母亲去观音庵烧香还愿，在轿子中见路旁站着一位老尼，相貌慈善，似曾相识。等入庵，老尼已先在里面了，与她合掌问候道："灵山一别，至今已过几世，不知还相认吗？"双芙茫然不知所对。其母因老尼言语怪异，把她呵斥走了。到拈香佛殿后，各处已游完了，将出庵上轿，老尼也随众人至前，从袖子里拿出一本道书，交给她道："你看了自然能有所领悟。"双芙怕被母亲看见，急忙放入怀里。回家后，晚上点灯观看，没有一字。于是双芙点上香跪拜祈祷，然后庄重地坐好，再去恭敬观看，第一页就是讲解五遁诀。双芙很高兴，秘不示人，如获至宝。从此茶余饭后，刺绣和读书的闲暇，就拿出来练习，很有收获。偶尔与邻家女玩捉迷藏的游戏，走进墙壁中，忽然不见了。众女伴敲着墙壁喊她，她就笑着回应，回应的声音在西墙壁，却现身在东墙壁。众女伴都很惊异，以为她是神女。她喜欢剪纸为人，撒豆成马，时常在园中演习，借此为父母取乐。有人问这些法术是从哪里来的，她笑而不答。县城西门外有一个水潭，很深，四周树木阴森，苍翠茂盛。潭水清澈见底，游鱼都数得清，却寒气逼人；虽经历过干旱和水涝，但没有干枯和上涨。偶尔有村童赶牛到潭中饮水，牛立刻倒地而死。相传这是神龙居住的窟宅，警戒人们不要去侵犯。一年夏天，双芙因为探望亲戚，乘车经过潭边。忽然车前刮起旋风，车夫吓得逃开了。双芙知道有怪异，就并指如戟施展辟风符，旋风立刻停息了。但是潭中波浪翻腾，涌如壁立，几乎平地皆水。双芙于是下车来到潭边，把发髻上的金簪投入潭中。片刻之间，黑云如墨，潭中有两条龙一同飞入云中，张牙舞爪地相互搏斗，霹雳一声，一下子都不见踪影，双芙的金簪又回到她手中。双芙对车夫道："龙虽走了，但三十年后必定再回来，恐怕会成为祸患。"自此双芙时常显露灵异。本县的百姓奉若神明，请求画符箓、驱鬼魅，到她门来烧香的人，一路上络绎不绝。县令某很讲究程朱之学，认为她迷惑百姓，严加禁止，要定她妖术惑乱之罪。双芙道："这里不能住了。"这时正好她的父亲被任命为仪征县教谕，带着家眷前去赴任，事于是才平息下来。

双芙随父到了任所，时常外出游览。偶然从准提庵侧殿经过，看见一位老尼正蹲在廊下晒经书，口中喃喃似诵佛声。双芙一看，就是以前送给她书的老尼，急忙上前施礼。老尼睁大眼睛看了她好一会儿，道："你还能领会老尼昔日所授，也很难得了。但这是旁门，终究不是正途，不可久习。今后应当从静的方面下功夫。"从袖中取出一卷丹书交给双芙道："你好好学它，可以修成正果。"双芙知道其为异人，拜了两拜才接过丹书。拜完起身，老尼已不见了。她带回家打开一看，书内讲的都是修炼内丹的法诀。自此双芙单住一室，盘腿端坐在蒲团上，点上一盏长明灯，整夜不睡。过了一年，双芙似有所得，元神结成婴儿，能出入泥丸宫。侍婢叫修眉，是双芙的闺中伴读，时常从门缝中偷看双芙的举动，每到天亮，就见婴儿出来嬉戏，就想抓住她，可以当作珍奇的玩物，借此向人夸耀。一晚，她事先藏在黑暗的角落里，在地上铺了网。天刚亮婴儿出来了，她突然冲出网住了她，包裹了数层，婴儿没有一点害怕的神色。接着她把婴儿放入大坛子中，拿给同伴看。坛盖刚打开，婴儿一跃而出，落在地上就消失了。众人都很惊异，问她是从哪里得来的，她只得以实相告。婢女急忙打开双芙的房门，进入一看，她已气绝体僵，玉箸双垂，早已坐在蒲团上圆寂了。全家惊恐不安，都怪罪婢女。双芙的父母知道了，告诫不要传扬。临入殓，老尼忽然到来，对她父母道："这是尸解。请不要用棺材，可以把她放在龛中，暂时安置在准提庵的佛座下，三十年后当复活。"双芙的父亲因为她的话骇人听闻，拒绝不许。老尼请求越发坚决。双芙的尸体本是盘腿端坐，想抬起来放平直，众人竭尽全力丝毫不动。不得已，听从了老尼的话，抬到庵中寄放起来。

当双芙静坐收心时，凝神敛息，游于太虚寂灭之境。忽见红日上升，霞彩满天，正在向空舞蹈，突然有人在她背后一推，就掉入深潭中。她从惊骇中镇定下来，睁眼一看，自己手脚顿小，成了婴儿，已变为男子的身体。她知道这是进入了轮回中，也不再害怕，只在默念静养之功，终日不吃饭也不饥饿。稍长，入塾读书，聪悟绝伦，与普通的儿童完全不同。六七岁时已经有神童的美誉，九岁进入县学做秀才，十三岁应秋试做解元，名满京师；十六岁考中进士，入翰林院，世家大族，争相提亲，她都委婉推辞了。一年后，成绩优异被授予编修职务，没几年被荐举提升为御史。在朝为官以风骨节操自我劝勉，弹劾官员不避权贵，众人称为骨鲠之臣。曾经一天弹劾三个督抚，朝廷赞许，立刻罢免了他们的官职。于是朝中的当权者都对她很畏惧。不久她被外调为江苏学政，途经太湖时，风涛大作，有一条白龙夹船飞起，船几乎覆没，船夫吓得面无人色。双芙知道潭中的孽龙想报前仇，急忙取出剑匣中剑掷到浪涛中心，白龙低头拖尾地逃了。原来双芙虽然相隔一世，但是其法术更加神异了。

在任三年，双芙所选拔的都是有真才实学的人，文风为之一变。她回朝复命，途经济南，偶尔骑款段马，命仆人带着锦囊，看山作画，临水赋诗。遥见垂杨柳下，立着一个女子，玉貌年少，丰神绝世。仔细一看，举止与老尼大致相似，派人打听，原来是邹鲁一带世家大族的小姐。于是向她的父母提亲，愿意与她结为夫妻。她的父母高兴地同意了。不久成亲迎礼，在新婚之夜，两人相会，好像远别重逢。

在京师的时候，除上朝外，了无所事，每日只诵经拜佛罢了。双芙的父亲自升任扬州教授，后以卓异呈报朝廷，入京引见。双芙知道了，拿着名帖前往拜访。第二天，其父回访，双芙将父亲请到内堂，屏退仆人，伏地向父亲详叙轮回转世之事，哭得头抬不起来。其父大为惊叹。不久，把母亲接到署中，侍奉殷勤，和儿子没什么差别。其父为官清正，生活清贫，没有积蓄。双芙给了一万两银子，补贴家用，让他在扬州购买田园，作长期居住的打算。

双芙后出任两淮盐运使，驰驿赴任，整顿盐政，兴利除弊，一年中榷税收入，骤增一百数十万。她出资重修准提庵，大兴土木，绀宇红墙，金碧相望；凿池筑堤，环绕几百亩，池中全种植莲花，堤畔广栽荷花，红白相间，夏季秋末，绚烂如锦。双芙道："这足以作为我清修之地了。"朝廷因她做转运使有功，很快加以提拔，任命她为苏州藩台。任命下来的当晚，她梦见老尼拈花而至，微笑对她道："应当走了。名盛则去，功成则退，这是天地自然之理。否则就会招来造物的忌恨，那毁谤之来，嫉妒之至，怨恨之临，虽是出于人，但也是由于造物从中操纵。旧躯壳尚在，何不返本还原，一现从前真面目？"双芙正要说话，忽听金鼓之声，喧天震地，一下子惊醒，原来已日上三竿，各贺喜的属官官吏，都聚集在厅堂了。双芙起身，立即乘车前往准提庵，上香参拜佛像后，就问龛在哪里，命人打开，而肌肤仍然温热，容貌如生前一样。于是命人抬到尼姑的房里，召来庵中尼姑对她们道："今晚必当复活，要好好照看她。"这时已把她母亲接到庵里，为她照料一切。双芙返回官署后就写了遗表，托江苏巡抚代呈，掷笔气绝。半夜时，双芙的尸体果然复活了，一下子站起身，和平常人没什么不同。她对母亲道："三十年的富贵，正如做了一场大梦啊。"

萧补烟

萧雯，字仲霞，号补烟，太仓人[1]。寄居杭郡[2]。少习举子业[3]，每见帖括[4]，即笑曰："此真足以窒性灵而锢心思者也。"弱冠补博士弟子员[5]，即弃去。乐西湖山水之胜，移家居焉。既壮[6]，犹未授室[7]。人有以姻事请者，辄曰："男女居室[8]，天下之至秽也，何必自寻苦海，堕冤孽障中。"或曰："其如嗣续何？不孝有三，无后为大。"则曰："天地尚有穷尽，何况于人？一十二万年同归澌灭[9]，虽有神仙，讵逃此劫[10]？"盖丹汞吐纳之术，长生久视之方[11]，生素所不信，以明绝欲非以归真也。生颇嗜酒，朝暮两餐，必设杯杓[12]，以罄一壶为率[13]。友人招饮，必往赴。有狷薄者以其素不近女色[14]，思有以戏之。因密藏数妓于总宜船中[15]，特设盛宴，折简[16]邀生。既至，循环劝饮，尽无数爵。酒酣[17]，妓出侑觞[18]。时生已微醺，瞠目视之，不作一语；酒至前，辄引满。须臾玉山颓矣[19]，隐几假寐[20]。友令妓伴之，环坐达旦，生醒，谓妓曰："卿辈何尚未去？"友曰："君昨夕在众香国中眠[21]，岂不破色界哉[22]？"生曰："目中有妓，心中无妓，子将谓此伊川欺人语乎[23]？此辈直以艳友视之，与公等仿佛耳。"由此日夕饮于妓家，醉则宿其室中，缠头之费[24]，夜合之资[25]，一如常例。经年余，一无所染，而狷薄子偕游者，颠倒失志，几至丧其所有，人咸服其有守。

闻燕赵多慷慨悲歌之士[26]，欲物色于屠狗[27]中，冀有所遇。风雪漫天，束装竟往[28]，道出山东济南，因仆患寒疾，暂留逆旅[29]。夜将半，忽闻挝门声甚急[30]，启之，则一老翁，修髯伟貌，持刺谒生[31]。视其姓名，素不相识。方欲命逆旅主人辞之，则翁已入室，再拜床下，状甚谦抑，自言："今夕遣嫁第四女，所招坦腹[32]，堪称快婿[33]，入赘吾家。为设青庐[34]，须大君子辱临[35]，指示婚仪，为宗族光。已遣蓝舆来迓[36]，请即发。”生方欲有言，翁已捉生臂出户。既抵门外，则灯火辉煌，驺从烜赫[37]，健仆十数人，装束华丽，气象雄毅，肃生入舆[38]，即行。其行骤若风雨，耳畔如闻波浪汹涌声。

顷之，至一甲第[39]，生舆直入中堂，老翁携生出，与众宾相见，峨冠博带[40]，皆若贵官。寒暄未毕，众乐齐作，箫管敖曹[41]，笙歌嘹唳[42]。堂上设红氍毹[43]，两新人已盈盈交拜[44]。翁令生偕一客执烛送洞房，房中皆妇女，粉白黛绿[45]，趋走盈前，一时珮声钏韵，鬓影衣香[46]，几于魄荡神摇，魂销心醉。合卺礼成[47]，出堂就宴，生居首座。三爵既罄，献酬交错。每一席四客，则以四美人侍，首席倍之。生旁捧盂执巾者为四雏姬，皆丽绝人寰，衣紫绡者，尤秀艳。酒盛碧玉壶中，作绀色[48]，味醇气馥，甫入口，觉胸鬲俱爽[49]。生素薄脂粉如土苴[50]，至是亦心为微动。

筵撤，生欲辞归。翁曰：“既降敝庐[51]，敢淹文驾[52]，且有琐事欲商。”遂宿生于东堂，陈设之丽，床褥之精，阀阅世家所未有也[53]。睡时紫绡人来伴宿，生却之曰：“平生惯尝独睡丸[54]，此不敢请。”紫绡者曰：“奉主人命来此，去则有罪。君但欲博远色之虚名，而不以婢子罹罚为虑[55]，抑何忍心？妾闻心正者，邪自远。君苟非矫情，同宿何害？”生语塞，女遂留，为生拂衾枕，解衣履。生既寐，女乃卸妆裸身入衾，纵体投怀。生觉肌肤之滑，脂泽之芳，为生平所未经，不觉心大动，遂与缱绻[56]。

天明生起，翁已候于门外，笑问生曰：“昨夕之眠乐乎？”生红晕于颊，忸怩不能答[57]。翁曰：“饮食男女，人之大欲存焉。古圣贤亦惟克循其分耳，从未过为高行，以惊世而骇俗。苟必力为强制，大拂乎人情，鲜不为大奸慝[58]。此女为寒族所生[59]，与老夫具有瓜葛[60]，既蒙君爱，今夕当为君成嘉礼[61]。”生辞以生平立志不娶，意将入山修道，不复居于尘世。翁笑曰：“愚哉，君也。神仙亦恬有眷属：蓝桥玉杵[62]，台岭胡麻[63]，尚觅伴侣于人间；刘安拔宅飞升，鸡犬亦恬鼎仙去[64]；此外如王子晋[65]、箫史[66]、刘纲[67]，皆夫妇同入清班[68]，共参正果[69]。何君所见之不广？况此女为君破瓜[70]，已非完璧；始乱之而终弃之，君其谓之何？”生鞠躬再拜，曰：“古人云：‘闻君一夕话，胜读十年书。’自聆雅训[71]，茅塞顿开，自后我知过矣。一切惟君所命。”老翁喜甚，即命洒扫厅室，收拾房栊[72]，至晚成礼。一时宾客之盛，筵宴之美，殆[73]无其比。

生自此居翁家者匝月[74]。此间乐，亦不复思北上矣。女字琼仙，号绣云。颇识字，能作小诗[75]。闲时询翁籍贯，始知翁为山西灵石人[76]，姓胡，名浩然，字思孟。曾筮仕京师[77]，在部曹作七品小官[78]。年老休致家居[79]，优游林下[80]。济南则翁之妇家也。翁有四女，俱适人[81]，咸作显宦[82]。今成亲者，为季女[83]。婿常居闺罕出，偶与生见，固翩翩美少年也。隶浙籍，亦名家子。已联捷[84]，登词林[85]，弥月[86]后，即欲挈眷入京。至日，翁为之饯于西园。四女毕至，婿亦俱来，皆与生行僚婿礼[87]。盖紫绡为翁之从侄女，自幼失怙恃[88]，翁为之抚养。长婿杨麟史，歙人[89]，名孝廉也[90]，以大挑官知县[91]，由部签发江西南丰令，现将赴任；次婿为富家郎，入粟捐观察[92]，指省滇南[93]；三婿以军功起家，两任西蜀太守[94]，现以卓异保升入都引见[95]。与生细叙家世，缕话游踪，咸以生博雅温文，引与相亲。园中泉石清幽，花木绮丽，亭台楼阁，金碧相映[96]。设席凡五，翁与生居中，而四婿各专其一。杯酒既斟，循环相劝。紫绡以别离在即，情尤凄恻，起捧壶执斝为翁寿[97]。翁欣然受之，一釂而尽[98]。谓之曰：“此去善事君子，谨小慎微[99]。毋以老人为念。”女闻言，涕不可仰[100]。长婿起言曰：“今日吾翁作此咄嗟筵，为汝饯别，正当喜悦，初何悲为？”紫绡强笑谢之，弹筝作歌曰：

> 分袂在今日，临觞意不惬。十年豢养恩[101]，何以报君德？
> 郎心转匪蓬，妾意坚如石。明月当天高，千里共相忆。

歌竟，泪簌簌堕弦上。诸女皆为之不欢。罢饮。

翌日，长婿先发赴豫[102]，约生“若至南昌，当先飞书相闻[103]，候君于浔阳江[104]上”。又明日，次婿赴云南，谓生曰：“滇中多美玉，产精铜，今回乱已平[105]，地方富庶，其地应官听鼓者，绝少人才，补阙极易[106]。君若有志宦途，何不策马西来，下榻衙斋，一览金马碧鸡之胜[107]？当为君入资求官，丞倅可立致也[108]，奚必恋恋于六桥三竺也哉[109]？”生唯唯致谢而已[110]。次女琼华，字绣凤，容华绝代，与女最相善。临别，出碧玉如意赠女，谓女曰：“睹此如见姊面，他日请念[111]。”

生偕三四两婿，同入京师，香軿绣幰[112]，络绎道上。行近芦沟桥畔，突遇某王邸出猎[113]，持戟之士，前后驰骋者数百人，皆腰弓臂矢，鞲鹰走犬[114]。王所蓄猘狗曰灵獒[115]，猛而善搏。时女车最先行，犬见之，直前奋扑，女亦从车中耸身飞出，嗷声而遁[116]，衣服委地如蜕。犬迅足逐之，倏忽已杳。顷刻间，群犬吠声若豹，各车所载婢媪，皆现狐形窜走；三四婿及女亦并逸去；独生踟蹰车上，魂魄尽丧，有若木偶。须臾，灵獒还，血殷然流齿吻，眈眈视生[117]，绕车三匝[118]，嗅生足。王之侍从皆指生为妖人。生为历诉所遇颠末。或曰：“君殆逢狐魅矣。”王命人偕生诣山东原处，则惟荒园尚在，乃前明某相国之别墅也[119]，蔓草寒烟[120]，杳无踪迹，惆怅而返。生由是终身不娶，人因呼生为“狐婿”云。

【注 释】

〔1〕太仓：地名。清置直隶州，属江苏省，置镇洋县为州治。

〔2〕杭郡：郡名。今浙江省杭州市。

〔3〕举子业：即举业。科举时代专为应试学习的诗文、学业、文字。明清专指八股文。

〔4〕帖（tiě）括：泛指科举时代的应试文章。明清时也指科举考试的八股文。详见《自序》注。

〔5〕弱冠：古时代指男子二十岁。详见《自序》注。补博士弟子员：指中秀才。博士弟子员，又作“弟子员”，汉代对在太学学习者称为博士弟子员。《汉书·儒林传》：“自武帝立《五经》博士，开弟子员，设科射

策，劝以官禄，讫于元始，百有余年。”明、清时用作对生员的别称。

〔6〕壮：指成年。

〔7〕授室：指娶妻。《礼记·郊特牲》：“舅姑降自西阶，妇降自阼阶，授之室也。”本义为把家事交给新妇。后以之代指娶妻。

〔8〕男女居室：男女同居于一室之内。此指夫妇同居。语出《孟子·万章上》：“男女居室，人之大伦也。”

〔9〕澌（sī）灭：消亡，消失。

〔10〕讵：难道。

〔11〕长生久视：生命长久活存，永不衰老。

〔12〕杯杓（sháo）：酒具，指酒杯和舀东西的器具。借指饮酒。

〔13〕率：准则，标准。

〔14〕狷（juàn）薄：轻佻。

〔15〕总宜船：湖舫名。取自宋苏轼《饮湖上初晴后雨》诗：“水光潋艳晴方好，山色空蒙雨亦奇。欲把西湖比西子，淡妆浓抹总相宜。”

〔16〕折简：此指写请帖。

〔17〕酒酣：形容酒喝得意兴正浓。酣，深沉。

〔18〕侑（yòu）觞：助酒，陪同饮宴。

〔19〕须臾（yú）：片刻，一会儿。玉山颓：比喻酒醉。详见《白秋英》注。

〔20〕隐几：靠着几案，伏在几案上。隐，倚，靠。假寐（mèi）：打盹。

〔21〕众香国：佛教语。佛经描述的诸佛国度万物皆香，比喻百花烂漫的美好境界。此指诸女环绕相伴。

〔22〕色界：佛教语。佛教宇宙观三界之一，此界诸天但有色相，无男女诸欲，故名。

〔23〕“目中”三句：典出明冯梦龙《古今谈概·迂腐部》：“两程夫子赴一士夫宴，有妓侑觞。伊川拂衣起，明道尽欢而罢。次日伊川过明道斋中，愠犹未解。明道曰：‘昨日座中有妓，吾心中却无妓；今日斋中无妓，汝心中却有妓。’伊川自谓不及。”本篇将程颢所说误记为程颐

之言。伊川，程颐（1033—1107），字正叔，北宋著名哲学家、学者，世称伊川先生，程颢之弟，曾和兄程颢学于周敦颐，并同为北宋理学之奠基者，世称“二程”。著作有《周易程氏传》《遗书》等。程颢（1032—1085），字伯淳，北宋著名哲学家、学者，人称明道先生，著有《定性书》《识仁篇》等。

〔24〕缠头之费：代指给歌伎的钱财。详见《小云轶事》注。

〔25〕夜合之资：宿妓的费用。夜合，花名。合欢的别名。此喻指男女欢爱。

〔26〕燕赵：指战国时燕国和赵国。泛指其所在地区，即今河北省北部及山西省西部一带。

〔27〕屠狗：指地位低下的豪杰义士。典出《史记·樊哙列传》：“舞阳侯樊哙者，沛人也。以屠狗为事，与高祖俱隐。初从高祖起丰，攻下沛。”

〔28〕束装：收拾行装，收拾行李。

〔29〕逆旅：旅馆，客舍。

〔30〕挝（zhuā）门：敲门。挝，打，敲。

〔31〕刺：名片，名帖。

〔32〕坦腹：女婿。详见《贞烈女子》注。

〔33〕快婿：称心如意的女婿。详见《吴琼仙》注。

〔34〕青庐：用清布幔搭成的帐篷，是举行婚礼的地方。借指洞房。

〔35〕大君子：指德行高洁的人。此尊称萧补烟。《荀子·仲尼》：“彼固曷足称乎大君子之门哉！”辱临：光临。辱，谦称。

〔36〕蓝舆：竹轿。迓，迎接。

〔37〕驺（zōu）从：古代显贵出行时在车前车后的骑马侍从。驺，骑士，侍从。从，随从。烜赫（xuǎn hè）：声威盛大，显赫。烜，盛大，显著。

〔38〕肃：躬身作揖引进。

〔39〕甲第：豪华的宅第。语出《史记·孝武本纪》：“赐列侯甲第。”裴骃集解引《汉书音义》：“有甲乙第次，故曰第。”本义指封侯者的住宅，后泛指豪华住宅。

〔40〕峨冠博带：高高的帽子，宽大的衣带。古时儒生、士大夫的装束。后泛指穿着礼服。峨，高耸。博，宽大。

〔41〕敖曹：形容声音喧闹。

〔42〕嘹唳（lì）：形容声音响亮。

〔43〕红氍毹（qú shū）：红色的毛织地毯。

〔44〕盈盈：姿态美好的样子。

〔45〕粉白黛绿：本指女人敷面的白粉和描眉的青绿色颜料。形容盛装打扮的女人。

〔46〕鬟影衣香：头上的发影，衣服上的香气。形容妇女仪态美好。

〔47〕合卺（jǐn）：指新夫妇在新房内交杯共饮。

〔48〕绀（gàn）色：深青透红之色。

〔49〕胸鬲（gé）：指胸腹。

〔50〕土苴（jū）：代指渣滓，犹如泥土草芥。比喻不足爱惜的东西。语出《庄子·让王》："故曰，道之真以治身，其绪余以为国家，其土苴以治天下。"陆德明《经典释文》注："司马云：土苴，如粪草也。李云：土苴，糟粕也。皆不真物也。"

〔51〕敝庐：谦辞，对人称自己的家。犹寒舍。

〔52〕敢淹文驾敢：犹言不敢挽留大驾。敢，谦辞，"不敢"的简称，冒昧的意思。淹，挽留，久留。文驾，对人出行的敬称，犹如今日称尊驾、大驾。

〔53〕阀阅世家：豪门世家。

〔54〕独睡丸：一人独睡。指一人独卧，不与女色同床。

〔55〕罹：遭遇。

〔56〕缱绻：缠绵，亲密。

〔57〕忸怩：形容羞愧的样子。

〔58〕"大拂"两句：凡是做事不近人情的人，很少有不是大奸大恶的。鲜，少。奸慝（tè），指奸恶的人。语出宋代苏洵《辨奸论》："凡事之不近

人情者，鲜不为大奸慝。”

〔59〕寒族：旧时指社会地位低下的家族。

〔60〕瓜葛：比喻辗转相连的亲戚关系。

〔61〕嘉礼：古代五礼之一，后专指婚礼。

〔62〕蓝桥玉杵：借指婚姻。典出唐裴铏《传奇·裴航》：裴航途经蓝桥驿，遇见少女云英，貌甚美，向其母求婚事。其母说要以玉杵臼为聘礼方可成婚，约以百日为期。裴航至京城，买得玉杵臼，还蓝桥，为妇人捣药百日，终与云英结为夫妻。二人成婚后，裴航才知云英一家原来是仙人。故后以之喻男女爱情。蓝桥，桥名。在陕西省蓝田县东南蓝溪之上，为裴航遇仙女云英之处。

〔63〕台岭胡麻：借指姻缘。典出南朝宋刘义庆《幽明录》：东汉刘晨、阮肇入天台山采药迷路，见溪水中有胡麻饭流出，顺流寻，遇两位仙女，被邀至家中，并招为婿。半年始归，时已入晋，子孙已过七代，无复旧识。再往女家，寻觅不获。故后以之喻艳遇。台岭，指天台山，在浙江省天台县境内。胡麻，指胡麻饭。胡麻即芝麻。

〔64〕“刘安”两句：犹言“一人得道，鸡犬升天”“一人飞升，仙及鸡犬”。典出东汉王充《论衡·道虚》：“儒书言淮南王学道，招会天下有道之人，倾一国之尊，下道术之士，是以道术之事并会淮南，奇方异术莫不争出。王遂得道，举家升天，畜产皆仙，犬吠于天上，鸡鸣于云中。此言仙药有余，犬鸡食之，并随王而升天也。”后常用“鸡犬升天”“白云鸡犬”“淮南鸡犬”“刘安鸡犬”等比喻一人得势，与其有关之人也得到好处。刘安，人名。沛郡丰（今江苏丰县）人。西汉思想家、文学家。汉高祖刘邦孙，袭父爵为淮南王。编撰《淮南子》。

〔65〕王子晋：人名。即王子乔。传说为东周周灵王太子，名晋。典见汉刘向《列仙传·王子乔》，谓其好吹笙作凤鸣，为道士浮丘公引上嵩山三十余年，得道成仙。

〔66〕箫史：人名。古代传说中善吹箫的人。典出汉刘向《列仙传·箫史》，

谓萧史善吹箫，秦穆公的女儿弄玉也好吹箫，秦穆公就将她嫁给箫史，建凤台给他们居住。数年后，二人飞升成仙。

〔67〕刘纲：人名。吴人，为上虞令，与妻子樊云翘共同得道成仙。典出东晋葛洪《神仙传》卷七《樊夫人》："樊夫人者，刘纲妻也。纲仕为上虞令，有道术。……将升天，县厅侧先有大皂荚树，纲升树数丈，方能飞举，夫人平坐，冉冉如云气之升，同升天而去。"

〔68〕清班：清贵的官班。

〔69〕正果：佛教称修行得道为正果。

〔70〕破瓜：比喻女子破身。详见《玉箫再世》注。

〔71〕雅训：雅正的教诲。敬辞，称对方对自己的指教。

〔72〕房栊（lóng）：泛指房屋。

〔73〕殆：几乎。

〔74〕匝月：满一个月。

〔75〕小诗：短诗。

〔76〕灵石：县名。清属霍州，今属山西省晋中市。

〔77〕筮（shì）仕：刚做官。典出《左传·闵公元年》："初，毕万筮仕于晋……辛廖占之，曰：'吉。'"后以之喻初次做官。

〔78〕部曹：明清时指京城各部的属官。

〔79〕休致：官吏因年老体衰而辞官家居。清制，官吏年老自请退休，皇帝允许的，称自请休致；老不称职，或犯错误，称勒令休致。

〔80〕优游林下：意谓悠闲隐居。优游，闲适地居处其中。林下，山林之下，指隐退的地方。

〔81〕适人：嫁人。

〔82〕显宦：高官。

〔83〕季女：小女儿。韩愈《唐故董府君墓志铭》："其季女，后夫人之子。"

〔84〕联捷：指乡试考中举人后，次年会试又考中进士。清代文康《儿女英雄传》第十八回："次年乡试，便高中了孝廉；转年会试，又联捷了

进士。”

〔85〕登词林：意谓进入翰林院任职。词林，翰林院的别称。

〔86〕弥月：整月，满月。详见《玉箫再世》注。

〔87〕僚婿：即连襟。姐妹的丈夫的互称。梁章钜《称谓录》卷七：“江东呼为僚婿，北人呼连袂，又呼连夹，亦呼连襟。”

〔88〕失怙恃（hù shì）：父母双亡。怙恃，谓父母。语出《诗经·小雅·蓼（lù）莪》：“无父何怙，无母何恃！”

〔89〕歙（shè）：地名。歙县，在安徽省。

〔90〕孝廉：明清两代对举人的称呼。

〔91〕大挑：清朝从举人中选官的一种制度。清乾隆时定制，会试后拣选应考三次而不能中进士的举人，一等任知县，二等任教职。六年举行一次，意在使举人出身者有较宽的出路。挑取的标准是看形貌和谈吐的应对。

〔92〕入粟：指捐银子买官。观察：官名。清代对道台的尊称。

〔93〕指省：指清代捐纳制度中，取得官员资格后，再出一笔费用，可以指定到自己希望的省去候补。滇南：云南省的别称。

〔94〕太守：职官名。明清时指知府。

〔95〕卓异：高超特出。清制，吏部定期考核官吏，政绩突出，才能优越者，称为“卓异”。详见《郑芷仙》注。引见：指由人引导入见皇帝。清制，京官自五品以下，外官自四品以下，初次任用及京察、保举、学习期满留用等情况，均须朝见皇帝一次，文官由吏部、武官由兵部分批引见。

〔96〕金碧：形容建筑物装饰华丽精致，光彩夺目。金，金黄色。碧，翠绿色。

〔97〕斝（jiǎ）：古代青铜制的酒器，圆口，三足。后借指酒杯。寿：指敬酒祝人长寿。

〔98〕一釂（jiào）而尽：喝干杯中酒。

〔99〕谨小慎微：指用谨慎的态度对待细小的问题。

〔100〕涕不可仰：伤心抽泣，抬不起头来。形容悲伤至极。泣，低声哭。仰，抬起头。

〔101〕豢养：饲养家畜。此处指抚养。

〔102〕豫：河南省的简称。

〔103〕飞书：书信。

〔104〕浔阳江：江名。长江流经江西省九江市北的一段。

〔105〕回乱：指咸丰年间以杜文秀为首的回民起义。

〔106〕补阙：即补缺。指候补的官吏得到实职。阙，古代用作“缺”字。此指待补的官额。

〔107〕金马碧鸡：山名。即金马山和碧鸡山，在今云南昆明附近。相传为汉代祭祀金马碧鸡神的所在，两山上均有神祠。

〔108〕丞倅（cuì）：指担任副职的官吏。

〔109〕奚必：何必。奚，疑问词，何，为什么。六桥三竺：泛指杭州美景。六桥指浙江杭州西湖苏堤上的六桥，即映波、锁澜、望山、压堤、东浦、跨虹。杭州灵隐山飞来峰东南的天竺山有上天竺、中天竺、下天竺三座寺院，合称三竺。

〔110〕唯唯：恭敬的应答声。语见战国楚宋玉《〈高唐赋〉序》：“王曰：‘试为寡人赋之。’玉曰：‘唯唯。’”《汉书·司马相如传上》：“齐王曰：‘虽然，略以子之所闻见言之。’仆对曰：‘唯唯。’”唐颜师古注：“唯唯，恭应之辞也。”

〔111〕他日：将来，来日。

〔112〕香軿（píng）绣幰（xiǎn）：指车子。香軿、绣幰，古时两种有帷幔的车子。

〔113〕王邸：王室。

〔114〕韝（gōu）鹰走犬：猎鹰和猎犬。韝，皮制臂套，架鹰时套在臂上。走犬，猎狗。

〔115〕猘（zhì）狗：凶猛的狗。灵獒（áo）：一种凶猛的狗，体大善斗，能帮助人打猎。

〔116〕噭（jiào）声：叫喊，号叫。

〔117〕眈眈：逼视的样子。

〔118〕匝：环绕一周。

〔119〕前明：清代人对明代的称呼。相国：宰相的尊称。宋代高承《事物纪原·师保辅相·相国》："秦置官，始皇帝立，尊吕不韦为相国。汉初萧何亦为之，今人亦呼宰辅也。"

〔120〕蔓草寒烟：蔓生的草，凄冷的烟。形容景色荒凉。南朝梁吴均《秋色》："曾从建业城边过，蔓草寒烟锁六朝。"蔓草，蔓生之草，茎细长如藤的草类。

【译文】

萧补烟

萧雯，字仲霞，号补烟，太仓人，暂住杭州。他从小习举子业，每次见科举应试的文章，就笑道："这种文章真足以窒息性灵且禁锢心思。"他二十岁考中秀才，就不再写了。他喜欢西湖的山水美景，搬家过去居住。成年后，犹未娶妻。有给他提亲的人，他就道："男女结合，天底下最肮脏的事，何必自寻苦海，坠入冤孽障中。"有人道："你怎么延续后代？不孝有三，无后为大。"他就道："天地尚有穷尽，何况是人？一十二万年同归消亡，即使有神仙，难道能逃脱此劫？"对于丹汞吐纳之术，长生久视之方，他素来不相信，是表明他断绝人欲并不是为了修道。萧生很爱酒，朝夕两餐，必摆上酒杯，以喝尽一壶为准。友人请他喝酒，他必定赴约。有轻佻的友人因为他素来不近女色，想以此戏弄他。于是在总宜船中密藏了数个妓女，特设盛宴，下请柬邀他。萧生来后，被轮流劝酒，喝了很多杯。酒兴正浓，有妓出来劝酒。这时萧生已经微醉，睁大眼睛看着她们，不说一句话；酒端到面前，就一饮而尽。一会儿就醉倒了，靠在几上睡了。友人让妓女陪伴，围着他坐到天亮。萧生醒后，对妓女道：“你们为什么还没离开？”友人道：“你昨夜在众香国中眠，难道不是破了色界吗？”萧生道：“目中有妓，心中无妓，你要说这是伊川先生骗人的话吗？我只将这些女人看作艳友，与你们差不多。”由此他天天在妓家饮酒，醉了就住在妓女房中，缠头之费，伴宿之资，完全按照常规。过了一年多，一无所染，而那些同游的人，颠倒失志，几乎丧失所有，众人都佩服他有节操。

萧生听说燕赵一带多慷慨激昂的豪侠义士，想从屠狗辈中寻访，希望能遇到这样的人。风雪漫天，萧生收拾行装就出发了，路过山东济南，因仆人得了寒疾，暂住旅馆。接近半夜的时候，忽听到急促的敲门声，开门一看，是一位老翁，胡须修长，体态魁梧，拿着名帖拜访萧生。萧生看了名帖上的姓名，素不相识。正要命旅店主人推辞，但老翁已进入屋内，拜了两拜，举止很谦恭。老翁自言道：“今晚是我的四女儿出嫁，所招的女婿，称得上真心如意，入赘我家。已布置新房，请您大驾光临，指导婚仪，为我宗族增光。已经派轿子迎接，请您即刻出发。”萧生正要说话，老翁已拉着他的手臂出了屋。到店门外后，只见灯火辉煌，侍从前呼后拥，十多个仆人，衣着华丽，气象雄毅，萧生上轿，立即前行。行进快若风雨，耳边如同波涛汹涌的声音。

不一会儿，到了一座豪华的宅院，轿子径直进入庭院，老翁带萧生出来，与众宾客相见，他们穿着礼服，都好像贵官。寒暄未毕，众乐齐作，箫管齐鸣，笙歌响亮。堂上铺设红色的毛织地毯，两个新人已经开始拜堂。老翁请萧生偕同一个客人端着蜡烛送新人入洞房。房中全是妇女，粉白黛绿，奔走服侍，一时间珮声钏韵，鬓影衣香，几乎让人魄荡神摇，魂销心醉。新人喝完交杯酒，萧生出堂入席，坐在首位。三杯酒过后，主客互相敬酒。每一席有四位客人，就有四位美人侍奉，首席加倍。在萧生身旁捧盂执巾者为四个雏姬，都丽绝人间，穿紫绡者，尤为秀艳。酒盛在碧玉壶中，呈深红色，味醇气香，刚一入口，觉得胸腹清爽。萧生素来鄙薄女人如渣滓，至此也心有微动。

撤宴后，萧生要辞归。老翁道："您光临寒舍，不敢久留大驾，只是有琐事想与你商议。"于是安排萧生住在东堂。屋内陈设华丽，床褥精美，贵族世家也未有。睡时穿紫衣的女子来伴宿，他推辞道："我平时习惯一个人独睡，无需此事。"紫衣女子道："奉主人之命来此，离开就会有罪。你只想博取不近女色的虚名，却不考虑我遭受处罚，难道忍心？我听说心正的人，邪异邪魅自然远离。你如果不是矫情，同宿又有什么妨碍？"萧生无话可说，紫衣女子就留了下来，为他拂拭被枕，脱下衣履。萧生睡下后，紫衣女子就脱衣裸身进入被子，纵体投怀。萧生只觉肌肤滑腻，脂泽芳香，是他生平所未经历，不觉大为动心，就与她亲热起来。

天亮萧生起床，老翁已等候在门外，笑问他道："昨夜之眠快乐吗？"萧生红了脸，羞愧得不能答话。老翁道："饮食男女，人之大欲存焉。古圣贤也只能遵循这个本分，从未过于做抬高德行的事，以至惊世骇俗。如果一定要极力压制自己的欲望，凡是做事不近人情的人，很少有不是大奸大恶的。此女为寒族所生，与老夫有亲戚关系，承蒙你的厚爱，今晚应当为你举行婚礼。"萧生以生平立志不娶为由推辞，打算要入山修道，不再居住俗世中。老翁笑道："迂腐啊，你。神仙也有眷属：蓝桥玉杵，台岭胡麻，尚在人间寻觅伴侣；刘安拔宅飞升，鸡犬升天；此外如王子晋、箫史、刘纲，皆夫妇同入清班，共参正果。为什么你见识不广？况且她被你破身，已不是完璧之身；对一个女子始乱终弃，你说这是什么？"萧生鞠躬拜了两拜，道："古人道：'闻君一夕话，胜读十年书。'听了您的雅训，茅塞顿开，自此以后我知道过错了。一切听从您的安排。"老翁很高兴，就命人打扫厅堂，收拾新房，到了晚上给萧生举行了婚礼。一时宾客众多，宴席丰盛，几乎无与相比者。

萧生自此在老翁家住了一个月。这里快乐，也不再打算北上了。紫衣女子名叫琼仙，号绣云，读书识字，能作短诗。萧生闲暇时询问老翁的籍贯，才知他是山西灵石人，姓胡，名浩然，字思孟。曾在京师做官，在部曹做过七品小官。年老便辞官家居，悠闲隐居。济南是老翁妻子的娘家。老翁有四个女儿，都已嫁人，女婿都作高官。如今成亲的是他的小女儿。老翁的女婿常待在内室，很少出来，偶然与萧生遇见，原来是位风度翩翩的美少年。隶属浙江籍，也是名门子弟。已经乡试、会试联捷，进入翰林院，一个月后，就将携家眷进京。到了这天，老翁为女婿在西园设宴送行。四个女儿都到了，女婿也都来了，都与萧生行连襟礼。原来琼仙是老翁的从侄女，自幼父母双亡，老翁把她抚养成人。大女婿杨麟史，歙县人，是有名望的举人，以大挑被选为知县，由吏部签发江西南丰令，现将赴任；二女婿是富家子弟，用银子捐了个道台，到云南做官；三女婿以军功起家，做了两任西蜀知府，现以政绩卓著被保升进京师朝见皇帝。三位女婿与萧生细叙家世，谈论游踪，都认为他博雅温文，将他当作亲近的人。园中泉石清幽，花木艳丽，亭台楼阁，色彩华丽，金碧相映。设了五个席位，老翁与萧生居中，四个女婿各坐其一。杯中斟满了酒，相互劝饮。琼仙因别离在即，情感尤为凄恻，起身捧壶执杯祝老翁长寿。老翁欣然接受，一饮而尽。对她道："这一去你好好侍奉丈夫，谨慎处事，不要以老人为念。"琼仙闻言，哭得抬不起头来。大女婿起身道："今日岳父设下宴席，为你饯别，正当喜悦，怎么开始悲伤起来？"琼仙强颜欢笑道谢，弹筝作歌道：

分袂在今日，临觞意不惬。十年豢养恩，何以报君德？
郎心转匪蓬，妾意坚如石。明月当天高，千里共相忆。

歌罢，眼泪簌簌地落在弦上。诸女都为之不开心。于是散了宴席。

第二天，大女婿先出发赶赴河南，约萧生"若至南昌，当先写信相告，等候在浔阳江上"。又过一天，二女婿去云南赴任，对萧生道："云南多美玉，产精铜，如今回民之乱已平息，当地富庶，其地当官听差的，极缺少人才，补个官缺极易。你若有志做官，何不策马西来，下榻衙斋，一览金马山和碧鸡山的胜景？当为入资求官，副职丞的官位可立马得到，何必留恋杭州的美景呢？”萧生恭敬地向他致谢。二女儿琼华，字绣凤，荣华绝代，与琼仙最要好，临别，取出碧玉如意赠给琼仙，对她道：“睹此如见姐面，日后请以为念。”

萧生偕三女婿和四女婿，同入京师，乘坐着带帷幕的车子，行进在路上。行近芦沟桥畔，突遇某王室外出打猎，持戟侍卫，前后驰骋者数百人，都携弓带箭，臂套上架着鹰，带着猎狗。王所蓄养的猎狗叫灵獒，凶猛善斗。当时琼仙的车走在前面，灵獒见了，径直向前猛扑，琼仙也从车中纵身飞出，呼喊一声逃走了，衣服脱落在地上。灵獒在后面紧紧追赶，很快不见了踪影。片刻之间，猎狗叫声如豹，各辆车上所载的婢女、妇人都现出狐狸原形窜走；三女婿、四女婿及妻子也都逃走了；唯独萧生停留在车上，失魂落魄，好像木偶一样。一会儿，灵獒回来了，满嘴是殷红的鲜血，凶狠地注视着萧生，绕车转了三圈，又闻了闻他的脚。王的侍从都指着他说是妖人。萧生向他们详诉所遇事情的始末。有人道：“你大概遇到狐魅了。”王命人偕萧生去了山东老翁的家，就只有荒园尚在，是明朝某位宰相的别墅，蔓草寒烟，了无人迹，惆怅而回。萧生从此终身不娶，人们因此称呼他为“狐婿”。

陆碧珊

陆芷生，吴郡人[1]。弱冠入邑庠[2]。丰神皎洁，态度翩跹，虽琼蕤映月[3]，玉树临风[4]，不是过也。所娶亦世家女，容仪中人；以生较之，倍惭形秽。以是伉俪间殊不相得。同里有才女曰碧珊，与生同姓，少即许字于孙氏。孙氏子佻达无行[5]，酷嗜樗蒱[6]之戏，携资入博场，弗罄则不出也。或至褫衣[7]以快一掷。女父隐有悔婚意，顾孙亦巨族[8]，父固黉序中人[9]，不能为此逾礼法事，因姑置之。生素闻女名，然深处闺中，未得一窥其貌。旋生就幕扬州[10]，女父亦应仪征县署之聘[11]，两家俱挈眷以往。同客异乡，彼此往还，遂如戚串[12]。于是生始得见女。女丰硕秀整，粹质花妍，圆姿月满，与生堪称一对璧人。觌面之余[13]，两相注视，即已目成[14]。女先作诗以挑之，生立即口占相答[15]。由是花前月下，迭唱联吟，殆无虚日。前后所积，几如束笋[16]，各编一集，女所作曰《兰茝篇[17]》，生所和曰《珊瑚网[18]》，命题之意，不言而喻。顾女家则有父母防闲[19]，生室则碍妻同在，微波可达，而芳泽难亲，虽两俱相思，终不及于乱也。

无何[20]，土匪难作，扬城戒严，警耗噩音，一日三至。女父固有薄田数顷在鹿城乡间[21]，拟舍此笔耕墨耨[22]，归隐邱园[23]，亦可糊口，因即买棹言旋[24]。生亦以弱息为累[25]，附舟同返[26]。女父所居曰笙村，距城仅十里许，其地有一废园，池馆犹存，亭台半圮[27]，欲鬻[28]于人，索价颇廉。生爱其幽僻，倾囊购之为别墅，鸠工修治[29]，焕然一新。所有园中斋匾楹联，皆女所拟；池左辟一轩，植竹数十竿，梧桐四五株，晨夕命僮洗桐拭竹，翠色欲流，女题曰“环碧轩”。生见之，知女意之所属，然东风有主，终难动摇，为唤奈何而已。

一日，生妻急病，女来省视，问燠嘘寒[30]，秤药量水，倍极殷勤。生妻甚感之，病为少瘥[31]。夜半，生在水阁纳凉[32]，女适至，时婢媪皆睡，相视无言，遂谐夙愿[33]。越夕[34]，重会于其地，密约幽期[35]，人无知者。

正图作久计，而女家催归符至[36]，不得已遽别。生镌一图章赠之，曰："惟愿生生世世为夫妇。"两家书札往来，辄以女婢红于为鸿雁[37]；红于偶不谨，为女父所得，大诧，绝不许女再往生家，令依姑母于云间[38]，实使远生也。

逾年[39]，女嫁期已逼，知之惊怛异常[40]，誓以一死报生。出重资寄一缄，宛转得达生所，中有云："卓文君奔相如[41]，红拂女投李靖[42]，敢援此事，以身归君。三生痴愿，讵背随云；一片精魂，终当化石[43]。相离半水，迥隔九天，妹思之决矣。此志果坚，人间天上，会有见期。否则与其偷活红尘，不如埋愁黄土！"书去之日，静俟佳音。先是，生曾戏效《疑雨集》中劝驾词作八绝寄女[44]，其诗云：

药炉茶灶已安排，西面窗棂不许开。
晓得怕风兼避客，重帘不卷等卿来。
轻寒昨夜上妆台，料得熏笼倚几回。
漫把心香焚一饼，冷灰拨尽等卿来。
蛮笺几叠未曾裁，小研红丝试麝煤。
密字珍珠书格细，手钞诗卷等卿来。
重门深锁郁离怀，谣诼蛾眉事可哀。
寂寂江干舟未至，梅花开后等卿来。
传讹青鸟事难谐，反惹相思两地猜。
即有尺波谁可托，诉将离绪等卿来。
记曾相识有诗媒，隽逸岂输咏絮才。
城北清光仍不减，画栏看月等卿来。

旧时院落长苍苔，忆著前游首重回。
满目凄凉增感触，沧桑细阅等卿来。
无端小病瘦于梅，怕冷憎寒倚镜台。
为叠重衾温宝鸭，浓香残梦等卿来。

女得诗，知生意之有在，故寄此札以坚之。

生念此事断不可为，反覆筹思，并无良策。女有表兄蕙亭者，预知生与女结好之事，往来淞泖间[45]，互递两家消息，亦为女父所知，斥绝弗使登门[46]。生因走商之蕙亭，亦以巫臣为桑中之行[47]，断乎不可，因言："小港必以舟通，彼姝必以夜出，或起篙工之疑，致为匪人所劫，其害一；未离虎穴，遽被狼吞，桎梏横受，鞶带旋褫[48]，其害二；掌珠已亡[49]，必兴巨波，藏娇不密，遂来惊谶，其害三。有三害而无一利，虽愚者知其难为；况乎鸩媒已泄[50]，鱼书又阻[51]，奇事皆知，芳踪易蹑，虽有昆仑健奴[52]，黄衫侠客[53]，能善其始，不能善其后矣。"力劝生勿为。生遂作书绝之，其书曰：

臆念正殷[54]，手翰遽至[55]。临风展读，意惨神伤，泪痕浪浪[56]，下堕襟袖[57]，何我两人情之深而缘之薄也！日前妹往云间，兄来话别，虽觌芳姿，莫传情愫[58]。慈母在前，悍姬在后[59]，无从看月私盟，背灯密誓，忧愁孰语，抑郁无聊。相思百里，空悬海上之帆；不见经年[60]，莫诉心中之怨。书中云志在一死，以报知己，此大不可。吾两人情长意重，相契实深，不在形迹，而在文字。妹联箫史之姻[61]，成于夙昔[62]；兄矢[63]双文之约[64]，订自前秋。即登香车而远适[65]，要非弃钿盒[66]而负盟也。且身在而事尚可图，身死而情难复遂。妹有死之心，则兄无生之望，请随地下，永结地下，敢在人间，犹偷余息？惟愿我妹别思妙计，稍解愁怀。但求志固如金，自必事圆于月。况兄与妹年龄相若，初非少长之悬殊[67]；门第相同，初非贵贱之迥别。妹居鹿邑[68]，兄住鸿城[69]，初非云树千重，烟波万叠[70]。桃花人面，定容崔护重寻[71]；杨柳楼台，已许阮郎再宿[72]。设使此愿难谐，飞来沙吒[73]；前盟难弃，竟嫁罗敷[74]，则侯门虽入，终非海样深沉[75]；而驿使可通[76]，岂虑信音迢递[77]？或间关无阻，得听卓女之琴[78]；单舸可登，竟上范蠡之艇，青山偕隐，白首同归，避人逃世，匿彩韬光，岂无不可[79]？将见芦帘纸阁[80]，惟对孟光[81]；斗酒联诗，仍偕道蕴[82]。苟怀此心[83]，定偿所愿。请以斯言为他日佳券。

女得生书，啜泣竟夕，叹曰："所贵乎女子者，从一而终也；余身已被玷，复何面目作孙家之妇？且今日既作孙家妇，后日又为陆郎妻，出尔反尔，一误再误，人其谓我何？始乱之而终弃之，其心可知。乃犹饰词巧辩，自掩其非，以重余过。世间多薄幸男子，不幸于吾身亲遘之[84]！虽然，事由自误，夫复何言[85]！"独对银缸[86]，悲悒万状；搜生平所著诗词及生所贻书札[87]，悉投于火，夜半以素罗三尺，毕命于床前。翌晨日上三竿[88]，女犹未起，姑呼女不应，排闼直入[89]，则见女已作步虚仙子[90]。阖家惶骇，急为解下，则玉体已冰。报知女父母，厚为殡殓而已。

生闻噩耗，骇惋欲绝[91]。思女为己死，情不可负，阴购阿芙蓉膏调白玫瑰露饮之[92]，趋入书斋，蒙被僵卧。生妻自得女讣音[93]，见生顿改常度[94]，心已疑之；忽于枕畔得余膏，大惊，急觅生，则已气息奄然，仅存呼吸，百方灌救[95]，经两昼夜始苏。当生服烟膏后，魂摇摇如悬旌[96]，已离躯壳，但觉黑风惨淡，黄沙迷漫，伥伥无所适[97]；忽见一女子在前招己，急趋就之，果女也。女曰："兄何为至此？"生白女："妹死，义不独生。"女曰："今知兄尚不负心，妹亦值得一死。虽然，兄前程远大，岂可以儿女子私情，捐躯殉命哉？当为求之幽冥主者，令兄再还阳世。兄以后如不忘妹，愿立木主[98]，书妹姓名，得附于妾媵之列，愿已足矣。春露秋霜[99]，可以麦饭一盂[100]，浊醪一盏[101]，奠诸墓上，妹必来享。兄且驻此，妹去即来。"生从之。须臾[102]，女至，曰："兄得生矣。"以手推生，堕于崖下，忽闻耳畔有哭声，启眸视之，则身固在榻上。月余杖而后起。自此待其妻颇厚。时以好色之戒规劝友朋，终身行善弗怠，曰："借以补过。"

【注 释】

〔1〕吴郡：古代郡名。东汉永建四年（129）设置。治所在吴县，即今江苏省苏州市。辖境相当今江苏、上海长江以南，大茅山以东，浙江长兴、吴兴、天目山以东，与建德市以下的钱塘江两岸。

〔2〕弱冠入邑庠：二十岁成为生员。弱冠，古时代指男子二十岁。详见《自序》注。入邑庠，指成为县学生员。邑庠，明清时称县学为邑庠。

〔3〕琼蕤（ruí）：玉花。比喻仪容俊美的人。琼，美玉。蕤，草木花下垂的样子。

〔4〕玉树临风：形容人英姿秀美，风度潇洒。后世用作称美子弟。详见《华璘姑》注。

〔5〕佻（tiāo）达无行：轻浮而无德行。

〔6〕摴蒱（chū pú）：一种古代赌博的游戏。投掷有颜色的五颗木子，以颜色决胜负，类似今日的掷骰子。《三国志·吴书·诸葛瑾传》："或有博奕，或有摴蒱，投壶弓弹，部别类分。"

〔7〕褫（chǐ）衣：剥去衣服。此谓把衣服作为赌资。褫，剥去，脱去。

〔8〕巨族：豪门大族。

〔9〕黉（hóng）序中人：指秀才。黉序，古代的学校。

〔10〕就幕：指地方长官的属吏。扬州：州郡名。明清为扬州府。治今江苏省扬州市。

〔11〕仪征：县名。清属江苏扬州府。

〔12〕戚串：亲戚。

〔13〕觌（dí）面：见面，当面。

〔14〕目成：用眼神传达心意，表示心许之辞。战国屈原《楚辞·九歌·少

司命》："满堂兮美人，忽独与余兮目成。"

〔15〕口占：指作诗文不起草稿，随口而成。

〔16〕束笋：成捆的竹笋。此形容诗文稿卷积累之多。

〔17〕兰茝（zhǐ）：香草名。兰草与白芷的合名，通常泛指具有香气的草本植物。

〔18〕珊瑚网：本义指捞取珊瑚的铁网。此代指诗集。珊瑚，代指所作诗词。

〔19〕防闲：防范。

〔20〕无何：不久。

〔21〕鹿城：县名。今江苏省昆山市。

〔22〕笔耕墨耨（nòu）：用笔墨犁田除草。比喻借文字以谋生。

〔23〕邱园：家乡。

〔24〕买棹（zhào）：雇船。言旋：回，归。言，语首助词。

〔25〕弱息：对人谦称自己的子女。

〔26〕附舟：搭船。

〔27〕圮（pǐ）：塌坏，倒塌。

〔28〕鬻（yù）：卖。

〔29〕鸠（jiū）工：招募工匠。鸠，召集。

〔30〕问燠（yù）嘘寒：即嘘寒问暖。形容对人关怀爱护十分周到。

〔31〕瘥（chài）：病痊愈。

〔32〕水阁：靠近水的屋子。

〔33〕夙愿：一向怀有的愿望。

〔34〕越夕：第二天晚上。

〔35〕幽期：指男女间秘密的约会。

〔36〕催归符：意谓催促回家的书信。

〔37〕鸿雁：代指传送信的人。典出《汉书·苏武传》：汉武帝时，苏武出使被囚，匈奴谎称他已死。昭帝时得知实情，派人赴匈奴称："天子射上林中，得雁，足有系帛书，言武等在某泽中。"后以之代称送书信者。

〔38〕云间：松江府的别称。治所在今上海市松江区。

〔39〕逾年：一年后。

〔40〕惊怛（dá）：惊惧，惊慌。

〔41〕卓文君奔相如：指汉代蜀人司马相如与卓文君的婚恋故事。相如，指司马相如。典出《史记·司马相如传》：卓文君是蜀郡临邛富豪卓王孙之女，因夫亡守寡在家，遇见才子司马相如，一见倾心，于是两人乘夜私奔，结为夫妻。

〔42〕红拂女投李靖：指红拂女夜奔李靖的故事。李靖（571—649），唐初名将。本名药师，京兆三原（今陕西三原东北）人。历任兵部尚书、尚书右仆射等职，封卫国公。据唐杜光庭《虬髯客传》：隋末，天下方乱，李靖以布衣拜见宰相杨素，献策骋辩。红拂女，姓张，名出尘，是隋相杨素的侍女。红拂认为李靖是个英雄人物，于是她深夜拜访李靖，以身相许，两人遂相与逃往太原，建功立业。

〔43〕“三生”四句：典出唐代袁郊《甘泽谣》。唐代大历末年，李源与惠林寺僧圆观为忘言交。圆观告诉李源十二年后，于杭州天竺寺相见。及期李源赴其所约，在天竺寺外见一牧童，唱道：“三生石上旧精魂，赏月吟风不要论。惭愧情人远相访，此身虽异性长存。”歌毕别去。“三生石”借指因缘前定。讵，不。

〔44〕疑雨集：诗集名。明王彦泓作，四卷。王彦泓（1593—1642），字次回，江苏金坛人，晚明诗人，官华亭县训导。其诗缄情不露，造意新柔，深得唐李商隐遗意，在明末清初和清末民国时曾两度流行。劝驾：劝人做某事。

〔45〕淞泖：即吴淞江和泖河。此处代指碧珊的父亲和姑母各自居住的地方。

〔46〕斥绝：拒绝。

〔47〕巫臣为桑中之行：指巫臣与夏姬私奔事，事见《左传》。此意谓私奔。巫臣，春秋时楚国人。字子灵，原为楚国大夫，楚国灭掉陈国后，对陈国大臣夏御叔（已死）的妻子夏姬（郑穆公之女）一见钟情，两人经

过周密计划，私奔到晋国。桑中之行，谓男女私奔。语本《诗经·鄘风·桑中》："期我乎桑中，要我乎上宫，送我乎淇之上矣。"

〔48〕鞶（pán）带：衣带，腰带。此代指衣服。

〔49〕掌珠：又作"掌上明珠"或"掌中珠"。比喻极受宠爱珍视的人，多指爱女。南朝梁江淹《伤爱子赋》："曾悯怜之惨凄，痛掌珠之爱子。"亡：逃。

〔50〕鸩（zhèn）媒：媒人。此指为二人传递书信的人。

〔51〕鱼书：书信。典出《饮马长城窟行》："客从远方来，遗我双鲤鱼。呼儿烹鲤鱼，中有尺素书。"故后以"鱼书"代指书信。

〔52〕昆仑健奴：唐传奇小说中人物，指昆仑奴磨勒。见唐代裴铏传奇小说《传奇·昆仑奴》。昆仑奴磨勒武艺非凡，而且勇敢多智、乐于助人，帮助红绡与崔生结为夫妇。昆仑，唐代对印度半岛南部及南洋群岛地区的泛称，有时也指该地区的居民，唐代豪门富户雇佣该地区的人为奴仆，称"昆仑奴"。

〔53〕黄衫侠客：唐传奇小说中人物。见唐蒋防传奇小说《霍小玉传》。李益与霍小玉相恋，山盟海誓，答应娶其为妻。但李益回家后，负心娶望族卢氏之女。霍小玉苦等李益，相思成疾。有一黄衫客听说此事后，为霍小玉抱不平，带李益与她相见，她怒斥李益的负心和自己的不幸，痛哭而亡。

〔54〕殷：深厚。

〔55〕手翰：亲手写的书信。

〔56〕浪浪：流泪不止的样子。

〔57〕襟袖：衣襟和衣袖。

〔58〕莫：不能。情愫：也作情素。真情实意。

〔59〕悍姬：悍妻。此指陆生妻子。

〔60〕经年：经过一年。

〔61〕箫史：人名。古代传说中善吹箫的人。详见《箫补烟》注。

〔62〕夙昔：昔日，往日。

〔63〕矢：发誓。

〔64〕双文：人名。指崔莺莺。崔莺莺，字双文，跟随母郑氏经过河中府的普救寺，遇到张生，与张生相恋，后为张生抛弃。见唐元稹《莺莺传》。

〔65〕适：女子出嫁。

〔66〕钿盒：泛指情人间的定情信物。唐代婚俗，男女定情，男方向女方送钿盒，表示两两相合，如金钿般坚固。

〔67〕初非：并非，并不是。

〔68〕鹿邑，地名。在今河南省周口市。

〔69〕鸿城：地名。故越王城，在苏州城东一百五十里。代指苏州。

〔70〕云树千重，烟波万叠：形容相聚遥远。烟波，水波浩渺，好似烟雾笼罩的江面或湖面。云树，云和树。比喻两地相隔遥远。

〔71〕“桃花”两句：谓唐进士崔护与一女子一见钟情事。典出唐代孟棨《本事诗·情感》：崔护尝于清明日独游长安城南，见一村庄，有女子独倚小桃柯伫立，而意属殊厚。来岁清明，崔又往寻之，则门扃无人，因题诗于左扉曰：“去年今日此门中，人面桃花相映红。人面不知何处去，桃花依旧笑春风。”少女归来，读其门上题诗，郁郁而病，数日不进饮食而绝。后崔护又来，女尚未葬，于是伏尸痛哭，少女竟得复活，二人遂结为夫妻。

〔72〕“杨柳”两句：谓东汉时刘晨、阮肇遇仙事。阮郎，指阮肇。详见《箫补烟》“台岭胡麻”注。

〔73〕“设使”两句：谓唐代韩翊和柳氏离合事。设使，假使。沙叱，即沙吒利，唐传奇中的人物，此借指强娶妇女的恶人。典出唐许尧佐传奇小说《柳氏传》。唐代士人韩翊和柳氏相恋，安史之乱起，两人分散。后柳氏被番将沙吒利劫走，幸得虞候许俊相助，救出柳氏，使二人团聚。

〔74〕罗敷：人名。战国时赵王家令王仁妻。邯郸人，姓秦。典出晋崔豹

《古今注·音乐》。罗敷采桑陌上，被使君看中，要强娶她，被她严词拒绝。后以之比喻美貌坚贞的女子。

〔75〕“侯门”两句：化用崔郊与婢女相恋事。典出唐范摅《云溪友议》。唐代秀才崔郊与姑母家的婢女相恋，后来婢女被卖与贵官，两人从此分开。崔郊十分想念侍女，亲自登门也不能见一面。后侍女在寒食节外出，与崔郊相遇。崔郊百感交集，作诗赠给她：“公子王孙逐后尘，绿珠垂泪滴罗巾。侯门一入深如海，从此萧郎是路人。”后司空于頔知道后，遂命婢同归。

〔76〕驿使：信使。

〔77〕迢递：遥远。

〔78〕“或间关”两句：谓卓文君与司马相如私奔事。间（jiàn）关，指道路险阻。卓女，指卓文君，汉临邛人，生卒年不详。详见前注。

〔79〕“单舸”七句：谓范蠡与西施隐居事。范蠡助越王勾践复国后，急流勇退，携西施泛舟五湖，隐居而去。典出《越绝书》：“西施亡吴国后，复归范蠡，同泛五湖而去。”舸，大船，也泛指船。范蠡（lǐ），人名。春秋末越国大夫。字少伯。原为楚国宛（今河南南阳）人。范蠡辅佐越王勾践灭吴后，功成身退，乘舟归隐。事见《国语·越语下》：“反至五湖，范蠡辞于王曰：‘君王勉之，臣不复入越国矣。’……遂乘轻舟以浮于五湖，莫知其所终极。”

〔80〕芦帘纸阁：芦苇编成的帘子与用纸糊贴窗、壁的房屋。指称住所简陋。

〔81〕孟光：人名。东汉平陵（今陕西咸阳）人，字德曜，隐士梁鸿的妻子。典出《后汉书·梁鸿传》。梁鸿之高节为时人所慕，豪门大家都想把女儿嫁给他，被他拒绝。后娶了貌丑而贤的孟光，隐居山中。孟光生得丑陋，三十岁未婚，只想嫁给梁鸿这样的贤者，生活虽清寒，而相敬如宾，情爱甚笃。每次吃饭时，孟光举案齐眉，与梁鸿相敬如宾。后以之比喻贤妻。

〔82〕道蕴：人名。即谢道韫，东晋时女诗人，东晋名士、宰相谢安的侄

女。曾以“未若柳絮因风起”句咏雪而为人称道。后世以“咏絮”称有诗才的女子。详见《玉箫再世》注。

〔83〕苟：如果，假使。

〔84〕亲遘（gòu）：亲身遭遇。遘，遇，遭遇。

〔85〕夫复：夫，语气助词；复，还，再。

〔86〕银釭（gāng）：银白色的灯盏。釭，灯。

〔87〕贻（yí）：赠给，送给。

〔88〕日上三竿：太阳升起，离地有三竹竿高了。指时间已经不早。详见《莲贞仙子》注。

〔89〕排闼：推门。

〔90〕步虚仙子：指轻生自杀的年轻女子。意谓灵魂已步入仙界，即死亡。

〔91〕骇惋：惊骇哀惋。

〔92〕阿芙蓉膏：鸦片。

〔93〕讣（fù）音：报丧的消息。

〔94〕常度：常态。

〔95〕百方：用各种方法。灌救：一种用药水灌入病人的肠胃，使其能排出有害物质，脱离危险的救治方法。

〔96〕悬旌：挂在空中随风飘荡的旌旗。旌，旗子。

〔97〕伥伥：迷茫不知所措的样子。

〔98〕木主：木制的神位，上书死者姓名以供祭祀。又称神主，俗称牌位。

〔99〕春露秋霜：指春秋两季有感于时令变化而举行祭祀典礼。

〔100〕麦饭：祭祀用的饭食。

〔101〕浊醪（láo）：浊酒。用糯米、黄米等酿制的酒，较混浊。

〔102〕须臾（yú）：片刻，一会儿。

【译文】

陆碧珊

陆芷生，吴郡人，二十岁考中秀才。他丰神皎洁，风度翩翩，即使是玉花映月、玉树临风形容，也不为过。他的妻子也是世家女子，容貌仅中等，同他相形之下，更加觉得自惭形秽，因此夫妻之间相处不融洽。同乡有才女叫碧珊，与陆生同姓，小时就许配了孙氏。孙氏子为人轻浮无行，酷爱赌博，带钱进赌场，不输光就不出来，有时甚至脱衣押上赌一把。碧珊的父亲暗中有悔婚的想法，但孙氏也是豪门大族，碧珊父亲本是秀才，不能做这种违背礼法的事，因此暂时搁置下来。陆生素来听说碧珊的才名，但她深居闺中，没有见过她的容貌。不久，陆生到扬州给人做幕宾，碧珊的父亲也接受了仪征县署的聘请，两家都携亲眷前往。同客他乡，彼此往来，就如亲戚一样。于是陆生才得以见到碧珊。碧珊俊秀严整，粹质花妍，圆姿月满，与陆生堪称一对璧人。见面之余，两人相互注视，就已一见钟情。碧珊先作诗向陆生传情，陆生立即吟诗相答。从此二人花前月下，诗词唱和，几乎无一天间隔。前后积攒的诗稿，几乎如成捆的竹笋，各自编成一个集子，碧珊所作叫《兰茝篇》，陆生所和叫《珊瑚网》，命名的用意，不言而喻。但是碧珊家有父母防范，陆生碍于妻子同在，可眉目传情，但芳泽难亲，虽然两人相互思念，却最终不及于淫乱。

不久，土匪作乱，扬州城戒严，警报噩耗，接二连三传来。碧珊的父亲本有数顷田地在鹿城乡间，打算辞去衙署的事务，归隐家乡，也可糊口，于是便雇船返乡。陆生也以子女拖累为由，搭船同返。碧珊的父亲居住的地方叫笙村，距离县城仅有十里左右。村中有一座荒废的花园，池馆犹存，亭台半塌，想要出售，要价很低。陆生爱其幽静，出钱买下作为别墅，雇工匠修整，焕然一新。所有园中的匾额楹联，都是碧珊撰写；池塘的左边建了一间屋子，旁边种了数十棵竹子、四五棵梧桐，早晚命僮仆擦拭梧桐和竹子，翠色欲流，碧珊题名为“环碧轩”。陆生见了题名，知道她对自己的情意，但是碧珊已许配人家，始终难以改变，只能徒唤奈何。

一天，陆生的妻子得了急病，碧珊前来探望，嘘寒问暖，煎药端水，极其殷勤。陆生的妻子很感激，病情渐为好转。半夜的时候，陆生在水阁乘凉，碧珊正好到这里，当时婢女、仆妇都已睡了，相视无言，就圆了他们的夙愿。第二天夜里，他们在这里重会，密约幽会时间，没有知道的人。

两人正作长久打算时，碧珊家催归的信来了，不得已就分别了。陆生刻了一枚图章赠给碧珊，上刻：“惟愿生生世世为夫妇。”两人书信往来，都是由婢女红于传递；红于不谨慎，书信被碧珊的父亲得到，父亲非常惊诧，绝不再允许她再往陆生家，让她住到云间的姑母那里，实际上是让她远离陆生。

过了一年，碧珊的婚期已经迫近，她知道后非常惊慌，发誓要以死回报陆生。碧珊花重金寄了一封信，辗转到了陆生的住处。信中有这样的话：“卓文君奔相如，红拂女投李靖，敢援此事，以身归君。三生痴愿，讵背随云；一片精魂，终当化石。相离半水，迥隔九天，妹思之决矣。此志果坚，人间天上，会有见期。否则与其偷活红尘，不如埋愁黄土！”书信送出之后，碧珊静待佳音。先前，陆生曾戏效《疑雨集》中的劝驾词，作了八首绝句寄给碧珊，其诗写道：

药炉茶灶已安排，西面窗棂不许开。
晓得怕风兼避客，重帘不卷等卿来。
轻寒昨夜上妆台，料得熏笼倚几回。
漫把心香焚一饼，冷灰拨尽等卿来。
蛮笺几叠未曾裁，小研红丝试麝煤。
密字珍珠书格细，手钞诗卷等卿来。

重门深锁郁离怀，谣诼蛾眉事可哀。
寂寂江干舟未至，梅花开后等卿来。
传讹青鸟事难谐，反惹相思两地猜。
即有尺波谁可托，诉将离绪等卿来。
记曾相识有诗媒，隽逸岂输咏絮才。
城北清光仍不减，画栏看月等卿来。
旧时院落长苍苔，忆著前游首重回。
满目凄凉增感触，沧桑细阅等卿来。
无端小病瘦于梅，怕冷憎寒倚镜台。
为叠重衾温宝鸭，浓香残梦等卿来。

碧珊得到他的诗，知道陆生有此心意，所以寄了这封信来坚定他的想法。

陆生考虑此事定不可为，反复思考，并无良策。碧珊有个表兄叫蕙亭，他事先知道陆生与碧珊相好的事，在淞泖间往来，相互传递两家消息，也被碧珊的父亲知道了，拒绝他登门。陆生因此去找蕙亭商量，蕙亭也认为私奔的办法不可行，因为他认为："小港必须乘船通过，碧珊必定要夜间出行，或许会引起船夫的怀疑，导致被盗匪劫持，这是害处之一；未离虎穴，就被狼吞，遭受囚禁，被盗匪侮辱，这是害处之二；女儿逃走，必引起巨波，藏娇不密，就有不好的结果，这是害处之三。有三害却无一利，即使是愚蠢的人也知道难做；何况传信的人已暴露，书信难以送到，这件奇事大家都知道了，很容易找到碧珊行踪，即使有昆仑健奴、黄衫侠客，能有个好的开始，也不能妥善处理事后的问题。"尽力劝说陆生不要这么做。陆生于是写信拒绝了碧珊，信中写道：

思念正深，书信即至。迎风阅读，心神惨痛伤心，泪流不止，坠落衣襟与衣袖，为何我两人情之深而缘之薄！日前妹往云间，兄来话别，虽见芳容，不能传达情意。你要听从慈母，我已娶妻，无法与你订下婚约，忧愁的话语，抑郁苦闷。相思百里，却不能见面；一年不见，不能诉说心中的别离。信中说志在一死，以报知己，此大可不必。我们两人情长意重，相交深厚，不在于形迹，而在于文字。妹有了婚约，是在以往；兄订下誓约，是在去年秋天。即使登香车而远嫁，也不是背离誓约。并且人在而事还可图谋，身死而情缘难再实现。妹有一死之心，那兄也没有活下去的希望，追随你到地下，在地下永远结为夫妻，岂敢独留人间，仍然苟活偷生？只愿我妹另想妙计，稍解愁怀。只求心志坚如金石，事情必然会有圆满。况且兄与妹年龄相似，并不是年少、年长悬殊；门第相同，并不是贵贱差别很大。妹居鹿邑，兄住鸿城，并不是相隔遥远。崔护遇到的那个少女，一定会等着他重回寻找；天台山的仙女，已经允许阮肇再回去住下。假使这个愿望难以达成，你被人强娶走；假使你没有背弃盟约，最终嫁给别人，但是虽然进了别家，终究不是像海那样深；有信使可通，还怕音信遥远？或许道路无阻，像司马相如和卓文君那样最终成婚；像范蠡和西施那样，隐居山水间，白头偕老，远避尘世，难道不可能？将会看到虽然生活清苦，我只与你一起；诗酒唱和，你我仍然和谐。如果怀着这样的信念，就一定能实现愿望。请把这些话作为他日美好的凭证。

碧珊收到陆生的信，哭了整晚，悲叹道：“女子所宝贵的，是从一而终；我身子已被玷污，又有什么脸面做孙家的媳妇？而且如今既做孙家妇，日后又做陆郎妻，出尔反尔，一错再错，别人会怎么说我？始乱之而终弃之，其心可知，竟然还花言巧语，掩饰错误，加重我的罪过。世间多薄情的男子，不幸的是我亲身遇到了！即使这样，但这是我自己的错，还能再说什么话！”她独自对着灯盏，悲痛万分，搜集生平所作诗词以及陆生赠的书信，全部投进火里。半夜时，她用三尺白绫，在床前自尽了。第二天日上三竿，碧珊还没有起床，姑母呼唤也没有回应，直接推门进入，只见她已死了。全家人非常惊慌，急忙解下，但身体已冰凉了。报知了碧珊的父母，将她厚葬了。

陆生听闻噩耗，惊骇哀惋欲死。他想到碧珊为他而死，不能辜负了她的痴情，暗中买了鸦片膏，调在白玫瑰露中喝了，来到书房，蒙上被子躺在床上。陆生的妻子自从得到碧珊的死讯，见他顿改常态，心里已经起了疑心；忽然在枕边发现了剩下的鸦片膏，大吃一惊，急忙去找陆生，但他已经气息微弱，仅有呼吸，想方设法灌救，经过两天两夜才苏醒。当陆生服下烟膏后，魂魄像悬挂的旗子飘动，已经离开了躯体，只觉黑风惨淡，黄沙迷漫，迷茫不知所措；忽见一位女子在前面向他招手，急忙跑过去，果真是碧珊。碧珊道："兄为什么到了这里？"陆生告诉碧珊道："妹死，在情义上我也不能独生。"碧珊道："如今知兄还没有负心，妹为你一死也值得了。即使这样，兄前程远大，怎么可以因儿女私情，殉情而死呢？我一定为你向幽冥主请求，让你再还阳世。兄以后如不忘我，希望你为我立牌位，写上妹的姓名，得到妾的名分，已心满意足了。春秋两季，可以带一碗麦饭、一杯浊酒，到我墓上祭奠，妹必来享用。兄暂且在此，妹去去就来。"陆生听从她的安排。一会儿，碧珊回来了，道："兄得以生还了。"以手推陆生，他坠于崖下，忽闻耳边有哭声，睁眼一看，身体还躺在床上。一个多月他才能扶着拐杖起身。自此陆生待他的妻子很好。时常用戒色的话规劝朋友，终生行善不懈怠，道："借此弥补我的过错。"

龚绣鸾

龚氏，豫章巨族也[1]。多知名士，尤以词章雄一郡[2]。有世珪者，字玉叔，老明经[3]。生一女，曰绣鸾。聪慧绝伦，喜读诗词，尤工帖括[4]。父以此非女子所宜，令束诸高阁[5]。无何[6]，父遘疾猝逝[7]，家贫母老，无以为生，遂设绛帐为蒙师[8]。邻有丁生者，习举子业[9]，颇自刻苦。其弟从女学。一日由塾归，偶翻阅弟书，视其课程，见中有文字一篇，命意措词，远出己上。询之，知出女手。因投以己所作文，求其删润。女亦不辞，抉疵摘谬，胜于严师。生不以为忤[10]，时呈课文[11]就正，并馈以束脩[12]。由此文艺[13]往来，互相心许。女深处闺中，外人罕见其面。与生虽结翰墨因缘，然以礼自持，从未一觌芳范也[14]。年余，生应县府两试，俱列前茅。及游泮宫[15]，褎然居首[16]。女以此文名噪一时，童子军中[17]，多奉女为师，女居然高拥皋比而执牛耳矣[18]。世家贵阀争求婚焉，女咸不欲。有劝之者，则曰："请以文章之高下为去取。"于是来求者必面试以文，久之少所许可，私谓母氏[19]曰："若勉相俯就[20]，则丁生或可入选。"女遂归于丁生。新婚弥月[21]，即令下帏攻苦，晨夕督课无少懈[22]。是秋捷于乡[23]；明岁成进士[24]，登词林[25]，皆女之功也。

女容仅中人，生虽严惮之，而殊弗慊意[26]。既以少年获高第[27]，意气发扬，渐与诸同年作狭邪游[28]。惟恐女知，时以虚词诳女，为掩饰弥缝计[29]。女亦阴疑之，渐加约束。夕赴宾筵，必计刻而归[30]，稍迟则反唇相稽[31]，声色俱厉。生之所至，侦骑四出，相属于道。与生约法三章[32]，违则闭之房外，或携被他处，不与同宿。生甚苦之，渐弗能堪。虽日在温柔乡中，无殊狴犴[33]，慨然叹曰："名师弟而实夫妇[34]，至亲也；结伉俪而得科名，至乐也；载酒看花，寻芳拾翠，不过逢场作戏而已。追风月之余欢[35]，为风流之佳话，亦复何害？今若此人生，乐趣泯然尽矣[36]！”私携数百金，买棹遁至汉皋[37]，逃妇难也。

生既出门，女知之，亦不复遣人往追。自诣栀子庵见素所相稔之尼曰莲脩者[38]，求其披剃[39]，曰：“愿祝发空门[40]，证清净业[41]。世间孽缘，徒成冤苦。欢爱即生烦恼，一切色相皆空[42]，一切繁华俱假。愿自此生澈悟心[43]，升兜率天[44]，别无他想。”莲脩曰：“君固贵人妇，徒以妒心生愤念，去道甚远，后必悔之。”女曰：“余志已决，许不许均留于此，不复归矣。”袖出金饰数十事[45]，曰：“以此供半生吃著，当必有余。”即以左手捉发，右手执翦，将头上青丝一齐翦去。莲脩见之，合掌言曰：“善哉！从嗔念中来，仍从嗔念中去，佛门中无此优婆夷也[46]。”女自此常居庵中，绣佛长斋[47]，粥鱼茶版[48]，居然苦行清修，作女头陀矣[49]。

生自至汉皋，日游曲里[50]，凡噪香名著艳誉者，无不往访。或设宴开樽，或翦镫留宿[51]，顾遍览群花，迄无当意[52]，因叹曰：“汉口为南北要冲，素称名胜，谈者谓其欲空北部之胭脂，压南朝之金粉。以我观之，殊未必然。”生以青年太史[53]，白袷少年[54]，囊有金资，出则裘马[55]，青楼中人见其标格[56]，无不争相歆羡[57]，到处逢迎。无如生眼界太高[58]，少所许可，视涂脂抹粉者，概谓之鸠盘陀[59]，以是落落寡合[60]。时有生同年谢韵樵亦来游，僦居大智坊[61]，已浃两月矣[62]。言有蔡姬宝瑟，居于鲍家巷。产自淞北[63]，旅于汉南[64]，年仅十四，尚未梳拢[65]。识字知书，妙解音律，其丰神之倩逸，容貌之秀丽，章台曲院中殆无其匹。从不轻易见人；即见亦仅作寒暄数语而已。缠头之费有定额[66]，五金一茶，十金一诗，二十金一歌，纨袴子巨腹贾虽输重金[67]，亦不接纳也。冶游子闻之，有称为异事者，亦有资为谈柄者，或有拚作孤注，以求一见，及既见而出，又皆废然自失[68]。谢以告生，生欣然偕往。

家在弄底，高楼五楹，临街耸峙，绣幕珠帘，如在天半[69]。再进重闼，方是女房，玉轴牙签[70]，殆盈插架，汉鼎秦彝，环列几案。时天气严寒，室中围铜炉炷妙香[71]，房帏乍启，芬芳已彻鼻观。坐既定，清茗再瀹[72]，而女始出。态度娉婷，不可一世[73]。与谈诗学源流，应答如响[74]。女或偶问一二语，默无以应，生不觉为之舌挢不下[75]。及命题赋诗，女殊不费思索，已成一篇，字比簪花[76]，句同琢玉[77]。生为骇叹，顾谓谢曰："此当今才女也。虽君家道蕴复生[78]，恐亦不能远过。惟是绝代名媛，穷居空谷[79]，尚嗟不偶[80]，况使之沦落风尘，飘茵堕溷也哉[81]？"言罢，泪为潜堕，反袂拭之[82]。谢复欲请歌。生曰："此非寻常勾栏可比[83]，既知其才，安敢复加唐突？"隐有娶之之意。

既归，托媒媪往问身价[84]。女曰："此客丰采亦复不俗[85]。但奴有素愿：必诗词胜于我者，方可嫁也。"媒媪返命。生即出历年来已刻行卷[86]，授媪呈女。女阅之，曰："文胜于诗。诗思甚清而诗笔未超，由于学力不至，未足为我之师也。"继访生门第，知为清流[87]。女意似可。告媪曰："必欲余为妾媵[88]，执箕帚[89]，请以三千金畀予母足矣[90]。"生家仅中资[91]，虽贵，一时措此巨金，亦殊不易。扬州掌鹾纲者[92]，为生同年之父，交情颇密，将往求之，束装待发[93]。女闻生之他适也，恐其一去不复来，急遣媪往告曰："所以索三千者，非他，将以为他日养母资也。若肯挈母俱行，则此时聘金多寡惟命，异日有资畀之未迟。想郎君一诺值千金，片言重九鼎[94]，必不负余也。"生喜，遽择吉陈币，纳为篷室[95]，即由汉皋达京师，不复言旋矣[96]。

旋以大考列一等[97]，钦命为粤西督学使者[98]，告假回里。遣人逆夫人于庵中[99]，闭户不见；往返再三，绝之益坚，以所翦发贻生[100]，题其上曰："初为龚氏女，继为丁家妇，今则庵中削发尼矣。一发不留，六根永断[101]，冀成净果，久绝凡缘[102]。惟君及时行乐，勿以为念。"生知其志不可回，亦姑听之。庵中有尼出入生家者，返述生娶妓为妾，艳绝尘寰，天人不啻也[103]。龚夫人窃闻之，悲惋益甚，夜半自经[104]，悬绝下坠。尼众闻之，急入解救，灌治百端乃苏。

生携女径诣粤西，沿途所经名山胜水，无不纪之以诗，共相唱和，或驿亭联吟，或旅馆题诗，篇什之积，几如笋束[105]。闲中询女家世，方知女本孙姓，字红蕤，蔡则母家姓也。鹿城人而侨居金阊者[106]，故操吴音。父亦诸生[107]，早没[108]，家无长物[109]，难以糊口，为匪人所诱[110]，随母至汉皋觅舅氏，弗得，无行资，匪人居为奇货[111]，令入平康[112]。幸女明慧，巧立此法，不致堕其术中。女偕生揽桂林之胜，觇景怀思[113]，仿佛前身曾经阅历[114]。偶经独秀峰西偏[115]，恍然悟曰[116]："去此数十武当有一石洞，中凿佛像，白石几榻无不具[117]。"觅之果然。女不禁欷歔欲绝[118]。以登涉劳倦，入一兰若小憩[119]，女又恍若旧游[120]，辄指曰某处为香积寺，某处为钟楼，历历不爽[121]。生为僧寮偶话其异[122]，有一长老在旁，询女年齿[123]，生备告之，长老屈指计之，曰："是矣。石洞中有一白猿，常来听经，风雪无阻，十五年前忽尔蜕去[124]。揆之女生岁月[125]，恰相吻合。"由是生戏呼女为"白猿后身[126]"。

生任满将归。女晨起临镜理妆，凄然不乐，忽告生曰："妾与君缘尽今日矣！昨梦冠星冠著霞帔[127]，促登香軿，霓旌云幡[128]，前后拥护，冉冉升空际而没，此非吉征也。君前程方远，好自为之[129]。"言讫，瞑目趺坐[130]而逝，鼻中玉箸下垂[131]，芳龄仅十有七。生哭之恸，即葬之于独秀峰下，立石碣于墓上，题偈其旁曰[132]："生有自来，死有自去；十七年华，了此一世。"

生归，以千金予龚夫人。夫人坚却弗受。众尼曰："曷不以之修葺庵堂[133]，装严佛像？"乃命暂留。有盗侦知之，夜入其室，夫人觉而大号，盗拔刀斫之，殒[134]，并卷其所有而去。翌晨报于生，生惊怛不欲生，抚膺[135]曰："是吾过也！"出宦橐中所有万金[136]，曰："以此经营事业，毋忝前人[137]，克贻后嗣[138]。吾将离此红尘，忏除黑业[139]。"径入峨眉山修道[140]，不知所终。

【注释】

〔1〕豫章：江西省的别称。

〔2〕词章：诗文的总称。

〔3〕明经：明清对贡生的尊称。由各省学政主持挑选府、州、县学中成绩优异或资历较深的生员，送到京师的国子监修习学业，称为贡生。

〔4〕帖（tiě）括：泛指科举时代的应试文章。明清时也指科举考试的八股文。详见《自序》注。

〔5〕束诸高阁：即束之高阁。把东西捆起来放在高阁上。比喻弃置不用。

〔6〕无何：不久。

〔7〕遘（gòu）疾：得病。遘，遇。

〔8〕绛帐：师门、学堂的尊称。蒙师：私塾中对学童进行启蒙教育的老师。

〔9〕举子业：举业。科举考试的课业、文字，即八股文。

〔10〕不以为忤（wǔ）：不生气，不在意。

〔11〕课文：指八股文。

〔12〕束脩（xiū）：指学生向老师送的酬金。

〔13〕文艺：即八股文。

〔14〕觇（chān）：看。

〔15〕游泮（pàn）宫：进学，即中秀才。泮宫，周代学宫前有半圆形的池塘，叫作泮水，因此学校也称为泮宫。《礼记·明堂位》："泮宫，周学也。"

〔16〕褎（yòu）然居首：也作"褎然冠首"。指才能出众，超过同辈而居首位。褎然，出众、杰出的样子。《汉书·董仲舒传》："今子大夫褎然为举首。"

〔17〕童子军：指未考中秀才的儒生。明清两代考取生员的考试称为童子试，简称童试。童子试分为三个阶段：县试、府试和院试，中者为秀才。童试的应考者，不论其年龄大小，一律称为童生或儒童、文童。

〔18〕皋比（gāo pí）：指虎皮坐席。《左传·庄公十年》："蒙皋比而先犯之。"杜预注："皋比，虎皮。"古人坐虎皮讲学，后因称讲学者的座席为"皋比"，称任教为"坐拥皋比"。

〔19〕母氏：母亲。氏，敬辞。

〔20〕俯就：迁就，将就。

〔21〕弥月：指满一个月。详见《玉箫再世》注。

〔22〕督课：督察考核。课，考课。

〔23〕秋捷于乡：考中举人。乡，指乡试。

〔24〕进士：会试考中后，经过殿试，赐进士及第、进士出身、同进士出身，通称为进士。

〔25〕登词林：授官翰林。词林，翰林院的别称。

〔26〕慊（qiè）意：满意。

〔27〕高第：指科举考试被录取。此指考中进士。

〔28〕同年：科举时代称同榜考中的人。狭邪游：指狎妓浪行。狭邪，小街曲巷。因多为娼妓所居，常作娼妓的代称。

〔29〕弥缝：设法遮掩或补救缺点、错误，以免暴露。

〔30〕刻：计时单位。古代用漏壶记时，一昼夜共一百刻。

〔31〕反唇相稽：意谓以恶言相对。《汉书·贾谊传》："妇姑不相说，则反唇而相稽。"

〔32〕约法三章：借指约言。典出《史记·高祖本纪》："吾与诸侯约，先入关者王之，吾当王关中。与父老约，法三章耳：杀人者死，伤人及盗抵罪。余悉除去秦法。'"后以之指订立章程。

〔33〕狴犴（bì àn）：古时牢狱的代称。狴犴，也称"狴"，为龙之第四子，形似虎，有威力，其性好讼，其像常置于监狱门上，故以之代称。

〔34〕师弟：老师和弟子。

〔35〕余欢：很多的快乐。余，盛，多。

〔36〕泯然：完全消失的样子。

〔37〕买棹（zhào）：雇船。汉皋，地名。汉口。

〔38〕稔：熟悉。

〔39〕披剃：出家。根据佛教戒律，僧尼出家，必须剃头发，披上袈裟，故称。

〔40〕祝发空门：削发出家。祝，断。

〔41〕证清净业：佛教语。指参悟佛理，远离一切人世罪孽和烦恼。证，参悟，修行得道。清净，指远离恶行与烦恼。业，泛指一切身心活动，业都有相应的果报。

〔42〕色相：指一切人或物呈现于外的形式。

〔43〕澈悟：即彻悟。看透世事，有所领悟。

〔44〕兜率天：佛家语。为欲界六天之第四天，佛教的乐土。后泛指人死后所登的天界。兜率，梵语的音译。

〔45〕事：量词。件。

〔46〕优婆夷：佛家语。梵文音译，指佛教女信徒。

〔47〕绣佛：刺绣佛像。长斋：谓终年蔬食，不吃荤。

〔48〕粥鱼茶版：寺院吃粥饮茶，以击木板鱼鼓为号，故称。此形容绣鸾在寺院的清苦生活和寂清心境。粥鱼，佛教法器。木鱼的一种，刳木成鱼形，中空，扣之作声。木鱼形制有两种，一为圆状鱼形，诵经时所用，放在案上；一为挺直鱼形，用来盛粥饭或集众、警众，悬挂在寺院走廊上。此指第二种。茶版，也作“茶板”。寺院召集僧众饮茶敲击的板子。宋代沈与求《石壁寺》诗：“秀色可餐吾事办，粥鱼茶板莫相夸。”

〔49〕头陀：佛家语。梵文音译，意译为修治、摇振、弃除，即去掉尘垢烦恼。后也用以称苦行僧。

〔50〕曲里：曲巷。指妓院。

〔51〕翦镫：剪掉灯花，指夜深未睡。翦，同“剪”。镫，同“灯”。

〔52〕迄：始终。

〔53〕太史：官名。明清两代称翰林为太史。

〔54〕白袷（jié）：白色曲领。也指有白色曲领的外衣。唐代李贺《染丝上春机》："彩线结茸背复叠，白袷玉郎寄桃叶。"王琦汇解："袷有二音，亦有二义。作夹音读者为复衣……作劫音读者为曲领。"

〔55〕裘马：即裘轻马肥。比喻生活富裕豪华。详见《玉箫再世》注。

〔56〕标格：风度，风范。

〔57〕歆羡：羡慕，爱慕。《诗·大雅·皇矣》："帝谓文王，无然畔援，无然歆羡。"朱熹集传："歆，欲之动也；羡，爱慕也。"

〔58〕无如：无奈。

〔59〕鸠盘陀：佛家语。梵语的音译，也译作鸠盘荼。是一种吸食人精气的恶鬼，形貌丑陋。常用以比喻丑陋的女子。

〔60〕落落寡合：形容人品性孤高，难以与人投合。落落，孤独特立的样子。

〔61〕僦（jiù）居：租赁房屋。僦，租赁。

〔62〕浃（jiā）：满。

〔63〕淞北：地名。主要指以吴淞江以北地区。

〔64〕汉南：地名。清代属湖北汉阳府汉阳县。

〔65〕梳拢：也作梳栊。旧时指妓女第一次接客伴宿。

〔66〕缠头之费：代指给歌伎的钱财。详见《小云轶事》注。

〔67〕巨腹贾：旧时形容富商的话语，带有讥讽的意味。

〔68〕废然自失：灰心丧志，如有所失。废然，灰心丧志的样子。

〔69〕天半：半空中。

〔70〕玉轴牙签：借指书籍画卷。玉轴，卷轴的美称。牙签，用象牙制成的图书标签。

〔71〕妙香：佛家语。指一种无论是遇到逆风、顺风，都清香远播的香。此泛指香。

〔72〕瀹（yuè）：煮。

〔73〕不可一世：指自视甚高。

〔74〕应答如响：也作“应接如响”。应答有如回声。形容对答快速而敏捷。

〔75〕舌挢（jiǎo）不下：舌头翘起放不下来。形容十分惊讶。挢，翘起。

〔76〕簪（zān）花：古代书体的一种。常称书法娟秀工整为簪花。

〔77〕琢玉：精雕细琢的玉。比喻精美。

〔78〕君家道蕴：意谓你家的谢道韫。谢韵樵与谢道韫同姓谢，故称。君家，人称代词。您，你。道蕴，人名。应作道韫，即谢道韫，东晋女诗人，生卒年不详。陈郡阳夏（今河南太康）人，宰相谢安的侄女，才思敏捷，诗赋负时名。《世说新语·言语》载，尝遇雪，谢安问“白雪纷纷何所似？”谢安侄子谢朗说：“撒盐空中差可拟”，道韫道：“未若柳絮因风起。”安赞赏之。世称“咏絮才”，常用作才女的代称。

〔79〕穷居空谷：多指隐逸生活。唐代杜甫《佳人》：“绝代有佳人，幽居在空谷。自云良家子，零落依草木。”常用以比喻不热衷于世俗、不为世人所知的奇花异草、隐士高人。

〔80〕不偶：指命运不好，事多不顺利。

〔81〕飘茵堕溷（hùn）：也作“坠溷飘茵”“飘茵堕溷”。花朵飘零，或落在席垫上，或落在粪坑里。茵，席垫。溷，粪坑。比喻人的际遇好坏不同。此指女子堕落风尘。

〔82〕反袂（mèi）：用衣袖拭泪。

〔83〕勾栏：指妓院。

〔84〕媒媪：媒婆。

〔85〕丰采：即风采。一个人的外貌所表露的仪态和风度。

〔86〕行卷：唐代举子投献作品的形式。代称应试所作的诗文。唐代举子应试前将所作诗文写成卷轴，投送朝中显贵或主考官，希望得到赏识、援引，称为“行卷”。宋代程大昌《演繁露·唐人行卷》：“唐人举进士，必有行卷，为缄轴，录其所著文，以献主司。”

〔87〕清流：指德行高洁、不与权贵同流合污的士大夫。

〔88〕妾媵（yìng）：泛指妾。

〔89〕执箕帚：委身下嫁。箕，簸箕。帚，扫帚。都是打扫的工具。此指女子委身下嫁的谦辞。

〔90〕畀（bì）予：给予。

〔91〕中资：中人之资产。中等人家的资财。

〔92〕掌鹾（cuó）纲者：指管理盐政的官。鹾纲，盐政法规，指食盐的运销。鹾，盐。

〔93〕束装：收拾行装，收拾行李。

〔94〕片言重九鼎：指人说话十分守信。九鼎，古代国家的宝器，象征九州。后来用九鼎比喻言语等分量之重。

〔95〕簉（zào）室：侧室。指妾。

〔96〕言旋：回还。言，语首助词。

〔97〕大考：指翰林院官员的考试。清制，翰林院官员自侍讲学士、侍读学士以下，编修、检讨以上；詹事府自少詹事以下，中允、赞善以上，每十年左右，临时宣布召集考试，不许称病托词，规避请假，称为大考。考试结果分四等，最优者予以特别升擢，其他分别罚俸、降调、休致、革职。《清史稿·选举志》："至若旧例翰、詹大考，分别优劣，升调降革有差，为特别考绩之法。"

〔98〕粤西督学使者：广西学政。粤西，广西的别称。今为广西壮族自治区。督学使者，即提督学政。是岁试与科试的主考官。

〔99〕逆：迎接，迎候。

〔100〕贻：赠给，送给。

〔101〕六根永断：佛家语。六根指眼、耳、鼻、舌、身、意，六根永断泛指断绝尘世间的一切欲念。

〔102〕凡缘：旧指佛家、道家、神仙等与世俗的缘分。

〔103〕天人：犹言天仙。指美丽的女子。不啻：不如，比不上。

〔104〕自经：即自缢。上吊自杀。

〔105〕笋束：成捆的竹笋。此形容诗文稿卷积累之多。

〔106〕金阊（chāng）：指苏州。

〔107〕诸生：明清两代称已入学的生员。

〔108〕没：同“殁”，死。

〔109〕长物：多余的东西，也指值钱的物品。

〔110〕匪人：本指非亲人而言。后指行为不正当的人。

〔111〕居为奇货：即奇货可居。囤积珍奇的物品，等待高价出售。比喻某种获取名利的资本。详见《小云轶事》注。

〔112〕平康：即平康坊，也称平康里、平康巷。指青楼。详见《纪日本女子阿传事》注。

〔113〕怀思：怀念，怀想。

〔114〕前身：前生。

〔115〕独秀峰：山名。位于今广西省桂林市中心。孤峰突起，陡峭高峻，气势雄伟，素有“南天一柱”之称。

〔116〕恍然：突然明白的样子。

〔117〕武：半步。泛指脚步。白石：传说中修道的人吃的食物。

〔118〕欷歔（xī xū）：悲泣抽咽的样子。

〔119〕兰若（rě）：寺院。小憩：稍稍休息。

〔120〕恍若：好像，仿佛。

〔121〕历历不爽：一点不差，丝毫不差。形容非常清楚准确，没有差错。历历，清楚，分明。不爽，不差，没有差错。爽，违背，有差错。

〔122〕僧寮（liáo）：即僧僚。指僧人。

〔123〕年齿：年龄。

〔124〕忽尔：忽然。蜕：道家认为修道者死后留下形骸，魂魄散去成仙，称为尸解，也叫“蜕”。

〔125〕揆：度量。

〔126〕后身：佛教指转世之身。

〔127〕冠星冠著霞帔（pèi）：代指道士。星冠，道士所戴的帽子。霞帔，道士

服。上有云霞花纹，披于肩背。

〔128〕霓旌（ní jīng）：指旒似云霓的旌旗。霓，副虹为霓。相传仙人以云霞为旗帜。云幡（fān），装饰有云形图案的旗帜。

〔129〕好自为之：多用于劝人自勉，让人自己妥善处置，好好干。

〔130〕趺（fū）坐：盘腿端坐。

〔131〕玉箸：佛道两教称人坐化后下垂的鼻液。据说这是成道的征象。

〔132〕偈：佛家语。指佛家所唱的词句，通常四句为一偈。以下是丁生所写的蕴含佛法的文字。

〔133〕曷（hé）：怎么，为什么。

〔134〕殒（yǔn）：死亡。

〔135〕抚膺：捶胸。膺，胸膛。

〔136〕宦橐（tuó）：也作“宦囊”，做官期间所积累的钱财。

〔137〕忝（tiǎn）：辱，有愧于。

〔138〕克：能够。贻（yí）：遗留，留下。

〔139〕忏除黑业：忏悔以去除罪孽。黑业，佛家语。指不善的意念行为，并为未来招致痛苦的报应。也泛指应受恶报的罪孽。

〔140〕峨眉山：山名。在四川省峨眉市西南，山势峻秀，佛道两家并称为灵胜之地。详见《白秋英》注。

【译文】

龚绣鸾

龚氏，是豫章的豪门大族。龚氏出了许多才学之士，尤其以诗文称雄一方。有个人叫世珪，字玉叔，是一位老贡生。生有一个女儿，叫绣鸾，聪慧过人，喜读诗词，尤为擅长作八股文。其父认为这不是女子该做的事，让她束之高阁。不久，其父得病突然去世了，家贫母老，无以为生，就办了私塾做蒙师。邻居有个姓丁的读书人，研习八股文，很刻苦。其弟跟着绣鸾读书。一天其弟从塾学回来，丁生偶然翻阅弟弟的书本，看他的课程，看见其中有一篇文章，用意措词，远超自己。他询问弟弟，知道是出自绣鸾之手。于是，他把自己的文章投给绣鸾，请她删改润色。绣鸾也不推辞，指正缺点错误，胜过严师。丁生毫不在意，时常送八股文向她求教，并赠送酬金。由此文章往来，互相有了爱慕之心。绣鸾深处闺中，外人很少见过她。她与丁生虽然结下笔墨因缘，但以礼法约束自己，丁生也从未见其芳容。一年多后，丁生参加县府的两次考试，都名列前茅，等考秀才，位列第一名。绣鸾因此一时文名大振，那些童生大多拜她为师，她竟然成了有权威的启蒙老师。世家大族争相前来提亲，绣鸾都没有同意。有人劝说她，她就道："请用文章的水平高低作取舍。"于是前来求亲的人要面试文章，过了许久也很少有中意的，私下对母亲道："如果勉强将就，那丁生或许可以入选。"于是绣鸾就嫁给了丁生。新婚刚一个月，绣鸾就让丁生闭门苦读，每天监督考查，没有丝毫松懈。这年秋天乡试考中举人；第二年考中进士，进入翰林院，这都是绣鸾的功劳。

绣鸾的容貌仅是中等，丁生虽然畏惧她，但对其相貌很不满意。他现在以少年考中进士，意气风发，逐渐与诸同年去寻花问柳。他惟恐绣鸾知道，时常说假话诓骗她，设法掩饰遮掩自己的行为。绣鸾也暗自怀疑，渐渐加以约束。晚上出去赴宴，必须按时回家，稍微迟了就恶语相向，声色俱厉。丁生要去哪里，会派人监视，一路跟随。她与丁生约法三章，违反就把他关在门外，或者带着被子住到别处，不与同宿。丁生很苦恼，渐渐不堪忍受。虽然每天在温柔乡中，但与监狱没有区别，感慨叹道："名为师徒而实为夫妻，这是至亲；结夫妻而考中功名，这是至乐；饮酒作乐，寻花问柳，不过逢场作戏罢了。追求风月场上的欢乐，是风流佳话，这又有什么妨碍？如今若这样活在世上，乐趣全没了！"丁生私下带了数百两银子，雇船跑到了汉口，逃妇难了。

丁生离家，绣鸾知道了，也不再派人追赶。她自己到栀子庵见了素来相熟的尼姑莲脩，请求出家，道：“我愿削发出家，参悟清净业。人世间的孽缘，只会成为冤屈悲苦。欢爱就生烦恼，一切人和物都是虚幻的显现，一切繁华都是虚无的假象。我愿意自此能大彻大悟，升入兜率天，别无他想。”莲脩道：“你本是贵人之妇，只是因妒心生出了愤恨的心思，去道甚远，日后必定后悔。”绣鸾道：“我心意已决，许不许都留在这里，不再回去了。”她从袖子里拿出数十件金首饰，道：“用这些供我半生吃穿，应当有余。”她就左手握住头发，右手拿着剪刀，将头上青丝一齐剪去。莲脩见了，合掌行礼道：“善哉！从愤怒中来，仍从愤怒中去，佛门中没有这样的女教徒。”绣鸾自此一直住在庵中，绣佛像吃长斋，粗茶淡饭，竟然苦行清修，做了女苦行僧。

丁生自从到了汉口，每日在青楼游乐，凡是有美名、艳名的妓女，都会前往探访。有时设宴饮酒，有时夜谈留宿，但是始终没有称心如意的，因此感叹道：“汉口为南北交通要道，素来称为名胜之地，谈论汉口的人都说这里的美人胜过北方和南方。以我看来，却未必这样。”丁生是年轻的翰林，年少风流，颇有钱财，出门穿裘衣骑骏马，青楼中人见了他的风范，无不争相羡慕，处处逢迎。无奈丁生眼界太高，很少满意的，看那些涂脂抹粉的女子，全称为鸠盘陀，因此没有与他投合的。当时有个同年谢韵樵也来汉口游玩，租住在大智坊，已经两个月了。他说有个叫蔡宝瑟的歌伎，住在鲍家巷，出生在淞北，现客居汉南县，年仅十四岁，还没有伴宿。她识字知书，精通音律，丰神秀丽，青楼中没有能比得上她的女子。她从不轻易见人，即使见也仅寒暄几句话罢了。陪客的费用都有固定的数额，五两银子喝一杯茶，十两银子吟一首诗，二十两银子唱一首歌，那些富家子弟和富商即使出重金，也不接待。风流子弟听说了，有的人称为异事，也有的人作为谈笑的话题，或者有人拿出全部钱财，以求见她一面；等见了她出来后，又都一副颓废的样子。谢韵樵把蔡宝瑟的事告诉了丁生，丁生欣然偕往。

蔡宝瑟家在胡同最里面，有五间高楼，临街矗立，绣幕珠帘，如在半空中。再进几道门，才是蔡宝瑟的房间，书籍画卷，几乎摆满架子，汉鼎秦彝，摆放在几案四周。其时天气严寒，室内围着铜炉点着妙香，门帘一开，芬芳已经扑鼻而来。坐下后，喝了两杯茶，蔡宝瑟才出来，她姿态婀娜，自视很高。与她谈论诗学源流，对答如流。她有时偶尔问上一二句，两人都无法应答，丁生不觉感到很惊讶。等命题作诗，她竟然不假思索，已作一篇，字堪比簪花，词句如琢玉。丁生大为惊叹，对谢韵樵道："这是当今的才女。即使你本家的谢道韫再生，恐怕也不能超过。只是绝代佳人，隐居深谷，尚且感叹怀才不遇，何况是沦落风尘呢？"说罢，暗自落泪，用衣袖擦掉。谢韵樵又想请她唱歌，丁生道："这里不是寻常青楼可以相比的，既然知道了她的才华，怎敢再加唐突？"他心里隐有娶她的想法。

丁生回去后，托媒婆去问她的身价。蔡宝瑟道："这位客人的风采也是不俗。但我一向有个愿望：必须诗词胜过我的人，才可嫁给他。"媒婆返回复命。丁生就拿出历年来已经刊刻的行卷，让媒婆送到蔡宝瑟那里。蔡宝瑟读了，道："文胜于诗。诗思清奇而诗笔达不到，由于学力不至，不足以做我的老师。"继而打听丁生的家世，得知其为清流。她似有许可之意，告诉媒婆道："一定要娶我为妾，委身下嫁，请拿三千两银子给我母亲就够了。"丁家仅是中等家境，虽然显贵，一时拿出这笔巨资，也很不容易。扬州掌管盐政的官员是丁生同年的父亲，交情很亲密，丁生打算向他求借，收拾行李准备出发。蔡宝瑟听闻丁生要离开，担心他一去不返，急忙派媒婆去告诉他道："之所以索要三千两，不为别的，而是要作为日后赡养母亲的费用。如果你肯带着我母亲一起，那此时聘金多少都听你的意见，以后有了钱再给不迟。我想你一诺值千金，说话守信，必定不会负我。"丁生大喜，于是选择吉日下聘礼，娶为妾室，不久从汉口抵达京师，不再回家了。

不久丁生因为在大考中名列一等，皇帝任命他为广西督学使者，他告假回了家乡。他派人到庵中接夫人，但她闭门不见；又再三迎候，她拒绝得更加坚决，把剪下的头发送给丁生，并题写道：“初为龚家女，继为丁家妇，如今在庵中削发为尼。一根头发不留，断绝尘世间的一切欲念，希望修成正果，永绝尘缘。愿你及时行乐，不要挂念我。”丁生知其心志不能挽回，也只好暂且随她。庵中有与丁家往来的尼姑，回来后说丁生娶妓为妾，艳绝人间，天仙也比不上。龚夫人暗中听到了，更加地悲愤，半夜时上吊，悬挂的架子断了掉下来。众尼姑听到后，急忙进屋解救，百般救治才苏醒过来。

丁生带着蔡宝瑟直接前往广西，沿途所经过的名山胜水，无不作诗留念，相互唱和，有时在驿亭联吟，有时在旅馆题诗，累积的诗篇，几乎有一捆了。闲暇的时候，丁生询问蔡宝瑟的家世，才知她本孙姓，字红蕤，蔡是母家的姓。她是鹿城人，但寄居在苏州，所以是苏州口音。父亲也是秀才，很早去世，家境贫困，难以糊口，被匪人诱骗，随母亲到汉口寻舅氏，最终没有找到，也没有旅费，匪人以之为奇货可居，让她入了青楼。幸亏她聪明，立下规矩，不至于堕入圈套中。蔡宝瑟偕丁生游览桂林山水名胜，每一见景物就引起她的怀想，仿佛前生曾经历过。偶经独秀峰西侧，恍然醒悟道：“离此数十步当有一个石洞，里面开凿了佛像，白石、几案、床榻齐全。”寻找过去，果然是这样。蔡宝瑟不禁悲痛欲绝。因为跋山涉水感到疲倦，进入一座寺院稍歇，蔡宝瑟又好像从前游览过，每每指着说某处为香积寺，某处为钟楼，一一不差。丁生给僧人偶然讲了她的奇异之事，有一位长老在旁边，询问她的年龄，丁生都告诉了他，长老屈指一算，道：“这就对了。石洞中有一只白猿，常来听经，风雪无阻，十五年前忽然蜕去。与蔡宝瑟的出生年月比量，恰好吻合。”从此，丁生戏称她为“白猿后身”。

丁生任满，将要回乡。蔡宝瑟晨起临镜梳妆，凄然不乐，忽对丁生道：“我与你的缘分到今天尽了！昨夜梦见一个道士，催我登车，霓旌云幡，前后拥护，缓缓升入空中消失了，这不是吉兆。你前程远大，好自为之。”

说罢，闭目端坐而逝，鼻中玉箸下垂，年龄仅十七岁。丁生痛哭不已，就把她安葬在独秀峰下，墓前立了块石碑，题偈道："生有自来，死有自去；十七年华，了此一世。"

丁生回乡后，给了绣鸾一千两银子，她坚决不接受。众尼道："为什么不用来维修庵堂、装饰佛像？"于是她才收下来。有强盗打听到了这件事，夜里潜入她的屋内，她发觉后大声呼喊，强盗拔刀把她砍死了，并把所有钱财全抢走了。第二天早晨报告给了丁生，丁生痛不欲生，抚胸道："这是我的错！"拿出一万两银子，道："用这些钱经营家业，不要有辱前人，能留给后代。我将要离开这红尘，忏悔我的罪孽。"他直接去了峨眉山修道，不知所终。

心侬词史

心侬，姓李氏，名楚莲，吴门小家女[1]。少蓄于花氏。稍长，姿质明艳，丰韵娉婷。乃教以歌曲，声清脆如裂帛[2]，音韵节奏，动合自然。又教以丝竹筝琵，靡不工。性绝慧警，能缀近词[3]，善翻新调，曲师敛手推服[4]。花媪因谓其母曰："具此绝艺冶容，苟肯贬节入章台[5]，千金可立致也。"其母惑之，曰："今岁将与其两兄完婚事，若能先以五百金畀我[6]，则可惟命。"花家诸姊妹俱于沪上作校书[7]，艳名颇著，视阿堵如倘来物[8]，立畀三百金，而挈之至春申江畔[9]。鸦髻初盘[10]，蛾眉乍扫，见者无不惊其丽绝尘寰。

有徽人程某，挟巨资商于沪，觌面即诧为神仙中人[11]。歌声既发，响遏行云，荡魄回肠，令人之意也消，程聆之不禁击节叹赏[12]，倾倒弗置，谓"此'曲圣'也，《霓裳》雅调[13]，只应天上有耳"。出七百金作缠头费[14]，为之梳拢[15]，一住月余，足不出户外，约娶之为小星[16]。顾程俗贾也，自顶至踵无雅骨[17]，女虽与之谐燕婉之好[18]，然非其所属意也。旋程以铺中折阅[19]，丧其所有，不敢复萌问鼎想，狼狈遽归。女自为程昵，芳誉噪于一时，冶游子弟求一见以为荣[20]。女阅人既多，少所许可。

一日，偕女伴游沪庙西园观兰花会[21]，偶于人丛中见一生，虽衣履不华，而丰神朗秀，有如玉树临风[22]；流盼顾生，生亦注目睇视，不觉行步为之俱迟。女伴觉之，附耳言曰："此可为姊意中人否？卫玠当前[23]，何不掷果定情[24]？徒看杀无益也！"女红潮晕颊，不作一语。继游三穗堂后，拾级登小山，盘旋曲折而上，女足趾欲裂，拂石小憩[25]，不知生已先在，徘徊其间，若有所俟[26]。须臾[27]，生有二友至，其一与女伴相识，因问："何于热闹场中作此清游[28]？”见女亦艳之，并询居处，知皆曲里中人[29]。女伴因谓生友曰：“何不今夕偕来？”指生与女曰：“此一对璧人，君何不为撮合山[30]？俾[31]天下有情人都成眷属，亦大是阴德事[32]。”生友笑应之，遂各散去。

生姓杨，名宾，字寅谷，吴门人，固名诸生也[33]。家贫，客游檇李[34]，无所依托，授经糊口。有荐至秀水邑令幕中者[35]，代司笔札，积资娶妇王氏，亦旧家女郎[36]，伉俪甚相得。不谓娶未期年[37]，么弦中断[38]，懊恼欲死。朋好招作沪游，令抒积闷。二友见生与女目成眉语[39]，心若为动，因偕至城北勾栏访之[40]。既抵女所，即有二雏鬟入报。女伴先出，邀入其房，视壁间所悬楹联，乃知为蕙珍。生曰：“寻兰得蕙[41]，亦复不恶。”须臾女至，即令与生并坐。生犹作忸怩态，寒暄外不作别语。生问：“适间尚有一人[42]，何为不至？”女伴曰：“此兰仙也，为他客招去侑觞矣[43]。”遂设宴于长命鸳鸯馆。酒数巡，兰仙回，三人各拥所欢，合樽促坐[44]，劝饮循环。生量颇豪。女持觞政[45]，故设僻令，沃无算爵[46]。生新丧偶，意绪寡欢，酒入愁肠，易于沾醉[47]，席尚未半，不觉玉山颓矣[48]，遂留宿焉。宵阑灯灺[49]，生睡忽醒，女犹兀坐妆台之侧[50]。索茶，以苦茗进。生见女侍旁，自讶：“何为在此？卿尚未眠耶？”因起，代女缓结束[51]，携手共入罗帏，倍臻缱绻[52]。女于枕畔问生娶未。生答以新赋悼亡[53]，愁思正剧。问：“可续娶否？”生曰：“未得如卿才色俱佳者耳。”女曰：“妾青楼贱质，曲院微姿，安得与君作匹偶？但得备妾媵之数[54]，足矣。”生曰：“长卿壁立[55]，子敬毡亡[56]，卿欲相从，其肯共啖糠核哉[57]？”女曰：“若使妾一旦得离火坑[58]，脱苦海，则此固所愿也。”生曰：“奈囊中无卖赋金[59]，即谋一夕欢，亦非易事。”女曰：“妾有私蓄百金[60]，君可携去，常来此间，当可得间以图也[61]。”生谢不敏[62]。女为之欷歔不乐[63]，涔涔泪下，湿透枕函。生慰之曰：“以后竭力措资，借谋再至。卿勿多忧，恐损玉体。”女始转悲为喜。生自此时与女往还，夜合资悉出自女。花前密誓，月下私盟，无非欲归于生。

不料钱神作祟，好事多磨。有巨腹贾金翁者[64]，从汉皋来[65]，耳女名，出重资求作合[66]，后遂求为篷室[67]。花媪利其多金，商诸其母，竟许之。生度无可如何[68]，竟不复至。女啜泣竟夕，不能自主，遂归金翁，挟之至汉皋。侯门既入，永无见期，从此萧郎遂成陌路[69]。

适生居停因事罢官[70]，入都谋复[71]，荐生至扬州盐务所。商人潘某，慷慨豁达，胸无城府。以生恂谨[72]，甚器重之，因责收逋负[73]，令生往汉皋。夜半月明，泊舟水浒[74]。独坐篷窗[75]，挑灯不寐。忽闻有物触舟，出视之，见一物甚巨且长，涌于水面，若沈若浮；俯而提之，颇重；负以入舱，则一锦囊也。启视之，内有一女郎，皓齿明眸，似曾相识；审视尚有微息，乃负之行舱中。霍然一吐[76]，星眸微开，凝睇视生[77]，悲不自胜[78]。久之，曰："君非杨郎乎？何得相见于此[79]？此岂尚是人间乎？"生闻呼其名，大惊。秉烛再视之，则女也。因询女何为若此[80]。女呻吟言曰："妾待君不薄，何竟视妾归沙叱利而不一加援手哉[81]？可谓忍心[82]！"生为解去湿衣，覆以锦衾，裸体相偎傍，慰藉再三，细讯女别后情事[83]。女曰："自妾适金翁，居于别墅。不意为大妇所知[84]，篡取归家[85]，置之深院，不令主人近我。复室间房，与外消息隔绝。欲求小婢寄一札与君，竟不可得。昨主人往金阊[86]，大妇托言赏月，醉妾以醇醪[87]。仿佛从园门出，投于后河。不知何能飘流至此，得与君遇。此殆天缘也。[88]"

生行箧中携有亡妻衣履[89]，睹物思人，留以忆念，出为女易之，长短大小适相吻合。顾舟中非藏娇地，适潘之姊倩邹生家于广福巷[90]，与生素有友谊，呼肩舆舁女至其室[91]，而以情告。邹生跃然起曰[92]："我固谓此名花断不堕于庸俗手也[93]。金翁与余为内戚[94]，其妻为表昆弟行[95]。我向怜此女慧且美而不得其所，今又如此，事可图矣。"即诣金妻所，寒温既毕，遽问某姬何在。金妻曰："以不安于室[96]，业遣之去矣。"言次[97]，容色顿异。邹生曰："毋诳我。个中底蕴[98]，我已尽悉。及今早善处置[99]，犹可弥缝[100]；否则水府鸣冤，公庭对质，事有不可言者。"金妇意沮[101]，长跽问计[102]。邹曰："某姬现已归杨生[103]，庠序中人[104]也。向居茂苑[105]，兹住广陵[106]，拟续鸾胶[107]，以某姬为正室[108]。若能资以千金，并出某姬向时衣饰嫁之，令其仍归吴门[109]，则彼二人感德怀恩，自无后患。金翁倘归，以病逝告；使有异说，我可力任。”金妇一一如其言，复加厚赠焉。

生索债后，携女返维扬[110]，潘爰割己园之半以居生[111]。其地泉石苍幽，花木清绮。良辰佳节，辄与女擘笺觅句[112]，斗酒藏钩[113]，自谓闺帏之乐，固有甚于画眉者[114]。女有同巷相识之姊妹行来扬觅食[115]，适佣于生舍，因讯以家中近耗[116]，知两兄并以博丧其资，无立锥地[117]；母渐老迈，不免饥寒。女时寄资周恤之[118]，曰：“彼虽舍掌上珍为溷中花[119]，顾身所自来，不敢忘报。”屡以读书勖生曰[120]：“依人作嫁[121]，非久计也。”生从其言，下帏攻苦，深自刻厉[122]。三战秋闱皆报罢[123]，生侘傺无聊[124]，意不自得[125]。女曰：“功名本无足重，得失付之命而已，君何所见之不广[126]？不如归隐故山[127]，与猿鹤为侣，子耕我织，纳太平之租税，亦足以优游卒岁矣[128]。”

生从之，结庐于邓尉山麓[129]，买田二顷，课仆耕作[130]；农事之暇，辄与女倡酬为乐。诗成，女时为生点窜字句[131]，一一悉当。生笑曰：“卿真我闺中良友也。”春秋佳日，棹一扁舟[132]，笔床茶灶[133]、酒盏棋筒靡不备[134]，遨游近处名胜。登山临水[135]，所至有诗。生固工铁笔[136]。每得佳构[137]，辄劚苔衣[138]，镌题石壁[139]，曰：“使百年后来游者，知我两人之姓氏踪迹，亦一佳话也。”女无所出。购地湖滨为生冢[140]，引水绕墓，四周多种白莲。后生夫妇同日无病而逝，人以为仙去。

【注释】

〔1〕吴门：古吴县的别称。明清属苏州府治。即今江苏省苏州市。

〔2〕裂帛：形容声音清脆，如撕裂丝绸的声音。白居易《琵琶行》：“曲终收拨当心画，四弦一声如裂帛。”

〔3〕近词：南曲中吸收近词为曲的一种体式。“近”指“近拍”。南曲中以

“近”字题名的曲牌，多作过曲用。

〔4〕敛手：拱手，双手交叉拱于胸前致敬。推服：推许，佩服。

〔5〕章台：青楼。详见《眉绣二校书合传》注。

〔6〕畀（bì）：给。

〔7〕校书：又作“女校书”，妓女的雅称。典出唐代女诗人薛涛，其幼年随父流寓蜀中，沦为歌伎，工诗善乐，曾名动一时。韦皋曾拟奏请朝廷授与其秘书省校书郎，未能实现。时人因之称其为“女校书”。唐胡曾《赠薛涛》说：“万里桥边女校书，枇杷花下闭门居。扫眉才子知多少，管领春风总不如。”

〔8〕阿堵：这，这个。此指钱。详见《贞烈女子》注。倘来物：无意中得到的或非本分所应得的东西。语本《庄子·缮性》：“轩冕在身，非性命也。物之傥来，寄者也。”成玄英疏：“傥，意外忽来者耳。”“傥”“倘”通。

〔9〕春申江：即黄浦江。在今上海市。

〔10〕鸦髻（jì）：妇女发髻的一种，指把头发盘梳在头顶左右两边，多是未成年女子及奴婢的发式。

〔11〕觌（dí）面：见面，当面。

〔12〕击节叹赏：打着拍子欣赏诗文或艺术作品。多指对人的言行或诗文、技艺等非常赞赏。

〔13〕《霓裳》：即《霓裳羽衣曲》，本为西域乐舞，唐开元年间西凉节度使杨敬述依曲创声后流入中原。

〔14〕缠头费：代指给歌伎的钱财。详见《小云轶事》注。

〔15〕梳拢：旧时指妓女第一次接客伴宿。

〔16〕小星：妾的代称。详见《贞烈女子》注。

〔17〕雅骨：指文雅的气质。

〔18〕燕婉之好：男女欢好。典出《诗经·邶风·新台》：“燕婉之求，蘧篨不鲜。”毛氏传：“燕，安；婉，顺也。”后常以称男女和爱之情。

〔19〕折阅：降低售价。此意谓亏本，赔本。

〔20〕冶游：嫖妓，寻花问柳。

〔21〕沪庙：指城隍庙。西园：清乾隆二十五年（1760），上海士绅筹资从潘允端后人手中购得豫园，大加整治扩建后，归城隍庙，因邑庙有清初所建“东园”，遂改称“西园”。豫园，潘允端所建，在上海城隍庙北，初建于明代嘉靖、万历年间，占地达七十余亩，为当时江南著名园林之一。潘允端去世之后，潘氏家道渐落，园亦荒芜。

〔22〕玉树临风：形容人英姿秀美，风度潇洒。后世用作称美子弟。详见《华璘姑》注。

〔23〕卫玠：晋人，字叔宝，长得玉树临风、气质高雅，因相貌出众而被处处围观，最终身心疲惫，病重而死，当时人说他是被看杀的。见《世说新语·容止》与《晋书·卫玠传》。后比喻为人所仰慕的人。

〔24〕掷果：也作“投果”“掷果潘安”“投潘岳果”“果掷行车”“潘郎车满”。西晋潘岳貌美，人称潘郎、潘安。走在路上经常被女子围观。洛阳妇女见到他，向他投掷果子，以表示爱慕。典出《世说新语·容止》：“潘岳妙有姿容，好神情。少时挟弹出洛阳道，妇人遇者，莫不连手共萦之。”南朝梁刘孝标注引东晋裴启《语林》曰：“安仁至美，每行，老妪以果掷之满车。”故以“掷果”称男子貌美赢得女子爱慕。

〔25〕小憩：稍稍休息。

〔26〕俟（sì）：等待。

〔27〕须臾（yú）：片刻，一会儿。

〔28〕清游：高雅的游赏。清，清高，高雅。游，游乐，游赏。

〔29〕曲里中人：指青楼女子。

〔30〕撮合山：指媒人。详见《周贞女》注。

〔31〕俾（bǐ）：使。

〔32〕大是：都是，极是，的确是。阴德：指人在世间所做而在阴司里记功的好事。

〔33〕诸生：明清两代称已入学的生员。

〔34〕槜（zuì）李：古地名。在今浙江省嘉兴市西南。

〔35〕秀水：古旧县名。位于今浙江省嘉兴市。明宣德五年（1430）分嘉兴县设置。

〔36〕旧家：指久居一地而有名望的人家，犹言世家。

〔37〕期年：满一年。

〔38〕么弦中断：谓妻子去世。古时以琴瑟比喻夫妇，故称丧妻为断弦。

〔39〕目成眉语：指男女双方以眉目传情，互通爱慕之意。

〔40〕勾栏：指妓院。

〔41〕寻兰得蕙：意谓寻找兰仙，得到了蕙珍。兰，指兰仙。蕙，指蕙珍。

〔42〕适间：刚才。

〔43〕侑（yòu）觞：助酒，陪同饮宴。

〔44〕合樽促坐：指斟满酒杯，挨近而坐。

〔45〕觞政：酒令。宴饮的时候，劝酒的游戏规则。古时宴饮中，为助酒兴，先推一人为令官，众皆听其号令，或吟诗对句，或做其他游戏，并规定输赢饮酒之数。

〔46〕沃无算爵：意谓饮了大量的酒。沃，饮，喝。无算，无法计算。形容数目多。

〔47〕沾醉：大醉。

〔48〕玉山颓：比喻酒醉。详见《白秋英》注。

〔49〕宵阑灯灺（xiè）：意谓深夜。宵阑，夜深。灯灺，蜡烛将要烧尽。

〔50〕兀坐：独自端坐。

〔51〕缓结束：意谓脱掉衣饰。缓，放宽。此指解，脱。结束，穿戴，装束。

〔52〕倍臻：谓极好，达到极点。臻，到，达到。

〔53〕新赋悼亡：意谓妻子新近去世。典出《文选》卷二三潘安仁《悼亡诗》三首。西晋诗人潘岳，字安仁，妻亡后异常悲伤，作《悼亡诗》三首，辞意惨切，表现了深挚的哀挽之情。后以此典表示妻亡伤悼之情。

〔54〕妾媵（yìng）：泛指妾。

〔55〕长卿壁立：形容家境贫困，一无所有。长卿，指司马相如，西汉辞赋家。字长卿。蜀郡成都（今四川成都）人。司马相如归蜀，途经临邛结识商人卓王孙寡女卓文君，与卓文君乘夜私奔，赶回成都老家。相如家里空荡荡的，仅有四面墙壁。见《史记·司马相如传》："文君夜亡奔相如，相如乃与驰归成都，家居徒四壁立。"颜师古注："徒，空也，但有四壁，更无资产。"西晋左思《咏史》诗："长卿还成都，壁立何寥廓。"

〔56〕子敬毡（zhān）亡：比喻家无长物，生计艰难。典出《晋书·王献之传》："夜卧斋中，而有偷人入其室，盗物都尽。献之徐曰：'偷儿，青毡我家旧物，可特置之！'群偷惊走。"子敬，王献之的字，东晋琅邪临沂（今属山东临沂）人，王羲之之子。毡，青毡。后世常以"青毡""青毡旧物""旧青毡"，借指家传旧物，也借指才士家境清贫。

〔57〕糠核：麦糠中的粗屑。指粗劣饭食。

〔58〕一旦：一朝，有朝一日。火坑：喻指青楼。

〔59〕卖赋金：喻指钱财。典出《文选》卷一六司马长卿（相如）《长门赋·序》："孝武皇帝陈皇后时得幸，颇妒，别在长门宫，愁闷悲思。闻蜀郡成都司马相如天下工为文，奉黄金百斤，为相如、文君取酒，因于解悲愁之辞。而相如为文以悟主上，陈皇后复得亲幸。"

〔60〕私蓄：个人的积蓄。

〔61〕得间：得到机会。

〔62〕谢不敏：谦词。表示不能接受的客气话。谢，推辞。不敏，不聪明。

〔63〕欷歔（xī xū）：悲泣抽咽的样子。

〔64〕巨腹贾：旧时形容富商的话语，带有讥讽的意味。

〔65〕汉皋（gāo）：地名。汉口。

〔66〕作合：比喻结成夫妇。此指伴宿。

〔67〕簉（zào）室：侧室。指妾。

〔68〕无可如何：无可奈何。

〔69〕从此萧郎遂成陌路：即“萧郎陌路”。萧郎成了过路人，比喻男女恋人不能在一起。典出唐范摅《云溪友议》。唐代秀才崔郊与姑母家的婢女相恋，后来婢女被卖与贵官，两人从此分开。崔郊十分想念侍女，亲自登门也不能见一面。后侍女在寒食节外出，与崔郊相遇。崔郊百感交集，作诗赠给她：“公子王孙逐后尘，绿珠垂泪滴罗巾。侯门一入深如海，从此萧郎是路人。”萧郎，泛指女子所爱恋的男子。陌路，过路人。

〔70〕居停：所居住处的主人。俗称房东。

〔71〕都：都城，帝王或诸侯的国都。

〔72〕恂谨：恭顺谨慎。

〔73〕逋（bū）负：拖欠的债务。

〔74〕水浒（hǔ）：水边，岸边。

〔75〕篷窗：船窗。

〔76〕霍然：表示时间快速。意谓一下子。

〔77〕凝睇：注视。

〔78〕悲不自胜：悲痛得自己不能承受。形容极度悲伤。胜，能够承受。语出《晋书·王戎传》：“衍尝丧幼子，山简吊之，衍悲不自胜。”

〔79〕何得：哪里能，怎么会。

〔80〕何为：为什么。若此：如此，像这样子。

〔81〕沙叱利：即沙吒利。借指夺人所爱的人。详见《陆碧珊》注。

〔82〕忍心：狠心。

〔83〕情事：事实，情况。

〔84〕大妇：正妻。

〔85〕篡（cuàn）取：夺取。

〔86〕金阊（chāng）：指苏州。

〔87〕醇醪（láo）：醇酒。指味道浓厚的美酒。醪，浊酒，泛指酒。

〔88〕天缘：上天注定的缘分。

〔89〕行箧（qiè）：出门时所带的行李箱子。

〔90〕姊倩：姐夫。倩，女婿。

〔91〕肩舆：轿子。舁（yú）：抬。

〔92〕跃然：高兴的样子。

〔93〕断：绝对，一定。

〔94〕内戚：内亲，妻的亲属。

〔95〕表昆弟行：表兄弟辈。昆弟，兄弟。行，辈。此处意谓表姐。

〔96〕不安于室：也作“不安其室”。不能安心待在家里。指已婚妇女不安心于现有的婚姻状况。详见《纪日本女子阿传事》注。

〔97〕言次：言谈之间。指正在说话的时候。次，正在做某事的时候。

〔98〕个中：此中，其中。底蕴：内情，底细。

〔99〕及：趁着，乘。

〔100〕弥缝：弥补，补救。

〔101〕沮：畏惧，恐惧。

〔102〕长跽（jì）：长跪。直身屈膝成直角形的跪礼，表示庄重。

〔103〕归：古时称女子出嫁。

〔104〕庠序中人：意谓杨生是生员。庠序，古时地方所设的学校，周代称庠，殷代称序。明清时经州县、府及学政考试，录取入府州县学的诸生，称为生员。

〔105〕向：从前。茂苑：江苏长洲县的别称，即今苏州市。

〔106〕兹：现在。广陵：今江苏省扬州市。

〔107〕续鸾胶：比喻男子丧妻后再娶。

〔108〕正室：正妻。

〔109〕吴门：古吴县城（今苏州市）的别称。

〔110〕维扬：扬州。

〔111〕爰（yuán）：于是，就。

〔112〕擘笺觅句：指一种诗词唱和的方式。擘笺，裁纸。

〔113〕藏钩：中国古代的猜物游戏。

〔114〕闺帷之乐，固有甚于画眉者：原指夫妻隐私比画眉更不可告人。典出《汉书·张敞传》。张敞，字子高，宣帝时为京兆尹。无威仪，为妇画眉。有司奏之。召问，对曰："闺房之内，夫妇之私，有过于画眉者。"此指夫妻恩爱和谐。

〔115〕觅食：谋生。

〔116〕耗：消息，音讯。

〔117〕无立锥地：连立锥子的地方都没有。形容极度贫困。

〔118〕周恤：接济，周济。

〔119〕掌上珍：掌上明珠。比喻极受宠爱珍视的人。多指爱女。溷（hùn）中花：指女子落入风尘。溷，粪坑。

〔120〕勖（xù）：勉励。

〔121〕依人作嫁：指依赖别人生存。依人，依附他人。作嫁，作嫁衣裳。原指贫女无钱置备嫁妆，却年年为别人缝制嫁衣。比喻替别人操劳忙碌，依赖别人生存。

〔122〕深自刻厉：自己刻苦磨炼。深，严峻，深刻。刻厉，刻苦自励。

〔123〕三战秋闱皆报罢：三次乡试都落第。秋闱，即乡试。各省乡试在仲秋八月举行，因称秋闱。闱，科举考场，又称贡院。报罢，科举时代称考试落第。

〔124〕侘傺（chà chì）无聊：失意愁苦。侘傺，失意的样子。无聊，愁苦不乐。

〔125〕意不自得：心中痛苦。自得，快乐，自觉得意。

〔126〕不广：气度不大。

〔127〕故山：故乡的山。此借指故乡。

〔128〕优游卒岁：悠闲度日。卒岁，度过一年。优游，悠闲自得。典出《左传·襄公二十一年》："叔向曰：'与其死亡若何？《诗》曰："优哉游

哉，聊以卒岁。”知也。’”形容优游自得地度过一生。后常以之抒写闲适情怀或及时行乐的情怀。

〔129〕邓尉山：山名。位于苏州市光福镇东南。相传东汉太尉邓禹曾隐居于此，故名。以种植梅花著称，有“香雪海”之誉。

〔130〕课：督促。

〔131〕点窜字句：修改字句。点窜，删改，修改。点，删去。窜，改换。

〔132〕棹(zhào)：划船。

〔133〕笔床茶灶：也作“茶灶笔床”。比喻闲适恬淡的生活状态。笔床，搁笔的用具，即笔架。茶灶，煮茶的小炉灶。典出《新唐书》卷一九六《隐逸列传·陆龟蒙》：“陆龟蒙字鲁望。……不喜与流俗交，虽造门不肯见。不乘马，升舟设蓬席，赍束书、茶灶、笔床、钓具往来。时谓江湖散人，或号天随子、甫里先生，自比涪翁、渔父、江上丈人。后以高士召，不至。”后以之形容隐居生活。

〔134〕靡(mǐ)：无，没有。

〔135〕登山临水：意谓游山玩水。指游览山水名胜。战国楚宋玉《九辩》：“悲哉秋之为气也！萧瑟兮，草木摇落而变衰。憭栗兮，若在远行；登山临水兮，送将归。”东汉王逸注：“升高远望视江河也。”

〔136〕铁笔：刻印刀的别称。此借指刻印，雕刻。

〔137〕佳构(gòu)：佳作。

〔138〕劚(zhú)苔衣：刮去青苔。劚，刮，砍削。苔衣，青苔。

〔139〕镌(juān)题：在金石器物上刻写。

〔140〕生冢：也称“寿藏”“寿堂”“寿域”。古时称生前所预修的坟墓。

【译文】

心侬词史

心侬，姓李，名楚莲，是吴门小户人家的女子。小时候由花氏抚养。

心侬稍长，姿质明艳，丰韵娉婷。于是教她歌曲，声音清脆，音韵节奏和谐自然；又教她丝竹筝琵各种乐器，没有不精通的。她天性聪慧，能作近词，善谱新调，曲师都很推许。花媪因此对其母道：“你女儿技艺超绝且容貌妩媚，如果肯降低身份进入青楼，那么很快能获得很多钱财。”心侬的母亲对此犹疑不定，道：“今年将给她的两兄长办婚事，如果能先把五百两银子给我，那么我就听你的。”花家诸姐妹都在上海做妓女，很有艳名，把钱看作是意外之财，立刻给了三百两银子，然后带着心侬到了春申江畔。心侬鸦髻初盘，蛾眉乍扫，见者无不惊其丽绝人间。

有个安徽人程某，带巨资到上海经商，见了心侬就惊为神仙中人。心侬歌声一起，嘹亮动人，荡气回肠，让人沉迷，程某听了赞叹不已，神魂颠倒，称赞说：“这是‘曲圣’，如《霓裳》雅调，只应天上有。”他拿出七百两银子做缠头费，让她伴宿，住了一个多月，足不出户，打算娶她为妾。但程某是个庸俗的商人，从头到脚没有一点雅气，心侬虽与他亲热欢好，却不是她倾心的人。不久程某因为铺中生意亏本，损失了所有钱财，不敢再有娶心侬的想法，狼狈回乡了。心侬自从因为被程某宠爱，声名大振，浪荡子弟以见一面为荣。心侬见的人虽然多，但很少有称心如意的。

一天，心侬偕女伴游览城隍庙西园，观兰花会，偶然在人丛中看见一位书生，虽衣履不华丽，但丰神朗秀，有如玉树临风；心侬看着书生，书生也注视她，都不知不觉地放缓了脚步。女伴发觉了，附在她耳边说道：“这个书生可以做姐姐的意中人吗？卫玠当前，何不掷果定情？只看杀无益！”心侬羞红了脸颊，没有说话。接着游过三穗堂后，沿着台阶登小山，盘旋曲折而上，心侬的脚趾欲裂，就擦净石阶坐下休息，不知道那位书生已经先在这里了，正来回徘徊，好像在等人。一会儿，书生的两个朋友来了，其中有一位与女伴相识，就问：“为什么从热闹场来这里高雅游乐呢？”见了心侬也认为惊艳，就问住处，才知她们都是青楼女子。女伴因此对书生的朋友道：“为什么不今晚一起来？”指着书生和心侬道：“这是一对璧人，你为什么不做媒人？使天下有情人都成眷属，也极是积德行善的好事。”书生的朋友笑着答应下来，就各自离开了。

书生姓杨，名宾，字寅谷，吴门人，本是有名望的秀才，因家境贫困，在槜李游历，无所依靠，以教书糊口。有人推荐他到秀水县令官署中作幕宾，负责公文，积蓄了钱财，娶妻王氏。王氏也是当地有声望人家的女子，夫妻感情和谐，不料不到一年，妻子去世，杨生愤恨欲死。朋友招他来上海游玩，好让他舒缓郁闷。两位朋友见杨生与心侬眉目传情，彼此动心，因此同到城北的青楼探访。抵达心侬的住处，就有两个小丫鬟进去禀报。女伴先出来，邀请他们进屋，见墙壁上悬挂的楹联，才知她叫蕙珍。杨生道：“寻兰得蕙，也实在不错。”一会儿，心侬到了，就让她与杨生并坐一起。杨生还扭捏作态，寒暄之外不说别的话。杨生道：“刚才尚有一个人，为什么不到？”蕙珍道：“她是兰仙，被其他客人招去陪酒了。”于是在长命鸳鸯馆设宴，酒过数巡，兰仙回来了，三人各自拥抱着喜欢的人，挨近而坐，斟满酒杯，相互劝酒。杨生酒量很大，心侬主持酒令，故意出生僻的令，喝了很多杯。杨生因妻子刚去世，情绪低落，酒入愁肠，更易大醉，酒席还没过半，就已经醉倒了，于是留宿下来。深夜时，杨生忽然醒了，心侬仍坐在梳妆台旁。杨生要茶喝，她端了一杯苦茶给他。杨生见她侍候在身旁，惊讶道：“为什么在这？你还没睡吗？”于是起身，替心侬宽衣解带，挽手上了床，极尽缠绵。心侬在枕边问杨生是否娶妻，杨生说妻子刚去世，正十分忧愁。心侬问：“还再娶吗？”杨生道：“我没遇到像你这样才貌俱佳的女子。”心侬道：“我不过是青楼里的卑贱女子，容貌普通，怎么能与你匹配？只要能做妾就满足了。”杨生道：“我家徒四壁，一无所有，你嫁了我，与我一起吃糠核吗？”心侬道：“如果能让我一朝逃离火坑，脱离苦海，这正是我所想的。”杨生道：“怎奈我囊中空空，即使想与你一夕之欢，也非易事。”心侬道：“我个人积蓄了一百两银子，你可拿去，你常来这里，我们可找机会想办法。”杨生表示不能接受。心侬为之哭泣不乐，流泪不止，湿透了枕头。杨生安慰她道：“我以后尽力筹钱，设法再来。你不要多担忧，恐伤了身体。”心侬这才转悲为喜。杨生自此时常与心侬往来，伴宿的钱都是出自心侬。心侬这与杨生花前月下，山盟海誓，无非是想嫁给他。

不料钱神作祟，好事多磨。有个巨腹贾金翁，从汉口来，听说了心侬的名声，出重金要心侬伴宿，后来就要求为妾。花媪贪图其钱多，与心侬的母亲商量，最终答应了。杨生觉得无可奈何，竟然不再来了。心侬整夜哭泣，不能自主，就嫁给了金翁，被带到了汉口。侯门既入，永无见期，从此萧郎就成了陌路人。

恰逢杨生的房东因事罢官，进京师谋求复职，推荐他到扬州盐务所。商人潘某，慷慨豁达，胸无城府。因为杨生为人恭顺谨慎，很器重他，就让他负责收债，命他前往汉口。夜半月明，杨生泊船岸边。独自坐在船窗边，点着灯，没有睡觉。忽然听到有物体触碰到船，他出去一看，见一个物体又大又长，涌出水面，忽浮忽沉；杨生俯身提起，很重；背进舱里，原来是一个锦囊。打开一看，里面有一位女郎，皓齿明眸，似曾相识；仔细察看，还有微弱的呼吸，于是把她背到行舱里。女郎霍然一吐，眼睛微微睁开，注视着杨生，悲痛欲绝。过了一会儿，女郎道：“你不是杨郎吗？怎么会在这里相见？这里难道还是人间吗？”杨生听见叫他的名字，大惊。他秉烛再看，原来是心侬，于是问她为什么这个样子。心侬呻吟言道：“我待你不薄，为何竟然看着我被沙叱利抢走而不来救我呢？真是狠心！”杨生为她脱去湿衣，盖上锦被，裸体依偎在一起，再三安慰，细问别后事。心侬道：“自从我嫁给金翁，住在别墅。不料被他妻子得知，抓到家里，安置在深院，不让金翁接近我。复室间房，与外界消息隔绝。想求一个小婢寄封信给你，竟然也做不到。昨天金翁去了苏州，她借口赏月，用酒将我灌醉，仿佛从园门抬出，扔到后面的河里。不知道为什么能漂流到这里，得以与你相遇，这大概是天意啊。”

杨生的行李箱中带有亡妻的衣履，本为睹物思人，留作纪念，拿出给心侬换上，长短大小正相吻合。但船中不合适作藏娇地，恰好潘某的姐夫邹生家在广福巷，与杨生素来有友谊，唤了轿子抬到他家里，并告诉了他实情。邹生高兴地起身道："我本就说此名花一定不会落在庸俗人的手里。金翁与我是内亲，其妻子是我表姐。我从前可怜这个聪慧美貌的女子没有好归宿，现在既然是这样，事情就可以谋划了。"邹生立即到了金妻的住处，寒暄过后，就问某姬在哪里。金妻道："因不守妇道，已打发走了。"她言语之间，脸色立时有异样。邹生道："不要骗我，其中的内情，我已经全知道了。趁现在早妥善处置，还可补救；否则水府鸣冤，公堂对质，有不能说的事情。"金妻心里恐惧，跪着问他办法。邹生道："某姬现在已嫁杨生，他是秀才，从前住在苏州，现在住扬州，打算续娶，娶某姬为妻。你若能给一千两银子，并拿出她以前的衣服首饰嫁了她，让她仍回吴门，那他二人感德怀恩，自无后患。金翁倘若回来，你就说她得病死了；假使有不同的说法，我可一力承担。"金妻一一依言做了，又加了丰厚的赠礼。

杨生收债后，带心侬返回扬州，潘某于是把自己的园子分出一半给杨生居住。园中泉石苍幽，花木清丽。逢良辰佳节，擘笺觅句，斗酒藏钩，自谓闺中之乐，本有胜于画眉的事。心侬有个同巷相识的姐妹来扬州谋生，正好被杨生雇佣，就问她家中近况，知两兄都因赌博输了钱财，没有立锥之地；母亲渐渐老迈，不免忍饥受冻。心侬时常寄钱接济母亲，道："她虽舍掌上珍为溷中花，但她是我的生身之母，养育之恩，不敢忘报。"常常勉励杨生读书道："依附他人，不是长久之计。"杨生听从她的话，闭门苦读，更加刻苦磨炼。三次乡试都落榜，杨生失意郁闷，心里痛苦。心侬道："功名本无足轻重，得失都是命中注定罢了，怎么见识不广？不如归隐故乡，与猿鹤为伴，你耕我织，交纳税赋，也足以悠闲度日。"

杨生听从了心侬，在邓尉山麓建造房舍，买了二顷田地，督促仆人耕作；农事之暇，就与心侬诗词唱和为乐。诗成后，心侬时为杨生删改字句，一一妥当。杨生笑道："你真是我的闺中良友。"逢春秋佳日，二人划一艘小船，笔架、茶灶、酒盏、棋筒，无不准备，游览近处的名胜。游山玩水，所到之处就会作诗。杨生本擅长雕刻，每次写得佳作，就刮去石头上的苔藓，刻在石壁上，道："假使百年后来游览的人，知道了我们两人的姓氏和踪迹，也是一段佳话。"心侬没有生育。二人购买了湖边的土地修坟墓，引湖水环绕墓地，四周种了许多白莲。后来杨生夫妇在同一天无疾而终，人们认为他们是成仙而去了。

凌波女史

凌波，字步生，一字印莲，仁和人[1]。父固名孝廉[2]，由大挑得官知县[3]，需次苏垣[4]。应官听鼓[5]，宦况萧条。女生时有异征，盆中莲花萎而再发，忽开五色，香韵欲流。自幼即喜识字。授以唐诗，琅琅上口[6]。母亦大家女[7]，精刺绣，花鸟草虫，无不逼真；楼阁山水，亦复入妙[8]，璇闺[9]巨阀，得其片幅尺缣[10]，珍逾拱璧[11]。女得母指授[12]，亦有"针神"之目。稍长，丰姿秀逸，态度娉婷[13]，几若神仙中人。远近世家子闻女名，求字者踵相接[14]。女父惟此掌珠[15]，择婿甚苛，悉婉辞之。故年虽及笄[16]，犹待聘也。女之表姊曰李贞瑜，字碧玑，长女仅一岁，时往来女家，固闺中密友也。纤秾长短[17]，约略相同，衣履往往易著。私誓后日当事一人[18]。李父早逝，家固中人产，负郭田数百亩[19]，足以自给。

一日，女偕李偶游留园[20]。园距泊舟处尚数十武而遥[21]，莲步纡迟[22]，徘徊门外[23]，瞥见一少年子[24]，丰标峻整，器宇不凡，不禁神为之夺，俯首他顾。生见女回眸注视，径趋而过。既进园中，小坐瀹茗[25]，生又从二三人自窗外过。李谓女曰："此我家东邻生陆蓉士也。文才富赡[26]，屡冠邑军。昨得读其诗词，清新俊逸，群以谪仙目之[27]，闻尚未娶。"因俯女耳言曰："如欲择人，此君当可备选。"女红晕于颊，不作一语。迨登舟[28]，生已在邻舫。生虽与李同巷，颇闻李女貌美，从未得一见；今骤睹二娇同舟，正如尹邢嫱旦[29]，堪相伯仲[30]，暗遣仆僮私询之篙工，方知即李女也。浼媒求娉[31]，竟下玉镜台焉[32]。逾年成婚，伉俪间甚相得[33]。花间觅句，月下联吟，闺中之乐，固有甚于画眉者[34]。

女闻李归于陆，微知是生[35]。李嫁后数月，以事探女。时后园芙蓉盛开，红紫烂熳，有若锦屏。女父母置酒宴赏[36]，令各赋诗。女诗先成，后四句云：

碧桃红杏羞为伴，紫蓼丹枫未许同。

江上孤生怨迟暮，那堪摇落对西风。

盖自悲不遇而默有所感也。偶翻李画箧[37]，得《和鸣集》，皆闺中倡和之作，读之泫然[38]，曰："姊得所归矣。"自是女恒郁伊寡欢[39]。感时抚景[40]，无非愁音；触物言情[41]，每多凄旨。无何[42]，生捷秋闱[43]，挈眷属至京师，李遂与女别。女望月有怀[44]，寄诗碧玑，云：

月仍去年月，人异去年人。
远别已千里，清辉共一轮。
慈云江上隐，芳草梦中春。
此夕难成寐，萧然独怆神！

其他断句如"似弓新月初三夜，如翦春风十八年[45]"，"入秋燕似无家客，过雨花如堕泪人"，皆凄惋可诵。

李既远去，女益复无聊。适女父委署松江华亭县[46]，遂移家云间[47]。女闻九峰三泖之地多胜迹[48]，买棹时作近游[49]，多不惬意。一日，回舟日暮[50]，夕阳衔山[51]，月影挂树[52]。忽一小艇冲波翦水而至，呼女舟少停。女以为必署中仆从，既近，则一黄冠者流[53]，踞坐船头[54]，羽衣鹤氅[55]，神采奕然，见女俯首致礼，隔舟以书一卷授女，曰："归学之，当有所得。"言讫，舟去已远，晚色苍茫，莫辨所向。女返至闺中，挑灯展阅[56]。书内大都言太阴炼形之术[57]，女殊弗信，姑置之。然自此女食锐减，香肌瘦削[58]，骨立神消。女自知不起[59]，出书略学习之，颇有所悟。一夕，忽梦前日道士畀以赤丸[60]，曰："服之可以葆神固体，历劫不变。"复授以玉盒一，中藏白丸，曰："善藏之，此返魂丹也。可使意中人再生，同享清福。"女梦中唯唯[61]，再拜受之[62]。晨起振衣，赤白二丸果自襟袖间出[63]。乃自服其一，而以玉盒佩于身。越十日，女竟绝粒[64]，衣履一切皆自妆束[65]，请于父母，即瘞之神鼍山麓[66]，不必归骨故乡[67]，趺坐[68]而逝。女父母从其言，并为树一碣曰："武林凌氏印莲女史之墓"。

碧玑之从夫入都也，恒与女书札往还，诗筒络绎[69]。后知女患疾，久绝音问。生捷南宫[70]，入词林[71]，旋以京察一等超擢御史[72]，遇事敢言，风节甚著[73]，奉密旨纠察苏省地方利弊，巡行民间，询问疾苦，轻骑减从[74]，周历各处，见者不知其为贵官也。乘扁舟由泖湖至沪渎[75]，偶经鼍山[76]，爱其风景，遂留焉。至夕，以风狂浪恶，宿于观中。小室三椽[77]，颇幽静。方命酒独酌[78]，翦烛看书，聊破岑寂[79]，宵漏既深，拥衾欲睡，忽闻窗畔有弹指声。起问为谁，不答。顷之，则又作。启扉觇之[80]，则一女郎掩入[81]，明眸皓齿，秀绝人寰。诘其姓氏，曰："妾凌氏印莲也。与君家碧玑为姊妹行，何不相识耶？"生曰："曩日记曾在留园一见[82]。一别十年，丰采不减当时，益令人神魂飞越[83]矣。闻君家严亲调官维扬[84]，我妹何为在此[85]？且此间皆旷野荒原，大半道院禅林，非女子所宜来，岂相逢是梦中耶？"女曰："言之君得毋悸乎[86]？妾已久弃人世，以与君有夙缘[87]，故犯男女之嫌，冒昧至此。"生固旷达人，亦殊不惧。曰："冥通幽感之事，昔徒见之小说。今乃得亲经之矣。"携女纤手，并坐于床。抚其体，则暖；候其鼻，则有息；肌温气馥[88]，固无异于生人[89]。生笑曰："嘻！吾知之矣！卿殆此间道士遣来诳我者欤？是亦弱兰冒充驿卒女之故智也[90]。我当不为汝所惑，可亟去[91]。"女曰："君所虑诚是。顾与碧玑平日诗札往来之语[92]，当非外人所能知。"并为道碧玑闺房谐谑隐语，生始信之。探手入女怀，豆蔻梢头[93]，含香初绽。女靦覥不禁[94]，星眼微饧[95]，红潮泛于两腮，益觉妩媚可怜[96]。但薄拒生曰："请君珍重[97]。"生问女曰："卿既登鬼箓[98]，岂能再为夫妇，俾姻缘簿为我如意珠乎[99]？"女曰："妾已习太阴炼形术，玉躯不坏，启土斫棺[100]，妾当自活。妾葬于此山之麓，上树石碣。明日君可往寻，托言有妹瘗此，携榇归葬[101]，载至无人处，出妾弃棺于水，重赂舟人以灭口[102]，毋使骇物听[103]可也。”生欲与合。女坚弗从，曰：“留葳蕤之质[104]，待君于洞房。”使事既竣[105]，偕女入京。合卺[106]，与碧玑序齿[107]，以姊妹称焉。

生以弹劾权贵，忤当轴意[108]，胪采风闻细故[109]，将罗织之[110]，以重其罪；又以女为非人，迹涉妖异。幸女行于日中有影，群疑渐释。顾媒蘖者众，生不得安。一日，讹传有特旨下，缇骑将临[111]。生惶急殊甚，呕血升余，遽殒[112]。碧玑哀悼欲绝，而女殊坦然，但指挥众仆备身后事，并摒挡行李[113]，为出都计。碧玑哭谓女曰：“妹岂过来人，绝不以死为悲耶？”女曰：“此非姊所知，正谓自此乃可脱然无累耳[114]。”生本浙籍，侨寄于苏[115]。至是女与碧玑谋：辎重先发，由海道至粤东[116]；生柩暂置于齐地萧寺中[117]，事定然后遄返江浙[118]。碧玑莫测女意所在，姑从之。行抵山东，访有崇安寺，地甚幽僻，兰若有余椽[119]，而僧寮仅二三众[120]。女特赁数室，解装小憩。一夕，夜月将沈[121]，街柝无声[122]。女谓碧玑曰：“今夕可令郎君出谈风月矣。”操斧而前，甫下而棺盖划然启矣[123]。女即出玉匣中白丸，纳生口中。须臾[124]，生腹中如辘轳声，手足作曲伸状[125]，曰：“美哉睡乎！抑何倦也？”女笑而扶之起。碧玑在旁，几骇欲奔，谓女曰：“妹真有不死灵丹，返生妙术哉！”自此全家客粤，结庐西樵山下[126]。春秋佳日，辄同出游览，诣鼎湖[127]，登罗浮[128]，名胜之处，无不遍历。

久之，闻当轴者以偾事去位[129]，远流荒徼[130]，乃作归计。生自服药后，精神焕发，容颜悦泽[131]，胜于往时。女貌益娇少，虽四十许岁人[132]，犹若十七八未嫁女郎，不知者几疑为碧玑之女也。二女俱无所出。生以嗣续为念[133]，即在粤中纳二妾媵，一曰素雯，一曰紫霞，并娴音律，解粤讴[134]，载之以归，优游林下，不复出。每谓友朋曰：“吾视宦途真一孽海也[135]！”

【注释】

〔1〕仁和：县名。今浙江省杭州市。

〔2〕孝廉：明清两代对举人的称呼。

〔3〕大挑：清朝从举人中选官的一种制度。清乾隆时定制，会试后拣选应考三次而不能中进士的举人，一等任知县，二等任教职。六年举行一次，意在使举人出身者有较宽的出路。挑取的标准是看形貌和谈吐的应对。

〔4〕需次苏垣：候任苏州。需次，旧时指官吏授职后，按照资历依次候补缺位。苏垣，地名。今江苏省苏州市。

〔5〕应官听鼓：指到衙门候值应班。古时以击鼓为号召集官员上下班。

〔6〕琅琅（láng láng）上口：形容诵读熟练流畅。琅琅，玉石相击声，形容声音清脆响亮。上口，顺口，流畅。

〔7〕大家：指名门世族，富贵人家。泛指豪富之家。

〔8〕亦复：也，同样。入妙：进入神妙的境界。形容诗文或技艺高超。

〔9〕璇闺：对女子闺房的美称。

〔10〕片幅尺缣（jiān）：指小幅书画。缣，微黄色的细绢，常作书画材料。

〔11〕拱璧：大璧。原指两手合抱的大块璧玉。比喻非常珍贵的东西。

〔12〕指授：指导，传授。

〔13〕态度娉婷：姿态美好。态度，举止神情，姿态。娉婷，形容女子的姿态美。

〔14〕求字：旧时称女子许配。

〔15〕掌珠：也称“掌上明珠”或“掌中珠”。比喻钟爱珍惜的人，常用以指女儿。

〔16〕及笄（jī）：指女子年十五岁。详见《纪日本女子阿传事》注。

〔17〕纤秾（nóng）长短：胖瘦高矮。

〔18〕私誓：个人之间立下的誓言。后日：日后，今后。

〔19〕负郭田：指赖以谋生的田产。负郭，靠近城郭。负，背倚。郭，外城。典出《史记·苏秦列传》："使我有雒阳负郭田二顷，吾岂能佩六国相印乎！"故后世以之喻指赖以谋生的田产。

〔20〕留园：园林名。在今江苏省苏州市阊门外。始建于明嘉靖年间，清代嘉庆五年就东园遗址建成"寒碧山庄"，光绪初年又有增建，改名留园。

〔21〕数十武：犹言数十步。武，古代六尺为步，半步为武。

〔22〕莲步纡（yū）迟：脚步迟缓。莲步，对女子走路步态的美称。典出《南史》卷五《齐本纪下·废帝东昏侯》："又凿金为莲华以帖地，令潘妃行其上，曰：'此步步生莲华也。'"故后以"莲步"称女子的脚步。纡迟，迟缓，缓慢。

〔23〕徘徊：缓慢前行。

〔24〕少年子：指年轻子弟。

〔25〕小坐：稍坐一会儿。瀹（yuè）茗：煮茶。瀹，煮。

〔26〕富赡：形容才华横溢。

〔27〕谪（zhé）仙：称人才情高超，清越脱俗，有如自天上被谪居人世的仙人。

〔28〕迨（dài）：等到。

〔29〕尹邢嫱（qiáng）旦：指古代的四位美女。尹邢，指汉武帝的宠妃尹夫人和邢夫人。比喻彼此避不见面。详见《纪日本女子阿传事》注。嫱旦，指毛嫱和郑旦，春秋末年越国的美女。

〔30〕堪：可以，能够。伯仲：相差不多。古时兄弟间，兄称伯，弟称仲。

〔31〕浼（měi）：请托。

〔32〕玉镜台：指温峤的玉镜台。典出南朝宋刘义庆《世说新语·假谲》，晋人温峤以玉镜台为聘礼，假称代人订婚，结果自己娶了新妇。故后世常以之指婚配事。

〔33〕伉俪（kàng lì）：夫妻。

〔34〕闺中之乐，固有甚于画眉者：原指夫妻隐私比画眉更不可告人。比喻夫妻恩爱，有闺房之乐。详见《心侬词史》注。

〔35〕微知：暗中打听清楚。

〔36〕宴赏：宴饮与观赏。

〔37〕画箧(qiè)：用草编的外面带有图案的箱子。

〔38〕泫然：流泪的样子。

〔39〕郁伊：抑郁，忧闷。

〔40〕感时抚景：因时序的变迁而在赏景时产生的某种情感。感时，感慨时序的变迁。抚景，欣赏景物。

〔41〕触物言情：因见到眼前某种事物而产生某种情感。多指悲伤的情感。触，接触，引申为看到。言情，抒情。

〔42〕无何：不久。

〔43〕捷秋闱：指考中举人。秋闱，即乡试。各省乡试在仲秋八月举行，因称秋闱。闱，科举考场，又称贡院。

〔44〕有怀：有感。

〔45〕断句：绝句，即一种近体诗，每首四句而合平仄格律的诗，分每句五个字的五言绝句和每句七个字的七言绝句两种。

〔46〕松江：明清时府名。府治在华亭县，属江苏省。华亭县：松江府治所，即今上海市松江区。

〔47〕云间：古地名。华亭县的别称。

〔48〕九峰三泖(mǎo)：指位于今上海市松江区的著名胜境。九峰，在上海市松江区西北。是厍公山、凤凰山、薛山、佘山、辰山、天马山、机山、横山、小昆山九座山丘的总称。三泖，即泖湖，指古代松江地区三条均被叫作“泖”的河流，即长泖、大泖和圆泖，在今上海市松江区西。

〔49〕买棹(zhào)：雇船。

〔50〕回舟：回船。日暮：傍晚。

〔51〕衔山：以山为背景。此指太阳将落。

〔52〕月影挂树：指月亮初升。月影，月亮。挂，悬挂。

〔53〕黄冠者流：指道士。黄冠，道士所戴的帽子。道士所戴束发之冠，用金属或木类制成，其色黄，称黄冠，故以之为道士的别称。

〔54〕踞坐：坐时两脚底和臀部着地，两膝上耸。

〔55〕羽衣鹤氅：皆指道士穿的衣服。羽衣，用鸟羽制成的衣服。详见《小云轶事》注。鹤氅，鸟羽制作的外套。

〔56〕挑灯：点灯。展阅：阅读。

〔57〕太阴炼形：指从死亡到尸解成仙中要经历炼形的过程。道教认为，人死后暂去阴间，经过在太阴宫的修炼，可得重生并成仙。

〔58〕瘦削：消瘦。

〔59〕不起：不愈，病治不好。

〔60〕前日：前些日子。

〔61〕唯唯：恭敬的应答声。详见《萧补烟》注。

〔62〕再拜：拜两次，表示极度尊敬。

〔63〕襟袖：衣襟和衣袖。泛指衣服。

〔64〕绝粒：断绝饮食。

〔65〕妆束：打扮。

〔66〕瘗（yì）：埋葬。神鼍（tuó）山：又名神山、辰山。明代杨枢《淞故述》："神山旧名仲鼍，伏首引尾，形肖鼍，故名。"位于今上海市松江区佘山镇境内。

〔67〕归骨：归葬。

〔68〕趺（fū）坐：盘腿端坐。

〔69〕诗筒：用以传递诗作的竹筒。此指诗词唱和。典出唐白居易《醉封诗筒寄微之》诗："为向两川邮吏道，莫辞来去递诗筒。"唐白居易为杭州刺史时，好友元稹为浙东观察使，二人唱和往来俱以竹筒盛诗卷，称之为"诗筒"，故后世以之形容文人彼此寄诗词唱和。

〔70〕捷南宫：指考中进士。南宫，礼部的别称，职掌会试。详见《玉箫再世》注。

〔71〕入词林：意谓进入翰林院任职。词林，翰林院的别称。

〔72〕旋以京察一等超擢御史：不久以京察一等越级提拔为御史。京察一等，清代中下级京官考核的最优等第。京察，对京官的考察。明、清制度，对在京官吏进行定期考绩。清代三年考核一次。超擢（zhuó），越级升迁。指官员不拘资格及年资的提升。御史，职官名。负纠察、弹劾责任的官吏，属都察院。

〔73〕风节：风骨气节。

〔74〕轻骑减从：即轻车简从。形容行装轻便，随从少。多指官员出访时不铺张。

〔75〕扁舟：小船。泖湖：湖泊名。即长泖、大泖、圆泖三泖，在今上海市松江区西、青浦区南一带。沪渎：水名。指吴淞江下游近海处一段（今黄浦江下游）。

〔76〕鼍山：即前文的神鼍山。

〔77〕三椽：三间房屋。椽，承屋瓦的圆木。此处为古代房屋间数的代称。

〔78〕命酒：叫（手下人）摆酒。

〔79〕岑寂：孤单寂寞。

〔80〕觇（chān）：看。

〔81〕掩入：出其不意地进入。

〔82〕曩（nǎng）日：往日，以前。

〔83〕神魂飞越：精神飞出体外。谓精神恍惚，神志不定。

〔84〕严亲：指父亲。维扬：扬州。

〔85〕何为：为什么。

〔86〕得毋：能不。悸：惊惧，心跳。

〔87〕夙（sù）缘：前世的因缘。

〔88〕馥：香气。

〔89〕生人：指活着的人。

〔90〕是亦弱兰冒充驿卒女之故智也：谓宋翰林学士陶穀出使南唐劝降遇驿卒女事。弱兰，即秦弱兰，亦作秦蒻兰，南唐歌妓，扮作驿卒女，使陶穀犯慎独之戒。典出《南唐拾遗记》：陶穀使江南，见妓秦蒻兰，以为驿吏女也，遂败慎独之戒，作长短句赠之。明日中主燕穀，穀毅然不可犯，中主持觥立，使蒻兰出歌穀觞，穀大惭而罢。故智，曾经用过的计谋。

〔91〕亟（jí）：急，急切。

〔92〕诗札：用通信的方式互相唱和的诗作。

〔93〕豆蔻梢头：比喻正当妙龄的少女。豆蔻，草本植物，初春花开于叶间，其未大开者称含胎花。典出杜牧《赠别》："娉娉袅袅十三余，豆蔻梢头二月初。春风十里扬州路，卷上珠帘总不如。"故后以之称少女。

〔94〕靦覥（miǎn tiǎn）：即腼腆。害羞的样子。

〔95〕星眼微饧（xíng）：眼睛微合。星眼，星星般亮的眼。形容女子明媚亮丽的眼睛。饧，形容眼皮半开半合，眼神凝滞。

〔96〕妩媚：可怜，可爱。

〔97〕珍重：尊重。

〔98〕登鬼箓：登记到记录鬼名的册子上。指人已经死亡。鬼箓，即鬼录，阴间登记死人的名册。

〔99〕俾（bǐ）：使。姻缘簿：相传月下老人掌管的记载男女婚姻关系的名册。如意珠：佛家语。佛家认为它能够满足人的任何希望和要求。

〔100〕斫（zhuó）：砍。

〔101〕槥（huì）：棺材。

〔102〕灭口：指（用钱财）堵住嘴，以免落人口实。

〔103〕物听：舆论，世人的听闻。物，公众。

〔104〕葳蕤之质：比喻处女之身。葳蕤，草木初生柔弱的样子。

〔105〕竣：结束。

〔106〕合卺（jǐn）：指成婚。古代结婚仪式之一。卺，瓢。古代结婚时用作酒器。《礼记·昏义》："合卺而酳。"孔颖达疏："以一瓠分为二瓢谓之卺，婿之与妇各执一片以酳，故云合卺而酳。"酳，用酒漱口。后称结婚为"合卺"。

〔107〕序齿：按照年龄大小来排次序。齿，年龄。

〔108〕当轴：当权者，要员。比喻官居要职。

〔109〕胪（lú）采风闻细故：收集传闻小事。胪采，采编，搜集。风闻，传闻。细故，微小的事情。

〔110〕罗织：指编造罪名进行陷害。

〔111〕缇（tí）骑：通称逮捕犯人的官吏。

〔112〕殒（yǔn）：死亡。

〔113〕摒（bìng）挡：操持料理。

〔114〕无累：没有拖累。

〔115〕侨寄：寓居，暂住。居住在他乡或别人家里。

〔116〕粤东：广东省的别称。

〔117〕萧寺：本指南朝梁武帝萧衍所造的寺，后泛指佛寺。典出唐苏鹗《杜阳杂编》："梁武帝好佛，造浮屠。命萧子云飞白大书曰萧寺。"

〔118〕遄（chuán）返：快速返回。遄，快速。

〔119〕兰若（rě）有余椽：寺院有空余的房屋。兰若，寺院。

〔120〕僧寮：僧人。

〔121〕沈（chén）：降落，坠落。

〔122〕街柝（tuò）：街上打更的梆子声。柝，守更巡夜敲打的木梆子。

〔123〕甫（fǔ）：刚刚。划然：犹言"哗的一声"，皮肉撕裂的声音。

〔124〕须臾（yú）：片刻，一会儿。

〔125〕曲伸：即屈伸。弯曲和伸展（身体）。

〔126〕西樵山：山名。位于今广东省佛山市南海区的西南部，与罗浮山并称

“二樵”，是广东四大名山之一。

〔127〕鼎湖：湖名。在今广东省肇庆市。因山顶有湖，原名顶湖，传说黄帝曾在此铸鼎，因易名鼎湖。典出《史记·封禅书》：“黄帝采首山铜，铸鼎于荆山下。鼎既成，有龙垂胡髯下迎黄帝。黄帝上骑，群臣后宫从上者七十余人，龙乃上去。余小臣不得上，乃悉持龙髯，龙髯拔，堕，堕黄帝之弓。百姓仰望黄帝既上天，乃抱其弓与胡髯号，故后世因名其处曰鼎湖，其弓曰乌号。”鼎湖山在历史上与仁化丹霞山、博罗罗浮山、南海西樵山并称广东四大名山。

〔128〕罗浮：山名。又称东樵山，道教名山，位于今广东省惠州市博罗县长宁镇。详见《莲贞仙子》注。

〔129〕偾（fèn）事：败事，把事情搞坏。偾，败坏。

〔130〕荒徼（jiào）：荒远的边疆。

〔131〕悦泽：润泽。

〔132〕许：约计的数量。犹言左右。

〔133〕嗣续：后嗣，后代。

〔134〕粤讴：又名越讴、解心腔。广东曲种。主要流行于广东广州一带的曲艺，用广东方言演唱。传统的粤讴曲目绝大多数是只有十余句的短曲。曲词基本是七言体，多加有衬字，大量使用方言口语，句格、声韵和节拍极严谨。

〔135〕宦途：官场。孽海：佛教语。意谓世间种种恶如大海。指使人沉沦的无边的罪恶。

【译 文】

凌波女史

凌波，字步生，一字印莲，仁和人。父亲是有名的举人，通过大挑选拔被任命为知县，候任苏州。听鼓当班，官场生活平淡。凌波生时有异象，盆中枯萎的莲花再次生长，忽开出五色花，香韵欲流。凌波自幼就喜识字。教授她唐诗，琅琅上口。母亲也是大家族女子，精通刺绣，花鸟草虫，无不逼真；楼阁山水，同样神妙，闺阁女子和大户人家，得她小幅刺绣，珍视得超过了拱璧。凌波得母传授，也有“针神”之称。渐长，丰姿秀逸，姿态优美，几乎如神仙中人。远近的世家子弟听闻其名，求亲的人络绎不绝。凌波的父亲只有这一个爱女，所以挑选女婿很苛刻，都被他婉言谢绝了。因此，凌波虽然到了十五岁，仍然待聘。凌波的表姐叫李贞瑜，字碧玑，只大她一岁，时常到她家来，本是闺中密友。二人胖瘦高矮，大致相同，衣履往往换着穿。她们两人立誓，日后当嫁给同一人。贞瑜的父亲早逝，家境属于中等，有数百亩田地，足以自给。

一天，凌波偕贞瑜偶然游留园。留园距泊舟处有数十步远，脚步迟缓，缓慢走到门外，凌波瞥见一个少年男子，丰标峻整，器宇不凡，不禁为之心神摇曳，低头看向别处。少年见她回眸注视，直接快步走过。进园后，稍坐饮茶，少年又随两三个人从窗外经过。贞瑜对凌波道：“他是我家东邻的陆蓉士，才华横溢，在本县屡屡称冠。昨天读其诗词，清新俊逸，众人把他看作谪仙，听说尚未娶妻。”于是俯在凌波耳边道：“如果要选丈夫，此君当可为备选。”凌波红晕于颊，不说一句话。等上船时，陆生已在相邻的船上了。陆生虽与贞瑜同巷，听说过她貌美，但从没见过一面；如今突见两个美女同船，正如尹夫人与邢夫人、毛嫱与郑旦，不相上下，于是暗中派仆童私下问船工，才知其中一个就是李贞瑜。陆生请媒人提亲，最终订了婚。第二年成了婚，夫妻和谐恩爱，花间月下，吟诗作词，闺中之乐，本有胜于画眉的事。

凌波听说贞瑜嫁给了一位姓陆的，暗中探知是之前见到的陆生。贞瑜出嫁数月后，因事探望凌波。当时后园的芙蓉盛开，姹紫嫣红，如同锦屏。凌波的父母置酒摆宴赏景，让二人作诗。凌波的诗先写成，后四句道：

碧桃红杏羞为伴，紫蓼丹枫未许同。

江上孤生怨迟暮，那堪摇落对西风。

诗自悲时运不济而有所感触。偶然翻贞瑜的箱子，有本《和鸣集》，都是闺中的倡和之作，读了不禁流泪，道："姐姐找到自己的归宿了。"自此凌波一直郁郁寡欢，感时赏景，都是愁思；触物言情，多为凄婉。不久，陆生考中举人，带家眷去京师，贞瑜就和凌波分别了。凌波望月有感，寄诗给贞瑜，道：

月仍去年月，人异去年人。

远别已千里，清辉共一轮。

慈云江上隐，芳草梦中春。

此夕难成寐，萧然独怆神！

其他绝句如"似弓新月初三夜，如翦春风十八年""入秋燕似无家客，过雨花如堕泪人"，都哀婉伤感，有寄托。

贞瑜离去后，凌波更加苦闷。适值凌波的父亲被委任到松江府华亭县，于是全家搬到了华亭县。凌波听说此地有许多名胜古迹，雇船时常在近处游览，但多不开心。一天，她回船时已傍晚，夕阳将落，月亮初升。忽然一艘小船飞冲而来，呼她稍停。凌波以为一定是署衙中的仆从，靠近后，原来是位道士，踞坐船头，羽衣鹤氅，神采奕奕，见到凌波俯首施礼，隔船交给她一卷书，道："回去后学习它，一定有所收获。"说罢，船已经行远了，夜色苍茫，分不清驶向了哪里。凌波回到闺中，点灯阅读。书内大都讲的是太阴炼形术，凌波根本不相信，就暂时搁置一边。然而自此她饮食锐减，身体消瘦，精神不振。凌波自知不愈，拿出书略加学习，有所领悟。一晚，忽梦见前些日子遇见的道士给了她一枚赤丸，道："服用它可以葆神固体，历经劫难而不变。"又给她一个玉盒，里面放着一枚白丸，道："好好保存它，这是返魂丹，可使意中人复生，同享清福。"凌波在梦中恭敬地答应下来，拜了两拜收下。凌波晨起整衣，红、白两丸从衣服中掉出来，于是服下红丸，把玉盒带在身上。过了十天，凌波竟断绝饮食，衣履一切都打扮好，请求父母，把她埋在神鼍山麓，不必归葬故乡，然后盘腿端坐而逝。凌波的父母依从她的话，并立了一块石碑，道："武林凌氏印莲女史之墓"。

碧玑随丈夫进了京师，经常与凌波有书信往来，诗歌唱和不断。后来听说凌波患病，断绝了音讯。陆生考中进士，进入了翰林院，不久以京察一等越级提升为御史，遇事敢言，以风节著称，奉密旨纠察江苏省地方利弊，巡视民间，询问疾苦，轻骑简从，游历各地，见到他的人不知他是贵官。他乘小船从泖湖到沪渎，偶经神鼍山，爱其风景，就留了下来。到了晚上，因为水上狂风恶浪，他就住到了道观中。观中有三间小屋，非常幽静。他才命人摆酒独饮，点灯看书，姑且缓解孤单寂寞。夜深了，拥被欲睡，忽闻窗畔有弹指声，起身问是谁，没有应答。一会儿，又响起弹指声。他开门查看，一位女郎进入屋里，明眸皓齿，秀绝人间。陆生问其姓名，道："我姓凌名印莲，与你家的碧玑是姐妹，怎么不认识了呢？"陆生道："记得从前曾在留园见过一面，一别十年，风采不减当时，更加令人神志不定了。听闻你父亲已调任扬州，你怎么在这里？而且此地都是旷野荒原，大半道观寺院，不是女子适合来的地方，难道相逢是在梦中吗？"凌波道："我说了你能不害怕吗？我已经去世好久了，因与你有前世的姻缘，所以才犯男女之嫌，冒昧来此。"陆生本是旷达的人，也不惧怕，道："阴阳男女爱恋的事，以前只在小说里见过，今日得以亲身经历了。"于是挽着凌波的手，并坐床上，抚其身体，是暖的；候其鼻，有气息；肌肤温暖，体温气香，与活着的人无异。陆生笑道："嘻！我知道了！你大概是这里的道士派来诳我的吧？这也是秦弱兰冒充驿卒女的老办法了。我可不会被你迷惑，赶快离去。"凌波道："你所担心的确实有道理，但我与碧玑平日往来的信中的话，应当不是外人所能知道的。”于是她讲了碧玑闺房中调笑的隐语，陆生才相信了。陆生伸手进凌波的怀里，豆蔻梢头，含香初绽。凌波不禁害羞起来，双眼朦胧，脸颊泛红，更显得妩媚可爱，但婉拒他道：“请你尊重。”陆生问凌波道：“你既然已经死了，怎能再做夫妇，能使姻缘簿成为如意珠吗？”凌波道：“我已修习了太阴炼形术，身体不坏，启土开棺，我就会活过来。我葬在此山麓，上立石碑。明天你可以前往寻找，假称是妹妹埋在此处，要带棺材回乡安葬，船行到无人之处，把我抱出来，棺材扔到水里，用重金贿赂船夫，不要让他乱说，不要使人害怕就可以了。”陆生想与她同房，凌波坚决不从，道：“留着处女之身，等与你洞房的时候。”陆生办完公事后，同凌波一起回到了京师。凌波与陆生成了婚，和碧玑按年龄大小，以姐妹相称。

陆生因为弹劾权贵，违逆了当权者的意志，搜集传闻琐事，想要编造罪名，加重他的罪；又认为凌波不是人类，形迹妖异。幸好凌波在太阳下有影子，众人才渐渐消除了疑虑。但是造谣生事的人太多了，陆生不得安宁。一天，讹传下了特旨，缇骑将到。陆生非常惶恐，吓得吐了一升多血，就死了。碧玑悲痛欲绝，而凌波很坦然，只是指挥众仆准备身后事，并整理行李，做离开京师的打算。碧玑哭着对凌波道：“妹妹难道是过来人，绝不以死为悲吗？”凌波道：“这不是姐姐所了解的那样，正谓自此才可以摆脱拖累。”陆生本浙江籍，客居苏州。到了苏州，凌波与碧玑商量：先把辎重运走，由海路到广东；陆生的棺材暂时安置在齐地的寺院中，事情安定后再返回江浙。碧玑不知道凌波的用意是什么，姑且听从安排。抵达山东后，寻访到一座崇安寺，此地幽静偏僻，有空余的房间，而且只有两三个僧人。凌波特租了几间屋子，解下行装休息。一天晚上，月亮将要落下，听不到巡夜的梆声。凌波对碧玑道：“今晚可使郎君出来谈风月了。”她拿着斧子上前，斧子才劈下，棺盖就哗的一声开了。凌波立即拿出玉匣中的白丸，放入陆生口中。一会儿，陆生腹中传出像辘轳转动的响声，手脚做屈伸的样子，道："睡得香甜啊！可是为什么这么困倦？"凌波笑着把他扶起。碧玑在旁见了，几乎吓得要跑，对凌波道："妹妹真有不死灵丹、起死回生的妙术啊！"自此全家迁居到广东，在西樵山下建了房屋。每逢春秋佳日，就同出游览，到鼎湖，登罗浮，名胜之处，无不游遍。

过了许久，听闻那个当权者因为做错了事被罢官，流放到边疆去了，于是打算回家乡去。陆生自从服药后，精神焕发，容颜润泽，胜于过去。凌波的容貌愈加娇美年轻，虽是四十左右的人，犹如十七八岁的未嫁少女，不知道的人几乎猜测她是碧玑的女儿。二女都没有生育，陆生为传宗接代，就在广东纳了两房妾，一个叫素雯，一个叫紫霞，都精通音律，会唱粤讴。陆生带着她们回到家乡，悠闲度日，不再出去做官。他常对朋友道："我看这官场真是个孽海！"

后 记

中国小说源远流长。“小说”一词早在先秦典籍中就已出现，即庄子所说“饰小说以干县令，其于大达亦远矣”。起源之初，“小说”一词即隐含贬抑之意。班固《汉书·艺文志》，称“小说家者流，盖出于稗官”。至魏晋南北朝，小说创作渐成洪流，小说文体也在嬗变中走向成熟。然而，虽然小说创作兴盛，但受传统观念的影响，其仍被认为是“小道”而受到歧视。我国古代小说，宋以前大多是以文言形式书写，宋元以后则是文言和白话双线并行发展。

王韬有三部文言小说集——《遁窟谰言》、《淞隐漫录》和《淞滨琐话》。在中国近代化的历史进程中，王韬以学者和个人身份游历西方，西方文明颠覆了其传统认知，进而使其建立起了近代化的思想理念，在呼唤中国近代化的转变中，王韬有着不可磨灭的功绩。因此，王韬的小说创作，虽然仍处于古代文言小说的大传统之中，但与之前表现个人情怀及神怪的小说不同，其小说包容进了广阔的现实内容和全球视野，具有了新的时代气息。并且，他通过充满了奇异和幻想的文言叙述方式，书写中国的落后腐败与西方文明的蓬勃生机，以求变法图强。而从小说史的意义上来看，王韬的小说创作实践，提振了小说地位，可以说为小说界革命拉开了序幕。以上之认识，即为做此选本的初衷。

王韬是近代通儒，学问淹雅，使事用典，信手拈来，故笔者在注释中遇到不少难题，幸最终皆得以解决。《淞隐漫录》的语言既有传统小说华丽婉约的特点，又有清末民初文言的浅白化风格。因此，笔者在注译尤其是翻译中，采用直译，尽量保持原文特色，不多做修饰；浅白的文辞维持原貌。

感谢山东师范大学文学院教授王恒展先生，于百忙之中拨冗作序，他的“序言”，对于本书的精细阅读乃至研究，起到了提纲挈领的重要作用；感谢本书责任编辑李军宏编审、周磊副编审的辛苦付出，她们在编校方面的精益求精，对于本书的高质量出版，同样不可或缺，非常重要。

田　葵

2024年7月1日